Manfred Ertel

FoulSpieler

Fußball ist ein Mordsgeschäft

EIN HAMBURG-KRIMI

Ein Gesamtverzeichnis der lieferbaren Titel schicken wir Ihnen gerne zu.
Bitte senden Sie eine E-Mail mit Ihrer Adresse an: vertrieb@mittler-books.de
Sie finden uns auch im Internet unter: www.koehler-books.de

Bibliografische Information der Deutschen Nationalbibliothek
Die Deutsche Nationalbibliothek verzeichnet diese Publikation in
der Deutschen Nationalbibliografie; detaillierte bibliografische Daten
sind im Internet über http://dnb.d-nb.de abrufbar.

ISBN 978-3-7822-1321-9

Umschlaggestaltung: Fred Münzmaier
Layout: Inge Mellenthin

Printed in Europe

HAFENKLANG

So ist das also, wenn es zu Ende geht, dachte er. Nichts geht mehr, nicht einmal im Kopf. Klares Denken fiel ihm schwer, er hatte nur noch Angst. Die überlagerte alles. Er spürte feuchtes Gras im Gesicht. Mitten im Hafen? Wie konnte das sein? Lag er am Boden? Er versuchte, seinen Kopf zu heben. Oder zu drehen. Nichts. Ging einfach nicht. Seine Arme, was war mit seinen Armen? Er spürte sie nicht. Er fühlte eigentlich gar nichts. Nur der Kopf ratterte noch, ein bisschen. Slow Motion. Wie im Energiesparmodus. Die Lampen brannten noch, aber es wurde nicht richtig hell.

Und die Ohren! Konnte nicht jemand mal den Ton abdrehen? Das Tuten der Barkassen. Das Rasseln der Gangways. Das Klong der Containerbrücken. Die Stimmenfetzen von den Stehkneipen an den Anlegern. Einfach ausschalten. Das zerreißt einem sonst den Schädel!

Er wunderte sich, dass ihm nichts wehtat. Stattdessen fühlte sich alles nur irgendwie hohl an. Und dumpf. Wie eine leere Hülle. Mit Watte gefüllt. Nichts Festes, nur weich. Wie diese wabbeligen Kinderbonbons. Wie hießen die noch mal? Marshmallows? Mäusespeck? Oder wie im Bällebad bei IKEA, wenn er da seinen Jüngsten abholt. Wenn man nach ihm greift, sinkt der immer tiefer. Bis nach unten. Auf den Grund.

War er schon unten? Er konnte nur zwei Sportschuhe sehen. Keine Marke, Sneakers für Arme. In den Schuhen steckten zwei Hosenbeine.

In Jeans. Dazu ein paar Lichter auf Höhe der Grasnarbe. Warum hingen die so tief? Er versuchte es noch einmal und wollte den Kopf heben. Wieder nichts. Keine Power. Er hörte leises Stöhnen. Ein Zwischenton im Hafenklang. War er das?

So weit ist es also schon, dachte er. Er wollte etwas sagen, schreien vielleicht. Hilf mir, du Penner! Oder so. Aber da kam nichts. Kein einziger Ton. Irgendwo gurgelte es. Er schmeckte Süßliches. Was zum Teufel war das? Schmeckte so Blut? Er konnte nur noch häppchenweise denken. Das konnte es doch nicht schon gewesen sein. 50 Jahre und ein paar Tage war er alt. Das halbe Leben lag doch noch vor ihm, fast jedenfalls. Jetzt lag er hier. Platt auf dem feuchten Boden. Wie ein Butt im Watt.

Er fühlte keinen Schmerz. So schlimm konnte es dann eigentlich doch nicht sein. Er versuchte, sich an dem Gedanken festzuklammern. Aber es half nicht, er spürte einfach nichts. Nur die Augen funktionierten noch und der Kopf. Etwas zumindest. Wie im wahren Leben. Auf seinen Kopf hatte er sich immer verlassen können. Bis zuletzt. Und auf seinen Instinkt. Trotzdem war diesmal alles schiefgegangen. Ausgerechnet dieses Mal.

Er war total arglos gewesen. Was denn auch sonst. Er selbst hatte den Kerl einbestellt. Auf die dunkle Seite der Elbe. Gegenüber der Lichterkette von den Landungsbrücken und der Glitzermeile von St. Pauli. Um dem Typen ein bisschen Angst zu machen. Ihm eine Lektion zu verpassen. Damit er wieder spurte. Und nicht noch ein Spiel versaute. Dieses Weichei. Gezittert hatte der, als er aus dem Auto stieg. Das konnte jeder sehen. Also echt, wie 'ne Pussy. Und dann war alles aus dem Ruder gelaufen. Irgendwie.

Er wollte nicht sterben. Nicht hier, auf einer dreckigen Brachfläche im Hafen. Nicht jetzt. Nicht so. Wann rief der Typ endlich nach den Sanis? Oder waren die schon auf dem Weg? Die Lampen wurden schwächer. Was hatte das nun wieder zu bedeuten? Als er ankam, war alles dunkel gewesen. Nur die Scheinwerfer und Laternen brannten hell herüber von den Containerterminals und von den Schiffsanlegern. Jetzt gehen irgendwie die Lichter aus. Ich will noch nicht sterben, dachte er. Schon gar nicht wegen dieses Mistkerls. Der traute sich doch sonst nichts.

Er selbst hatte seinen Sohn weggeschickt. Er brauchte ihn nicht. Der große Milan, der alles im Griff hatte. Der King. So einer wie er brauchte niemanden. Vor dieser Memme musste keiner Angst haben. Er schon gar nicht. Wie gern hätte er jetzt seinen Sohn hier. Er brauchte Hilfe. Merkte das denn niemand? Der Notarzt musste doch längst auf dem Weg sein. Die billigen Turnschuhe gingen aus dem Bild. Was hatte das zu bedeuten? Um die Retter in Empfang zu nehmen? Ihnen den Weg zu weisen? War das Dröhnen in seinem Kopf ein Motorengeräusch? Endlich. Er spürte den feuchten Boden im Gesicht nicht mehr. Endlich hatte die Qual ein Ende.

Das Licht ging aus.

Mittwoch, 23. September

KALAMAKI | Südküste Kreta

Zwei Tage hatte Bernd Bonde noch. Zwei von diesen wunderbaren immer gleichen Tagen. Morgens, nach dem Aufwachen, fiel sein erster Blick aus dem Fenster auf die noch tief stehende Sonne hinter den Bergen, die wie in Aquarellfarben getaucht vor ihm lagen. Er schlief nicht lange an diesen Tagen, zu viel ging ihm durch den Kopf, aber der Blick entschädigte für vieles. Früher Vogel fängt den Wurm? Hier waren es eher die berauschenden Farben, die ihn gefangen nahmen, wenn die Sonne tief über Kretas silberschimmernden Olivenhainen hing. Und die rostroten Lehmhänge in grellen Flammen explodierten.

Den ersten Kaffee nahm er auf der kleinen Dachterrasse, von der aus man bis in die Bucht sehen konnte, direkt auf das Hinterteil von Nepomuk. So hatten irgendwann mal Urlauber die kleine Inselgruppe getauft, zwei im eigenen Windschatten liegende, karge und unbewohnte Felshügel mitten im Meer. Von Land aus sahen die manchmal aus wie das Nilpferd aus dem Kinderbuch mit seinen kleinen Ohren, das im Wasser liegt und sich den müden Bauch umspülen lässt.

Irgendwann dann mit dem Wagen zum Strand. Er hätte den Weg auch laufen können. Zweieinhalb Kilometer, das war zu schaffen. Und es hätte seiner Fitness sicher gutgetan. Aber wer wollte das schon bei diesen Temperaturen. Ende September kletterte das Thermometer hier in der Sonne noch immer auf fast 30 Grad. Also lieber schlecht gefahren als fit gelaufen.

Am Wasser orientierte er sich meistens zum Nacktbadestrand. Ein bisschen was fürs Auge konnte nicht schaden und lenkte ab. Ein paar junge und nett anzusehende Mütter waren immer da mit ihren Kleinen, die zu Hause in Deutschland noch nicht in die Schule mussten. Nur gucken, nicht anfassen. Mehr brauchte er gar nicht, Hauptsache Ruhe. Mit der frühen Abendsonne ging's dann zurück zu seinem kleinen Haus auf dem Hügel. Keine Nachbarn weit und breit, ein paar Züge im kleinen Swimmingpool, danach ein Gläschen Rosé und ein paar Oliven zum Sonnenuntergang.

Seit elf Tagen genoss er das nun schon. An sein Handy ging er seit Bremen nicht mehr, die Mails hatte er nur in den ersten Tagen noch gecheckt. Seitdem lagen Handy und iPad unberührt neben dem Bett. Zu Hause hatten die Journalisten ihn noch bestürmt. »Sie müssen was sagen«, forderten sie, »was war da los?« Einer war besonders dreist. Der Schmierfink für die fettesten und fiesesten Balkenüberschriften hatte ihm regelrecht aufgelauert und gedroht. »Sie haben die Wahl, mit uns zu reden oder nicht. Wir können auch anders.« Das war glatte Nötigung. Aber so waren sie. Doch er ließ sich nicht einschüchtern. Mit ihm nicht.

Als er nicht mehr ans Telefon gegangen war und kaum noch aus dem Haus, bedrängten sie ihn per SMS oder Mail und baten mit guten Worten um einen Rückruf. Sogar hier im Urlaub. Es ist immer das Gleiche, dachte er. Erst versuchen die Schreiberlinge es mit einem Honorar, dann mit Schmeicheleien, dann mit Druck. Er als Mensch war ihnen dabei völlig egal. Es ging allein um eine gute Geschichte, und die heiligte alle Mittel. Die Währung, die zählte, waren Auflage, Quoten und neuerdings auch Klicks. Wenn man vorne liegen wollte vor der Konkurrenz, musste man besser sein. Oder jedenfalls schneller und skrupelloser. Dahinter verschwammen Einzelschicksale allzu schnell zu einer breiigen Masse. Schreibtischtäter, dachte er.

Niemand interessierte sich wirklich für ihn. Für seine Motive, seine Nöte. Oder Reue. Es ging darum, was er gemacht hatte. Ihm aber bislang nicht nachzuweisen war. Es ging nicht um das Warum, das große Ganze. Dabei ging es um Fußball und wie verdorben der Profisport inzwischen war. Trotzdem verloren die Journalisten irgendwann endlich doch das Interesse und trieben die nächste Sau durchs Dorf. Die Bundesliga hatte schon nach den ersten sechs Spieltagen Wichtigeres zu bieten. Hamburg feuerte nach nur einem Punkt aus sechs Begegnungen seinen Trainer, wieder einmal. Es war bereits der dreizehnte in siebeneinhalb Jahren. Die Nerven wurden immer dünner. Auch seine.

Wer hätte denn ahnen können, dass ein lausiger Trainingskick so viele Probleme nach sich ziehen würde? Er konnte es noch immer nicht recht glauben. Zwei Wochen lang hatten sich die Hamburger Ende Juli in Österreich auf die neue Saison vorbereitet. In einem abgelegenen Tal sollten die Grundlagen für Fitness und Ausdauer gelegt werden. Und beim Drachenfliegen der Teamgeist gefördert. Endlich sollte alles besser werden, eine optimale Vorbereitung den Grundstein dafür legen. Aufstellen für Europa, Bayern wir kommen! Trainingsspiele gehörten dazu, aber wer maß denen schon eine besondere Bedeutung bei. Außer der Trainer vielleicht. Ob der bedeutungslose türkische Erstligist nun 4 : 1 oder 7 : 2 geschlagen wurde, wen interessierte das wirklich? Die meisten wussten doch nicht mal, wo diese namenlosen Klubs aus Anatolien überhaupt zu Hause waren. Die Zeitungen schrieben ihre Geschichten über solche Testspiele, aber ohne bleibenden Nachhall. Heute gedruckt, morgen vergessen.

Echte Skrupel hatte er deshalb auch kaum, als das Angebot an ihn herangetragen wurde. Umstrittene Schiedsrichterentscheidungen gab es immer, sogar in Pflichtspielen. Zwei fragwürdige Elfmeter, einen umstrittenen Platzverweis, wen juckte das schon? Vor allem, solange es nur um Training ging.

So hatte er gedacht, als er den Auftrag annahm, das Spiel gegen die Türken zu pfeifen. Und zwar möglichst so, dass am Ende ein bestimmtes Ergebnis stand. Ein Sieg der Hamburger mit mindestens fünf Toren Unterschied sollte es sein, das war die Maßgabe. Sein Honorar hatte gestimmt. 30.000 Euro für eine verlängerte Übungseinheit. Anfangs hatte er sich gewundert, was sich jemand so ein unwichtiges Spiel kosten ließ. Was durch Wetten auf ein Trainingsspiel zu verdienen war, davon hatte er bis dahin keine Ahnung. Aber das war ihm auch egal. Sein Honorar stimmte, es war mehr als sonst, und das allein zählte. Und natürlich der Endstand. 6 : 1. Bis sich auf einmal die Medien dafür interessierten. Erst die Hamburger, dann die überregionalen.

»Wettskandal beim Trainingsspiel?«, fragte das Blatt mit den größten Überschriften, »Skurrile Schiri-Entscheidungen belasten das Spiel«. Eine andere Zeitung fragte: »Was war da los? Millioneneinsätze auf Trainingskick«. Dann hatte sich die Meute auf ihn gestürzt. Und die Ermittler standen vor der Tür.

Daran wollte er jetzt aber nicht denken. Nicht mehr, solange er die kretische Sonne noch unbeschwert genießen konnte. Er warf noch einen letzten Blick auf Nepomuk, hinter dem sich langsam die Sonne senkte. Warum die beiden Felshügel auf Griechisch angeblich so viel wie »Zwieback« bedeuten sollten, wird auf ewig das Geheimnis der Griechen bleiben, dachte er. Während der Besatzung durch deutsche Truppen hatten sich dort in Höhlen angeblich Partisanen versteckt, später dienten kleine windgeschützte Buchten einheimischen Fischern als Schutz, wenn sie von plötzlichen Fallwinden überrascht wurden. Aber Zwieback? Er schüttelte den Kopf und trank sein Glas in einem Zug aus. Danach verließ er die Terrasse.

Er warf sich in seine hellen Sommerjeans und zog ein leichtes Hawaiihemd über. Schrille Farben, grelle Muster. Er musste grinsen. Von der Lippe würde seine helle Freude an ihm haben. Er mochte den Kölner Künstler mit seinem Hang zu schreiend bunten Hemden und obszönen Witzen. Kölle Alaaf auf Kreta. Für mehr reichte seine Aufmachung sicher nicht. Musste es aber auch nicht. Die jungen Mütter aßen sowieso auf ihren Terrassen, weil sie ihre Kinder nicht alleine lassen konnten. Und darüber hinaus waren die Gelegenheiten für einen handfesten Flirt in der Nebensaison eher spärlich gesät.

Eine nette kleine Affäre hätte ihm eigentlich mal wieder ganz gutgetan. Für einen Moment wurde er sentimental. In seinem Schlafzimmer in Bremen war schon seit Monaten ziemlich tote Hose. Klar, ab und an mal etwas Sex mit einer befreundeten Kollegin, den gab es schon. Aber von echtem Liebesleben konnte wirklich keine Rede sein. Kein Wunder, dachte er, wenn man das ganze Wochenende in kurzen Hosen auf Fußballplätzen in unbedeutenden Stadien bei noch unbedeutenderen Spielen der dritten und vierten Ligen zubrachte. Havelse gegen Wolfsburg II, solche Begegnungen brauchte doch kein Mensch. Und alles für ein Honorar, das kaum den Verschleiß an seinem alten Volvo und die Spesen deckte.

Vielleicht hätte er sie doch fragen sollen, ihn nach Kreta zu begleiten? Bonde wischte den Gedanken schnell beiseite. Ein Korb war so ziemlich das Letzte, was er in dieser Phase gebrauchen konnte. Bloß nicht noch mehr Sorgen. Doch dass sich an seinem Frauenmangel ausgerechnet auf Kreta was ändern sollte, gut zwei Tage vor der Abreise, den Kopf voll mit anderen Problemen, daran war nun wirklich nicht zu denken. Wozu also großer Aufwand. Flip-Flops mussten reichen für die kurze Strecke zur Taverne. Drei enge Kurven, eine Kreuzung, ein kurzer Anstieg auf den Nachbarberg und dann das Auto auf dem kleinen Platz vor der Kirche abstellen. Passte schon.

Vorsichtig rangierte Bonde seinen Mietwagen rückwärts aus der Auffahrt des Ferienhauses. Für das enge Tor und den schmalen Schotterweg war die Karre eigentlich fast schon zu groß. Und zu behäbig. Zu Hause würde er keine fünf Meter in einem Ford fahren. Schon aus Prinzip. Er kaufte ja auch keinen HD-Fernseher made in Germany. Aber hier musste man nehmen, was man für kleines Geld gemietet bekam. Als es hinter ihm knirschte, wusste er, dass er am Maschendraht hing.

Ein schrottreifes Motorrad neben der Einfahrt behinderte das Rangieren zusätzlich. Jedes Mal wieder ärgerte er sich darüber. Die rostige Kiste sah aus, als stünde sie schon seit Jahren an derselben Stelle. Müllentsorgung auf Griechisch. Vielleicht sollte er seinen Freund Joannis doch mal darauf ansprechen. Oder dessen deutsche Frau. Die müsste ihn doch verstehen. Er schlug das Steuer ein und rollte vorsichtig an dem alten Hobel vorbei den steilen Sandweg runter zur Straße.

Die kleine Landstraße ging aus seinem Dorf durch Olivenplantagen bergab zur Hauptstraße, die nach etwa 15 Kilometern in die Kreisstadt führte. Das war eigentlich nur eine triste Ansammlung schmuckloser Stein- und Betonkästen. Aber es war der zentrale Ort des Bezirks, hier saß die Bezirksverwaltung, hier war die Polizeistation, hier fand man fast alles. Auf Griechisch natürlich.

Er fummelte am Radio rum, um einen lokalen Sender zu finden. Ein bisschen Sirtaki und Volksmusik würde ihm guttun, Lady Gaga und

Pink konnte er schon zu Hause nicht ertragen. Nebenbei versuchte er, mit der Sonnenblende die tief stehenden Sonnenstrahlen abzuschirmen. Als er drei Kurven weiter am Hang zwei Motorräder in hohem Tempo ihm bergauf entgegenkommen sah, zog er den Wagen mit der anderen Hand etwas nach rechts. »Idioten!«, sagte er halblaut zu sich selbst, »die sind doch nicht ganz normal.« Die Griechen fuhren wie die Henker. Mitten auf der Straße. Und ohne Helm sowieso. Das Gesetz schrieb zwar vor, dass jeder Motorradfahrer einen Helm dabeihaben musste. Aber die Betonung lag offenbar auf »dabei«. Jedenfalls trugen die meisten Biker ihren Helm cool über dem Arm. Das musste reichen. Bei den beiden schleiften sie fast auf der Fahrbahn, wenn sie sich in die Kurve legten.

Total verrückt. Er hielt sich wohl besser noch etwas mehr am Rand der Straße, dachte er. Ob zu ihrem Schutz oder seinem eigenen, das war ihm im Moment ganz egal. Er versuchte etwas abzubremsen, aber die Flip-Flops verhedderten sich unter dem Gaspedal. Irgendwas blitzte rechts am Straßenrand weiß auf, als er mit links den Ford in der Spur zu halten und zugleich mit rechts die Augen gegen die Sonne zu schützen versuchte und dabei leicht auf den Sandstreifen kam. Es gab einen dumpfen Schlag. Der Wagen schlingerte kurz, endlich konnte er etwas abbremsen und Tempo rausnehmen. Sollte er anhalten und nachsehen? Aber im Rückspiegel war im Abendlicht nichts auszumachen.

Die Maschinen knatterten bereits hinter der nächsten Kurve. »Scheiße«, fluchte er. Die plötzliche Stille hatte was von Friedhofsruhe. Er verscheuchte den Gedanken. Wahrscheinlich eine große Katze oder ein Hund, überlegte er. Von denen gab es hier eh viel zu viele. Er fuhr weiter und versuchte, nicht mehr daran zu denken. Bloß nicht noch ein Problem. Im Radio verzehrte sich ein griechischer Sänger vor Kummer und Leid. Sein Herz klopfte heftiger, als er sich eingestehen wollte.

Als er das Auto vor der Kirche abstellte, sah er die Bescherung. Der rechte Scheinwerfer war gesplittert, der Kotflügel hatte eine kräftige Beule. Ob er doch noch mal zurückfahren sollte und nach dem Tier sehen? Aber da war doch nichts gewesen. »Kalimera, du siehst nicht gut aus«, sagte Xenia. Zu spät. Die junge Wirtin seiner Lieblingstaverne war im Schwäbischen aufgewachsen. Warum es sie irgendwann zurück nach Kreta verschlagen hatte, wusste sie inzwischen selbst nicht mehr so genau. Klar, Kreta war die Heimat ihrer Familie, seit Generationen. Aber musste man deshalb unbedingt dahin zurück? Sie war längst Deutsche, sie dachte deutsch, fühlte deutsch. Und so wirtschaftete sie auch. Das war hier nun wirklich nicht immer ganz leicht. Wenn sie davon erzählte, musste er meistens lachen. Aber er lebte ja auch nicht da.

Immerhin hatte sie guten Wein und perfekte griechische Speisen, vor allem die Mezes waren ein Gedicht. Nicht mächtige Grillplatten »Alexis Sorbas« mit riesigen Fleischbergen, die kleinen Tellerchen mit verschiedenen marinierten Gemüsen, Pürees und Salaten oder frittierten Fischchen waren die eigentlichen Merkmale guter griechischer Küche. »Was ist los mit dir, ist was passiert?«, fragte sie und drückte ihn zur Begrüßung wie üblich an den mächtigen Busen. Küsschen links, Küsschen rechts. Dann sah sie ihn besorgt an. »Alles supi«, antwortete er schnell und ärgerte sich sofort, dass er wieder diesen blöden Ossislang gebrauchte. Er hatte sich geschworen, den endlich aus seinem Vokabular zu streichen. »Alles super, was soll sein?«, verbesserte er sich und knipste sein Profilächeln an. Dann bestellte er weißen Hauswein aus dem Fass. »Ich bin schließlich im Urlaub.«

HAMBURG | Elbvororte

Eigentlich müsste sie sich doch langsam mal melden, dachte Robin Goldmann, wie konnte man nur so ignorant sein. Okay, sie waren nicht im Besten auseinandergegangen, als er sich vor drei Monaten von ihr getrennt hatte. Urplötzlich. Zumindest für sie. Laufpass wäre noch eine schmeichelhafte Bezeichnung dafür gewesen. Seine Entscheidung hatte Saskia völlig überrumpelt. Und aus der Bahn geworfen. Aber anrufen könnte sie doch zumindest mal. Das war doch nicht zu viel verlangt. Auch nicht im Urlaub und nach einer schweren Trennung. Verdammt, dachte er, wie plump, jetzt will sie sich rächen. Hatte er das verdient?

Er tigerte unruhig auf der Terrasse hin und her. In der späten Herbstsonne perlten die weißen Häuschen des Süllbergs den Hang hinunter bis zur Elbe. Wie in der Tourismuswerbung. Auf dem Strom schob sich ein unförmiger Containerriese an ihm vorbei Richtung Mündung. Nicht einmal eine echte Brücke für den Steuermann konnte man ausmachen. Am Strand sprangen die Kinder ein paar Schritte zurück, als der Schwell des Schiffes über die Uferböschung schwappte. Sie hatten Angst, sich nasse Füße zu holen. Aber Robin bekam davon nichts mit. Er glotzte Löcher in die Luft und war in Gedanken ganz weit weg.

Über fünf Jahre waren sie ein Paar gewesen. Es waren gute Jahre. Birte, ihre gemeinsame Tochter, sollte im nächsten Sommer in die Schule kommen. Ihr Haus hoch über der Elbe, in dem sie drei Jahre lebten, war teuer, aber ein Paradies. Zum Hundestrand mit den beiden Doggen war es nicht weit. Blankenese war sein Heimatdorf geworden. Kleine Läden, nette Kneipen. Und den Geruch von Großstadt immer in der Nase. Eigentlich hatte alles gepasst. Bis er von einem Tag auf den anderen sein komplettes Leben umstürzte.

Die letzte Saison war eine echte Katastrophe gewesen. Adduktoren, Schambein, Knorpel. Immer neue Verletzungen und Wehwehchen. Sie hatten ihn den Stammplatz gekostet. Er brachte es nur noch auf 22 Spiele, davon gerade mal 14 in der Startelf. Drei Tore und zwei Vorlagen waren viel zu wenig, gemessen an den Ansprüchen, die er selbst an sich hatte. Den Abstieg hatte der ruhmreiche Hamburger Klub nur um Haaresbreite verhindern können. Daran immerhin hatte er seinen Anteil durch ein wichtiges Tor im vorletzten Spiel. Bei der WM, für die er im letzten Moment noch in den Kader gerutscht war, hatte er ganze sechs Minuten auf dem Platz gestanden, in einem nahezu unbedeutenden Vorrundenspiel. Und das nur, weil der Schiri vier Minuten nachspielen ließ. Er wurde in der 88. Minute eingewechselt, eigentlich nur, um Zeit zu schinden. Nun durfte er sich Weltmeister nennen. Aber was hatte er damit wirklich zu tun? Eigentlich war er nur Meister im WM-Tourismus.

In den Tagen im WM-Quartier war sein Entschluss gereift. Er wollte sich nicht länger quälen, zwischen Reha und Physio, Aufbau- und Mannschaftstraining. Zwölf Jahre Profifußball hatten Spuren hinterlassen. Auch in seinem Kopf. Schon mit 18 hatte er an der Fußballakademie in Burnley in der ersten Mannschaft gespielt. Mit 19 war er nach Holland in die erste Division ausgeliehen worden, mit Mitte zwanzig kehrte er nach Deutschland zurück. Drei Länder, sechs Vereine, dazu 37 Länderspiele und sieben in der U21, er wollte endlich seine Ruhe haben. Erst fiel es ihm schwer, sich das einzugestehen. Aber dann wurde die Sehnsucht danach immer deutlicher. Der Druck, die Fremdbestimmung, die Quälereien, er hatte einfach genug davon.

Und dann das Geld, immer ging es nur um Kohle. Natürlich war es schön und eine große Versuchung, seinen Batzen davon einzustreichen. Seine letzte Vertragsverlängerung, mit der mitten in einer der vielen Hamburger Krisen niemand gerechnet hatte, war fast so etwas wie ein goldener Handschlag für ihn gewesen. Aber der Fußball wurde durch die Wahnsinnssummen immer mehr fremdbestimmt. Wer das nicht sehen wollte, mit dem stimmte doch etwas nicht. Aberwitzige Millionenzahlungen für junge Spieler, die fast noch Teenager waren und ihr Talent noch nicht einmal eine komplette Saison nachweisen mussten, selbstherrliche Investoren, die sich Fußballklubs wie Spielzeuge kauften – die Kluft zu den Menschen auf den Stadionrängen wurde immer größer und tiefer. Und das kotzte ihn immer mehr an.

Die Gelegenheit zu einem radikalen Schnitt war günstig gewesen. Sein Vertrag lief aus, eine Verlängerung war nur unter erheblichen Gehaltseinbußen denkbar, wenn überhaupt. Denn die ewig klammen Hamburger mussten an allen Ecken und Enden sparen. Wieder einmal. Zu den Top 20 in Europa wollten sie gehören. Aber nur im Ranking der Chaosklubs lagen sie weit vorn. Und das nervte zusätzlich. Krisen und Intrigen innerhalb des Klubs waren nicht gerade die Stimmungsaufheller, die er noch ein paar Jahre brauchte. Dazu kam, dass die Mitglieder wie bei so vielen Vereinen gespalten waren, wie es weitergehen sollte. Manchmal fragte er sich, warum immer noch 50.000 Leute Spiel für Spiel ins Stadion strömten.

Der Fußball wurde immer mehr fremdbestimmt, die Spielpläne immer stärker auf die Interessen der TV-Sender ausgerichtet und auf Kommerz getrimmt. Die Stimmung in den Stadien, die auf einmal Arenen heißen mussten, litt darunter spürbar, so wie er es schon Jahre zuvor in England beobachtet hatte. Und bei ihm litt die Lust.

Mit fast dreißig war er selbst eigentlich noch im besten Fußballalter. Er hatte durchaus noch zwei, drei Jahre auf höchstem Niveau. Seine Erfahrung konnte noch für manchen Verein von Nutzen sein. Und er hatte auch Angebote. Marseille hatte um ihn geworben, in Genua arbeitete sein früherer Sportchef, der ihn sehr schätzte. Einige Bundesligaklubs und Zweitligisten zeigten Interesse. Und in die Wüste oder nach China konnte er für viel Geld immer gehen. Sehr viel Geld. Profifußball war inzwischen wie ein moderner Sklavenmarkt.

Sein Berater hatte ihm gut zugeredet. Vor allem Dubai, aber auch Shanghai versuchte er ihm schmackhaft zu machen. Kein Wunder. Der wäre mit zwölf Prozent des Jahresgehalts als Honorar dabei gewesen. Unterm Strich, bei einem Dreijahresvertrag sogar mal drei. Kein schlechter Schnitt zum Abschluss ihrer Zusammenarbeit. Aber wollte er das alles wirklich noch einmal? Einen Neuanfang in einer fremden Stadt oder sogar in einer total anderen Welt? Neue Herausforderungen und Spielregeln, aber natürlich auch neue Konkurrenz. Zurück auf Los, ziehen sie einen Sack voll Kohle ein?

Er schüttelte seinen Kopf, als wollte er sich selbst noch mal die passende Antwort geben. Und ging zurück ins Wohnzimmer. Der Herbst schickte seine kühle Botschaft den Hang hoch, sobald die Abendsonne ihre Kraft verlor. Hamburger Wetter, er mochte das. Vor allem die Luft, auch wenn so viel über die Verschmutzung durch die Schifffahrt geredet wurde. Aber hier oben auf dem Süllberg war die Luft noch in Ordnung. Er dachte an den alten Witz, dass es kein schlechtes Wetter gebe, nur falsche Kleidung, und musste lächeln. Wenn sich doch alle Probleme so einfach lösen ließen.

Robin war in seinen fast sieben Jahren an der Elbe leidenschaftlicher Hamburger geworden. Er fühlte sich heimisch in der Stadt mit den breiten Straßen, den Kanälen und Fleeten, Parks und Bäumen. Er mochte die Mentalität der Menschen. Angenehm zurückhaltend, aber verlässlich. Das Schmuddelwetter, den Dies, der sich manchmal in grauen Schichten über die Stadt legte, feucht und schwül, darunter immer eine frische Meeresbrise. Sie nannten das hier Sommer, aber Lust machte es nur auf eines: auf ein kühles Bier. Das war seins. Er war vielleicht nicht immer glücklich, aber er war zufrieden. Oder etwa nicht?

Im WM-Quartier hatte er viel Zeit zum Nachdenken gehabt. Und gemerkt, wie die Kluft zwischen ihm und den anderen wuchs. Er fand Playstation zum Kotzen und hasste die jungen Kollegen, die nach einer Niederlage mit dicken Kopfhörern auf den Ohren und breitem Grinsen durch die Katakomben liefen, als wäre nichts gewesen. Er identifizierte sich mit seinem Klub und verachtete Spieler, die jedes Jahr für einen anderen Verein spielten, Hauptsache die Kohle stimmte. Und die bei einem Tor mit großen Gesten auf das Klubemblem über ihrem Herzen klopften, aber an ihre Geldbörse dachten. Die jede Saison den Klub wechselten, ihre Lebenslügen aber nie. Elf Freunde müsst ihr sein? Davon war schon lange keine Rede mehr. Jeder war sich selbst der Nächste.

Robin interessierte sich inzwischen für Kunst und Politik. Er las Bücher über die Weltgeschichte und die vielfältige Auslegung des Korans. Er wollte Politikwissenschaften studieren und sich politisch engagieren. Vor einigen Wochen war er Mitglied der Grünen geworden. Er war nicht überzeugt von den etablierten Parteien, aber er wollte etwas tun. Man kann nichts ändern, außer man tut es. Blöder Spruch eigentlich, und doch irgendwie wahr. Ökologie und Klimawandel, Toleranz und Offenheit, das waren seine Themen. Damit war er bei den Grünen noch am besten aufgehoben. »Sie sind die beste aller schlechten Möglichkeiten«, hatte er mal in einem Interview gesagt. Er wollte sich einmischen. Denen im Rathaus ab und an mal die Meinung geigen. Aber nicht auf die plumpe Wutbürgerart. Manche Medien spotteten darüber, vor allem die mit den größten Überschriften. »Vom

Fußballgott zum Grünen-Guru«, höhnte eines der Blätter. Als wenn Fußballer nicht intelligent sein oder zumindest eine politische Meinung haben dürften.

Robin war ein anderer geworden, und auf dem Weg dahin hatte er Saskia verloren. Wo war der Robinho geblieben, als den ihn die Fans verehrt hatten, der Fußballgott? Sein Feuer für den Sport war erloschen. Er beendete seine Karriere, ohne mit seiner Frau ein Wort darüber zu reden. Und als sie am verstörtesten über seinen Wandel war, trennte er sich auch noch von ihr. »Ich will nicht mehr«, hatte er eines abends zu ihr gesagt. Einfach so. Ohne Vorspiel. »Was ist los, was hab ich falsch gemacht?«, hatte Saskia verzweifelt gefragt. Immer wieder. Eine Antwort bekam sie nie.

Nicht dass er ihr etwas Konkretes vorzuwerfen gehabt hatte. Er mochte sie, fühlte sich wohl in ihrer Nähe. Sie war keine dieser Spielerfrauen, die ihre Zeit nur beim Visagisten oder mit dem Personaltrainer im Gym verbrachten. Sie hatte ihr eigenes Leben. Hatte Sozialpädagogik studiert und war Abteilungsleiterin in einem Altenstift am Stadtpark. Man konnte gut mit ihr reden, nicht nur über die Klatschgeschichten in der »Gala« oder neue Schuhe. Aber alles war so eingelaufen, so vertraut, so normal. So langweilig? Robin wusste es nicht. Er hatte nur das Gefühl, etwas ändern zu müssen. Alles neu. Alles muss raus.

Die Hunde tobten durch den kleinen Garten, sie brauchten dringend Bewegung. Sollte er mit ihnen runter zur Elbe? Dort hatten sie mehr Auslauf. Und er war gern am Ufer. Ließ seine Gedanken auf den Wellen treiben und sah den Dampfern hinterher. Er mochte den Hafen, die Schiffe und das Meer. Fast wie bei Lale Andersen, dachte er und musste wieder grinsen. Um an Deck eines Schiffes zu stehen, und sei es nur auf einer Fähre, nahm er sogar Umwege in Kauf. Wenn er in die Gischt des Kielwassers schauen konnte und das Rauschen hörte, war seine Welt in Ordnung. Jetzt war sie es nicht. Was, wenn Saskia und Birte grade anrufen würden, während er mit den Hunden unten am Wasser war? Würde er sie dann kurz aus den Augen lassen können? Und sich auf das Telefongespräch konzentrieren? Wahrscheinlich war es besser, oben zu bleiben und zu warten.

Verdammt, warum geht sie nicht ans Telefon, fluchte er vor sich hin. Der Tag ging langsam zur Neige und noch immer nichts. Er schrieb ihr eine SMS. »Geh doch mal ran.« Das war doch nicht zu viel verlangt. »Das ist doch nicht zu viel verlangt«, tippte er. Roter Wut-Emoji. Nicht einmal im Urlaub in Griechenland. Nach zwei Wochen. Schließlich war Birte auch seine Tochter. Er wollte doch nur mal ihre Stimme hören.

SARAJEVO | Bosnien

»Pisswetter«, fluchte Dragan mit zusammengekniffenen Lippen, als er vor die Haustür trat. Der dünne Regen, der wie ein feuchter Schleier herabfiel, war zu wenig für einen Schirm, aber doch zu viel, um trockenen Fußes auch nur einige hundert Meter Richtung Altstadt zu kommen. Der Niesel drang durch alle Poren seiner Klamotten. Aber es nützte nichts, er musste los. In knapp einer Stunde war Anpfiff, und er hatte bis dahin noch einiges auf dem Zettel. Er zögerte kurz. Ob er vielleicht doch besser einen Regenschirm holen sollte, zumindest einen kleinen, den man in der Tasche verschwinden lassen konnte? Doch dann entschied er sich dagegen.

»Weiberkram«, knurrte er so laut, dass eine vorbeieilende Frau abstoppte und ihn irritiert ansah. »Du nicht, geh einfach weiter«, fauchte Dragan sie an, dass sie erschrak. Bloß nicht noch irgendwelche Scherereien mit einer selbsternannten Emanze, ermahnte er sich. Und rief sicherheitshalber ein »'schuldigung« hinterher. Das sollte freundlich sein, aber das Lächeln erreichte seine Augen nicht.

Er kannte solches Wetter aus Deutschland und Österreich. Hatten sie es nicht »Schnürlregen« genannt, überlegte er, als er die leicht abfallende Straße zum kleinen Park an der Miljacka runterhastete und aufmerksam den Pfützen auswich. Als Flüchtling vor den serbischen Nationalisten hatte er Anfang der Neunziger mit seiner Mutter sein

Heimatdorf in der Nähe von Pale verlassen müssen. Damals war er gerade zwölf, und sie waren zunächst einige Monate in der Nähe von Salzburg untergekommen. Danach hatte er vier Jahre in Deutschland in einem Dorf bei Nürnberg gelebt, bevor er in seine Heimatstadt zurückkehren konnte.

Ein Friedensabkommen auf Druck der Westmächte hatte das möglich gemacht, aber die Ruhe war äußerst trügerisch. Den Nationalismus und Hass hatte das Abkommen nicht eindämmen können. Die Tagespolitik wurde beherrscht von Provokationen und Differenzen, er las davon fast jeden Tag in den Zeitungen. Aber Dragan liebte seine Heimat. Bis auf das Wetter, das im Talkessel von Sarajevo im Sommer zu heiß und im Winter zu kalt war, und zwischendurch oft zu nass. Aber wenn er nicht pünktlich war, drohte ihm mächtiger Ärger, das wusste er. Die Spiele wurden auf die Minute genau angepfiffen, sogar in Griechenland, wo doch sonst fast nichts klappte. Er sollte auf einige setzen. Den Zettel mit den Spielpaarungen hatte er in der Tasche. Nicht unbeträchtliche Summen. Das war sein Auftrag. Vor allem aber sollte der diesmal auch für ihn was abwerfen. Mehr als die üblichen 500 Euro Provision. Das hatte er sich fest vorgenommen.

Er wollte selbst spielen, obwohl das für Leute wie ihn strikt untersagt war. Wer als sogenannter »Läufer« unterwegs war, um an verschiedenen Orten Tipps für die Geldgeber zu platzieren, durfte nicht setzen. Das war eiserne Regel. Zu leicht konnte man als privater Tipper ins Visier der Bullen geraten und dann als Verbindungsmann zum Syndikat identifiziert werden. Dragan wusste um das Risiko. Trotzdem hatte er sein letztes Geld zusammengekratzt und sich noch was bei Freunden geborgt. Er brauchte die Kohle, seine Schulden drohten, ihn zu erdrücken. Er hatte keine Wahl und fühlte sich auch ein bisschen im Recht. Jetzt war er mal dran. Auf die Regeln gab er einen Scheiß. Er hatte genug davon, immer nur Laufbursche zu sein, damit andere abkassieren konnten. Er träumte schon lange vom großen Geld. Aber jetzt musste er sich beeilen, auch wenn er nass werden würde.

Er hatte es nicht weit. Er musste nur geradeaus über das Flüsschen, das Sarajevo in Nord- und Südstadt teilte, dann links abbiegen und zwei Straßen weiter nach rechts, dann hatte er es geschafft. Wie ein nasser Hund betrat er einen heruntergekommenen Laden am Rande der Altstadt, schräg gegenüber der Kathedrale. Von außen sah der Laden wie tot aus, die Fenster waren verklebt, damit man nicht reinsehen konnte. Drinnen standen ein paar Barhocker um zwei wackelige Bistrotische herum, auf denen sich Tippzettel und Informationsblätter zu verschiedenen Sportarten stapelten. In dem muffigen Verschlag von vielleicht drei mal vier Metern stank die Luft nach altem Zigarettenrauch. Die Aschenbecher quollen über, von der Decke strahlte müdes Neonlicht. An den Wänden hingen lange Reihen mit Zetteln, auf denen Spielpaarungen, Ergebnisse und Tabellen aufgelistet waren. Norwegen Liga eins bis drei, sah er, daneben Dänemark und die zweite Liga Aserbaidschans. Etwas weiter zur anderen Seite hin hing Israel an der Wand, zweite Liga, Seite an Seite mit Finnland und der dritten Spielklasse der Schweiz. Darunter hing Deutschland, alles bis zur Bezirksliga.

Neben der Eingangstür öffnete sich ein halbrundes Loch in einer Holzwand, hinter der offenbar ein ältlicher Mann saß. So genau konnte man das nicht erkennen. Wie früher an den Stadionkassen oder im Kino, wo man Tickets kaufte. Hier wurde gezahlt, aber nichts gekauft. Hier sollte dem großen Glück Beine gemacht werden. Um jeden Preis. Außer Dragan waren nur drei andere Männer in dem Wettlokal, das seinen Namen nicht verdiente. Alle mittleren Alters, etwas heruntergekommen. Er hatte sie noch nie gesehen. Sie starrten auf drei Monitore, die unter der Decke hingen, und nahmen keine Notiz von ihm. Es wurde kein Wort gesprochen. Hier interessierte sich niemand für den anderen.

Dragan kümmerte sich nicht um die Anschläge an der Wand und holte ein Bündel Geldscheine aus der Jackentasche. Eigentlich wurde in Sarajevo in bosnischer Mark gezahlt. Aber in den Wettbüros war harte Währung gern gesehen. Dragan zählte 1.000 Euro in Hundertern ab und reichte sie durch das Loch in der Holzwand. »Auswärtssieg auf Alta IF bei Nybergsund IL in der zweiten Liga von Norwegen«, sagte er.

»Quote 1 : 2,1«, kam es aus dem Verschlag zurück.

»Besser als nichts«, sagte Dragan. Dann blätterte er 500 Euro hin. »Elfmeter zwischen der 60. und 75. Minute im Spiel Niki Korfu gegen Peristeri FC in Griechenland, auch zweite Liga.« Er hatte die Spiele im Kopf.

»1 : 6,5!« Die Antwort aus dem Verschlag bekam einen irgendwie anerkennenden Ton.

Weitere 500 Euro gingen über den Tresen. »Elfmeter und Rote Karte in der ersten Halbzeit für Skjold Birkerød im Spiel gegen Fremad Amager, dritte Liga von Dänemark.« Er vergewisserte sich über die Quote. 1 : 9, das ging in Ordnung.

Der unsichtbare Buchmacher stellte die Quittungen aus. Dragan holte seinen kleinen Zettel aus der Tasche und kontrollierte noch einmal seine Notizen. Dann verließ er die Wettstube, ohne auf den Anpfiff auf den Monitoren zu warten.

Draußen schaute er sich sorgfältig um, aber er konnte niemanden entdecken. Sie hatten ihm einen Aufpasser zur Seite gestellt, das wusste er. »Nur zu deiner Sicherheit«, hatten sie gesagt, »bei so viel Bargeld in der Tasche.« Er wusste es aber besser. Sie wollten auf Nummer sicher gehen, dass er sich nicht einfach aus dem Staub machte. Vertrauen ist gut, Kontrolle ist besser. So viel Sozialismus war noch immer in ihren Köpfen. Aber die kleine Fußgängergasse war menschenleer. Hatte der sich schon vom Acker gemacht?

Er ging nur wenige Meter, an zwei irischen Pubs vorbei, wo er am liebsten einen Cider getrunken und die englische Premier League auf den Fernsehschirmen hinterm Tresen verfolgt hätte. Aber dafür war jetzt keine Zeit. An der nächsten Straßenecke lagen zwei weitere Wettstuben fast nebeneinander, die von außen nach nichts aussahen. Ein blaues Schild mit einem Fußball und dem Schriftzug »Sportska kladionica Premier« über der linken Tür war der einzige Hinweis auf den Verwendungszweck. Er ging zielstrebig in die Spelunke, die sich drinnen kaum von der ersten unterschied. Hier gab es keine Hocker, dafür einen Getränkeautomaten in der Ecke, Cola, Wasser, Limonade. Bier oder Alkohol waren Fehlanzeige. Hier wollte jeder den Durchblick behalten.

Dragan kümmerte sich nicht um die zwei Männer, die zusammen mit einer Frau auf einen Zettel starrten und an ihren Zigaretten zogen. Er ging zu einem ähnlichen Verschlag und setzte auf die gleichen Spiele. Diesmal allerdings nur 500 Euro auf den Auswärtssieg in Norwegen, dafür 1.000 Euro auf den Elfmeter in Griechenland. »1 : 5«, kam es hinter der Trennwand hervor. Dragan wunderte sich, wie schnell die Quote auf seinen Einsatz reagiert hatte. Hatten noch andere Wind von dem Tipp bekommen? Egal, dachte er, ich mach nur meinen Job. Und wenn ich gleich von meiner eigenen Kohle setze, habe ich heute Abend für den Rest des Monats ausgesorgt.

Er stopfte die Quittungen in die Jackentasche und ging nach nebenan. Dort platzierte er nur eine Wette. 1.000 Euro. »Auf Auswärtssieg in der zweiten Halbzeit von Hapoel Ramat Gan bei Ironi Nesher«, sagte er und schob das Geld langsam über den Tresen.

»Israel?« Die Stimme hinter der Holzwand hörte sich für einen Moment erstaunt an. Dann wurde sie gleich wieder geschäftig. »1 : 2,5«, sagte sie.

Dragan zögerte einen kurzen Moment, bevor er das Geld losließ. »Verrückt«, sagte er, »irgendwie verrückt.«

»Ich mach die Quoten nicht«, kam es von drinnen.

»Das mein ich nicht«, antwortete Dragan, »ich mein, es ist doch irgendwie verrückt: Wen interessiert schon die israelische zweite Liga.«

»Du setzt doch auch darauf«, echote der Unsichtbare.

»Ja, klar, aber ich bin ja auch Experte.« Dragan wurde schlagartig klar, dass er zu viel redete und mit seinen Zweifeln nur Misstrauen wecken konnte.

»Das sagen sie alle«, kam es von drinnen, »ich seh hier nur Experten.«

Dragan stopfte die Quittungen zu den anderen und sah zu, dass er loskam. Denn langsam drängte die Zeit. Draußen regnete es jetzt stärker, aber er hatte keine Wahl. Noch einmal drehte er sich mit prüfendem Blick um. Nichts zu sehen. Er hatte seinen Job getan, warum sollte man ihn jetzt auch noch weiter kontrollieren, dachte er. Trotzdem schielte er noch einige Male zurück über die Schulter, als er zügig durch die Nebenstraße zur Straßenbahn ging, die ihn nach einer Schleife um die Altstadt herum bis zur Endstation in den Vorort bringen sollte. In der Bahn konnte er endgültig sicher sein, dass ihm niemand auf den Fersen war. In Ilidža, einem in die Jahre gekommenen Kurort zwischen Stadtgrenze und Flughafen, wo ihn niemand kannte, wollte er seine Tipps loswerden. 1.500 Euro auf den Elfer mit Roter Karte in Dänemark. Eine Quote von 1 : 7,5 sollte dafür immer noch drin sein, endlich war er mal dran.

Dragan hatte Glück. Er war kaum an der Haltestelle angekommen, als die Bahn angerumpelt kam. Er fand einen Sitzplatz und gab sich seinen Gedanken und Träumen hin. Als er 25 Minuten später an der Endstation ausstieg, waren es noch acht Minuten bis zum Anpfiff. Er griff in seine Jackeninnentasche und holte einen braunen gefütterten Briefumschlag heraus. In dem hatte er sein Privatgeld, abgezählt in kleinen Scheinen. Er knallte dem Buchmacher den Packen auf den Tresen. Der hob erstaunt die Augenbrauen, als er die vielen Zehn- und Fünf-Euro-Scheine nachzählte, von denen einige feucht und klamm waren. »Kleiner ging's wohl nicht«, knurrte er. Endlich schob er Dragan die Quittung rüber.

»1 : 6,1? Höher nicht?«, fragte Dragan erstaunt. Er wunderte sich, wie schnell die Quoten reagierten.

»Ich mach die Quoten nich'«, raunzte es zurück. Sehen konnte Dragan den Kassierer nicht. Die Antwort kam ihm irgendwie bekannt vor.

Er verzog sich in die Ecke, nachdem er sich eine Cola aus dem Regal neben der Kasse geholt hatte. Warm, auch das noch. Man kann nicht alles haben, dachte er, noch nicht. Er überlegte, ob er sich von nebenan was zu essen holen sollte, als der Teletext auf einem der Monitore den Anpfiff in Dänemark meldete. Der Buchmacher stellte auf einem der Schirme Sky Europe an und wählte im Menü »Dänemark«, dann die Begegnung in Amager.

Das Spiel plätscherte müde dahin, es gab kaum Strafraumszenen, der Ball flog hin und her wie eine Billardkugel, viele Zweikämpfe, kaum ein gelungener Spielzug. Die Partie schmeckte wie seine Cola, lau und abgestanden. Aber er war zu nervös, um nach draußen ins Café zu gehen und dort auf den Schlusspfiff zu warten. Als noch zwei Minuten in der ersten Hälfte zu spielen waren, erlief ein Stürmer von Birkerød einen Ball, kurz bevor der ins Toraus von Amager ging. Der Stürmer war zwar im Strafraum, aber unmittelbar vor der Grundlinie und fast an der Strafraumgrenze, echte Gefahr drohte eigentlich nicht. Als er den Blick hob, um sich nach einer Anspielstation umzusehen, kam ein Abwehrspieler von Amager angeflogen. Beide Beine voraus krachte er im Tiefflug und mit Karacho gegen das Standbein des Gegners und rammte ihn auf die Steinumrandung.

Das Krachen von Knochen war bis in die Fernsehmikros zu hören, der gefoulte Spieler schrie und wand sich vor Schmerz. Die Zuschauer tobten. »Ball gespielt«, beteuerte der Abwehrmann und zeigte auf die Lederkugel, die er tatsächlich mitsamt dem Spieler ins Aus gegrätscht hatte. Der Schiri ließ nicht mit sich verhandeln. Auch die Spielertraube, die auf ihn einredete, verunsicherte ihn nicht. Er zeigte unmissverständlich auf den Elfmeterpunkt. Dann zückte er die Rote Karte und Dragan seinen Wettschein.

Als Dragan mit 9.100 Euro in der Tasche die Tür hinter sich schloss, jubelten die Spieler des Außenseiters noch über das 1:0 durch Elfmeter. Dragan hatte die Scheine zurück in den Umschlag gestopft und in der Innentasche seiner Jacke verstaut, ein paar kleinere Banknoten hatte er in eine Spardose für die Kaffeekasse gesteckt, das hatte er sich mal von anderen Wettern abgeguckt.

»Hallo Dragan, Glück gehabt?«, sagte jemand hinter ihm, als er zur Straßenbahn wollte. Er zuckte zusammen. Die Stimme kam ihm bekannt vor. Wie konnte das sein? Ihn fröstelte, als er sich umdrehte. Milos stand vor ihm, nach dem er die ganze Zeit Ausschau gehalten hatte. Wo kam der denn auf einmal her? Gänsehaut kroch die Arme runter zu den Handgelenken.

»Nur ein bisschen die Lage checken«, stotterte er.

»Ich weiß«, antwortete Milos und lächelte.

»Ehrlich, ich wollte nur mal sehen, wie die Spiele so laufen.« Dragan versuchte zu kämpfen. Ganz ohne Gegenwehr wollte er sich nicht geschlagen geben. Schließlich brauchten sie ihn.

»Kann ich verstehen.« Milos ließ nicht erkennen, was er wirklich dachte. Nach einer Pause fragte er: »Und? Wie ist's gelaufen?«

»Gut, glaube ich. Elfmeter und Rote Karte in Dänemark, wie ihr prophezeit habt.«

»Und? Wie viel ist dabei für dich herausgesprungen?« Die Stimme von Milos klang unverändert freundlich, beinahe teilnahmslos.

»Wie meinst du das?«, fragte Dragan zurück. Er wollte Zeit gewinnen und suchte fieberhaft nach einer Lösung.

»Wir hatten eine Abmachung. Du erinnerst dich?« Milos stieß ihm mit dem Ellenbogen leicht in die Seite. »Wir Spieler, du Läufer.« Milos Djocic war der Boss, er gab den Ton an. Das wusste in Sarajevo jeder. Eine der großen Zeitungen gehörte ihm, Politiker hörten auf ihn. Mit Milos spielte man nicht. Seine Hand steckte in der Manteltasche. »Komm, wir gehen ein Stück.« Aus seinem Ton konnte Dragan immer noch nichts raushören. Hatte er eine Wahl? »Wir mögen das nicht, wenn Abreden gebrochen werden, das weißt du.« Das hörte sich nun nicht mehr nach einer Frage an.

Dragans Gedanken überschlugen sich. Sollte er alles abstreiten? In der Wettstube hatte Milos ihn nicht beobachten können. Er müsste also andere Zeugen haben. Oder machte das alles nur noch schlimmer? Dragan fasste einen Entschluss. »Das war eine Ausnahme. Ich habe Schulden und musste auch mal an mich denken. Das müsst ihr doch verstehen.«

»Ja, ja, ich verstehe das«, sagte Milos und blickte vor sich hin. Dabei nickte er ein paar Mal mit dem Kopf. Alles wird gut, dachte Dragan erleichtert. Sie gingen in Richtung der Eisenbahngleise, die von einer Fußgängerbrücke überquert wurde.

»Aber dabei bleibt es auch. Einmal und nicht wieder. Ihr könnt euch auf mich verlassen. So wie bisher.« Dragan schöpfte Mut.

»Hmmh. Wirklich?« Milos blickte ihn von der Seite an. Sie betraten die Brücke, der Regen tropfte ihm in die Augen. Kein Mensch war draußen bei diesem Wetter.

»Hundertpro«, versicherte Dragan. Dann wurde er etwas kecker. »Ihr konntet doch immer auf mich zählen. Nie hattet ihr Grund zur

Klage. Außerdem braucht ihr mich.« Er war es jetzt leid. Warum sollte er sich so klein machen. Ohne ihn hätten sie große Probleme, die Wetten zu platzieren, da war er sicher. »Nun mach doch nicht so 'n Ding daraus.«

Sie hatten den höchsten Punkt der Brücke erreicht. Milos wiegte den Kopf. »Ich weiß nicht«, sagte er, aus seiner Stimme konnte Dragan noch immer nichts heraushören. Er grübelte, was er zu seinen Gunsten noch vorbringen konnte, aber er hatte ein komisches Gefühl und ahnte, dass es nicht gut lief. Trotzdem traf ihn der Schlag ins Genick völlig unvorbereitet. Er ging in die Knie und versuchte instinktiv, sich am Brückengeländer festzuhalten.

Dragan spürte mehr, als dass er es bewusst wahrnahm, wie ihn zwei Hände rechts und links an der Jacke packten und hochhoben. Der Lokführer des Schnellzugs von Sarajevo nach Mostar sah den Körper erst, als er gegen die Scheibe des Führerhauses prallte und mit einem fürchterlich klatschenden Geräusch zur Seite geschleudert wurde.

Der Zug hatte beim Verlassen der Stadt gerade volle Fahrt aufgenommen und brauchte einige Hundert Meter, bis er nach der Notbremsung zum Stehen kam. Als der Lokführer zurückgelaufen war und die in mehrere Stücke zerrissenen Körperteile sah, saß Milos bereits in der Straßenbahn. »Wir hatten eine Abmachung«, sagte er wie zu sich selbst. Eine alte Frau schräg gegenüber schaute überrascht hoch.

HAMBURG | Landgericht

Das war die letzte Akte für heute. Sie klappte die Deckel zusammen und legte sie auf den Stapel, der sich auf ihrem Schreibtisch inzwischen zu ansehnlicher Höhe auftürmte. Eleni Kamenis legte sich in ihrem Bürostuhl mit der hohen Rückenlehne zurück und streckte die Arme nach oben, um die Verspannung aus den Schultern zu schütteln. Nun hatte sie sich schon extra so einen sauteuren Bürostuhl mit ergonomischer Lehne gegen die Verwaltung erkämpft, aber ihr Rücken wollte ihr das partout nicht danken. Wie sollte das erst werden, wenn sie einige Jahre älter war?

Sechs Stunden am Stück hatte sich die junge Staatsanwältin durch den Aktenberg gearbeitet. Sie wollte voll im Film sein, wenn sie gleich früh am nächsten Morgen beim General antanzen musste. Das war ihr Anspruch. Dafür hatte sie auf die Mittagspause verzichtet. Auch wenn Daniel darüber am Telefon ziemlich angesäuert klang. »Komm, eine halbe Stunde, stell dich nicht so an«, hatte er gequengelt. Aber sie blieb hart. »Erst die Arbeit, dann das Vergnügen.« Was für eine alberne Phrase. Aber sie passte. Und es war ihr ernst. Da konnte er noch so beleidigt tun.

Ob Daniels Ärger vor allem an dem verpassten Date lag oder an ihrer Begründung, war Eleni nicht richtig klar. Aber das war auch egal. Ein Gespräch mit dem Generalstaatsanwalt bedeutete allen viel. Was soll's, dachte sie. Arbeit geht vor. Und wenn er damit nicht leben konnte, dann gab's da draußen noch viele andere wie ihn.

Daniel Bürger war erfolgreicher Wirtschaftsstaatsanwalt, einer der neuen jungen Wilden. Und ein gut aussehender dazu. Mit seinen 37 Jahren hatte er schon einige beachtliche Skalps am Gürtel hängen. Beim Zusammenbruch der Landesbank hatte er durch seine Hartnäckigkeit dem Vorstandsvorsitzenden praktisch Insolvenzverschleppung nachweisen können. Der Fall war ein Politikum. Entsprechend groß war die mediale Aufmerksamkeit, und er war oft im Fernsehen zu sehen gewesen. Die Talkshows hatten sich um ihn gerissen.

Im Hafen war er mehreren Betrieben bei illegalen Preisabsprachen auf die Schliche gekommen und bei der Verletzung von EU-Wettbewerbsvorschriften. Auch dieses Thema hatte Wellen geschlagen bis in die Bürgerschaft. Die Grünen waren sofort auf das Thema aufgesprungen. Für sie hatte der Hafen sowieso schon viel zu viele Sonderrechte. Jetzt hatten sie es schwarz auf weiß. Zu lange hatten zu viele Instanzen lieber weggeschaut, bis sich endlich die Staatsanwaltschaft einschaltete.

Daniel hatte eine große Karriere vor sich, so viel war sicher, zumal er der richtigen Partei angehörte. Als Sozialdemokrat standen einem in Hamburg noch immer alle Türen offen. Fast alle jedenfalls. Eleni konnte damit nicht dienen. Und sie war eine Frau, zweimal Pech gehabt, wenn es um Aufstieg und Karriere ging. Sie mochte ihn durchaus. Sie schätzte seinen juristischen Scharfsinn und die Hartnäckigkeit, mit der er sich in seine Ermittlungen verbiss. Sie mochte seinen Humor und die feine Ironie, mit der er manchmal Diskussionen belebte oder Konflikte löste. Und zu allem Überfluss sah er auch noch gut aus. Er baggerte an ihr wie blöde. Und wer weiß, vielleicht konnte daraus sogar irgendwann etwas mehr werden als die beiden Dates, auf die sie sich bislang eingelassen hatte.

Er hatte sie mächtig umworben, ihr beinahe altmodisch den Hof gemacht und sie dann wieder fast unverschämt angegraben, bis sie endlich Ja gesagt hatte. Aber er bedrängte sie nicht. Auch nicht, als sie nach der letzten durchtanzten Nacht auf dem Kiez einfach ins Taxi gestiegen und nach Hause gefahren war. Allein. Nur total belämmert geguckt hatte er, aber kein Wort gesagt. Kein Betteln, kein Jammern. Nichts.

Ja, vielleicht gab es sogar eine Chance auf mehr, dachte sie, vielleicht sogar schon bald, wenn da nicht sein beruflicher Ehrgeiz wäre. Nicht dass er sie nicht als gleichgestellte Kollegin akzeptierte oder immer gleich den Dicken vor ihr machte. Er achtete sogar peinlich genau darauf, nicht zu arrogant zu erscheinen. Nach den tollen Kritiken in den Medien war das durchaus nicht selbstverständlich. Aber dass ausgerechnet eine junge Kollegin wie sie mit den Untersuchungen des Wettskandals im Fußball betraut worden war, das wurmte ihn dann doch ganz erkennbar.

»Interessierst du dich überhaupt für Fußball?«, hatte er sie betont unaufgeregt gefragt. Gemeint hatte er wohl eher: »Verstehst du überhaupt was davon?« Das war seinem Tonfall deutlich anzumerken gewesen. Es war das erste Mal, dass Eleni einen leichten Anflug von Herablassung in seinem Verhalten gespürt hatte. Und nun schmiss sie auch noch das gemeinsame Mittagessen, bei dem sie eigentlich

Pläne für ein neues Date am Abend schmieden wollten. Sie hatte sich anders entschieden. Sie wollte sich lieber sorgfältig in den Fall einlesen. Und sie wollte ausgeruht sein. First comes first, dachte sie, auch wenn Daniel das kaum verstehen würde.

Sie verscheuchte die Gedanken an ihn. Es wirkte ja fast schon, als würde sie sich vor sich selbst rechtfertigen, dachte sie. So weit kam es noch. Schließlich machte sie ihren Job gern. Sehr gern sogar. Um sich darauf zu konzentrieren, brauchte es keine Rechtfertigungen oder gar Entschuldigungen. Bei solch einem Fall schon mal gar nicht. Wenn sie ehrlich war, dann war sie selbst ein wenig überrascht gewesen, als der Generalstaatsanwalt höchstpersönlich sie zur Sonderermittlerin für die Schiebereien im Profifußball bestimmte. »Ich will, dass Sie das machen«, hatte er am Telefon gesagt, »ich bin überzeugt, dass Sie die Richtige sind.« Sie wollte ihn nicht enttäuschen.

Der General war eine juristische Instanz in der Stadt. Klar, seine Berufung vor zwei Jahren, unmittelbar nach der Wahl, war eine politische Entscheidung gewesen. Aber er hatte sich schnell Respekt verschafft. Bei den Kollegen und auch in der öffentlichen Meinung. Er ließ sich nicht am politischen Gängelband führen, er traf unbequeme Entscheidungen, wenn es sein musste. Und er hatte kritische Stimmen in der Justiz schnell verstummen lassen. »Ich weiß, Sie schaffen das«, hatte er zu Eleni gesagt, »ich verlass mich auf Sie. Und ich täusche mich nie.«

Ein bisschen zu viel »ich«, fand sie. So oft wie er betont hatte, dass es sich um seine persönliche Entscheidung handelte, musste mehr dahinterstecken. Das sagte Eleni schon ihr weiblicher Instinkt. Vielleicht doch eine Anweisung von oben? Natürlich konnte der Justizsenator seinem Generalstaatsanwalt keine direkten Befehle erteilen. Und der General hatte mehr als einmal erkennen lassen, dass er so nicht mit sich umgehen ließ. Aber man kennt sich, man schätzt sich, und man spricht miteinander. Man versteht sich. So ähnlich hatte es ihr alter Studienkumpel Malte Bernstein auch angedeutet, als sie ihn direkt fragte. Malte saß in der Präsidialabteilung der Justizbehörde und wusste, was läuft. Er war einer ihrer großen Fürsprecher.

Fürsprecher von Dr. Eleni Kamenis, Hamburgs angehender Karrierejuristin, wie er gern scherzte. Erstes Staatsexamen mit 24 Jahren, mit 27 das Zweite, mit 31 promoviert und gleich darauf angestellt als Staatsanwältin an der Wirtschaftskammer des Landgerichts. Mit noch nicht mal 32 Jahren schon Sonderermittlerin wegen Wettbetrugs im Profifußball und angehende Chefin einer Sonderkommission, für die der Name schon feststand: »Libero«. Das konnte sich sehen lassen.

Und sie sich auch, mit ihren schwarzen langen Haaren, den dunklen Augen, die glühten, wenn sie sich ärgerte, oder funkelten, wenn sie sich amüsierte. Sie wusste das. Auch wenn sie keinen Gebrauch davon machte. Aber nicht zuletzt Malte, den sie seit ihrer Zusammenarbeit bei der Grünen Jugend kannte, hatte ihr das immer wieder zu verstehen gegeben. Allerdings vergeblich. Sie mochte ihn. Aber nur als Freund, als politischen Weggefährten, als Studienkameraden. Als Liebhaber oder gar Partner konnte sie ihn sich so gar nicht vorstellen. Nett allein reicht eben nicht, nicht für sie. Aber es tat gut, sich auf jemanden wie ihn verlassen zu können. Vor allem in einem männlich dominierten Behördenapparat.

Dabei hätte ihr eine kleine Affäre durchaus mal wieder gutgetan. Seit drei Jahren war sie nun schon solo. Als die Sache mit Mesut zu Ende ging, war sie nur noch genervt. Zwei Jahre waren sie zusammen, eineinhalb davon hatte er ihr die große Liebe geschworen, bis sie endlich einwilligte und mit ihm zusammengezogen war. Mesut war Journalist, Reporter, wie er sich gern nannte. Das war neuerdings etwas Besseres unter den Schreiberlingen. Alle wollten sie nur noch Autor oder Reporter sein, niemand wollte mehr das harte Nachrichtengeschäft beackern. Nach der Journalistenschule hatte er sofort einen Vertrag bei dem Magazin bekommen, wo sie alle hinwollten. Der war vorerst zwar nur befristet, Schwangerschaftsvertretung. Aber immerhin. Festanstellungen waren heutzutage, wo Tausende Journalisten arbeitslos auf der Straße saßen, schwer genug zu bekommen. Und dann gleich bei dem Magazin, wo sie sich als Hüter von Demokratie und Meinungsfreiheit gerierten.

Kaum lebten sie zusammen in einer schicken Drei-Zimmer-Wohnung in der Neustadt, direkt um die Ecke vom Michel, der größten Hamburger Kirche, da ließ Mesut wie im schlechten Klischee den Türken raushängen. Dabei war er in Hamburg geboren und fast mehr Hamburger als sie. Ständig wollte er wissen, wo sie war, wohin sie ging und mit wem, warum sie später nach Hause kam als geplant. Er fand es komisch, wenn sie allein etwas unternehmen wollte mit Freundinnen. Er fand es unangemessen, wenn sie allein ins Sportstudio und hinterher womöglich noch in die gemischte Sauna ging oder von der Uni aus mit Kommilitonen noch etwas trinken wollte. Ohne ihn. Entweder es war Eifersucht oder Besitzstandsdenken. Beides nervte. Und war für sie inakzeptabel. Die Romantik war bald wie weggeblasen.

Als er dann auf einer Dienstreise auch noch etwas mit einer Fotografin anfing, war die Beziehung schneller zu Ende, als er gucken konnte. Er beteuerte Eleni zwar, es sei nichts Ernstes gewesen. »Ich war nicht mal mit ihr im Bett.« Aber das erinnerte sie nur an Bill Clinton, der mit seiner Praktikantin ja auch nie Verkehr hatte. Angeblich. Aber trotzdem viel Spaß. Die dumme Pute von Fotografin hatte auch noch ein Selfie von sich bei Facebook gepostet, auf dem ihr Mesut grad an die Wäsche ging. Im Hintergrund waren die Berge Kurdistans zu sehen. Man hatte da ja sonst nichts. »Das war doch nur Spaß«, beteuerte Mesut, als sie ihn zur Rede stellte, »nur für das Foto.« Nur konnte sie über solche Späße überhaupt nicht lachen. Außerdem sprachen die Bilder eine ganz andere Sprache.

Eleni hatte keine Entschuldigung gelten lassen. Sondern einfach ihre Sachen in zwei große Koffer gepackt. Einige Bilder, Bücher und ihre CDs holte sie ein paar Tage später ab. Sie ließ sich dabei von Malte begleiten, um große Szenen zu vermeiden. Aber Mesut war gar nicht zu Hause. Sie räumte ihre letzten Sachen aus, warf den Schlüssel durch den Briefschlitz in die Wohnung und hakte das Kapitel ab. Er rief noch ein paar Mal an, aber sie ging nicht mehr ran. Damit war das Thema Beziehung erst mal für sie erledigt.

Sie hatte Mühe, eine neue Wohnung zu finden, was ihr schließlich am Rand von St. Pauli gelang. Drei Zimmer in einem frisch sanierten Altbau. Dabei hatten Juristen und Lehrer es bei der Wohnungssuche in Hamburg eigentlich besonders schwer. Kaum ein Wohnungsbesitzer wollte sich noch mit solchen Paragrafenreitern einlassen, die noch dazu viel Zeit zu haben schienen. Und an Nachfrage nach bezahlbarem Wohnraum mangelte es nicht. Auf jede freie Bude kamen Hunderte von Interessenten, solvente Staatsbedienstete inklusive. Regelmäßige Gehaltschecks garantiert. Eleni musste ihren ganzen Charme aufbieten, um erst den Makler und dann den Vermieter zu überzeugen.

Offenbar hatte der Makler ein gutes Wort für sie eingelegt und sich davon insgeheim etwas versprochen. Als sie seine Einladung zum Essen nach der Vertragsunterzeichnung höflich ablehnte, stand ihm die Enttäuschung deutlich ins Gesicht geschrieben. Er hatte wohl etwas mehr Dankbarkeit erwartet. »Wir haben was zu feiern«, hatte er gesagt und dabei etwas anzüglich gegrinst. »Stimmt«, erwiderte sie und war einfach gegangen. Jeder feiert anders.

Von Männern hatte sie jedenfalls erst mal genug. Nicht dass es an Interessenten mangelte. Es gab einige Bruchlandungen von Bewerbern. Nur einmal hatte sie sich auf einen One-Night-Stand eingelassen. Nach der Geburtstagsfeier bei einer Freundin. Ein junger Skandinavist hatte sich den halben Abend um sie bemüht. Er hatte sie mit Geschichten aus dem Norden amüsiert. Vor allem über die Olafs aus Norwegen, die von den Dänen und Schweden etwas abfällig behandelt wurden. Damit hatte er sie zum Lachen gebracht. Und sie hatten zu viel getrunken. Warum nicht, hatte sie gedacht und war anschließend mit zu ihm gegangen. Am nächsten Morgen hatte sie es bitter bereut. Jan Ole hatte nur an sich gedacht und war danach sofort eingeschlafen.

Beim Anziehen hatte sie ihn zur Rede gestellt. »Schon mal was davon gehört, dass Sex zwischen zwei Menschen etwas ist, bei dem beide Spaß haben sollten?«, fragte sie ihn ganz direkt. Jan Ole verstand nicht. Das war ihr Antwort genug. Was für ein Olaf. Aber langsam war es mit dem Singledasein auch mal gut, etwas mehr Pep konnte ihr Liebesleben schon gebrauchen, das wusste sie. Wenn auch vielleicht nicht gerade jetzt. Und nicht mit Daniel.

Eleni ging noch mal ihre Notizen durch. Wettmanipulationen hatten in den vergangenen Monaten auch die deutschen Fußballligen erreicht. Noch nicht in ganz so großem Stil wie in Griechenland oder anderen

Fußballentwicklungsländern. Aber die Einschläge kamen offenbar immer näher. Und auch in Hamburg hatte es bereits mehrfach vernehmlich gekracht.

Sie studierte noch mal die Organisationsstruktur, die sie während des Aktenstudiums auf einen Block gemalt hatte. Die sah fast aus wie ein Stammbaum mit Zweigen in verschiedenste Richtungen. Im Zentrum ein bosnischer Geschäftsmann, knapp fünfzig. Oder war er ein Albaner, überlegte sie. Egal. Kam auf dem Kiez sowieso auf das Gleiche raus. Ihm gehörte auf St. Pauli unter anderem ein Dönerimbiss mit Teestube, den die meisten Besucher für einen Türkenladen hielten. Er diente als Treffpunkt für eine Truppe vom Typ Türsteher, die den Ticket-Schwarzmarkt bei Bundesligaspielen kontrollierte. Dabei gingen seine Jungs nicht gerade zimperlich vor. Vor jedem Spiel bauten sie sich rund um die Bahnstationen und auf dem Weg zum Stadion auf. Die einen kauften, die anderen verkauften. Fans, die in letzter Minute noch eine Karte loswerden wollten, hatten praktisch kaum eine Alternative. Wer sich weigerte, an die Ticketmafia zu verkaufen, wurde offen dazu genötigt oder mit Drohungen verjagt. Auch vor großen Rockkonzerten traf man sie inzwischen in ganz Norddeutschland.

Der Jugo, wie sie ihn für sich der Einfachheit halber taufte, hatte offenbar auch in anderen Geschäften seine Finger im Spiel. Es hieß, er habe einige Mädchen auf St. Pauli laufen. Und er verdiene am Import von Partydrogen mit. Doch bislang war ihm nichts nachzuweisen gewesen. Aber Milan Petrovic reichte das alles offenbar nicht, er wollte einer der Großen werden. Er setzte weiter auf Expansion. Zusammen mit einem alten Freund in Sarajevo sei er ins Wettgeschäft eingestiegen, hatten Kiezkontakte den Ermittlern geflüstert. Sein Kumpel hatte angeblich die gut geölten Drähte ins Fußballmilieu, Petrovic selbst die Kohle zur Zwischenfinanzierung bei den Buchmachern. Obwohl die Polizei Wind davon bekommen hatte, konnte sie ihm aber bislang nichts beweisen.

Inzwischen beteiligte sich Petrovic ganz unverblümt an einem Wettbüro im Hamburger Bahnhofsviertel und hatte angeblich einen Schwarm Vermittler herumlaufen, die unter der Hand illegale Wetten auf Fußballspiele anboten. Offenbar waren die eng vernetzt mit Buchmachern und finanzstarken chinesischen Hintermännern in Singapur. Investigative Journalisten des Recherchepools »Undercover 2.0« hatten das herausgefunden und sehr vorsichtig in ihren Formulierungen auch veröffentlicht. Überall hatten die Schlitzaugen ihre Finger im Spiel! Für einen Moment war Eleni über sich selbst und ihre politisch unkorrekten Gedanken wirklich erschrocken. Vielleicht habe ich mir doch ein bisschen zu viel zugetraut, überlegte sie.

KALAMAKI | Kreta

Die gemischte Fischplatte war zu viel des Guten. Zwei kleinere Fische und ein paar Calamari-Ringe blieben liegen. Er schaffte sie einfach nicht mehr. Eigentlich war ihm das von Anfang an klar gewesen. Aber Giannis konnte der Versuchung nicht widerstehen. Wie meistens, wenn er in seiner Lieblingstaverne direkt am Strand saß. Er mochte diesen Platz am Wasser besonders gern. Anders als in den meisten anderen kleinen Dörfern waren die Kneipen hier nicht durch eine Autostraße vom Ufer getrennt. Das machte die besondere Stimmung aus. Die Wellen schwappten praktisch bis vor seine Füße. Kein Motorlärm störte das angenehme Brausen.

Die Taverne gab es schon länger als ihn. 1978, als Rucksacktouristen und Hippies die Insel eroberten und damit zwei Jahre vor Giannis' Geburt, hatte Franco den Laden aufgemacht und seitdem ständig erweitert. Erst ein kleines Restaurant weiter oben an der Straße. Danach die erste Terrasse an der Seite mit Blick zum Meer. Und später eine zweite direkt am Strand. Franco war noch immer dabei. Aber er war etwas müder geworden in den Jahren. Seit einiger Zeit machte er den Laden im Winter für drei Monate dicht. Er brauchte die Pause, musste abschalten und sich von der Urlaubsaison erholen. Vom Urlaub der anderen! Das war noch nicht lange so. Denn Franco hatte mit seiner typisch kretischen Küche auch unter den Einheimischen einen guten Ruf. Viele Familien aus den umliegenden Dörfern feierten hier gern die Kommunion ihrer Kinder oder das orthodoxe Osterfest. So konnte Franco zwölf Monate im Jahr überleben. Aber das zehrte an den Kräften.

Auch jetzt war das Essen noch gut, meistens jedenfalls. Wenn Francos Mama, die immer noch in der Küche das Sagen hatte, nicht ausnahmsweise einen Fisch auf den Teller schummelte, der dringend wegmusste. Und die Stimmung unter der großen Platane, das Meeresrauschen in den Ohren, war unübertroffen. Diesmal war der Fisch frisch, ohne jede Einschränkung. Die Rotbarben vom Grill süßlich und locker, der Tintenfisch kam nicht aus der Tiefkühltruhe. Und auch die frittierten kleinen Fische, für die er keinen Namen kannte, hatten morgens sicherlich noch im Meer geschwommen. Vom Ouzo dazu hatte Giannis schon ein bisschen einen schweren Kopf.

Noch immer schauten oft Urlauber von anderen Tischen verwundert zu ihm herüber, wenn er statt Wein oder Bier nur Ouzo zum Fisch bestellte. Aber die hatten keine Ahnung. Ouzo auf Eis zu frischem, gegrilltem Fisch, es gab nichts Besseres, fand Giannis. In Athener Vierteln, wo vor allem Einheimische essen gingen, wenn es die Krise denn zuließ, war das völlig normal. Es gab dort oft mehr verschiedene Ouzos als Weine in kleinen Flaschen zur Auswahl. Aber die Touristen guckten nur ungläubig und schüttelten den Kopf über ihn. Vor allem die Deutschen wussten alles besser. »Fisch muss schwimmen«, hatte ihn grade erst wieder einer belehrt: »Geht nicht mit Ouzo.«

»Efcharisto, danke für den Hinweis«, hatte Giannis akzentfrei geantwortet. Insgeheim hatte er »blöder Schlaumeier« gedacht, dann aber laut und freundlich »Jamas« gesagt und einen kräftigen Schluck genommen.

Giannis war Stammgast bei Franco, seit etlichen Jahren schon. Anfangs kam er noch als Urlauber. Giannis war Deutscher, was kaum einer wusste. Und ihm erst recht niemand ansah. Er war als Sohn griechischer Eltern in Bonn geboren. Sein Vater war im diplomatischen Dienst und hatte jahrzehntelang in der Presseabteilung gearbeitet, erst in der griechischen Botschaft in Bonn, dann im Generalkonsulat in

Hamburg und schließlich in Berlin. Bis die griechische Schuldenkrise Stellenkürzungen auch im auswärtigen Staatsdienst unumgänglich machte und er drei Jahre vor dem offiziellen Rentenalter in Pension geschickt wurde.

Vor knapp zwei Jahren war Giannis Kostapoulos freiwillig nach Griechenland gegangen. Da war er 35 Jahre alt und von der Idee besessen, der Heimat seiner Eltern und seiner Vorfahren aus der Krise helfen zu müssen. »Was willst du da?«, hatte ihn sein Vater besorgt gefragt, »sei froh, dass du hier bist.«

Giannis verstand seinen Alten nicht. »Oxi, nein! Ich kann nicht einfach nur zuschauen, wie alles zugrunde geht. Das ist auch mein Land, da liegen meine Wurzeln«, hatte er ihm aufgebracht entgegnet. Irgendjemand musste doch helfen. Das Land brauchte alles, vor allem aber qualifiziertes und unbelastetes Personal. Er hatte in Hamburg an der Polizeihochschule für den höheren Dienst studiert und es dank guter Abschlüsse schnell zum Kriminalhauptkommissar gebracht. Dann war er der Karriere wegen nach Duisburg gewechselt, als Erster Kriminalhauptkommissar. Leute wie ihn brauchte sein krisengeschütteltes Heimatland ganz besonders. Als seine Landesregierung den Griechen Entwicklungshilfe im Kampf gegen Steuerhinterziehung und bei der Erneuerung der korrupten Polizei anbot, meldete er sich sofort freiwillig. Das war noch nicht einmal zwei Jahre her.

Der Zeitpunkt schien Giannis gerade richtig. Er wollte helfen und sich verändern. Es war nicht nur das Land. Duisburg war nicht seine Stadt, würde sie auch nie werden. Er vermisste das Flair der Metropole, die kulturelle Vielfalt, das Bunte und die Dynamik, die er in Hamburg so genossen hatte. Ruhrpott-Charme statt Tor zur Welt? Das war nicht seins. Außerdem sah er in den Linken, die im Begriff waren, die griechischen Wahlen zu gewinnen, eine echte Chance für seine zweite Heimat. Die Chance für einen wirklichen Neuanfang.

Dass der nötig war, darüber machte er sich keine Illusionen. Die Griechen hatten jahrelang über ihre Verhältnisse gelebt. Ohne Rücksicht auf Verluste, und zwar im wahrsten Sinne des Wortes. Steuerbetrug, Schwarzbauten, Klientelismus, Korruption. Jeder für sich, allein gegen alle. Das Land stand vor dem Bankrott. Ohne europäische Hilfe wäre es längst baden gegangen. Nun verlangten die Gläubiger Reformen, einen totalen Neustart. Zurück auf Los. Dazu brauchte es aber auch eine neue Elite. Weniger korrupt und korrumpierbar. Und eine emanzipierte Zivilgesellschaft. Endlich waren junge und unbelastete Politiker nach oben gekommen, aus seiner Generation, die einen Vertrauensvorschuss verdient hatten. Und Hilfe gebrauchen konnten. So dachte er jedenfalls.

Aber geändert hatte sich seitdem nur wenig. Die linke Regierung stand unter dem Druck der europäischen Gläubiger, die Hoffnungen zerschellten an der Realpolitik. Drastische Sparauflagen, als Reformen schöngeredet, stürzten noch mehr Menschen in wirtschaftliche Not und Elend und schürten Verbitterung, sogar bei den eigenen Anhängern. Und auch linke Politiker versorgten sich und ihre Freunde inzwischen viel zu oft gern selbst mit lukrativen Jobs. Giannis' Optimismus war längst einem nüchternen Pragmatismus gewichen. »Es ist wie beim Schneckenrennen«, hatte er gerade in einer Mail an seine Eltern geschrieben. Es würde Jahre dauern, vielleicht Generationen, bis das Land neu gestaltet sein konnte. Dazu brauchte es viele neue Leute, solche wie ihn. Und einen langen Atem. Hatte er den wirklich? Manchmal verlor er den Glauben daran.

Giannis kam nach Heraklion und wurde von dort gleich weiter geschickt in die Außenstelle nach Mires, die war zuständig für den ganzen Südwesten der Insel. Nicht gerade ein Zentrum des großen Verbrechens. Aber irgendwo musste man ja anfangen. Warum also nicht hier? Wo mit vielen frühpensionierten Lehrern und Aussteigern aus Hamburg oder Berlin ein Stück Deutschland an den Stränden der Gegend nicht so weit weg war. Es war schon merkwürdig: Für die Vorruheständler und ausgebrannten Pädagogen war er der Griechenbulle. In der Bezirksinspektion wiederum war er für die meisten Kollegen der Deutsche, den man mit Vorsicht zu genießen hatte.

Ein Aufpasser, der überkorrekt war und im Job keine Freunde kannte. Der sogar abends in der Taverne darauf achtete, beim Bezahlen eine maschinengedruckte Quittung zu erhalten, damit endlich Steuern von den Gastwirten gezahlt wurden. Das war auf Kreta immer noch ein harter Kampf. Viel zu oft kamen die Wirte mit einem Block an den Tisch, auf dem hastig ein paar Zahlen zu einem Betrag addiert wurden. Die Summe unter dem Strich war meistens günstiger als erwartet. Und provozierte deshalb auch selten Fragen. Auch die neunmalklugen Deutschen schauten dann gern über eine ordnungsgemäße Rechnung hinweg. Und genau das war Teil des Problems. Zumindest für den Fiskus.

Und genau diese Deutschen belehrten ihn, den deutschen Griechen oder griechischen Deutschen, was man am besten zum Fisch zu trinken hätte. »Fisch gutt?«, fragte grad ein rotgesichtiger Kölner vom Nachbartisch, dessen hohe Stirn empfindlich zu viel Sonne gesehen hatte. »Du zufrieden? Alles gutt?« Warum nur sprachen Deutsche im Ausland zu Einheimischen immer nur in Zweiwortsätzen wie im Kindergarten, dachte er. »Danke, der Fisch ist ganz hervorragend«, antwortete er in tadellosem Hochdeutsch, »und selbst?« Der Rotkopf beendete abrupt die Unterhaltung und drehte ihm beleidigt den Rücken zu.

Franco brachte neuen Ouzo und setzte sich zu ihm, als das Handy vibrierte. »Lass es klingeln«, sagte der Wirt, »heute Abend kannst du sowieso nichts mehr erledigen.«

»Aber ich habe Bereitschaft«, entgegnete Giannis, »ich muss da ran.«

»In deinem Zustand? Welchen Fall willst du denn so aufklären?«

»Job ist Job, Bereitschaft ist Bereitschaft«, sagte Giannis. Mann, hörte sich das deutsch an, dachte er.

»Bereitschaft? Was ist das überhaupt?« Francos Ton war abfällig. Er sprach inzwischen ganz ordentliches Deutsch. Aber das hatte er noch nie gehört. Und in Griechenland sowieso nicht.

»Einer vom Revier muss erreichbar sein«, versuchte es Giannis. »Für den Fall, dass etwas passiert.«

»Was soll passieren? Sind jetzt alle zu Hause. Bei der Familie und beim Essen.« Franco verstand nur Bahnhof.

Die Nummer war anonym, niemand aus seiner Kontaktliste. Es war ein Anschluss auf Kreta, so viel war klar. Also ging er ran. Franco verdrehte die Augen und verließ den Tisch.

»Paragallo«, meldete sich Giannis, »bitte? Hier spricht Kriminalhauptkommissar Kostapoulos.« Der Anruf kam aus dem Krankenhaus. Er brauchte nicht lange zuhören. Dann war klar, er hätte besser auf Franco hören sollen.

HAMBURG | am Hafen

Vor den Landungsbrücken schaukelten die Möwen auf den Wellen. Die Elbe war etwas kabbelig. Der Wind blies aus Nordwest und gegen den Strom, der sich mit der ablaufenden Tide auf den Weg nach Cuxhaven machte und mit leicht kräuselnden Schaumkronen den Kurs anzeigte. Immer das gleiche Spiel, alle paar Stunden neu. Die ewige Reise, die nie zum Ziel kommt. Stromab und stromauf. Eleni mochte das. Sie ging gern runter zum Hafen. Vor allem, wenn sie nachdenken musste. Dann stand sie auf irgendeinem Kai oder auf der anderen Seite neben dem Alten Elbtunnel, am liebsten mit einem Bier in der Hand, und guckte in die Weite. Nur wer das Meer liebte, konnte das verstehen. Diese Weite, die man allein auf See haben konnte. Die Elbe war das Tor dazu, und es war weit offen.

Die junge Staatsanwältin stand auf den Landungsbrücken und stierte aufs Wasser. Neben sich ein großes Bier im Pappbecher. Sie mochte eigentlich kein Bier aus Plastik- oder Pappbechern. Aber neuerdings stellten sich die Kneipen am Hafen mit ihren Gläsern an. Der Schwund war zu groß. Deshalb hatte sie ihre Grundsätze großzügig beiseitegeräumt. Immer noch besser als eine HoPiHaliDo, die Lotto King Karl immer im Stadtpark besang. Die Holsten-Pilsener-Halbe-Liter-Dose. Die ging für sie gar nicht.

Sie hatte ihre Aktenberge verlassen, weil sie einen klaren Kopf brauchte. So richtig geholfen hatte das bislang allerdings nicht. Sie sah den Möwen zu und war mit den Gedanken nicht bei der Sache.

Eine Möwe allein war nur ein Seevogel. Drei Möwen waren Hamburg. Für sie jedenfalls. Wo es Möwen gab, war sie zu Hause. Das Kreischen vor allem der Sturmmöwen gehörte zum Hafen wie das Tuten der Barkassen oder das Singen der Van Carrier auf den Containerterminals. Sie ärgerte sich über die Kacke auf den Bänken und Brüstungen, aber ohne den Vogelschiet wäre Hamburgs Hafen nicht der Hamburger Hafen. Man kann nicht alles haben, dachte sie und nahm einen großen Schluck. Über ihr schwebten die Möwen auf ständiger Lauer, ob's zu dem Bier wohl auch ein Fischbrötchen gab, das irgendwelche Reste für sie abzuwerfen versprach. Zwei Touristen hatten Mühe, ihre Pommes in Deckung zu bringen.

Sie versuchte, sich wieder auf ihren Fall zu konzentrieren, der für sie noch gar keiner war, sondern nur ein Haufen Papier.

Eleni war ratlos. Dass auf scheinbar unbedeutende Spiele enorm hohe und zum Teil auch kuriose Wetten abgeschlossen werden konnten, hatte sie nach stundenlanger Lektüre kapiert. Nur, warum man auf ein völlig uninteressantes Zweitligaspiel in der Türkei wetten konnte oder auf ein Trainingsspiel der Hamburger im österreichischen Hinterland, das ging einfach nicht in ihren Kopf. Weil alle Beteiligten von den Schiebereien wussten, sogar die stinknormalen Wettkunden? Sie mochte das einfach nicht glauben.

»Was für einen Sinn macht das?«, hatte sie Malte bei einer Kaffeepause gefragt, der aber auch nur mit den Schultern zuckte. In der Sache weitergebracht hatte er sie kein Stück, er konnte ihr bei Fußball keine Hilfe sein. Sport war so gar nicht sein Ding. Sie wurde das Gefühl nicht los, dass sich nun auch Daniels Vorahnungen über ihren Sachverstand grad ein bisschen zu bestätigen schienen. Ziemlich klar war nach dem Aktenstudium zumindest, dass solche Schiebereien tatsächlich schwer zu belegen waren. Entweder weil es an konkreten Beweisen und Zeugen fehlte oder auch an der nötigen Hilfsbereitschaft durch Vereine und Verbände.

Wie sollte man da einem Clan wie dem von Petrovic rechtsverwertbar auf die Schliche kommen? Sie verlor an Mut und Zuversicht, die anfängliche Euphorie über die neue Herausforderung war verflogen.

Vielleicht sollte sie Finn anrufen, dachte sie. Bevor sie nach Hause ging und sich am nächsten Morgen beim General zu sehr blamierte. Der könnte ihr vielleicht helfen oder zumindest dafür sorgen, wieder ein wenig Optimismus zurückzugewinnen. Finn Holgerson, von seinen Kollegen »Nils« genannt wegen der Ähnlichkeit seines Nachnamens zu der legendären Märchenfigur, war Sportredakteur und Fußballexperte beim »Abendkurier«. Er war anders als die meisten anderen Sportjournalisten in der Medienstadt Hamburg. Natürlich lungerte auch er jeden Tag beim Training der Profis herum. Er wusste alles über ihre Patellasehnen und Adduktoren. Und auch über die Spielerfrauen. Aber sein Anspruch ging über aufgemotzte Transfernachrichten und triviale Homestorys hinaus, auch wenn die kurzfristig tolle Klickzahlen und Auflage versprachen. Er wollte Hintergründe des gnadenlosen Geschäfts beleuchten und Schattenseiten des Profifußballs ans Licht zerren. Und falls nötig, auch dubiose Machenschaften auf den Tisch bringen. Selbst wenn es die Klubs seiner Heimatstadt betraf. Heimvorteil gab es für ihn nicht, damit unterschied er sich deutlich von anderen. Nils war in Ordnung, auf ihn konnte sie zählen. Das wusste sie.

Eleni überlegte, ob die späte Redaktionskonferenz beim »Abendkurier« wohl schon vorbei sein konnte, und drückte einfach mal auf die Kurzwahl von Finn. Ein Bild der Märchenfigur mit den Gänsen erschien in ihrem Display. Ob er das wohl komisch finden würde, wenn er davon wüsste, dachte sie noch, da war er schon dran. »Hallo, mein Mädchen, immer für dich da. Wann und wo?«, säuselte er betont anzüglich in den Hörer. Der Spruch hatte sich zu einer Art Begrüßungsritual zwischen ihnen entwickelt. Er durfte das. Holgerson war glücklich verheiratet, zumindest sprach alles dafür, glaubte Eleni. Und er war fast zwanzig Jahre älter als sie. Ihr Kontakt war freundschaftlich und vertrauensvoll, man traf sich manchmal zum Kaffee und Informationsaustausch, mehr nicht. Aber auch nicht weniger.

»Moin Finn, was läuft?«, fragte sie.

»Komm, deshalb rufst du nicht an. Seit wann interessierst du dich für alte Männer? Was gibt's?«

»Ich brauch deine Hilfe, eigentlich Nachhilfe«, räumte Eleni ohne Umschweife ein, »ich steh voll auf dem Schlauch.«

»Da bin ich aber gespannt, wobei meine Superjuristin so blank dasteht«, antwortete er. »Blank? Darf man das in Gegenwart einer Frau überhaupt noch sagen, oder ist das schon sexistisch?«

Eleni hörte sein Grinsen beinahe durchs Handy. Er versuchte gern, ein bisschen zu provozieren. Aber es war nie ernst gemeint. Und nie zu doll. »Was weißt du über Wettmanipulationen? Wie funktioniert das überhaupt? Und wer sind die großen Gewinner dabei?«

Für einen Moment war es still auf der anderen Seite. »Darf's auch ein bisschen kleiner sein, du drehst da an einem verdammt großen Rad«, begann er dann, »wie viel Zeit hast du?« Als sie etwas verunsichert lachte, redete er einfach drauflos. »Die Kurzfassung: Einzelfälle gab es immer wieder, auch hier bei uns. Aber im großen Stil kennen wir das eigentlich nur aus anderen Ländern, zumindest wenn es um Fußball geht und wir von nachgewiesenen Manipulationen reden. Der Pfad zwischen simpler Bestechung und organisiertem Wettbetrug ist sehr schmal. Und oft genug nicht aufzuklären. Aus Griechenland kennen wir solche Meldungen zum Beispiel in schöner Regelmäßigkeit. Der Vereinspräsident eines großen Athener Klubs soll in der Pause eines Spiels sogar einmal in der Kabine der Schiedsrichter verschwunden sein, als sein Team überraschend zurücklag. Und das ist nur ein Fall von vielen.«

»Griechenland interessiert mich weniger. Ich will das System kapieren und wissen, wie weit Deutschland betroffen ist oder ob hier Fäden zusammenlaufen.« Eleni berichtete kurz von ihrem Auftrag, und ihr schwante immer mehr, dass der kompliziert werden würde. Es könnte die bislang größte Herausforderung ihrer Karriere sein.

»2009 war wohl der erste Fall, in dem auch wir in ganz großem Stil betroffen waren, vorher gab es wohl nur Einzelfälle.« Holgerson kramte erkennbar in seinem Gedächtnis. »Einige Spiele der dritten Liga und der Junioren sollen damals in Europa und auch in Deutschland manipuliert gewesen sein. Und auch eine Partie der zweiten Liga. Aber richtig klar war am Ende gar nichts. Auch die Jungs von ›Undercover‹ sind nicht richtig weitergekommen, du erinnerst dich vielleicht.«

»Also immer nur Verdächtigungen und Mutmaßungen, aber alle reden davon. Und wirklich nie Beweise?«, fragte sie.

»Nee, ganz so ist es auch wieder nicht. Anfang 2013 ging Europol in Den Haag steil. Eine Soko der europäischen Ermittlungsbehörde ging mit dem bislang wohl größten Wettskandal der Fußballwelt an die Öffentlichkeit.«

»Ausgerechnet im piefigen Holland?«

»Nicht nur da, natürlich. Es ging um fast 400 Spiele in ganz Europa. Ich glaub, 15 Länder waren betroffen. Wir natürlich auch wieder. Hintermänner in Asien sollen Zigmilliarden durch ihre Betrügereien eingespielt haben. Gewinn wohlgemerkt. Das muss man sich mal vorstellen. Und das soll nur die Spitze des Eisbergs gewesen sein.«

»Heißt was?« Eleni war ganz und gar nicht zufrieden mit den etwas vagen Angaben.

»Das ist dein Job«, antwortete Holgerson. Die ersten Schritte könnten für eine Staatsanwältin in Hamburg doch nicht besonders schwer sein, schob er hinterher. »Europol war ja nicht der erste Fall. Wie gesagt, 2009 hat die Sonderkommission der Staatsanwaltschaft Bochum zwei kroatische Brüder auffliegen lassen. Die muss ebenfalls auf einem Berg von Akten sitzen. Ich würde sagen: ein Fall von Amtshilfe.«

Und trotzdem strömen in Deutschland jedes Wochenende Hunderttausende in die Stadien, dachte sie. Als einmal die Bundesbahn streikte, saßen angeblich hunderttausend Fußballfans fest, die mit ihren Klubs mitreisen wollten, quer durchs ganze Land. Ist das Problem bei uns so klein, überlegte sie, oder wollten die Fans in Deutschland die Wahrheit nicht wahrhaben? »Fußballfans sind sehr vergesslich«, sagte Holgerson. Als hätte er ihre Gedanken gelesen. »Viele Fans, gerade hier bei uns, wollen sich ihre Wochenenden, an die sie sich so sehr gewöhnt haben, nicht kaputt machen lassen. Sie haben ja sonst nichts.«

Damit hatte er wohl recht. Denn den größten Fall kannte inzwischen jeder. Sogar sie. Der Fall Hoyzer. Der Name war inzwischen Programm. Wenn die Fans im Stadion mit der Schiedsrichterleistung unzufrieden waren, und das war auf einer der beiden Seiten fast immer der Fall, skandierten sie Hoyzers Namen. »Schiebung« sollte das heißen.

Eleni war beim Studium ihrer Akten schnell auf den Namen gestoßen. »Das war irgendwann 2004 oder 2005«, bestätigte Holgerson. »Robert Hoyzer. Das war ein Schiedsrichter, der zugab, das Pokalspiel von Paderborn gegen den HSV manipuliert zu haben. Es muss 2004 gewesen sein«, ergänzte er nach einer kurzen Pause des Nachdenkens, »im Sommer. Ich weiß noch, dass ich auf Juist war, als ich von dem kuriosen Spiel hörte. Der Drittligist gewann gegen den großen HSV, der damals sogar im Europapokal spielte, völlig überraschend 4:2. Das war eine Sensation.«

»Die gibt es aber immer wieder. Der HSV ist doch bekannt dafür. Oder auch Werder. Die sogenannten typischen Pokalgesetze.« Eleni klang wenig überzeugt.

»Stimmt. Aber Hoyzer hatte zwei völlig unberechtigte Elfmeter gegen den HSV gepfiffen und dazu noch einem Hamburger wegen Meckerns die Rote Karte gezeigt, als der sich über die Witzelfer beschwerte. So offensichtlich geschoben war das Ganze, dass es ein Blinder merken musste. Schau dir das mal auf YouTube an. Die Körpersprache der Hamburger war sehenswert. Die glaubten, sie wären im falschen Film. Schon beim Weg in die Kabine sprachen sie von Betrug. Und so war es dann ja auch.« Aber selbst diesen offenkundigen Schwindel, der im Pokal einer Wettbewerbsverzerrung gleichkam, hätten die Fans geschluckt. Einfach so.

Langsam formte sich ein Bild für Eleni, auch wenn die Konturen noch sehr unscharf waren. Holgerson erzählte noch, dass als Hintermänner oder Drahtzieher zwei Kroaten ermittelt worden waren, die das Ganze für asiatische Wettkunden aufgezogen hätten. Balkan, immer wieder Balkan. Aber Eleni reichte das nicht. »Wer hat konkret ein Interesse daran, und wer organisiert das alles?«

»Das ist die Eine-Million-Euro-Frage, nur bin ich nicht der Telefonjoker«, erwiderte Holgerson. »Das ist das Problem. Hin und wieder wird ein Fall aufgedeckt, oder einer der Spieler outet sich. Aber an die Hintermänner kommt man nicht ran, bislang jedenfalls. Und die

Spinne im Netz macht einfach weiter. Vielleicht hast du ja mehr Glück.« Schließlich hatte er aber doch versprochen, für sie noch mal ein bisschen im Archiv zu graben.

Sie kapierte eigentlich überhaupt nicht, warum Daniel so scharf darauf war, den Fall zu bekommen, wenn die Beweislage doch so kompliziert schien. Sie fing an zu frösteln. Eleni knöpfte ihren Mantel enger und suchte nach einem Papierkorb für ihren Bierbecher. Auf dem Weg nach Hause grübelte sie, ob sie einen Fehler gemacht und sich einfach zu viel zugetraut hatte. Bei so einem Scheißfall konnte man doch nur verlieren. Oder war genau das der Plan? Dann hatte es die Tussi verbockt, die von Fußball sowieso keine blasse Ahnung hatte. Sie konnte sich die Überschriften lebhaft ausmalen. Sollte das vielleicht der heimliche Grund des Generals gewesen sein, ihr den Fall zuzuschanzen?

Sie war erschöpft von den vielen Daten und Fakten und erst recht von ihren marodierenden Gedanken. Ihre Laune verschlechterte sich von Straßenecke zu Straßenecke. Sie ging zu Fuß, um sich an der frischen Luft den Kopf etwas freipusten zu lassen. Marschierte den Pinnasberg hoch durch die Davidstraße Richtung Reeperbahn und Altona. An der Herbertstraße, wo hinter Holzwänden die kleinen Bordelle lagen, stauten sich Touristen, vor allem weibliche. Frauen mussten hier draußen bleiben. Wer sich nicht daran hielt, erlebte leicht eine böse Überraschung. Das ungeschriebene Gesetz galt hier unverändert.

Um an neugierigen Gaffern und Voyeuren vorbeizukommen, musste sie die Fahrbahn benutzen. Eleni fluchte. Die Führungen auf dem Kiez hatten rapide zugenommen und nervten nur noch. Aufgedonnerte Transen, Schauspieler in Kostümen der Hamburger Originale oder alternativ aussehende Studenten lotsten ganze Heerscharen von Besuchern über den Kiez, vorbei an Davidwache und »Silbersack«. Sie schwafelten altklug von Gentrifizierung und jammerten über den Wandel auf St. Pauli. Als wenn Rotlicht im Viertel oder Klos auf halber Treppe in den alten Häusern Lebensqualität an sich bedeuteten. Und sie machten den Kiez zur Ausstellungsfläche. Wie im Zoo, dachte Eleni, Menschenzoo. Sie wollte nur nach Hause.

Die Aussicht auf den Rest des Abends war auch nicht dazu angetan, ihre Laune aufzupeppen. Zu Hause erwartete sie niemand. Der Kühlschrank war so leer wie früher die Regale in der DDR. Auf Kneipe hatte sie überhaupt keine Lust. Vielleicht sollte sie sich doch eine Katze zulegen? Yoga oder Rotwein, überlegte sie. Die Entscheidung war einfach. Nach zwei oder drei Gläsern Amarone della Valpolicella, ihrem Lieblingsroten mit 15 Umdrehungen, den sie auf dem Weg schnell besorgte, würde sie wenigstens die nötige Bettschwere haben.

HERAKLION | Nordküste Kreta

Giannis brauchte keine Stunde bis zum Zentralhospital der Inselhauptstadt. Er musste sich von Francos Sohn fahren lassen, nachdem er den Anruf aus der Notaufnahme bekommen hatte. Miro half seinem Vater in der Taverne beim Bedienen und hatte deshalb nichts getrunken, nur zu viel geraucht. Viel zu viel. Giannis durfte nach dem Ouzo wirklich nicht mehr ans Steuer, das war klar, also suchte er einen Freiwilligen. Der Preis dafür war, dass er sich hinter Miro auf den Sitz einer Geländemaschine klemmen musste. Ohne Helm. Natürlich. Knatternd, stinkend und die eigenen Abgase in der Nase und manchmal auch auf der Zunge bretterten sie über die Insel. Miro raste, als müsste er sich oder seinem Beifahrer etwas beweisen. Oder war es einfach nur schlechte Laune? In manchen Kurven schlingerte die Maschine gefährlich, als sie über das Ida-Gebirge jagten, das die Insel von West nach Ost praktisch halbierte. Als Giannis glaubte, er hätte das Schlimmste hinter sich, kam die Abfahrt runter nach Heraklion, bis Miro endlich mit qualmenden Bremsen vor dem Hospital hielt. Das Gute an der Spritztour: Giannis war wieder fast nüchtern. Ob durch den Fahrtwind oder den Fahrstil, das würde sich allerdings nie eindeutig klären lassen. »Soll ich warten?«, fragte Miro. Aber Giannis hörte ihn schon nicht mehr.

»Wo liegt das Mädchen?« Er stürmte durch die Schwingtür in den Empfang des Krankenhauses, das den DDR-Charme der Siebzigerjahre verbreitete. »Welches Mädchen?«, fragte ihn ein müder Portier.

»Hier ist vor einer Stunde ein schwer verletztes kleines Mädchen eingeliefert worden, ungefähr sechs Jahre alt.«

»Ich weiß nichts von einem Mädchen. Nichts gehört.«

»Dann schau gefälligst in den Unterlagen der Aufnahme nach.« Giannis wurde laut. Er baute sich dicht vor dem Portier auf und markierte den Macho. Laut, wichtig, männlich. Diese Sprache verstand man in Griechenland normalerweise ganz gut.

»Aufnahme haben wir nicht.« Der Mann am Empfang ließ sich nicht aus der Ruhe bringen und zuckte nur desinteressiert mit den Schultern. »Alles gekürzt, gestrichen, eingespart. Nicht mal Putzfrauen haben wir noch. Ich bin der Letzte hier.« Als Giannis ihn völlig konsterniert anglotzte, schob er sicherheitshalber nach: »Wenn jemand etwas hat, kommt er ins Krankenhaus. Das war's. So läuft das. Endaxi, in Ordnung?« Das Schicksal der schwer verletzten Kleinen ging ihm erkennbar am Arsch vorbei. »Jeder hier hat Probleme.«

Giannis ließ ihn einfach stehen und stürmte in den Gang zu den medizinischen Abteilungen. Röntgen, Orthopädie, Chirurgie. Hektisch versuchte er, verblichene Wegweiser zu entziffern. Dermatologie, das haben die hier auch, wunderte er sich. Dann, endlich: Notfallambulanz. Ein Wegweiser, von dem die Farbe in großen Placken abblätterte, wies ihm den Weg. Er stürzte in den Raum, direkt auf den nächsten Weißkittel zu. »Wie geht es der Kleinen? Wird sie durchkommen?«

»Wer will das wissen?« Der Arzt ließ sich erst mal den Dienstausweis zeigen und studierte ihn ausgiebig. Revier, Dienstgrad, Name. »Sie haben getrunken«, stellte er dann fest, »sind Sie überhaupt im Dienst?« Und ob, Giannis packte ihn am Kittel, das war deutlich genug. Endlich rang sich der Arzt einen knappen Kommentar ab: »Es sieht nicht gut aus. Wir müssen abwarten.«

»Wissen wir irgendwas über das Mädchen, Name, Alter, Herkunft?«

»Das fragen Sie mich? Bin ich Arzt oder Polizist? Nehme ich Vermisstenanzeigen auf?«

So langsam hatte Giannis die Faxen dicke. »Wer weiß«, sagte er, »wenn's dafür ein angemessenes Fakelaki gibt.« Die Anspielung zielte direkt auf die größte Schwäche der Griechen: auf kleine Geldzuwendungen in Briefumschlägen, die nichts anderes als Schmiergeld waren und in Griechenland seit Jahrzehnten eine Vorzugsbehandlung garantierten. Sie hatten oft genug über Leben und Tod entschieden. Mit seiner Andeutung hatte es sich der Kommissar bei dem Arzt endgültig verscherzt. In jeder Beziehung. Er hatte sich mit der offenen Provokation auch gleich noch als Griechenfeind entlarvt, auch wenn er anders aussah und sprach.

»Machen Sie Ihre Arbeit, ich mache meine«, sagte der Arzt. Er wendete sich abrupt ab und verschwand grußlos aus dem Behandlungszimmer. Giannis hoffte nur, dass der Doktor zu seiner kleinen Patientin netter war.

Donnerstag, 24. September

HAMBURG | Elbvororte

In Robins Kopf hämmerte es, als er wieder zu sich kam. Er fühlte sich verkatert. Endlich hatte sie sich doch gemeldet. Es war schon spät gewesen. Die Nachtausgabe der Tagesschau lief bereits. Immer neue Flüchtlinge. Von überall kamen sie her. In leichten Gummibooten über das Mittelmeer, zu Fuß über die mazedonische Grenze. Er konnte die Bilder und die Not, die sie erzählten, nicht mehr sehen. Die Ertrunkenen. Frauen. Kinder. Dazu die Toten aus den Bürgerkriegen. Aleppo, Donbass, Libyen, Südsudan. Die Welt war aus den Fugen.

Als Robin eigentlich nicht mehr damit gerechnet hatte, leuchtete auf seinem Handy plötzlich das Bild von Saskia mit seiner Tochter auf dem Arm auf. Das Foto war kurz nach der Geburt entstanden. Alles schien gut damals, seine Welt so heil. Er konnte sich von der Aufnahme nicht trennen, auch jetzt nicht, nachdem er sie verlassen hatte. Er liebte das Foto. So wie er seine Tochter liebte. Und vermisste. Aber für Sentimentalitäten war keine Zeit gewesen. »Verdammt, warum rufst du nicht zurück? Seit Tagen versuche ich es schon«, blaffte er ins Telefon. Kein Hallo, keine höflichen Vorreden zur Begrüßung, gleich voll ins Schwarze.

Er bekam keine Antwort. Auf der anderen Seite war Saskia, daran war kein Zweifel. Aber sie schniefte nur, brachte keinen Ton heraus. Hatte sie getrunken? Das wäre nicht typisch für sie. Andererseits war es auf Kreta bereits eine Stunde später. »Hast du getrunken?«, fragte er. Seine Frau, oder richtiger: seine Ex, die Mutter seiner Tochter, schniefte erneut laut. Nach einer längeren Pause jammerte sie: »Birte ist weg. Was soll ich nur machen?«

»Wie, weg?« Robin verstand nicht. Die beiden waren doch im Urlaub. Hatte er wirklich zu viel getrunken?

»Weg!« Saskia heulte wieder los. »Sie war bei einer Freundin im Dorf. Wir kannten sie und ihre Eltern vom Strand. Sie kommen aus Rostock. Nette Leute. Sie sollte um sieben zurück sein. Seitdem ist sie weg.«

»Weg? Das gibt's doch gar nicht. Wie kann das passieren?« Er verstand nicht. »Wie kannst du sie denn allein lassen? Sie ist doch noch so klein.« Robin war fassungslos. Seine Fragen prasselten auf sie ein wie Schläge.

»Es sind doch nur 300 Meter. Außerdem hatte Lisas Vater versprochen, sie schnell vorbeizufahren.«

»Welche Lisa?«

»Na, die Freundin vom Strand. Aus Rostock. Da kann man doch nicht Nein sagen.« Wieder Tränen. »Ich weiß nicht, was ich tun soll«, schluchzte sie.

»Warst du schon bei der Polizei?« Unglaublich, wie wenig selbstständig seine Frau manchmal war. Dabei war sie eigentlich gar nicht so wie die üblichen Spielerfrauen gewesen. Nur Mode, Fitness und Shoppen, das war ganz und gar nicht ihr Ding. Sie hätte als Model jobben können, sie arbeitete aber lieber als Leiterin eines Altenstifts am Elbhang, musste morgens oft um sieben Uhr raus. Und an zwei Wochenenden im Monat hatte sie Dienst wie alle anderen. Mindestens. Manchmal hatte sie Robin eingeladen, weil sie auch für die Unterhaltung der Senioren verantwortlich war. Dann hatte er den Alten abends Geschichten vorgelesen oder vom Fußball erzählt.

Die Männer schlaumeierten dann unheimlich, wollten sich noch einmal als große Fußballexperten beweisen, schliefen meist aber schnell ein. Dafür waren die alten Ladys zäh und konnten gar nicht genug von seinen Erzählungen kriegen. Wie das mit Kahn und Effenberg war oder mit deren Frauen. Ob Sex vor den Spielen erlaubt oder frühe Bettruhe Pflicht sei. Die Ladys lagen ihm fast zu Füßen. Er musste bei dem Gedanken daran oft noch nachträglich grinsen.

Saskia machte ihr Job Spaß, auch wenn er manchmal viel Kraft kostete und ihre Tochter ab und an etwas darunter leiden musste. Wenn sie erst später als geplant aus der Kita abgeholt werden konnte zum Beispiel. Denn er hatte nachmittags ja meistens Training. Saskia wollte unabhängig von ihm sein, ihr eigenes Einkommen haben, das war immer ihr Ziel gewesen. Und jetzt war sie doch total aufgeschmissen ohne ihn. Robin wusste nicht, was ihn mehr betroffen machte: die Abhängigkeit seiner Ex und die Wut darüber oder die Angst um seine Tochter. Er musste sich zwingen, sich wieder auf die furchtbare Realität zu konzentrieren.

»Mann, wir sind in Griechenland«, heulte Saskia, »Kreta. Südküste. Schon mal gehört? Hier gibt's weit und breit keine Polizei. Und wenn es eine gäbe, hätte die längst Feierabend. Oder niemand spräche Deutsch oder Englisch. Erst recht nicht, wenn's mal eng wird. Außerdem ist mein Akku gleich leer.«

Robin überlegte fieberhaft. Seine Gedanken und Gefühle purzelten wild durcheinander. Er ließ Saskia eine Steckdose für das Handy suchen und versprach, so schnell es ging, zurückzurufen. Ihm kam eine Idee, und er überlegte, ob die was bringen konnte. Insgeheim hoffte er immer noch, dass jeden Moment das Telefon klingeln würde und sich alles als unbegründete Befürchtung oder schlechter Scherz herausstellte. Weil Birte spät, aber wohlbehalten doch noch aufgetaucht war. Sie war mit ihren sechs Jahren schließlich schon sehr selbstständig.

Irgendwann musste er eingenickt sein. In voller Montur auf dem Sofa. Der schwere Rotwein hatte den Zweikampf gewonnen. Als er Stunden später wieder zu sich kam, tat ihm der Nacken weh, der Schädel brummte, und er stank nach Schweiß. Angstschweiß? Er überlegte, ob er erst mal duschen sollte. Aber ein Blick auf die Uhr sagte ihm, dass man anderswo auch schon wach sein musste. Er zögerte nicht mehr und griff zum Handy.

HERAKLION | Kreta

»Mann, Alter, du hast mir grade noch gefehlt.« Echte Freude hörte sich anders an. Aber Giannis Kostapoulos war völlig von den Socken, als er erst die deutsche Nummer auf seinem Handydisplay sah und dann auf einmal seinen alten Kumpel Robin am Telefon hatte. Seine Stimme klingt gestresst, dachte Robin. In Griechenland war der Tag schon eine Stunde älter. Das allein konnte aber kaum der Grund sein. Er beschloss, nicht gleich mit der Tür ins Haus zu fallen. Er konnte ja nicht ahnen, dass Giannis noch im Krankenhaus war und nicht geschlafen hatte. Wenn man von einem kurzen Nickerchen auf unbequemen Stühlen in einem der Wartezimmer mal absah. Der Kommissar versuchte immer noch, die Identität des Mädchens zu klären.

Er hatte die Kleine mithilfe einer Pflegerin endlich finden können. Sie lag auf der Intensiv im künstlichen Koma und war auf absehbare Zeit nicht ansprechbar. So ein hübsches Mädchen, hatte er sofort gedacht. Die blonden Locken betteten ihren Kopf auf dem Krankenhauskissen wie in einem Nest. Zart und leichenblass lag sie da. Ein schlechter Vergleich. Er korrigierte sich innerlich sofort, als er das dachte. Irgendwie kam sie ihm entfernt bekannt vor. Aber er verwarf die Idee gleich wieder. Woher auch? Giannis hatte ihr Behandlungszimmer grad verlassen, als auf einmal der Anruf aus Hamburg kam.

»Long time no see«, sagte er zu der wohlbekannten und sehr geschätzten Stimme. Irgendwie freute er sich auf einmal sogar, sie zu hören. »Kein Wunder«, antwortete Robin, »wenn du auf einmal sang- und klanglos nach Griechenland verschwindest, ohne ein Wort zu sagen und ganz ohne Abschied. Wie lange ist das jetzt her, zwei Jahre, oder? Warum hast du nie was gesagt, dich nie gemeldet?«

Giannis dachte zurück an Hamburg. Dort hatte er seine beste Zeit. Gute Freunde, viel Spaß, in einer tollen Stadt. Er hatte grad sein Studium an der Polizeihochschule begonnen, als Robin an die Elbe kam. Das große Fußballtalent, Hamburgs neuer Hoffnungsträger. Die Zeitungen überschlugen sich. Robin hatte damals fast schon so etwas wie eine Odyssee hinter sich. Eigentlich kam er aus dem Osten, irgendwo in Meck-Pomm, Giannis erinnerte das nicht mehr so genau. Robins Vater war Diplomat im Außenministerium der DDR gewesen, irgendwann war die Familie deswegen nach Dänemark umgesiedelt. Robins Vater hatte einen Job an der Botschaft der DDR in Kopenhagen bekommen, sie ließen sich in einer Kleinstadt vor den Toren Kopenhagens nieder, nur einen Steinwurf vom Ostseestrand weg. Robin muss damals noch ziemlich klein gewesen sein, an die DDR erinnerte er sich jedenfalls erst, als es die schon nicht mehr gab. Giannis hatte das immer urkomisch gefunden, wenn Robin davon erzählte. Sie hatten zusammen viel über die Geschichten gelacht.

Robins Eltern blieben nach dem Zusammenbruch des realen Sozialismus in Dänemark und wechselten in einen bürgerlichen Beruf, was sollten sie auch in der Heimat. Den Arbeiter- und Bauernstaat, für den zu kämpfen sie gelobt hatten, gab es nicht mehr. Und die Dänen fragten nicht viel. Nicht nach Stasi, nicht nach politischer Vergangenheit. Dabei waren damals doch alle DDR-Diplomaten im Außendienst entweder Parteikader gewesen oder dem Ministerium für Staatssicherheit verpflichtet. Klassenkampf kannte keine Pause. Auferstanden aus Ruinen? Beerdigt in den Trümmern einer weltfremden Idee. Den Dänen war's egal.

Wie sehr sich deren Verhältnis gegenüber Ausländern seitdem doch geändert hatte, dachte Giannis auf einmal. Wenn er jetzt zum Urlaub nach Henne Strand an die Nordsee wollte, oben in Jütland, dann wurde er an der Grenze kontrolliert, obwohl er Deutscher und EU-Bürger war. Die dänische Grenzpolizei hielt ihn für einen Flüchtling und seinen deutschen Pass für gefälscht. Jedes Mal wieder. Pechschwarze Haare und ebensolche Augen, einen etwas dunkleren Teint, das reichte in Dänemark heutzutage schon, um als illegaler Ausländer verdächtigt zu werden. Die Dänische Volkspartei, eine Ansammlung europaskeptischer und ausländerfeindlicher Rechtspopulisten, hatte es in den letzten Jahren gründlich verstanden, das politische Klima des tollen Landes nachhaltig zu zerrütten.

»Bist du noch dran?« Robins Frage riss ihn aus seinen Überlegungen. »Ja«, antwortete Giannis, »sorry, ich dachte grad an unsere Zeit zurück. Und an deine Karriere.« Die war tatsächlich bemerkenswert. Alle hatten sich damals um Robin gerissen. Als Erstes hatten die Lehrer an seinem Sportgymnasium in Dänemark sein Fußballtalent erkannt und gefördert. Mit 16, noch vor dem Abi, entdeckten ihn britische Scouts und warben ihn ab auf die Insel. An der Football Academy eines Traditionsvereins im Nordwesten Englands machte er sein Abi und wurde nebenbei zum Profi ausgebildet. Als Robin nach Hamburg kam, galt er noch immer als ganz großes Talent. Die deutschen Zeitungen jubelten über das »Juwel aus der Fremde«. Und auch er, Giannis, hatte viel über ihn gelesen. Aber Robin bewegte damals offenbar vor allem eins: Heimweh. Er hatte die ständigen Reisen, das Leben in der Fremde und in unpersönlichen Internaten einfach satt. Da war ihm das Angebot aus Hamburg gerade recht gekommen.

Er wollte allerdings auf keinen Fall in der Hamburger Fußballschule auf dem Trainingsgelände am Stadtrand wohnen. Das ließ er sich in seinem ersten deutschen Profivertrag ausdrücklich zusichern. So kam er zu Giannis in die WG nach Eimsbüttel. Das war eine Fünf-Zimmer-Wohnung in direkter Nachbarschaft zum Schanzenviertel. Viele Studenten, kleine Kneipen, deutsche Tante-Emma-Läden neben türkischen Gemüsehändlern, Kebap und Falafel an jeder Ecke. Robin hatte die Gegend auf Anhieb gefallen, immer mittendrin, am Puls der Stadt. Giannis wohnte in der WG damals zusammen mit seiner Schwester Maria, einer Geografiestudentin, und Karla, die Musik machte und sich mit Gelegenheitsjobs über Wasser hielt. Meistens in Kneipen. In Robins Zimmer hatte vorher ein Austauschstudent aus Hamburgs Partnerstadt Daressalam in Tansania gewohnt, der damals grade wieder in seine Heimat zurückgekehrt war.

Robin und Giannis verstanden sich auf Anhieb, die paar Jahre Altersunterschied störten kein Stück. Zumal Giannis ja selbst ein leidlich guter Kicker war und offen für Robins neuen Verein schwärmte. Den Traditionsklub, der seit Gründung der Bundesliga dabei war. Robins ganzes Leben drehte sich um Fußball, immer nur Fußball. Morgens, mittags, abends. Sein Nachtleben war davon abhängig und sein Speiseplan. Als aktives Mitglied der WG war er ein glatter Ausfall. Putz- oder Küchendienst blieb meistens an den anderen hängen, denn Robin war ja beim Training. Oder bei der Massage. Alles bei ihm richtete sich nach demselben Rhythmus: Training, Vorbereitung,

Spiel, Auslaufen, Reha. Aber sie mochten ihn. Trotzdem. Und wenn er dann doch mal Ausgang hatte, zog Robin am liebsten mit Giannis um die Häuser, manchmal gingen beide auch gemeinsam mit Maria aus. Eine Zeit lang hatte Giannis sogar gehofft, das mit Robin und seiner Schwester könnte etwas Ernstes werden. Die beiden mochten sich, sie schliefen eine Zeit lang auch miteinander. An etwas Festes dachte aber keiner von beiden.

Das war bei Giannis und Robin etwas anderes, ihre Freundschaft war eng und belastbar. Vielleicht weil sie einander so ähnelten. Nicht nur weil ihre Väter eine vergleichbare Vita hatten. Im Gegenteil: weil sie ihre Herkunft und auch ihren Alltag mit großer Distanz betrachteten. Giannis sah manche Entscheidungen der Hamburger Polizeiführung sehr kritisch. Der Hamburger Kessel, bei dem 1986 rund 800 Brokdorf-Demonstranten, darunter einige gute Freunde, stundenlang von Polizisten eingekesselt worden waren und nicht einmal auf Toilette durften, war für Giannis glatte Freiheitsberaubung. Heute gehörte »Kesseln« auf Demos wieder zum Standardrepertoire der Polizeitaktik. Giannis sträubten sich die Haare beim Gedanken daran.

Robin wiederum fand frühzeitig einige Entwicklungen im Profifußball sehr bedenklich, ganz besonders die Kommerzialisierung und die Abhängigkeit vom Fernsehen. Sie waren jeder für sich Außenseiter, und das schweißte sie zusammen, sie vertrauten sich und wussten viel voneinander. Trotzdem machten beide ihren Weg, auf völlig unterschiedliche Weise. Aus Robin wurde Robinho, der Fußballstar, aus dem Polizeischüler Giannis ein leitender Kriminalhauptkommissar, mit Betonung auf »haupt«. Das alles ging Giannis jetzt wie im Zeitraffer durch den Kopf, als er den alten Freund in der Leitung hatte. Manchmal vermisste er die Jahre.

Robin hatte recht, dachte Giannis. Er hatte ein schlechtes Gewissen, wenn er zurück an Hamburg dachte. Gemessen an den vielen guten Jahren, hatte er sich feige aus dem Staub gemacht. Natürlich hätte er zur Entschuldigung vorbringen können, dass Robin längst ausgezogen war und mit Saskia und ihrer Tochter nobel an der Elbe lebte. Aber ihre Freundschaft hatte darunter ja eigentlich nicht gelitten. Und trotzdem hatte er sich einfach verpisst. Er hatte seine Entscheidung getroffen, kaum jemanden eingeweiht und war dann abgehauen. »Ich musste was ändern in meinem Leben, neue Horizonte sehen. Dachte ich jedenfalls«, sagte er etwas kleinlaut, »dann kam Griechenland.«

Giannis zögerte. Aber von Robin kam nichts, der reagierte überhaupt nicht. »Ich hatte Angst, es mir anders zu überlegen, wenn ich lange darüber nachgedacht hätte.« Er wollte ehrlich sein, diesmal jedenfalls, Robins Vorwurf nicht einfach so abtun, mit leichter Hand. »Deshalb habe ich damals für mich entschieden: kein Blick zurück.« Er schwieg erneut. Es waren trotz allem schöne Erinnerungen, für die er jetzt eigentlich gar keine Zeit und erst recht keinen Kopf hatte.

»Aber mal ehrlich: Deshalb rufst du doch nicht an. Ausgerechnet heute. Um diese Uhrzeit. Um mit mir in Erinnerungen zu schwelgen oder dich zu beschweren. Oder bist du hier, auf der Insel, machst Urlaub?« Denn natürlich hatte Giannis gelesen, dass Robin für alle überraschend seine Spielerkarriere beendet hatte.

Robin berichtete in kurzen Zügen von seinem Telefonat mit Saskia und ihrer Verzweiflung. Dass Birte den ganzen Abend nicht aufgetaucht war und auch die Eltern ihrer kleinen Freundin keine Ahnung hatten. Der Vater, der sie eigentlich zu Saskia bringen wollte, hatte überraschend Bekannte im Hafen getroffen und war nicht rechtzeitig zurück gewesen. Da war die Kleine einfach losgegangen. »Ich bin doch schon groß«, hatte sie noch gesagt. Und weg war sie. Einfach weg.

»Du bist meine letzte Hoffnung, Giannis. Du bist doch auf Kreta.« Während seines Gesprächs mit Saskia war ihm der Gedanke gekommen. »Du kennst doch Land und Leute da. Was kann ich machen? Kannst du uns helfen?«

Giannis kam ein schrecklicher Verdacht. War ihm deshalb das blasse Gesicht so bekannt vorgekommen, die blonden Locken? Er wollte es nicht glauben. Er sagte kein Wort. »Komm her, Robin«, sagte er stattdessen. »Morgen früh fliegt Easyjet nach Athen, da gibt's bestimmt noch einen Platz. Handgepäck reicht. Von Athen fliegen fast stündlich Maschinen weiter nach Heraklion. Oder du nimmst die Schnellfähre. Nachmittags kannst du hier sein, spätestens. Du pennst bei mir, dann sehen wir weiter.«

Als sein Freund aufgelegt hatte, fühlte sich Giannis fast wie ein Verräter.

HAMBURG | Eimsbüttel

Im »Olympic Grill« war noch nicht viel los. 18.30 Uhr war für das Wohnviertel zwischen St. Pauli und Alster noch entschieden zu früh. Hier ging man nicht vor acht Uhr abends zum Essen in die Kneipe und noch viel später auf einen Absacker vor die Tür. Aber seit der Fußballverband auch die unterklassigen Spiele immer mehr an den Interessen irgendwelcher obskurer TV-Sender ausrichtete, zerfaserten die Spieltage immer weiter. Emir war davon genervt. Aber als Fan oder wie er, als jemand mit »special Interests«, hatte man kaum Alternativen. Er musste über seine Definition selbst grinsen. Special Interests. Klang verdammt cool.

Emir hatte sich für einen Ecktisch entschieden, von dem er eine gute Sicht auf eine Reihe von Flachbildschirmen unter der Decke hatte und zugleich ungestört war. Vor ihm stand ein Teller Tsatsiki mit kleinen Lammspießchen, dazu ein großes Bier. Schon sein drittes an diesem noch jungen Abend. Über ihm flimmerten die ersten Partien des Pokalspieltags über die Bildschirme, ganz rechts spielte irgendein Siebtligist aus Ibbenbüren gegen den Zweitligisten aus Jena. Oder kam der Gastgeber aus der sechsten Liga? Emir war sich nicht sicher, war auch egal. Es war eh kein großes Match zu erwarten, nur die Höhe der Niederlage gegen die Ostdeutschen war für Experten die Frage. Deshalb hatte der Verband den Anpfiff auch schon für 17 Uhr angesetzt. Aber selbst für diese lausige Partie fand sich noch ein Privatsender, der live übertrug. Immerhin 100.000 Euro war das den Programmmachern wert.

Der junge Hamburger folgte dem Match konzentriert. Er hatte nach seiner Flucht aus Bosnien an die Elbe einige Jahre selbst aktiv gekickt. Bis in die vierte Liga hatte ihn die Karriere sogar geführt. Ausgerechnet als sich die zweite Mannschaft eines norddeutschen Bundesligisten für ihn interessierte, hatte er sich beim Probetraining das Kreuzband gerissen. Nach der komplizierten Verletzung war er nie wieder richtig auf die Beine gekommen, an eine Fortsetzung seiner Laufbahn war nicht mehr zu denken. Und das mit 28 Jahren und ohne eine Berufsausbildung. Sein Onkel war damals die Rettung, Emir war in dessen Wettgeschäfte eingestiegen. Jemand, der was von Fußball verstand, konnte nur hilfreich sein. Außerdem war er ja Familie.

Emir tunkte ein Stückchen Lamm in den Knoblauchjoghurt, ohne hinzusehen. Sein Blick hing an den Fernsehbildern. 7 : 0 für die Ostdeutschen, alles lief nach Plan. Fast alles. »Fuck«, fluchte er leise vor sich hin. Wo blieb der Gegentreffer? Ein Tor in der Schlussviertelstunde für die klar unterlegene Heimmannschaft, das war der Deal mit den Ostdeutschen, dafür sollten 25.000 Euro in die Mannschaftskassen fließen. Es waren nur noch drei Minuten zu spielen, und die Thüringer drängten auf den achten Treffer, die Amateure kamen nicht einmal mehr über die Mittellinie.

Er verzog das Gesicht. Das Lamm war kalt geworden, ihm war der Appetit vergangen. Und zwar gründlich. Er spülte den letzten Bissen mit einem großen Schluck hinunter und kippte den Ouzo hinterher. Auf dem Bildschirm pfiff der Schiri gerade Freistoß, aber leider auf der falschen Seite. Ein westfälischer Abwehrspieler, der so ausgepumpt war, dass er die Füße kaum noch heben konnte, hatte seinen Gegenspieler einfach plump umgerissen. Er bekam Gelb, aber das interessierte wirklich niemanden. Der Siebener von Jena legte sich den Ball zurecht und schoss nach kurzem Blickkontakt über die Mauer aufs Tor. Nicht besonders hart, nicht besonders platziert, nicht besonders gefährlich, einfach in die Tormitte.

Aber was machte der Torwart? Der Keeper warf sich völlig unmotiviert in seine rechte Ecke, der Ball schlug halbhoch über ihm ein. Wäre er einfach stehen geblieben, hätte er den mit der Mütze fangen können.

So ein Penner. Der Jubel des Schützen hielt sich in Grenzen. Das Spiel war längst entschieden. Die Mannschaften schlichen zum Mittelkreis. Der Schiri pfiff noch an und kurz danach gleich wieder ab. Schluss. Aus. 0:8. Eine Katastrophe. Nicht so sehr für die Amateure, wenn man sah, wie gut gelaunt die das Spielfeld verließen. Aber für Emir.

Mit einem wütenden Ruck schob er den Teller von sich weg. Tsatsiki rutschte über den Tellerrand. Wie konnte das passieren? Er war außer sich. Er würde Ärger kriegen, das war klar. Und das war noch eine gelinde Untertreibung. Was würde sein Onkel sagen oder, wichtiger noch, mit ihm machen? Dabei war doch alles so gut eingetütet gewesen. Er blickte sich um. Noch immer wenig los im »Olympic«. Er wusste, dass er es besser nicht tun sollte. Aber er war so wütend, dass er zum Handy griff und eine Nummer eintippte. Es klingelte nur zweimal. »Was soll der Scheiß?«, zischte er in den Apparat, »wir hatten eine klare Absprache.«

Er wartete die Entgegnung auf der anderen Seite nicht lange ab. »Das interessiert mich alles nicht«, er wurde lauter: »Du hast versagt. Lass dir was einfallen, sonst bezahlst du dafür, und zwar persönlich.« Er drückte auf Aus und wählte eine andere Nummer. Diesmal sagte er nur einen Satz. »Wir müssen reden. Ruf mich an. Sofort. Oder du bekommst Besuch.« Er pulte die SIM-Karte aus seinem Handy und ersetzte sie durch eine neue. Die ausgewechselte knickte er zweimal und mischte sie unter das Tsatsiki. Dann ging er betont gelassen zum Tresen und zahlte.

TIRANA | Albanien

Die Leitung nach Tirana war schlecht. Er war für einige Tage zu seinen Eltern gefahren, das machte er regelmäßig. Der Flug von Sarajevo war ein Katzensprung und nicht teuer, konnte man gut mal machen. Trotzdem war er viel zu selten da, wenn er ehrlich war. Sarajevo lag strategisch günstiger und hatte mehr Lebensqualität, aber Tirana war sicherer. Vor dem Zugriff der Behörden jedenfalls, falls irgendwann mal Not am Mann sein sollte. Zweimal schon hatte er auflegen und neu wählen müssen. Dann hatte er doch zum Handy gegriffen und war vor die Tür gegangen. »Scheiß auf die Gebühren«, fluchte Boris Petrovic. Er musste endlich seinen Bruder sprechen, bevor die Kacke richtig am Dampfen war.

»Kleiner Bruder, ich soll dich von den Eltern grüßen, sie vermissen dich«, begann er betont freundlich, als er Milan in Hamburg endlich dran hatte. Doch der hatte keinen Bock auf den Anruf aus der Heimat, das Gesülze machte es nicht besser. »Du störst, ich ruf zurück«, antwortete Milan, »ich sitz hier mit ein paar Geschäftsfreunden.«

Welche Geschäfte konnten wichtiger sein als die Familie, dachte Boris. Aber Milan war der Boss. Er war der operative Chef nicht nur des Clans, sondern vor allem ihres Gesamtportfolios, wie es auf Neudeutsch hieß. Er war praktisch der Vorstandsvorsitzende für all ihre Aktivitäten. Daran würde Boris nie rütteln, auch wenn er der Ältere war. Noch nicht jedenfalls. Aber seine Zeit würde kommen. Wer zu früh kommt, den bestraft auch oft das Leben, dachte er und lächelte in sich hinein. Schon jetzt liefen bei ihm in Sarajevo wichtige Fäden zusammen. Das konnte auch sein Bruder kaum bestreiten. Schließlich sorgte er, Boris, dafür, dass der Wettbetrieb wie geschmiert funktionierte. Geschmiert! Er musste selbst grinsen bei der Formulierung. Aber so war es nun mal, im wahrsten Sinne des Wortes.

Für einen Moment war er nicht mehr so sauer. Allerdings wäre er auch der Erste, der dran war, wenn es Probleme gab. Das verdiente eine Portion extra Respekt. Und das würde er Milan schon noch verklickern. Schließlich agierte er im Grenzland der Illegalität, keiner interessierte sich hier für irgendwas. Aber diese Regellosigkeit galt auch, wenn etwas schieflief. Sarajevo war deshalb in vielerlei Hinsicht der Schauplatz, an dem Probleme ausgetragen wurden. So oder so. Das drohte ihm jetzt. Die schlechte Laune war zurück.

Ein unbedeutendes Punktspiel in der noch jungen Saison der ersten türkischen Liga war nicht so ausgegangen wie erwartet. Obwohl bis ins Detail von ihm geplant. Der Aufsteiger spielte am Schwarzen Meer nur unentschieden. Irgendein so ein Witz von Schiedsrichter, der für einen überraschenden Auswärtssieg des Neulings sorgen sollte, hatte versagt. Ob aus Feigheit oder aus Dämlichkeit, das musste noch abschließend geklärt werden.

Tatsache war jedoch, dass der unberechtigte Elfmeter, den er für den Aufsteiger gepfiffen hatte, vom Keeper der Heimelf gehalten worden war. Sogar ohne größere Mühe. Und aus der zweifelhaften Roten Karte für den Gastgeber konnten die Gäste keinen Nutzen schlagen. Danach hatte sich die Pfeife dann offenbar mit dem 2 : 2 abgefunden, statt kurz vor Schluss mit einer Tatsachenentscheidung doch noch den Schalter auf Auswärtssieg zu drehen. Was für ein Versager. Was für ein Schuss in den Ofen. Asiatische Wetter, die meisten aus Singapur und Hongkong, hatten angeblich zusammen 650.000 Dollar in den Sand gesetzt. Und das waren nur die ersten Schätzungen. Jetzt hatte er die chinesische Mafia am Hals. Die interessierte sich nicht für Erklärungen oder Entschuldigungen. Die wollte Ergebnisse oder ihr Geld zurück. Wenn es beides nicht gab, dann war Schluss mit lustig. Auch für einen mächtigen Balkan-Clan. Dafür stand zu viel auf dem Spiel. Deshalb musste er unbedingt mit Milan sprechen. Sie brauchten eine Lösung. Oder zumindest eine Strategie.

Als Milan nach endlosen Minuten zurückrief, bollerte der gleich los. »Was machst du für einen Bockmist. Hast du deine Leute nicht im Griff? Ich hab hier so was von Ärger.«

Boris verstand erst gar nicht, was sein Bruder meinte. Schließlich hatte er doch die Probleme. »Die Chinesen waren hier, bei mir in Hamburg«, schimpfte Milan, »die machen mir die Hölle heiß. Was ist los bei euch?« Er war echt sauer, das konnte man hören. Oder hatte er sogar ein bisschen Angst? So hatte Boris seinen Bruder jedenfalls lange nicht erlebt. Aber was trieben die Chinesen mit ihm in Hamburg?

»Das Ding mit den Türken ist in die Hose gegangen. Erst waren die Spieler zu blöd, ihre Chancen zu nutzen, die ihnen praktisch auf dem Silbertablett serviert wurden. Danach hat der Schiri resigniert. Keine Ahnung, warum. Das muss ich noch klären. Lässt sich aber nicht mehr ändern. Kann passieren.« Boris versuchte seinem Ton eine Spur Lässigkeit zu geben. Er war der große Bruder, er brauchte sich nicht alles bieten zu lassen. »Ein bisschen Schwund ist immer«, witzelte er.

»Dann erklär das mal den Chinesen.« Milan am anderen Ende der Leitung war außer sich. »Die reden von über einer Mio Verlust. Willst du den von deinem Privatkonto ausgleichen?«

Jetzt reichte es Boris mit dem Gemecker. Seit über zehn Jahren waren sie nun schon im Wettgeschäft. Sie hatten klein angefangen, zunächst in Asien, als Mittelsmänner. Da gab es nicht so viele Auflagen und nicht so großes Risiko. Die Polizei dort interessierte sich nicht für Wettgeschäfte. Aber ohne Aufenthaltsgenehmigung hatten sie Singapur irgendwann wieder verlassen müssen. In Europa hatten sie dann weitergemacht, anfangs noch bescheiden. Hier mal ein Spiel gefingert, da mal eins. Bloß nicht auffallen, das war ihr Geschäftsmodell im Westen.

»Ich weiß gar nicht, was du hast«, meckerte Boris, »es läuft doch. Ganz nach deinen Wünschen.« Nach dem Skandal um das Pokalspiel in Paderborn hatten alle erst mal einen Gang runtergeschaltet, auch die Fahnder. Sie hatten auf Anweisung von Milan den Ball lieber flach gehalten und waren gut damit gefahren. Boris hatte sich gefügt, auch wenn's schwerfiel. Fünf, sechs Spiele im Jahr, das musste erst mal genug sein. Zwei in der Türkei, eins in Griechenland, eins oder zwei in Deutschland in unbedeutenderen Ligen oder während Trainingslagern, zwei weitere sonst wo. Das war okay. Niemand schöpfte so ernsthaften Verdacht, von dem blöden Testspiel der Hamburger in den Bergen mal abgesehen.

Von dem Toten auf Sarajevos Bahngleisen sagte Boris lieber nichts. Natürlich war Dragan einen Schritt zu weit gegangen, aber von Umbringen war keine Rede gewesen. Aber das würden sie unter sich klären. Er würde Milos eine Lektion erteilen. Hoffentlich war ihm das eine Lehre. Aber das alles brauchte seinen Bruder nicht zu kümmern. Auch nicht seine Probleme mit den Chinesen. Hauptsache, die Kohle stimmte. 35 Prozent des Wetteinsatzes für sie, davon gingen zehn Prozent an Kosten und Aufwandsentschädigungen ab. Das Geschäftsmodell funktionierte. »Wozu das Gejammer?«, fragte er.

»Ach ja«, höhnte Milan, »alles läuft? So wie jetzt bei diesem Scheißpokalspiel in Deutschland? Sechste Liga, alles easy, oder was? Das war doch deine Idee. Und es waren deine tollen Kontakte. Todsicher, hast du gesagt. Und? Noch so ein Bockmist. Hätte ich bloß nicht auf dich gehört.« Milans Wut vibrierte förmlich durch den Apparat. Boris konnte wenig dagegen einwenden. Das war ein Schuss in den Ofen gewesen, Volltreffer, versenkt.

Alles schien so einfach. Sein Neffe hatte ihm den Deal schmackhaft gemacht. Er habe den Torwart und den Kapitän der Heimmannschaft an der Angel, hatte Emir behauptet. Und der Schiri sei ein guter Kumpel von ihm. Was dann schiefgelaufen war, musste ebenfalls noch geklärt werden. Aber Tatsache war, dass sie das Ding an die Wand gefahren hatten. »Ja, das ist scheiße gelaufen«, räumte Boris kleinlaut ein, »aber das Risiko steigt nun mal mit der Anzahl der Spiele. Alle wussten das. Du auch.« Das Problem war doch nicht er, dachte Boris, das Risiko entstand durch labile Partner und gierige Kunden. Die Wetter konnten einfach den Hals nicht voll kriegen. Immer mehr Spiele sollten es werden. Fast dreißig waren es im letzten Jahr. Es ging längst nicht mehr allein um Wettbetrug. Fußballwetten waren auch ein idealer Weg der Geldwäsche. Das wusste er. Er war ja nicht völlig von gestern.

Deshalb wurden auch immer neue, immer unsinnigere Wetten erfunden. Er fand das total abgefahren. Bei sogenannten Live-Wetten konnte darauf gesetzt werden, wer die nächste Rote Karte, die nächste Ecke oder den nächsten Einwurf bekam. Oder wer vor Spielbeginn die Seitenwahl gewinnt. Bei Over-Wetten wurde nicht nur auf Sieg oder Niederlage gewettet, sondern auf die Mindesttordifferenz. Beide Varianten hatten den großen Vorteil, dass Spiele noch während der regulären Spielzeit durch Signale von außen beeinflusst werden und Wetter bis zum Abpfiff bieten konnten. Es kribbelte mehr.

Was für ein Irrsinn, fand Boris, aber es war natürlich auch sehr reizvoll. Die Einsätze waren höher, die Gewinne größer. Und auch sein Einfluss. Denn für solche Live-Wetten brauchte es ein großes und gut geschmiertes Netzwerk. Dafür sorgte er. Aber natürlich wuchs damit auch das Risiko für alle Beteiligten. Zumal auch Spiele in den großen

Fußballländern Deutschland, Spanien und England dabei sein sollten. Hier waren die Wetten lukrativer. Aber hier waren auch die Kontrollen viel schärfer. Neue Überwachungsmethoden, sogenannte Sportradare, meldeten frühzeitig ungewöhnliche Wetteinsätze und riefen Ermittler auf den Plan. Und je größer die Netzwerke, desto größer auch die Zahl der Mitwisser. Auch wenn das in Fernost niemand hören wollte.

Boris fröstelte leicht. Ob's an den herbstlicher werdenden Temperaturen lag oder an seinem schlechten Gewissen, konnte er selbst nicht genau sagen. Die Taubenschwärme um ihn herum flatterten nervös, wenn ein Fußgänger sie aufscheuchte. Das nervte zusätzlich. Ein Vogelschiss verfehlte ihn nur knapp. War das etwa ein Symbol, überlegte er kurz, hatte er sich gründlich verschätzt? Er beschloss, sich nicht verrückt machen zu lassen. Durch nichts und niemanden. Auch nicht durch seinen Bruder. Schließlich hatte er alles gut durchdacht. Vielleicht musste er in Zukunft einfach noch etwas mehr aufpassen.

Als Komplizen beim Wettbetrug stützte er sich am liebsten auf Schiedsrichter. Die hatten fast unendliche Möglichkeiten, direkt ins Geschehen einzugreifen. Und Fehlentscheidungen waren selbst unter normalen Umständen an der Tagesordnung. Aber eine Bank waren die eben auch nicht. Ibbenbüren hatte das gerade erst wieder bewiesen. Und auch beim Spiel in der Türkei hatte der Schiri nur bedingt funktioniert. Mit den Spielern war es schwieriger. Zumindest in Westeuropa. Die meisten waren einfach zu feige oder zu idealistisch. Oder beides. Außerdem wurden sie von ihren Vereinen zu gut bezahlt. Viel zu gut. Warum sollten sie bei Jahresgehältern in Millionenhöhe für lausige 10.000 Euro ein Spiel durch ein Eigentor entscheiden? Und all den öffentlichen Spott auf sich ziehen?

In Osteuropa war das anders. Fast 50 Prozent der Profis erhielten dort ihr Gehalt nicht regelmäßig, mit langer Verspätung oder gar nicht. Die Versuchung dort war deutlich größer, größer jedenfalls als die moralischen Zweifel. Davon profitierte er immer wieder.

Die sicherste Bank allerdings blieben die Schiris. Solange es keine Profi-Referees gab, waren viele, zu viele, für jedes Zubrot dankbar. Trotzdem kam es immer wieder zu Ausfällen. Zwar konnten die Männer in Schwarz mit ihren Entscheidungen die Vorlagen geben. Rote Karten, Elfmeter, Freistöße, nicht geahndete Abseitsstellungen. Die Siegtore mussten die Spieler aber schon selbst erzielen. Oder reinlassen. Und manchmal waren sie dazu einfach zu blind. Oder zu blöd.

Das war praktisch Unternehmerrisiko. Wenn man ehrlich war, konnten solche Pannen sogar hilfreich sein. Sie waren teuer, sie verwischten aber auch ungewollt Spuren. Denn zu viele Sensationssiege mit überhöhten Wettquoten konnten schnell Verdacht schaffen. Deshalb verstand er auch die Aufregung seines Bruders nur sehr bedingt.

»Die sollen sich nicht so künstlich aufregen, nach all der Kohle, die sie durch uns gemacht haben«, sagte Boris zu seinem Bruder, »so was kann immer mal wieder vorkommen.«

»Bei so hohen Einsätzen darf es das aber nicht«, brüllte Milan in den Hörer. »Das war einer der höchsten Einsätze, die wir bislang hatten. Erklär das mal den Schlitzaugen. Wir müssen uns was einfallen lassen, DU musst dir was einfallen lassen.« Dann legte er auf.

HAMBURG | im Gericht

Nach der Besprechung musste sie erst mal kurz verschnaufen. Sie nahm sich auf dem Weg in ihr Büro einen doppelten Espresso aus dem Kaffeeautomaten mit. Den konnte man inzwischen sogar trinken, nachdem sie zusammengelegt und eine neue Maschine angeschafft hatten. Es war ein schickes italienisches Modell geworden, nachdem jeder auf dem Gang einen Fuffi dazugeben musste. Aber es hatte sich gelohnt. Sie setzte sich in ihren Besuchersessel, legte die Beine auf den Tisch und schloss für einen Moment die Augen.

Das Treffen mit dem Generalstaatsanwalt war ganz anders gelaufen, als Eleni sich vorgestellt oder vielleicht sogar befürchtet hatte. Keine Rede davon, dass er sie womöglich auf ihre Fußballkenntnisse hin testen wollte. Oder ihr vielleicht sogar einen Kollegen an die Seite stellen würde. Im Gegenteil. Er hatte sich nicht lange mit Vorreden aufgehalten, sondern gleich loslegt. Mindestens 19 Spiele der alten Saison seien auf dem Radar der Ermittler, in sechs Ländern. »Die Wettbetrüger werden immer dreister«, stöhnte er. Vier Spiele in Deutschland seien im Fokus, drei aus der dritten Liga, dazu eins aus der Junioren-Bundesliga. In Österreich hatten sie unter anderem ein Zweitligaspiel wegen Schiebereien in Verdacht, in den Niederlanden waren es drei neue Begegnungen. Die Abstände zwischen auffälligen Spielen wurden dort immer kürzer. Aktuell war sogar ein Spieler aus der Bundesliga in den Blickpunkt der Ermittler gerückt. Mindestens ein bayerischer Kicker soll gekauft worden sein, damit sein Team absichtlich verlieren würde, hieß es.

»Wie ist man dem auf die Schliche gekommen?«, fragte Eleni, »war er so dumm, sich zu verraten?« Sie lernte in jedem Gespräch dazu.

»Die Kontrolleure von SoccerWatch hatten das Spiel im Visier.« Er fuhr ungerührt fort, dabei blätterte er sich durch die Akte auf seinem Tisch. »Irrsinnig hohe Einsätze auf eine Niederlage des haushoch favorisierten Erstligisten im Pokal mit zwei Toren Unterschied beim Gastgeber aus der vierten Liga hatten die Buchmacher notiert. Mit einer Quote von 1:9. Bis zur 82. Minute hat es 1:1 gestanden, das war an sich schon eine Überraschung. Am Ende gewannen die Amateure sogar noch 3:1. Eine absolute Sensation. Nur, frag bitte nicht, wie die Tore zustande gekommen sind.«

SoccerWatch war eines dieser neuen Frühwarnsysteme gegen organisierten Wettbetrug, das hatte Eleni ihren Unterlagen entnommen. Die unabhängigen Aufpasser überwachten Woche für Woche Tausende von Spielen in ganz Europa und meldeten aus dem Rahmen fallende Wetteinsätze unverzüglich an die jeweiligen Verbände. Wenn es dann auch noch abstruse Ergebnisse oder Indizien für merkwürdige Spielverläufe gab, legten die Ermittler los. Immer öfter mit Erfolg. Trotzdem reichte Eleni das nicht als Beleg.

»Na und? Das gibt es doch immer wieder mal.« So viel verstand selbst sie von Fußball, dass sich ein Spiel in zehn Minuten noch mal völlig drehen konnte. Vielleicht waren sie da einfach wieder, die viel zitierten typischen Pokalgesetze.

»Jaja, aber das ganze Spiel über stand das Maskottchen des Erstligisten, ein kleiner Kuschellöwe mit blau-gelbem Dress, in der rechten Ecke des eigenen Tors im Netz und auf der anderen Seite die Wasserflasche des Keepers.« Der Generalstaatsanwalt ließ sich nicht aus der Ruhe bringen. »Ab der 80. Minute lagen beide Utensilien auf einmal direkt in der Mitte des Tornetzes, als wäre es ein Signal. Und tatsächlich unterliefen einem Abwehrspieler der Gäste auf einmal haarsträubende Fehler, die zu Gegentoren führten. Aus einem entstand direkt das 2:1, ein anderer führte in der Nachspielzeit zum Elfmeter. Das stinkt doch zum Himmel.«

Der Torwart der Gäste aus Süddeutschland dementierte zwar hartnäckig, setzte der General fort, und auch die Feldspieler wehrten sich gegen jeden Verdacht, und das mannhafter als beim Spiel auf dem Platz, das einige erkennbar nicht richtig ernst genommen hatten. Einige ließen sich zu den Vorwürfen sogar im Fernsehen interviewen und gaben sich in der Sportschau ehrlich entrüstet. Aber immer neue Indizien, die von den Ermittlern zusammengetragen werden konnten, seien ziemlich erdrückend. Der Spielverlauf, dubiose Überweisungen, Telefonate und Chatverkehre auf den Handys mancher Spieler gehörten dazu. Später gab es sogar noch eine anonyme Anzeige, berichtete der Generalstaatsanwalt. Die asiatische Wettmafia hatte den Ball offenbar bis ins Herz von Europa gespielt. »Das haben die sich wohl richtig was kosten lassen.«

Eleni war sprachlos. Die Anhaltspunkte waren praktisch immer die gleichen: Eigentlich unbedeutende Begegnungen, die auf ungewöhnliches internationales Interesse stießen, oder sportliche Überraschungen, auf die irrwitzige Wetteinsätze platziert waren. Rein zufällig, versteht sich. Aber warum sollten sich Fußballwetter aus China oder Vietnam überhaupt für ein Spiel in Verl oder Ulm interessieren? Die wussten doch nicht mal, wo das liegt. Geschweige denn, wie der Heimatverein dort hieß.

Warum wettete ein Unternehmer aus Hongkong auf ein Pokalspiel der schwedischen Fußballfrauen von Umeå? Das schon in Schweden keine 2.000 Zuschauer interessierte. Noch dazu mit echt happigen Einsätzen? Eleni schüttelte gedankenversunken den Kopf, bis sie merkte, dass ihr Chef sie erstaunt ansah. Sie konzentrierte sich schnell wieder auf das Gespräch. Alles sprach dafür, dass die organisierte Kriminalität ein neues Betätigungsfeld entdeckt hatte. Die Wettmafia gab sich nicht einmal besonders große Mühe, ihre Spuren zu verwischen. Neues Spiel, neuer Einsatz. So sicher fühlte sie sich offenbar.

Manche Indizien legten den Verdacht nahe, dass mindestens einer der Drahtzieher in Hamburg saß, erläuterte ihr Chef, vielleicht sogar die Schlüsselfigur, zumindest aber ein wichtiger Mittelsmann. Und dass es längst nicht mehr nur um Wettbetrug ging, sondern womöglich um Geldwäsche in großem Stil. »Sie haben alle Möglichkeiten und kriegen alle Ressourcen«, sagte der Generalstaatsanwalt zu Eleni, »naja, fast alle. Der Fußball kann sonst daran kaputtgehen.« Deshalb hatte er die Sonderkommission eingerichtet, unter ihrer Leitung. »Ich muss wohl nicht betonen, was das sonst für Hunderttausende Fans bedeuten würde. Das würde schnell ganz andere Kreise ziehen.«

Klar, Fußball war ein Politikum, dachte sie. Fußball bewegt viele Menschen, mehr als das Schicksal von Bürgerkriegsflüchtlingen an ihren Landesgrenzen oder Ebola-Epidemien in Afrika. Brot und Spiele. Kam ihr irgendwie bekannt vor. Die Deutschen sollten mit den Ermittlern in Griechenland kooperieren und dabei die Federführung übernehmen. So hatte es sich die europäische Zentrale ausgedacht. Österreich waren die Türken und Holland die Kroaten zugeordnet worden. Offiziell nannte sich das »Zusammenarbeit«. Tatsächlich war das Modell aber mehr Ausdruck des Misstrauens, das die Verantwortlichen bei Europol den südosteuropäischen Apparaten gegenüber hegten. Die Fäden sollten in Den Haag zusammenlaufen.

Eleni überlegte, wie sie vorgehen wollte. Vielleicht sollte sie zur Einstimmung erst mal zum Griechen gehen. In Eimsbüttel gab es einen, den sie besonders mochte. Nicht gerade um die Ecke, aber eigentlich war es der einzige, dessen Küche sie wirklich akzeptierte. Andros und seine Familie kochten noch so, wie sie es von Oma und Opa aus Kalamata kannte. Viele verschiedene kleine Vorspeisen, die meisten mit reichlich

Olivenöl zubereitet, der Fisch immer frisch mit originalen Gewürzen, Schmorgerichte aus dem Topf. Griechisches Olivenöl ist einfach das beste, dachte sie. Nicht aus Patriotismus. Dazu hatte sie zu wenig mit dem Land ihrer Großeltern gemein. Wann war sie das letzte Mal in Kalamata gewesen? Das musste noch vor dem Studium gewesen sein.

Nur einmal war sie seitdem in Griechenland gewesen. Zum Schreiben ihrer Promotion und zum Auswerten ihrer vergleichenden Studien hatte sie sich für sechs Wochen in ein kleines Haus bei Agia Galini zurückgezogen. Sechs Wochen ohne Anrufe und Ablenkung, sechs Wochen lang keine Pflichten, keine Rücksichtnahmen. Es war noch Vorsaison, an Kretas Südküste war es vergleichsweise ruhig gewesen. Aber die Sonne wärmte schon. Sie konnte stundenlang draußen sitzen und arbeiten. Und abends ging sie essen in der Taverne nebenan, die ihre Saison schon eröffnet hatte, Ziege aus dem Ofen mit frischem Knoblauch, Thymian und Rosmarin. Oder Stifado. Natürlich mit gutem Olivenöl.

Damals hatte sie das erste Mal davon gehört, was mit dem ganzen griechischen Öl passierte. Dass es in riesigen Tanks nach Italien verschifft und dort mit kleinen Anteilen heimischen Öls vermischt wurde. In Deutschland wurde das gepanschte Zeug dann als kaltgepresstes Öl aus der Toskana verkauft. Dabei hatten die meisten Oliven die Toskana nie gesehen. Es war ein Jammer.

Die griechische Schuldenkrise brachte solche Erkenntnisse wieder an den Tag. Denn natürlich fragte sich jeder, warum mit dem guten Öl, den Oliven, den Orangen oder auch dem Wein nicht bessere Exporterlöse erzielt werden konnten. Am schlechten Marketing allein konnte es doch nicht liegen. Tatsächlich war es aber vielen Griechen völlig egal, was mit einheimischen Produkten passierte. Die Familie zählte, die war wichtig. Nicht die Bilanzen der Unternehmen, die Steuererträge des Staates oder die Sicherheit der Arbeitsplätze in der freien Wirtschaft. In der wollte sowieso niemand arbeiten. Viel zu anstrengend. Der öffentliche Dienst war das Ziel.

Das Ergebnis war verheerend. Es gab Behörden, die konnte es eigentlich gar nicht geben. Ende der Fünfziger war zum Beispiel ein

Amt gegründet worden, das nur die Trockenlegung eines Sees im Norden des Landes organisieren und überwachen sollte. Die Arbeiten waren noch im gleichen Jahr erledigt, trotzdem existierte die Behörde auch über 50 Jahre später noch. Nicht einmal das zuständige Ministerium konnte erklären, was zwei Dutzend Beamte dort die ganze Zeit zu tun hatten. Eleni fand die Geschichte unfassbar, als sie irgendwo davon gelesen hatte. Und es gab etliche davon. Manchmal schämte sie sich ein bisschen ihrer Wurzeln.

Sie machte sich frei von ihren Gefühlen und entschied sich gegen Andros, aber nicht solcher Geschichten wegen. Sie rief stattdessen Finn Holgerson an und fragte, ob er mit ihr was Trinken gehen würde. Das war unverfänglich, und er konnte ihr vielleicht sogar ein bisschen auf die Sprünge helfen. Finn hatte sofort Lust, musste sich aber noch kurz das Okay von seiner Frau einholen, damit die nicht mit dem Essen auf ihn warten würde. Sie entschieden sich für einen netten Italiener unten am Hafen. Dort hatte man seine Ruhe und einen wunderbaren Ausblick auf das Wasser. Und ausgezeichnete Pasta gab es auch. Für einen angenehmen Abend sollte das reichen. Die neuen Nachrichten vom Verdacht des Wettbetrugs in den Niederlanden hatten es inzwischen in den Onlinediensten bis in die Top News geschafft, sodass an Gesprächsthemen kein Mangel sein sollte.

Freitag, 25. September

HERAKLION | Hafen

Bonde war froh, die Morgenfähre unbehelligt erreicht zu haben. Es war noch früh gewesen, kaum jemand war um diese Zeit schon unterwegs. Auf dem Parkplatz für Mietwagen am Flughafen hatte noch keiner der Mitarbeiter mit der Arbeit begonnen. Genauso hatte er es erwartet. Er stellte das Auto ab und warf den Schlüssel durch den Schlitz in eine Holzkiste, die mit einem schweren Vorhängeschloss gesichert war. So machten es hier alle kleinen Autovermieter, damit ihr Personal nicht stundenlang warten und vor allem bezahlt werden musste, um einen oder zwei Kunden abzufertigen. Dann hatte Bonde vor dem Terminal ein Taxi genommen und sich zum Hafen fahren lassen. Gott sei Dank waren überhaupt schon einige da gewesen. Die aufgehende Sonne kam gerade erst über die Berge gekrochen, die ersten Maschinen sollten frühestens eine Stunde später landen. Aber frühes Kommen sicherte offenbar auch in Heraklion gute Touren.

Sein Fahrer war deshalb auch überhaupt nicht glücklich gewesen, dass er nur bis zum Hafen wollte. Und er ließ ihn das überdeutlich spüren. Er sei bestellt, behauptete er frech und forderte Bonde auf, einen anderen Wagen zu nehmen. Erst ein saftiges Trinkgeld von 20 Euro hatte den Droschkenkutscher gefügig gemacht. Das Geld wechselte den Besitzer, schwarz versteht sich, und der Grieche setzte sich endlich in Bewegung. Nach all dem Theater würde der sich bestimmt gut an ihn erinnern können, fürchtete Bonde, aber das ließ sich nun nicht mehr ändern. Bis jemand den Fahrer fragen konnte, wäre er längst außer Landes. Und vielleicht half das Trinkgeld ja sogar, sein Erinnerungsvermögen ein wenig einzutrüben. Im Hafen legte er noch einmal fünf Euro drauf, konnte ja nicht schaden.

Bis zum Ablegen der ersten Fähre um 6.20 Uhr hatte er gerade noch Zeit für einen Espresso gehabt. Dann musste er auch schon an Bord. In Athen würde sich alles Weitere finden, da war er sicher. Am besten mit dem nächsten Flieger schnell zurück. Wenn nicht nach Bremen, dann notfalls nach Hamburg oder Hannover. Oder wer weiß, vielleicht waren ja auch ein oder zwei Tage Akropolis drin. Das würde sich finden. Er konnte sich im Büro vielleicht telefonisch krankmelden. Und in der wuseligen griechischen Hauptstadt, die in der Krise ganz andere Probleme hatte, würde ihn sowieso niemand aufspüren können. Aber vielleicht war es doch besser, das Land ganz schnell zu verlassen. Er war unsicher. Der Schock saß bei ihm immer noch tief. Es brauchte, bis er wieder einigermaßen klar denken konnte.

Das Unglück des kleinen Mädchens hatte sich in den Dörfern im Süden schnell rumgesprochen. Ihn erreichte die schlechte Nachricht gleich am nächsten Morgen beim Frühstück unten am Strand. In der kleinen Taverne am Ende der Straße, in der Deutsch gesprochen wurde und die deshalb bei Touris so beliebt war, quatschte ihn ungefragt ein älteres Ehepaar zu. Das kam aus Delmenhorst und saß am Nebentisch, er hatte die beiden vorher noch nie gesehen. Die Alte verbesserte ihren Mann ständig. Als der sich Spiegeleier mit Speck bestellte, korrigierte sie das beim Kellner: »Mein Mann nimmt lieber Schinken, der Speck ist zu fett.« Er schaute dabei wie ein geprügelter Hund. Mein Gott, Alltag in Delmenhorst, hatte Bonde gedacht.

»Haben Sie schon gehört?«, hatte ihn die Frau plötzlich angesprochen, »wie schrecklich, sie war doch noch so ein kleines Mädchen.« Er war spürbar zusammengezuckt. Was wollten die bloß von ihm? Die Kleine sei am Vorabend offenbar angefahren worden. »Von einem Auto«, ergänzte der Dicke mit dem Hundeblick. Das Mädchen sei einen kleinen Abhang hinunter zwischen die Olivenbäume geschleudert worden. »Direkt zwischen die Bäume und die dort aufgestellten Sonnenkollektoren«, verbesserte sie ihren Mann. Dabei hätte der Autofahrer die Kleine doch sehen müssen, in ihrem weißen Kleidchen. »So was sieht man doch.« Der Unfallfahrer sei einfach abgehauen. »So ein Schwein.«

Die Kleine sei erst Stunden später gefunden worden, die nervige Alte war überhaupt nicht zu bremsen. Als ein angetrunkenes Liebespaar zu Fuß auf dem Weg zurück ins Dorf war und plötzlich lautes Stöhnen gehört hätte. Dann dauerte es offenbar noch einmal über 45 Minuten, bis der alarmierte Krankenwagen aus dem nächsten größeren Ort endlich eingetroffen war. Der Fahrer musste erst mal gesucht und dann überredet werden. Sie kannte alle Einzelheiten. »Typisch griechisch«, quengelte sie. Nun lag das Mädchen angeblich im Krankenhaus und kämpfte um sein Leben.

Die Spiegeleier auf Bondes Teller waren kalt geworden. Sunny side up mit Speck, wie immer, hatte er bestellt, der Typ vom Nachbartisch schaute neidisch zu ihm rüber. Dazu hatte er frisches Weißbrot, Tomaten und Fetakäse geordert. Verdammt, das konnte doch einfach nicht wahr sein, dachte er, und versuchte möglichst lässig und unbeteiligt zu wirken. »Sie essen ja gar nichts«, hatte die Quasselstrippe bemerkt. Aber der Appetit war ihm gründlich vergangen. Er hatte hastig seinen Kaffee ausgetrunken und gezahlt. »Mir ist nicht gut«, sagte er zu seiner Entschuldigung. Und ihr Mann hatte gierig zu seinem Teller geschielt. Dann war er den Hügel hinauf zu seinem Haus gestiegen. Unterwegs überlegte er, was er tun konnte. Sich bei der Polizei melden und erst mal fragen, ob das Ganze etwas mit seinem Vorfall vom Vorabend zu tun hatte? Aber innerlich kannte er deren Antwort schon, irgendwie. Das konnte nicht gut gehen. Bei der Polizei würde ihn niemand verstehen. Entweder weil dort niemand Deutsch sprach. Oder falls doch, weil er sich nicht noch am selben Abend freiwillig gemeldet hatte. Auf Verständnis brauchte er dort jedenfalls nicht zu hoffen.

Sein Plan war schnell gereift. Schon als er oben beim Haus ankam, stand seine Entscheidung. Glücklicherweise hatte er bereits bezahlt, weil er sich offengehalten hatte, seine letzte Nacht in Heraklion zu verbringen. Das kam ihm nun sehr entgegen. Er konnte sich einfach vom Hof machen, ohne groß Fragen zu provozieren. Er packte seine Reisetasche und bewegte sich den ganzen Tag nicht mehr fort. Den Wagen hatte er bis dicht ans Ferienhaus gefahren, damit niemand zufällig den Schaden vorne rechts entdecken konnte. Die Vorsichtsmaßnahme traf er mit Bedacht. Denn manchmal kam sein Vermieter spontan vorbei, um frische Eier oder selbst gemachten Rotwein zu bringen. Und um etwas zu schnacken.

In der Nacht, als die Dörfer der Gegend schon lange schliefen, hatte er sich auf den Weg und aus dem Staub gemacht. Die Scheinwerfer des Wagens schielten ein bisschen, aber nachts war hier wenig Verkehr, niemand störte das.

Langsam wurde er innerlich ruhiger. Der Hafen lag bereits einige Stunden hinter ihm. Er saß draußen auf dem Achterdeck im Windschatten, die Vormittagssonne wärmte schon ordentlich. Für die Griechen noch nicht genug, und allzu viele Touristen hatten sich so früh noch nicht zum Hafen gequält. Deshalb waren nur wenige Passagiere aufs Außendeck gekommen. Und er hatte wenigstens seine Ruhe. Er sah die Insel hinter der Gischt schnell kleiner werden. Was für eine Scheiße, dachte Bonde, wo bin ich da nur reingeraten. Erst das schiefgelaufene Spiel, dann der Unfall. Er hatte echt 'ne Strähne. Dann schlief er auf der unbequemen Schiffsbank ein.

Sonnabend, 26. September

HAMBURG | Schanzenviertel

Das »Schröders« war schon gut gefüllt, als Jens Lohmann durch die Tür trat und sich suchend in der Kneipe umblickte. Die meisten Gäste fieberten dem Anpfiff zur Übertragung der zweiten Liga entgegen. Obwohl der in den letzten Jahren immer weiter nach vorn gerückt war und inzwischen zur besten Mittagszeit den Samstag zerriss, hatten viele der Kneipenbesucher schon ihr erstes Bier vor sich. Vorglühen, um zum Spiel in Stimmung zu kommen. Das versprach einige Brisanz, denn Pauli musste auswärts in Dresden ran. Und dieses Treffen war mit Feindseligkeiten auf beiden Seiten emotional jedes Mal ordentlich aufgeladen.

Die Hamburger Fans identifizierten sich politisch gern links und autonom, die Dresdner hatten viele Faschos in ihren Reihen. So sahen es jedenfalls die Norddeutschen. Deshalb hatte es bei den letzten Spielen zwischen den rivalisierenden Gruppen immer heftig gekracht. Nach dem letzten Aufeinandertreffen am Millerntor war es zu heftigen Auseinandersetzungen gekommen, die sich stundenlang im Schanzenviertel fortgesetzt hatten, fast bis vor die Haustür des »Schröders«.

Die Kneipe gehörte zu den Stammlokalen der Fans des zweitgrößten Hamburger Klubs. Sven Schröder, der Besitzer und Wirt, hatte vor etlichen Jahren selbst bei den Braun-Weißen gekickt und war im Aufstiegsjahr 2001 ein paar Mal in die Erste eingewechselt worden, als deren Verletztenliste lang war. Auf sechs Spiele und 93 Bundesligaminuten hatte er es auf diese Weise gebracht. Aber zum sportlichen Durchbruch hatte es nie gereicht. Seine Mannschaft blieb die Zweite, und die spielte in der Regionalliga, das war nur die vierte Spielklasse.

Mit 33 hatte Sven dann einen Knorpelschaden im Knie seines starken rechten Beins und kam nie wieder richtig auf die Füße. Deshalb beendete er mit 34 seine Karriere und eröffnete mit seiner andalusischen Frau an der Grenze zwischen St. Pauli und Altona sein eigenes Lokal. Im »Schröders« waren die Tapas hausgemacht und gut. Und sie waren trotz des Namens typisch wie beim echten Spanier ein paar Häuser weiter. Die Profis seines Klubs kamen deshalb häufig nach dem Training zum Essen oder Fußballgucken zu ihm. Sein Laden hatte fast schon Kultcharakter.

Die meisten Gäste hatten sich strategisch günstig um die Fernsehschirme gruppiert. Die drei Männer am Fenster konnten auf diese Weise relativ ungestört miteinander reden. Niemand beachtete sie, niemand saß am Nachbartisch und konnte von dort auch nur zufällig mithören. Das war gut so, denn es gab einiges zu bereden.

Es dauerte einen Moment, bis Jens Lohmann den Raum gescannt und die drei am Fenster entdeckt hatte. Er ging zum Ecktisch und stellte fest, dass er nur einen der drei kannte. Marjan, mit dem er vor etlichen Jahren eine Saison lang in der Zweiten in Bremen gekickt hatte, sah ihn kommen und erhob sich vom Tisch. Er hatte »Jelo«, wie Lohmann von seinen Mitspielern und den Medien genannt wurde, ein paar Tage zuvor angerufen und um das Treffen gebeten. »Das ist Emir«, stellte er seinen Nachbarn zur Rechten vor. Der konnte glatt als Bruder durchgehen. Aber dazu sagte Marjan nichts. »Und das ist Ju Wang.« Der junge Chinese verbeugte sich höflich.

Lohmann war überrascht. Er hatte lange überlegt, ob er sich auf das Gespräch überhaupt einlassen sollte. Es sollte vertraulich sein und um viel Geld gehen, das hatte ihn sofort misstrauisch gemacht. Und jetzt saßen zwei Männer mit am Tisch, die er noch nie im Leben gesehen hatte. Dazu einer aus Fernost. Was hatte das bitte zu bedeuten? Er hatte kein gutes Gefühl.

Marjan bestellte ihm auch ein alkoholfreies Bier und einen Teller mit gemischten Tapas. Die anderen hatten so einen bereits vor sich stehen. »Schön, dass du es einrichten konntest. Du wirst sehen, es wird sich lohnen«, sagte er. Die beiden anderen sagten kein Wort. Er stellte sie auch jetzt nicht näher vor.

»Was soll die Geheimnistuerei, was sind das für ominöse Geschäfte, für die du mich gewinnen willst?«, fragte Lohmann ohne lange Vorreden. Zumindest die Tapas waren interessant, dachte er, nachdem er herzhaft in eine mit Speck umwickelte Dattel gebissen hatte.

»Es geht um Fußball und um viel Geld.« Marjan kam direkt zur Sache. »Wir haben das Geld, und meine Freunde wollen damit spielen. Aber sie wollen auch gewinnen. Dafür brauchen wir Partner und Freunde, die ihnen dabei helfen.« Er machte eine kurze Pause, damit sich die Worte etwas setzen konnten. »Mit anderen Worten: die dabei etwas nachhelfen.« Emir und der Chinese blickten ihn gespannt an.

»Ich versteh nicht richtig. Nachhelfen?« Jens Lohmann schien nichts zu kapieren, oder er wollte es nicht.

»Ganz einfach. Wir sagen dir, wie ihr spielen sollt, und du hilfst ein bisschen, dass am Ende auch das richtige Ergebnis herauskommt.«

»Häh, ihr wollt, dass ich ein Spiel türke?« Emirs Blick verdüsterte sich etwas bei der Formulierung, er mochte diese Sprache nicht. Sie beleidigte die Heimat eines Teils seiner Familie. Aber er sagte nichts. »Damit wir zum Beispiel absichtlich verlieren?«, setzte Jelo nach. Jetzt hatte er es gerafft. »Habt ihr sie noch alle? So 'n Scheiß mache ich nicht. Wir reden hier von Fußball und von Sport, von Wettkampf.«

»Ach ja, und der Bessere soll gewinnen?« Marjan lachte vor sich hin, und die beiden anderen sahen sich grinsend an. »Jetzt sag mir bloß noch, dass Fußball ein sauberes Spiel ist und Fairness belohnt wird. Dann kotz ich dir gleich vor die Füße.«

Lohmann überlegte, ob er nicht besser einfach aufstehen und gehen sollte. Aber er hörte sich sagen: »Selbst wenn ich wollte, Fußball ist ein Mannschaftssport, da kann einer allein gar nichts ausrichten. Aber ich will das auch nicht. Ich bin dafür der falsche Mann.«

Marjan überlegte einen Moment, welche Taktik wohl die richtige sein konnte. Good guy oder bad guy? »Wer sagt dir denn, dass du alleine bist?«, sagte er dann mit sanfter Stimme. »Du wirst schon sehen, dass du nicht der Einzige bist.«

Lohmann schwieg. Immerhin springt er nicht auf und geht, dachte Marjan. Das taten sie dafür vor den Fernsehern. Pauli war grad durch einen Sonntagsschuss in Führung gegangen. Damit hatte so kurz nach Anpfiff kaum jemand gerechnet. Das alkoholfreie Bier vor ihm war längst warm geworden, aber das war jetzt egal. Wie sollte der nächste Schritt aussehen, fragte er sich.

Dass es so schwer werden könnte mit Jelo, damit hatte Marjan nicht gerechnet. Mein Gott, wie kompliziert manche deutschen Spieler doch waren, wenn es um Ehre und Gewissen ging, dachte er. Was war es dagegen ein paar Stunden vorher doch einfach gewesen. Zum Frühstück hatten sie beim »Stadtbäcker« Georgios Papandreou getroffen. Der in Deutschland geborene Grieche hatte bereits für mehrere renommierte Drittligisten gekickt und dabei immer eine gute Rolle gespielt. Nur für ganz oben hatte es nie so richtig gereicht. Zumindest hatte es ihm kein Klub zugetraut und ihm ein entsprechendes Angebot gemacht. Im Sommer würde »Jorgos« 32 Jahre alt, die Konkurrenz in Deutschland wurde immer härter, deshalb boten sie ihm an, für mindestens ein Jahr nach Griechenland in die zweite Liga zu wechseln. In ihrem Auftrag. Er sollte dort fünf, sechs Spiele beeinflussen, dafür konnte er 50.000 Euro kassieren, pro Match versteht sich. Eine Menge Geld für einen durchschnittlichen Drittligakicker. Und auf die Hand.

Große Angst brauchte er nicht zu haben, das hatten sie ihm überzeugend verklickert. Geschmiert wurde in Griechenland sowieso schon genug. Seit Jahren. Das wusste jeder. Immer wieder gab es größere Skandale und Zwangsabstiege für einzelne Vereine. Da kam es auf ein paar mehr oder weniger nicht an. Georgios brauchte sich also nicht mit einem schlechten Gewissen herumzuplagen.

Wohl auch deshalb hatte der nicht lange überlegt. Er willigte sofort ein, unter der Voraussetzung, dass er einen Vorschuss von zehn Riesen bekommen würde. Mehr Überredung war nicht notwendig. Nach einer Saison würde man dann weitersehen, vereinbarten sie, wohnen konnte er bei der Familie seines Vaters in Thessaloniki. Alles passte. Der Tag hatte so gut angefangen. Dann kam Jelo.

»Ich mach so was nicht«, sagte Lohmann mit leiser Stimme, »ich will mir selbst in die Augen gucken können.« Er konzentrierte sich dabei auf seinen Tapas-Teller und vermied jeden Blickkontakt. Jetzt nur nicht wackeln, ermahnte er sich.

Marjan fühlte, dass sich etwas bewegte. »Mir kommen gleich die Tränen. Kann sich ein Schiri noch in die Augen gucken, wenn er ein Abseitstor übersehen hat oder auf eine Schwalbe hereingefallen ist? Kann der Abwehrspieler noch vor sich bestehen, der in Bedrängnis eine Flanke ins eigene Tor abgefälscht hat? Oder der Torwart, der sich einen haltbaren Schuss in die Ecke klatscht. Mann, Jelo, in was für einer Welt lebst du?« Er hatte seinen Ton jetzt etwas verschärft. Er merkte, dass sein Gast immer mehr wankte, dass es in ihm arbeitete. Ein bisschen Druck konnte jetzt nicht schaden.

»Sieh das doch mal so«, meldete sich jetzt der zu Wort, der Jelo als Emir vorgestellt worden war. »Du hast vielleicht noch ein zwei gute Jahre in Wolfsburg. Aber mit 32 wirst du den Sprung in die Erste, den du bis jetzt nicht geschafft hast, erst recht nicht mehr schaffen. Also musst du deine Knochen weiter in der Zweiten hinhalten. Im Emsland, in der ostfriesischen Tiefebene, in der holsteinischen Pampa. Mal vor 500 Zuschauern, mal vor 150. Und wofür?« Lohmann blickte ihn etwas verdattert an. »Und dafür fährst du viermal die Woche von Hamburg zum Training in die Autostadt«, setzte Emir nach, »was für ein Aufwand, was für ein Wahnsinn.« Irgendwie hatte der ja recht, überlegte Jelo. Der Wechsel von Bremen nach Wolfsburg hatte für ihn wenig gebracht. Er hatte es ein paar Mal in den Kader der Liga geschafft. Aber das war mehr der jeweils langen Verletztenliste geschuldet als seiner spielerischen Klasse. Inzwischen zählte er zu den Alten und spielte immer noch beim Nachwuchs.

Emir ließ nicht locker, auch er spürte, dass Jelo langsam kippte. »Die Konkurrenz wird immer härter, und die Schinderei auch. Dann wirst du aussetzen müssen, wegen der fünften Gelben oder einer Zerrung, der zwanzigjährige Nachwuchsmann kommt rein, und du bis weg vom Fenster. Du trainierst härter, reißt dir 'n Band oder reizt dir 'ne Sehne, man wird ja nicht jünger. Dann trainierst du nur noch. Schaffst es nicht mal mehr in den Kader der Zwoten. Es ist aus. Abpfiff. Ende. Und alles für schlappe 2.000 Euro pro Spiel. Wenn du spielst, wohlgemerkt.

Und läppische 80.000 Grundgehalt. Und maximal noch zwei Jahre, wenn überhaupt.«

Emir trank gierig seine Cola, als würde er selten so lange am Stück reden. Marjan sprang für ihn ein. »Bei uns bekommst du zwischen 30.000 und 50.000 pro Spiel. Und das fünf oder sechs Mal, wenn du nur willst.«

»Dafür soll ich mich mit Haut und Haar verkaufen?« Lohmanns Widerstand bröckelte, aber noch kämpfte er. Mit sich. Mit seinem Gewissen.

»Dafür musst du nur mal jemand ungestüm weggrätschen und eine Rote Karte bekommen. Oder einen Ball unglücklich ins eigene Tor lenken. Oder einen Elfer verursachen, versehentlich den eigenen Torwart umrempeln, wie im normalen Leben. Nur besser bezahlt.« Jetzt war es wieder Marjan, der die Rolle des Wortführers übernommen hatte.

»Und wenn ich einfach zur Polizei gehe. Und euern Bestechungsversuch anzeige?«

Der junge Chinese stützte jetzt die Ellenbogen auf den Tisch und beugte sich nach vorn. Bisher hatte er wie unbeteiligt gewirkt, jetzt wurden seine schmalen Augen noch schmaler. »Dann kliegst du eine Menge Älgel. Und keinel wild dil helfen«, zischte er.

Jelo glaubte zuerst, der Chino wollte ihn verarschen, wie in einem schlechten Film. Aber dann merkte er, dass der Junge überhaupt nicht zu Scherzen aufgelegt war. Und sein Chinesendeutsch kein schlechter Witz. Wie im Klischee. Fast hätte er gelacht. »Dann darfst du dich auch nicht wundern, wenn du selbst Opfer einer rüden Blutgrätsche wirst, die dich für einige Zeit aus dem Tritt oder gar ins Krankenhaus bringt.« Marjan hatte seinen letzten Trumpf gespielt, mit Bedacht. Jetzt war Lohmann am Zug.

Als er seinen Tapas-Teller geschafft hatte, war die Entscheidung gefallen. Mit zwei Fünfhundertern als Anzahlung in der Tasche, die er natürlich quittieren musste, verließ Lohmann das »Schröders«. Ganz wohl war ihm bei der Sache nicht. Aber die zu erwartenden Schmiergelder hatten ihre Wirkung nicht verfehlt. Jetzt bin ich auch mal dran, dachte er beim Rausgehen. »Mein Gott, warum so schwer, wenn's auch einfach geht«, sagte Marjan und blickte ihm hinterher, »am Ende knicken sie irgendwann doch alle ein. Warum nicht gleich?«

HERAKLION | Kreta

Endlich hatte Giannis einen Namen. Wertvolle Zeit war inzwischen verstrichen, und der Gesuchte war sicher längst nicht mehr auf der Insel. Davon war er überzeugt. Aber so lief das nun mal in diesem Land. Alles brauchte seine Zeit. »Siga-siga«, nur keine Hektik. Aber endlich hatte er was in der Hand. Darauf konnte man vielleicht aufbauen.

Als Robin am frühen Nachmittag auf dem Flughafen in Heraklion eintraf, stimmte ihn Giannis als Erstes vorsichtig auf die schlechte Nachricht ein. Er war sich zwar nicht sicher, aber je länger er darüber nachgedacht hatte, desto mehr war er zu der Überzeugung gelangt, dass es sich um die Tochter seines alten Freundes handeln musste. Die Mosaiksteinchen passten einfach zu gut.

Sie riefen Saskia an und baten sie, mit einem Taxi in die Hauptstadt zu kommen. Als sie endlich eintraf, waren die schlimmen Befürchtungen bereits zur Gewissheit geworden. Robin hatte seine Tochter trotz ihres erbärmlichen Zustands natürlich sofort erkannt. Ihr Kopf war stark verbunden, nur die lockigen Haare schauten heraus, für die Augen war ein schmaler Schlitz frei geblieben. Ein Bein war geschient, den Rest konnte man unter der dicken Bettdecke mehr erahnen als sehen. Blass und regungslos lag sie da, ihr Atem ging flach. Robin streichelte sie. »Alles wird gut. Du bist mein tapferes kleines Mädchen. Du schaffst das.« Keine Reaktion. Natürlich nicht. Die Ärzte hatten sie zur Sicherheit künstlich ruhig gestellt. Schädelhirntrauma wahrscheinlich. Genaues wussten sie noch nicht, ein klärendes MRT stand noch aus. Birte brauchte jetzt erst mal Zeit, versuchten ihn die Ärzte zu beruhigen. Er drückte vorsichtig ihre Hand. Tränen liefen über sein Gesicht. Sie müssen Geduld haben, sagte der Arzt. Es kann Tage dauern, bis wir sie wieder zurückholen.

Saskia brach zusammen, als sie am Krankenbett stand. Laut schluchzend sackte sie in die Knie. Robin und der Doktor mussten sie auffangen und stützen. Sie wollte ihre Tochter nicht allein lassen und musste fast zwangsweise aus dem Zimmer geführt werden. »Sie können ihr nicht helfen«, sagte der Arzt, »Ihre Tochter braucht vor allem eins: Ruhe. Absolute Ruhe. Und Sie auch.«

Robin machte ihr Vorwürfe. Wie hatte sie ihre Tochter nur allein lassen können? Er sagte das zwar nicht offen. Aber seine Blicke sprachen Bände. Und auch seine Körpersprache war eindeutig. Eine einzige Anklage. Schweigend. Er konnte Saskia nicht trösten nach dem, was passiert war. Noch nicht. Er verstand sie einfach nicht. Dabei hätte seine Ex ein bisschen Zuspruch gut gebrauchen können. Giannis konnte Robin verstehen. Trotzdem nahm er sie kurz in den Arm. Stellvertretend. Robin war sein Freund. Aber er mochte Saskia. Und er wollte sich nicht gegen sie stellen. Freundschaft hin oder her. Zu einer Trennung gehörten immer zwei, davon war Giannis überzeugt. Und warum sollte er sich nur aus Loyalität zu seinem alten Freund nun wie ein mitleidloser Arsch ihr gegenüber verhalten.

Aber er konnte sich nicht lange kümmern. »Ich muss weitermachen«, sagte er zu beiden. Denn endlich hatte er was in der Hand, was ihn womöglich zu dem Schuldigen führen konnte. Oder sollte er Täter sagen? Eine Art Spur. Sie hatten ein paar Lackreste und Glassplitter an Birtes Kleidung entdeckt. Dies und die Schwere der Verletzung ließen ihn sofort darauf schließen, dass sie von einem Auto angefahren worden sein musste. Fahrerflucht also. Schlimm genug.

Natürlich gab es in Heraklion keine Spurensicherung auf höchstem Stand, die zum Beispiel von Lackresten auf den Fahrzeugtyp schließen konnte. Was hätte er dafür gegeben, jetzt in Hamburg zu sein. Ein Experte der örtlichen Polizeitechnik hatte gerade mal die Vermutung untermauern können, dass es sich um Autolack handeln musste, irgendein Blau. Welche Marke möglicherweise oder gar welcher Fahrzeugtyp, welcher Teil des Autos? Keine verdammte Ahnung. Giannis ärgerte sich die Pest. Wie in der Dritten Welt, dachte er. Vielleicht half ihm wenigstens das Glück. Er wollte noch ein Paar Telefonate machen. Und dann raus zum Flughafen, um die Autovermieter zu befragen. Irgendwo musste er schließlich anfangen.

Draußen war es bereits dunkel, als Robin und Saskia endlich auch das Krankenhaus verließen. Der Arzt hatte ja recht. Hier konnten sie nichts bewirken, im Moment zumindest nicht. Und stundenlanges Rumsitzen auf dem Krankenhausflur half niemandem. Stattdessen sollten sie sich lieber ausruhen, um fit zu sein, wenn Birte aufwachte. Es hatte etwas gedauert, aber schließlich konnte er seine Ex davon überzeugen. Sein Zorn war etwas verflogen, schließlich hatte sie das alles ja nicht gewollt.

Robin suchte für sich und Saskia in der Stadt ein Hotel. Sie wollten in der Nähe ihrer Tochter bleiben, um so oft wie möglich ins Krankenhaus zu können oder, wenn sie aufwachte, so schnell wie möglich da zu sein. Er buchte zwei Zimmer. Etwas größer, etwas komfortabler und etwas teurer als die normalen Standardräume. Und vor allem mit Hafenblick. Etwas Luxus konnte bestimmt nicht schaden in ihrer Lage. Dann drängte er Saskia, mit ihm etwas essen zu gehen. Sie hatte keinen Appetit, natürlich nicht. Du musst was essen, hatte er gesagt und hartnäckig darauf bestanden, dass sie sich etwas frisch machte und ihn begleitete. Sie fanden eine nette Fischtaverne unten an der Mole, die trotz der späten Stunde gut besucht war. Die Griechen gingen abends meist erst spät essen. Der Andrang war deshalb ein gutes Zeichen. Keine Touri-Kneipe, sondern ein Laden, der von den Einheimischen lebte. Das war durchaus vielversprechend.

Sie fanden einen netten Platz etwas am Rand, sodass sie in Ruhe reden konnten. Nur wenige Meter entfernt schaukelten kleine bunte Fischerboote an den Festmacherleinen, die Takelagen einiger Segeljachten sangen im leichten Wind. Wenn es Birtes Schicksal nicht gegeben hätte, wäre alles für einen romantischen Abend angerichtet gewesen.

Robin ging in die Küche und schaute nach dem Fisch, Saskia ließ ihn machen. In Griechenland gehörte das dazu. Wenn man sich nicht als Fremder outen will, überzeugt man sich persönlich von der Frische und sucht die passenden aus. Robin entschied sich für kleine Rotbarben und einen mittelgroßen Tintenfisch, alles zum Frittieren, sowie eine Dorade für den Grill. Dazu einen großen Salat, etwas Tarama und Tsatsiki. Am Tisch bestellte er Weißwein. Nicht aus dem Fass, sondern eine gute Flasche.

Die Weine in Griechenland waren in den letzten Jahren sehr viel besser geworden. Man musste sich nicht mit Retsina begnügen wie zu seiner Studentenzeit. Vor allem auf Kreta hatten einige Winzer richtig dazugelernt. Es gab erstklassige Trauben auf der Insel, die es sonst nirgendwo auf der Welt gab. Indigene Arten, die ihren Ursprung schon in der Antike hatten. 300 verschiedene gab es angeblich davon auf Kreta noch, hatte er gehört. Robin kaufte zu Hause in Hamburg sogar oft Bioweine von Kreta, die er einige Jahre zuvor auf der Insel kennengelernt hatte.

Robin war damals nach Ende der Saison mit Saskia und Birte für zwei Wochen nach Kreta in den Urlaub gereist. Sie wohnten an der Nordküste, nahe der malerischen Hafenstadt Agios Nikolaos in einer sündhaft teuren Hotelanlage. Jedes der vornehmen Bungalows hatte einen eigenen Außen- und einen Innenpool. Einer seiner Teamkameraden hatte ihm die Location empfohlen. Hier hatte man seine Ruhe. Kein Massentourismus, keine aufdringlichen Fans, die dauernd Selfies mit einem machen wollten. Und auch keine Paparazzi, die auf nackte Busen der Spielerfrauen scharf waren. Sie hatten die zwei Wochen genossen, nur für sich und miteinander, auch wenn Birte es mangels anderer Kinder manchmal etwas langweilig fand. Es war ihr letzter gemeinsamer Urlaub. Damals war ihre Welt noch in Ordnung.

Robin musste an die Tage auf Kreta denken, als er sich und Saskia einschenkte. Sie hatten sich für einen süffigen, aber schweren Roten entschieden. Und die Erinnerung fühlte sich nicht einmal schlecht an. Ihm fiel ein, dass er eigentlich Anna Lena anrufen musste. Sie war die Neue in seinem Leben. Und er hatte ihr versprochen, sich zu melden, sobald er Genaueres über den Zustand von Birte wusste. Aber das musste jetzt warten. Das konnte er genauso gut noch am nächsten

Morgen machen. Jetzt wollte er in Ruhe seinen Fisch essen. Und ein bisschen in rotweingetränkten Erinnerungen schwelgen. Auch wenn sich das irgendwie komisch anfühlte. »Fast wie damals«, sagte er zu Saskia und fasste ihre Hand. Ein milder Abend, frischer Fisch, kühler Wein und eine hübsche Frau. »Es tut mir leid, dass alles so gekommen ist.« Sie nickte nur. Und Robin stellte überrascht fest, dass es sogar ein bisschen stimmte. Wehmut überkam ihn.

Der Fisch war gut, der Wein auch. Sie bestellten schnell noch eine zweite Flasche, obwohl der Kellner schon dreimal Ouzo nachgeschenkt hatte. Sie aßen die meiste Zeit schweigend, jeder hing seinen Gedanken nach. Und seinen Erinnerungen. »Woran denkst du?«, fragte er sie auf einmal. Saskia schüttelte nur den Kopf. Sie hatte Tränen in den Augen. Er wusste wenig über ihr neues Leben. Gab es da jemanden? Wohnte sie allein? Er unterstützte sie großzügig, hatte ihr eine schöne Wohnung in Hamburgs angesagtem Stadtteil Eppendorf gekauft, mit Stuck an der Decke und einem Jugendstil-Treppenhaus. Sonst wusste er praktisch nichts von ihr.

Getrennt ist getrennt, er hielt nichts von Floskeln wie: »Wir können ja gute Freunde bleiben.« Was für 'n Quatsch. Trennungen hinterließen immer Wunden. Auch wenn man fünfmal das Gegenteil behauptete und sich versicherte, regelmäßig miteinander telefonieren zu wollen. Also ließen sie es. Sie besprachen das Nötigste miteinander, das drehte sich immer nur um ihre Tochter. Wann er sie abholen konnte und wann er sie wieder zurückbringen würde.

Es war schon weit nach Mitternacht, als sie zahlten und zurück ins Hotel gingen. Saskia hakte sich bei ihm unter, weil sie etwas unsicher auf den Beinen war. Ob wegen ihrer Sorgen oder wegen des Weins, war für ihn schwer auszumachen. Es war auch nicht weiter wichtig, im Gegenteil. Es fühlte sich gut an. Im Hotel sagte sie: »Kann ich bei dir schlafen? Lass mich bitte nicht allein. Ich kann jetzt nicht allein sein.« Er war total perplex. Drei Sätze am Stück. Das war das erste Mal an diesem Abend. Und dann so folgenschwere.

Er wollte ihr das Bett überlassen und sich die zwei Sessel zusammenschieben. Aber sie sagte: »Bitte, nimm mich in den Arm und halt mich fest. Ich brauch das jetzt.« Robin fügte sich. Es bedurfte allerdings auch keiner langen Überredungskunst. Eigentlich schlief er nackt. Aber sicherheitshalber ließ er nun seine Boxershorts und sein T-Shirt an. Saskia trug nur noch ihren Slip, als sie ihren Busen an seine Brust drängte. Er wollte das nicht und versuchte krampfhaft, an etwas anderes zu denken. An Fußball, an Schwimmen, an seine bewusstlose Tochter. Aber ein Teil von ihm reagierte wie ferngesteuert.

Saskia spürte es sofort. Statt von ihm abzurücken, was in ihrer Lage normal gewesen wäre, rückte sie dichter an ihn ran. Er roch ihre Haare, ihren Körper. Wieder diese Erinnerungen. Und wieder genoss er sie. »Komm«, hauchte sie, »wie früher, nur einmal.« Sie musste ihn nicht lange überzeugen. Er mühte sich nicht lange mit den Klamotten ab, öffnete seine Shorts und schob ihren Slip beiseite. Sie schloss die Augen und erwiderte seinen Rhythmus. Sie genoss es hörbar, und er fand nichts verkehrt daran. »Nicht aufhören«, wimmerte sie, als er sich aus ihr rauszog. Aber er rutschte nur tiefer und verschwand mit seinem Kopf zwischen ihren Beinen. Als er fertig war, blieb sie nur einen kurzen Moment ermattet liegen. Dann drehte sie ihn auf den Rücken und setze sich rittlings auf ihn. Keuchend lagen sie anschließend nebeneinander, der Schweiß rann ihm von der Brust. Ihre Hand fuhr zärtlich an seinem Körper hinab. Die Nacht war nur noch kurz, als sie endlich einschliefen.

Als Robin früh am Morgen aufwachte, war das Bett neben ihm leer. Sie musste irgendwann in ihr eigenes Zimmer gegangen sein, ohne dass er es bemerkt hatte. Neben ihm aufzuwachen war trotz der Nacht wohl so ziemlich das Letzte, wonach ihr der Sinn gestanden hatte. Er schmeckte einen faden Geschmack im Mund und hatte ein flaues Gefühl im Magen. Er bedauerte die letzte Nacht. Und dann auch wieder nicht. Es hatte ihm gefallen. »Es tut mir leid«, sagte er zu Saskia, als sie nebeneinander im Taxi auf dem Weg ins Krankenhaus saßen, »aber es hat mir gefallen.« Sie sagte nichts. Eine Träne lief ihr über das Gesicht. Sie blickte starr aus dem Fenster.

Als sie im Krankenhaus ankamen, erwartete Giannis sie bereits mit neuen Nachrichten. Er hatte wirklich Glück gehabt. Bereits beim sechsten der knapp zwei Dutzend Autovermieter, die Parkflächen gegenüber der Ankunftshalle hatten, stand ein stark beschädigter Ford Focus, mattblau. Der rechte Kotflügel hatte schwer was abbekommen, der Scheinwerfer war gesplittert, ein paar Flecken, die wie Blut aussahen, klebten noch am Lack. Alles passte.

Ein Bernd Bonde aus Bremen hatte den Wagen für zwei Wochen gemietet, für seinen Urlaub unten an der Südküste, berichtete er in kurzen Worten. Und ihn irgendwann klammheimlich am Flughafen wieder abgestellt. Niemand hatte etwas gesehen, keiner was gemerkt. Noch nicht einmal die Mitarbeiter der Autovermietung hatten den Schaden schon entdeckt. Sie hatten gleich morgens erst mal etliche frisch gelandete Gäste abfertigen müssen, die ungeduldig warteten, um in die kretische Sonne zu fahren.

Immerhin eine Spur. Wenn auch wenig konkret. Kein Hinweis darauf, welche Maschine er genommen haben könnte, keine Idee wohin. Giannis hatte nichts anderes erwartet. Aber sie hatten endlich einen Namen. Und eine Adresse. Besser als nichts. Sehr viel besser. Es war nur die Frage, was sie damit anfangen konnten.

Sonntag, 27. September

HAMBURG | Steinwerder im Hafen

Die Aussicht von hier auf die Stadt war berauschend. Gegenüber, auf der anderen Seite des Stroms, die im Sonnenlicht glitzernde Elbphilharmonie, daneben der Michel, die größte Kirche der Stadt. Dann das Bismarck-Denkmal, die Landungsbrücken mit dem Alten Elbtunnel und die Sechzigerjahre-Hochhäuser. Eine Schande für die Hafenfront der Stadt, fand er. Vor der imposanten Kulisse fuhr, silber mit orangefarbenen Türen, die Metro vorbei, die sie in Hamburg Hochbahn nannten. Auf der Hafenlinie trug sie den Namen immerhin zu Recht, weil sie auf hohen Stelzen über den Landungsbrücken zu schweben schien.

Schmuddi konnte sich gar nicht satt sehen an diesem Panorama. Er hatte gerade erst die Augen aufgemacht, die Sonne hinter dem Michel stand noch tief. Es konnte nicht mehr lange dauern, dann würde sie ihm direkt in die Augen stechen und ihn schmerzlich daran erinnern, wie der Vortag für ihn zu Ende gegangen war. Dabei brauchte er dafür eigentlich gar keine Stütze, denn der Tag war wie der davor verlaufen und der wie der davor und so weiter. Same procedure as every day, dachte er. Die Kopfschmerzen pochten noch weit hinten in seinem Schädel, schon bald würden sie vorne hinter den Schläfen anklopfen.

Schmuddi lebte auf der Straße. Seinen richtigen Namen kannte dort niemand. Obdachlose nannten sie Menschen wie ihn. Er verstand sich eher als frei und unabhängig, als jemand ohne festen Wohnsitz. Er liebte diese Freiheit, zumindest im Sommer. Mit dem bisschen Stütze, die ihm der Staat überwies, konnte er sich keine Wohnung halten. Und Hartz IV kam in seinem Wortschatz nicht vor. Keine Abhängigkeiten bitte. Also lebte er draußen. Und da schlief er auch. Am liebsten hier auf der anderen Elbseite, dort, wo irgendwann vor 50 Jahren eine Traditionswerft in Konkurs gegangen war, nicht ohne dabei die Besitzer zu gemachten Leuten zu machen.

Das bisschen Hunger, was Schmuddi hatte, trank er lieber. Billigen Rotwein von Aldi am liebsten, den er auf dem ehemaligen Gelände der Astra-Brauerei hinter den Landungsbrücken für kleines Geld kaufte. Manchmal gab's auch härteren Stoff, einen undefinierbaren Fusel, den seine Besitzer Wodka nannten und der meistens selbst gebrannt war. Den brachten die Polen mit oder die Ukrainer, die seit zwei, drei Jahren in immer größeren Scharen nach Hamburg kamen und tagsüber auf St. Pauli in kleinen Trinkergruppen herumstanden. Für einen guten Tipp reichten die ihre Flasche manchmal an deutsche Gesinnungsgenossen weiter, die tatsächlich nichts anderes als Saufkumpane waren. Man musste allerdings aufpassen, von dem Sprit nicht blind zu werden.

Der Stadtteil war praktisch Schmuddis Wohnzimmer. Die Menschen dort waren tolerant und freundlich. Im Obdachlosencafé um die Ecke bekam er ab und an eine warme Mahlzeit für lau. Oder eine neue Jacke aus zweiter Hand. Was für ein Anachronismus: Lacoste oder Marco Polo auf der Brust, aber kein Bett unterm Hintern. Vor ein paar Tagen hatte er eine Kapuzenjacke der HSV-Supporters abstauben können. Das war zwar nicht sein Verein, aber von Klamotten verstanden die was. Hauptsache warm.

Das Rotlichtviertel störte ihn nicht, im Gegenteil. Kneipen und Restaurants, Theater und Travestiebühnen, Klubs und Erotikshops existierten friedlich nebeneinander und lockten Zigtausende Touristen und einheimische Besucher an. Vor allem an den Wochenenden ließen die es auf dem Kiez richtig krachen. Junggesellenabschiede waren der Hit. In großen Gruppen zogen angehende Brautleute mit ihren Freunden durch die Kneipen, oft idiotisch verkleidet als Häschen, Frosch oder sonst was Fantasieloses. Wie lustig. So soffen sie sich mit ihren besten Freunden die bevorstehende Ehe schön. Schmuddi hatte diesen Zeremonien nie richtig was abgewinnen können. Aber er lebte davon. Denn die leeren Flaschen und Dosen, die Touris und Junggesellen achtlos am Straßenrand stehen ließen, sammelte er ein und brachte sie zu Aldi, Lidl und Penny. Das Pfandgeld half ihm über die Runden. Wenn er es nicht gleich wieder in Flüssiges umsetzte.

Schmuddis vollständigen Namen kannte keiner seiner Kumpane. Mussten sie auch nicht. Im ersten Leben war er Banker gewesen: ein mittlerer, aber namenloser Angestellter für private Geld- und Kreditgeschäfte, verheiratet, Besitzer eines schmucken Reihenhauses. »Endreihenhaus! So viel Zeit muss sein!«, hatte er immer gesagt. Seins lag im Norden gleich hinter der Stadtgrenze im Grünen und war hoch verschuldet. 250.000 hatte ihn das Wohlstandsmerkmal gekostet, damals noch in Mark, aber seine Frau wollte das unbedingt. Haus, Garten, Auto. Sie musste ja allen beweisen, dass sie es zu etwas gebracht hatten. Ihre Kinder, die noch nicht geboren waren, sollten nicht in der schlechten Stadtluft aufwachsen. Das war Anfang der Achtziger. Die Finanzierung der gut 100 Quadratmeter lief über 35 Jahre. Eigentlich kein Problem, denn Schmuddis Bank gehörte der größten Gewerkschaft, die damals noch Mitglieder und Geld ohne Ende hatte. Doch dann wurde erst die Gewerkschaft klamm und danach die Bank verkauft, zunächst an Skandinavier, die wurden von Franzosen übernommen, die irgendwann wieder von Spaniern abgelöst wurden.

Sie tickten alle gleich. Kosteneffizienz war das Zauberwort, am Ende bedeutete es nichts anderes als Kaputtsparen. Anfangs war Schmuddi noch zu jung, um mit goldenem Handschlag in den Vorruhestand versetzt zu werden. »Keine Sorge, Herr Strohmann«, hatten sie zu ihm gesagt. Und wie alle hatten die sicher gedacht, was für ein Name für einen Finanzexperten. Erst wurde er nur versetzt, in eine Filiale am Stadtrand, dann wurde auch die geschlossen und ihr Finanzgeschäft zentralisiert. Er musste erneut wechseln. Irgendwann dann lohnten sich die Kleinkredite und die Eigenheimfinanzierung nicht mehr. Für die Bank, wohlgemerkt. Oder sie warfen nicht genug Boni für die Vorstände ab. Auf jeden Fall wurde Schmuddi nicht mehr gebraucht. Freigesetzt. Das war seine letzte Versetzung. Direkt in die Arbeitslosigkeit.

Wenn er manchmal daran zurückdachte, konnte er das Kotzen kriegen. Was für eine perverse Verdrehung der Realitäten für jemanden, der auf einmal ohne Job dastand. Freisetzen! Einen Euphemismus nennt man das, er wusste das sehr wohl. Vor allem im Politiksprech hatte diese Form inzwischen Konjunktur. So wurden schlechte Botschaften angenehmer verpackt unter die Leute gebracht. Stellenabbau war so ein Beispiel, als wenn dadurch etwas Gutes entstehen würde, dabei wurden Arbeitsplätze vernichtet. Wenn Sozialhilfe oder Hartz IV gekürzt wurden, dann war von Reformen die Rede oder von Haushaltskonsolidierung, als wenn etwas Positives verkündet würde. Zinsen wurden nicht etwa erhöht, sondern angepasst, auch wenn sie explosionsartig stiegen. Was für eine verlogene Welt.

Seine private Hausfinanzierung kollabierte, seine Ehe auch. Schmuddis Frau wollte nicht mit einem Versager verheiratet sein, der nur sein Schicksal und die Machenschaften der Finanzmafia beweinte. Das Haus wurde zwangsversteigert. Das Einzige, was ihm blieb, waren Schulden. So um die 150.000 müssen es wohl gewesen sein. Auf den Pfennig genau wusste er das längst nicht mehr. Und viele Mahnungen wegen offener Raten zum Kindesunterhalt.

Schmuddis privater Offenbarungseid lag inzwischen schon 15 Jahre zurück, an eine Rückkehr in ein normales Leben verschwendete er keinen Gedanken mehr. »Wem sollte damit geholfen sein?«, hatte er erst vor ein paar Tagen einer dieser Sozialarbeiterinnen erklärt, die ihm im Obdachlosencafé das Frühstück verdarb. Ihm bestimmt nicht. Seine Verbindlichkeiten waren eins zu eins in Euro übergegangen. Seine besten Freunde würden die Gerichtsvollzieher sein, und wer will die schon dauernd vor seiner Haustür stehen haben.

Er hatte sich stattdessen auf einer Sandfläche neben den beiden Musical-Theatern direkt gegenüber von den Landungsbrücken am Strom eingerichtet, im Rücken eine alte Werft, zwei rostige Kräne und ein paar scheddrige Werkshallen mit DDR-Charme. Eigentlich sollte hier noch eine dritte Bühne gebaut werden, Hamburg hatte sich einen guten Namen mit den vielen Showtheatern gemacht. Keine Stadt in Deutschland zeigte so viele so erfolgreiche Musicals. New York und London ließen grüßen. Zigtausende Touristen überschwemmten jedes Wochenende die Stadt und ließen ihr Geld da. Und das seit Jahren schon. Aber Gott sei Dank hatte es mit den Olympischen Spielen dann nicht geklappt, deshalb war das neue Theaterprojekt auf seiner Elbseite gleich mit untergegangen.

Endlich hatten die stoischen Hamburger mal ein Machtwort gesprochen und demonstriert, dass sie ihren Verstand nicht völlig an die Massenmedien verkauft hatten. Die hatten unablässig für Olympia und jeden Irrsinn in Zusammenhang mit den Spielen getrommelt. Zum Beispiel für ein Olympiastadion, das mitten im Hafen gebaut werden sollte, nach den Spielen aber niemand mehr gebraucht hätte. Zigmilliarden sollte das Spektakel kosten, und niemand wusste, wer das bezahlen sollte. Aber keiner von den Verantwortlichen wollte davon ernsthaft etwas wissen.

Die Polit-Elite und die Geschäftsleute hatten sich an der Idee berauscht. Der Bürgermeister wollte sich ein Denkmal setzen. Und ausgerechnet die Grünen, die sonst so sensiblen Umweltschützer, wollten ihm bei dem Leuchtturmprojekt die Hand reichen. Hauptsache an der Macht. Schmuddi hatte es geschaudert. Er hatte sich zum Referendum das erste Mal, seit er auf der Straße lebte, wieder aus seiner Lethargie gelöst und war mit seinem Perso quer durch die Stadt zu seinem Wahllokal getigert. Dort hatte er mit kräftigem Nein gestimmt. Am Ende lehnten deutlich über 50 Prozent der Hamburger den Größenwahn ab. Und Schmuddi musste sich kein neues Zuhause suchen. Vorerst zumindest nicht.

Jetzt hatte er Mühe, einigermaßen auf die Füße zu kommen. Es war echt noch nicht seine Zeit. Er hatte sich in Sichtweite vom »König der Löwen« im Windschatten eines alten Benzintanks zwischen allerlei Gestrüpp eine Art Unterstand eingerichtet. Ein kleines Wellblechdach schützte gegen Regen und hielt seine alte Matratze notdürftig trocken. Die Seiten am Kopf- und am Fußende hatte er mit Pappe und Sperrgut gegen den Wind abgedichtet. Sein Lager war schwer einsehbar, sodass er sich um unliebsamen Besuch in der Vergangenheit keine Sorgen zu machen brauchte. Die Polizei wusste nichts von ihm, oder es war ihr egal. Andere Obdachlose hatten seinen Platz noch nicht entdeckt. Oder ihnen war die Anreise zu aufwendig.

Zu ihm und seinem Nachtlager kam man nur per Schiff oder nach ewig langem Fußweg durch den halben Hafen. Schmuddi nahm meistens die Fähre. Die war bei Hamburgern und Touristen gleichermaßen beliebt. Mit ihr konnte man quer durch den Hafen und die Elbe runter bis nach Finkenwerder zum allgemeinen Verkehrstarif fahren. Ein Ticket hatten die meisten Nutzer zwar nicht. Aber auf den Fähren gab es keine Kontrollen, deshalb war Schwarzfahren ungefährlich. Auch für Schmuddi. Alternativ konnte er auch die Shuttleboote zu den Musical-Theatern nutzen. Der Sprung über die Elbe war für Theaterbesucher kostenlos. Er sah zwar nicht aus wie einer, aber Theater machte ihm deswegen keiner der Schiffsführer. Wichtig war nur, die letzte Fähre noch zu erwischen, die rüber fuhr, um Musicalbesucher nach der Vorstellung abzuholen. Und die fuhr irgendwann gegen 22 Uhr, wo für manche seiner Trinkerfreunde die Nacht erst begann.

Schmuddi rappelte sich mühsam auf die Beine. Half ja nix. Wat mutt, dat mutt. Und er musste, und zwar dringend. Auf wackeligen Füßen stakste er um den Tank herum, rund 50 Meter erst über Sand, dann über Bauschutt bis zum Ende eines verwilderten Schotterwegs. An dem standen noch Mauerreste von etwas, das in grauer Vorzeit mal ein Schuppen oder eine Lagerhalle gewesen sein musste. Hier konnte er sich ungestört erleichtern. Und das Beste war: Am hinteren Ende des Gemäuers gab es einen Wasseranschluss, der funktionierte. Es war eine Art Hydrant mit großem Hahn, wahrscheinlich war er für mögliche Feuerwehreinsätze nebenan auf dem Theatergelände vorsorglich in Betrieb gelassen worden. Dort konnte er sich waschen, notdürftig zumindest. Aber die ganz große Toilette brauchte er ja auch nicht mehr. Schmuddi stakste mit steifen Beinen um eine Ecke der Ruine, wo früher mal ein Eingang oder das Tor gewesen sein musste, als er beinahe über zwei Füße stolperte.

Sie steckten in schwarzen Lederhalbschuhen, die nicht ganz billig aussahen. Görtz, dachte Schmuddi spontan, er hatte noch so eine vage Erinnerung an das Hamburger Traditionshaus für Schuhe, als wenn das in der Situation geholfen hätte. Über den edlen Tretern steckten zwei Beine in grauen Stoffhosen mit Umschlag. Modisch nicht der letzte Schrei, aber auch nicht ganz aus der Welt. Drüben in Bristol hatte er sowas früher schon mal gesehen. Das war lange her. Bei seinem letzten Familienurlaub. Aus und vorbei mit der Ruhe, jetzt haben sie meine schöne Idylle entdeckt, dachte Schmuddi. Jetzt würde er auch hier drüben, auf der anderen Elbseite, mit anderen um die besten Ecken und geschütztesten Plätze konkurrieren müssen. Jetzt musste er fürchten, dass von seiner wenigen Habe am Ende die Hälfte fehlte. So wie es einem im Obdachlosenasyl gehen konnte, wo man von den eigenen Leuten beklaut wurde. Deswegen hatte er das schon seit Jahren nicht mehr betreten.

Während er sich in eine Mauernische hockte, um seinem eigentlichen Bedürfnis nachzukommen, wurde ihm mit einem Mal klar, was für ein Idiot er im Suff doch manchmal war. So lag kein Penner, vor allem sah keiner aus wie der. Schmuddi war schlagartig so gut wie nüchtern. Er riss die Hosen hoch, er trug schon aus Gewohnheit mindestens zwei übereinander, und ging vorsichtig zu den Schuhen zurück. Mit seinem Fuß stieß er sie an, null Reaktion. Noch einmal, jetzt doller, wieder nichts. Vorsichtig lugte er um die Mauerecke herum und sah einen leblosen Mann. Um die fünfzig schätzte er ihn. Etwas fremdländisches Äußeres vielleicht mit seinen dunklen Haaren und dem Zehntagebart, aber ordentlicher Anzug aus grauem Tuch. Der Typ lag auf dem Rücken, seine Augen blickten starr in die Luft, kein Zweifel, der war tot, mausetot. Da brauchte man das blutverschmierte Haar über der rechten Schläfe und den merkwürdig eingedellten Schädel gar nicht erst näher in Augenschein zu nehmen.

Er blickte sich um, als wenn ihn jemand beobachten könnte. Aber es war wie immer. Niemand zu sehen, weit und breit nicht, er war allein. Wenn da nicht die Leiche gewesen wäre. Wo kam der Typ bloß her? Und wie? Vorsichtig fasste Schmuddi in die Innentasche des Jacketts. Dabei berührte er aus Versehen kurz die Hand des Toten und zuckte erschrocken zurück. Etwas kühl fühlte sie sich an und sehr fest. War das schon Leichenstarre? Er hatte noch nie einen Toten angefasst. Und spürte auch jetzt kein größeres Bedürfnis dazu. In der Jackentasche steckte tatsächlich noch die Brieftasche, links innen, und rechts ein Handy. Perso, Führerschein, Kreditkarten, Haspa Joker- und DAK-Karte, Karstadt- und Budni-Rabattkarten, alles war noch da, und 265 Euro in Scheinen. Schmuddi nahm die Scheine und steckte die Brieftasche zurück. Mit den Kreditkarten des Toten wollte er nichts zu tun haben, das wäre unanständig, fand er. Das Telefon rührte er nicht an. Mit seinem eigenen Prepaidhandy wählte er 110. »Hier liegt einer, der wird nich' wieder. Zwischen Theater und Werftruine«, sagte er.

»Wie ist Ihr Name? Bitte, warten Sie auf die Kollegen«, antwortete der Beamte in der Notrufzentrale. Aber das hörte Schmuddi schon nicht mehr. Er hatte sein Handy gleich darauf ausgemacht und war auf dem Weg zum Anleger. Mit seiner Ruhe würde es erst mal vorbei sein, so viel war klar. Denn dass die Bullen seine Schlafstelle nicht finden würden, wenn sie die Umgebung der Leiche nach möglichen Spuren absuchten, das war ziemlich unwahrscheinlich. Er musste sich schleunigst eine Strategie ausdenken oder eine gute Ausrede, wenn er sein Nachtlager nicht verlieren wollte. Für beides brauchte er erst mal was zum Frühstück. Mit leerem Magen dachte es sich schlecht. 'Ne Gerstenkaltschale würde schon reichen.

BREMEN | am Ostertor

Seine Hände zitterten, als er das Auto endlich abgestellt hatte. Sein Herz raste, und er schaffte es gerade noch bis zum Wohnzimmersessel, so fühlte es sich zumindest an. Erschöpft ließ er sich in den Sessel fallen und goss sich einen Weinbrand ein, der noch vom Vorabend auf dem Tisch stand. Den brauchte er jetzt, und zwar dringend, auch wenn es dafür noch etwas früh am Tag war. Viel zu früh. Metaxa, zwölf Jahre gereift, aus dem Duty-free-Shop in Athen. Und nicht einmal mehr halb voll. Aber das war ihm jetzt egal. Die Rückfahrt aus Hamburg war eine Tortur gewesen. Mehrfach hatte er gedacht, anhalten und kotzen zu müssen. Dann war er stundenlang durch die Gegend gefahren, planlos, ohne Ziel, den Kopf voller schrecklicher Bilder, die er auch durch das Rumgegurke nicht losgeworden war. Den Wagen hatte er danach sicherheitshalber draußen vor der engen Garage seines typischen Bremer Hauses stehen lassen. Keine unnötigen Risiken! Nicht auch noch eine Schramme an dem neuen SUV, der noch nicht einmal abbezahlt war.

Wie hatte es nur so weit kommen können? So oft schon hatte sich Bernd Bonde die Frage gestellt, Antwort offen. Er schenkte sich noch mal ein. Als er endlich wieder zurück von Kreta war, glaubte er, das Schlimmste überstanden zu haben. Er hatte sich in Athen nicht lange aufgehalten. Nach der Ankunft mit der Fähre hatte er sich ein kleines, unauffälliges Touristenhotel am Rande der Altstadt gesucht. Die Sonne neigte sich bereits, und die übrig gebliebenen Touristen der Nachsaison okkupierten die schmalen Gassen der Plaka. Niemand nahm von ihm Notiz, hier fühlte er sich am unauffälligsten. Er buchte nur für eine Nacht. In der Krise und kurz vor Ende der Saison waren die Hotelbetreiber selbst in Athen für jeden Gast dankbar und fragten nicht lange. Auch nicht nach seinem Pass. Im Internet hatte er für den nächsten Morgen einen halbwegs günstigen Flug über Frankfurt nach Bremen gefunden, sehr früh, praktisch noch vor dem Aufstehen. Aber das passte. Den Rückflug würde er verfallen lassen, das war klar. Aber so war es immer noch günstiger als ein One-Way-Ticket. Diese Logik hatte er noch nie verstanden, doch das war jetzt erst recht egal.

Zurück in seinem Bremer Wohnviertel, hatte er sich endlich in Sicherheit gefühlt, bis am Nachmittag dann der Anruf alles durcheinanderwirbelte. Ein Giannis Irgendwas aus Heraklion fragte ihn nach dem Mietwagen. Ob er den Ford gemietet hatte. Wieso arbeiten die überhaupt am Wochenende, war sein erster Reflex. Dann erkannte er die Brisanz des Anrufs. Er sagte »Ja«, eine andere Antwort hätte keinen Sinn gemacht.

»Wen haben Sie denn auf die Haube genommen?«, wollte der Dingsbums aus Heraklion wissen, der sich als Kommissar vorgestellt hatte. »Das war sicher eine Begegnung der ungemütlichen Art.« Der Ton des Anrufers klang lässig, beinahe mitfühlend, aber er war auf der Hut gewesen.

»Ich versteh nicht.« Bonde wunderte sich über das perfekte Deutsch des Anrufers, der sich anhörte, als würde er um die Ecke wohnen. Was hatte das zu bedeuten? Er versuchte, auf Zeit zu spielen. »Was für eine Begegnung? Und von wo rufen Sie überhaupt an?«

»Dann noch mal auf Hochdeutsch.« Der Anrufer wurde nun förmlich und stellte sich noch einmal vor, betont langsam und deutlich: »Kostapoulos, Kriminalpolizei Heraklion. Wen oder was haben Sie auf Kreta angefahren. Und haben Sie Unfall und Blechschaden Ihrem Vermieter sowie der Polizei gemeldet?«

Bonde bestritt schlankweg, etwas von einem Blechschaden zu wissen. Er hatte keine Ahnung, ob das klug war. Aber sie hatten ja keine Zeugen. Was sollte also passieren? »Ich weiß nichts von einem Schaden. Als ich den Wagen am Flughafen abgestellt habe, war der völlig in Ordnung. Den muss danach jemand anderes benutzt haben. Der Schlüssel lag ja in so 'ner ollen Holzkiste. Und außerdem ist der eh vollkaskoversichert.«

»Haben Sie mir eigentlich zugehört?« Der Anrufer setzte nach. »Es geht hier um Fahrerflucht und Körperverletzung, vielleicht sogar Totschlag. Wann haben Sie denn das Auto dort abgestellt und auf welcher Parkplatznummer?«

»Irgendwann am späten Abend vor zwei oder drei Tagen«, flunkerte er. »Leider war von den Mitarbeitern niemand mehr da. Aber das ist ja meistens so, bei deren Arbeitsmoral. Ich bin dann in den Hafen und habe auf die frühe Fähre gewartet.«

»Gibt es dafür Zeugen? Zum Beispiel im Hotel, in dem Sie übernachtet haben? Sie werden ja sicher nicht auf einer Parkbank geschlafen haben.«

»Doch, genau das, unten am Hafen. Fast jedenfalls. Ich war noch was essen in einer Taverne, habe danach in einem Pub zwei, drei Bier getrunken, und dann war es so spät, dass sich ein Hotel nicht mehr gelohnt hätte.« Er merkte, dass ihm der Polizist die Geschichte nicht abnahm. »Was soll das alles, worum geht's hier eigentlich?« Die Frage war ihm gerade noch eingefallen. Kein normaler Mensch, der nichts zu verbergen hatte, würde Fragen eines Polizisten beantworten, ohne wissen zu wollen, worum es eigentlich ging.

»Jemand ist angefahren worden, mit Ihrem Auto«, antwortete der Kommissar aus Heraklion.

Er schwieg.

»Wollen Sie gar nicht wissen, wie es dem Opfer geht?«

Er schwieg.

»Sind Sie noch dran? Interessiert Sie das gar nicht?«

Schließlich sagte er zögernd: »Warum, ich kenn sie doch gar nicht.«

Jetzt schwieg der Kommissar. Aber nur kurz. »Sie?« Seine Stimme hatte an Schärfe zugenommen.

Bonde war sein Versprecher sofort siedend heiß bewusst geworden. »Beziehungsweise das Opfer«, schob er schnell hinterher. Ein Fehler. Kaum wiedergutzumachen. Egal. Sollten sie ihm doch erst mal das Gegenteil beweisen, dachte er. Er war zurück in Deutschland. Das allein zählte. Und nach Griechenland zog ihn so schnell eh nichts wieder. »Wieso sprechen Sie eigentlich so gut Deutsch?«, fragte er den Anrufer. Er versuchte krampfhaft, locker zu wirken. Und abzulenken. Eine Antwort bekam er nicht.

Dann war Ruhe. Der Polizist aus Griechenland hatte sich endlich zufriedengegeben, scheinbar zumindest, und aufgelegt. Bonde hing seinen Gedanken nach. Bis er durch einen neuen Anruf gestört wurde, es war keine Stunde vergangen. Wieder aus Hamburg, wieder erkannte er die Nummer nicht.

»Wir müssen reden«, sagte Janko Petrovic am anderen Ende der Leitung. »Wir brauchen dich. Jetzt. Und zwar dringend.« Eine Bitte hörte sich anders an.

Doch ihm war das egal. »Ich habe gesagt, noch einmal. Dann war's das. Jetzt ist Schluss. Ihr wisst das. Mir reicht's.« Außerdem hatte er jetzt wirklich andere Sorgen.

Janko hörte sich echt sauer an, als er antwortete. Das war nicht zu überhören. »Ich glaube, du vergisst, wer hier die Regeln macht. Du spielst mit. Aber wir bestimmen das Spiel. Verstanden? Also, heute Abend.«

»Da kann ich nicht, bin schon verplant.« Sein Widerstand wurde lahmer. Aber er musste aus dieser Situation rauskommen. Irgendwie. Seine Lage war schon kompliziert genug. Er brauchte keine zusätzlichen Probleme. »Ich brauche Zeit. Die Medien haben mich im Visier.« Und die Bullen auch, dachte er insgeheim.

»Heute. Gleiche Zeit, gleicher Ort. Und denk an Hoyzer.« Dann legte Janko auf. Grußlos.

Der Schiri hatte nach dem Skandalspiel in Paderborn nicht lange durchgehalten. Irgendwann hatte er die Manipulation zugegeben. Ob freiwillig unter der Last von Indizien oder ob von anderer Seite nachgeholfen worden war, mit durchgestochenen Informationen oder mit Druck, das war nie eindeutig klar geworden. Aber den Verdacht wurden viele nie los. Auf jeden Fall hatte sein Geständnis wieder etwas Ruhe in die Debatte um Fußballwetten gebracht. Hoyzer war am Ende, sein Ruf und Ansehen waren nach Urteil, Gefängnis und Geldstrafe im Eimer. Der Fall war als Einmalereignis zu den Akten gelegt worden. Und das kam vielen gerade recht. Hoyzer interessierte nicht mehr. Niemanden.

Bonde wollte nicht den gleichen Weg gehen. Während seines Kreta-Trips war es wieder einigermaßen ruhig um ihn und sein verpfiffenes Trainingsspiel geworden. Die Medien hatten neue Opfer im Visier. Mit etwas Glück war er raus. Aber es war ihm eine Lektion. Sechsmal war es vorher gut gegangen, und sein Konto hatte einen ansehnlichen Zuwachs bekommen, sechsstellig. Das letzte Spiel war wie das verflixte siebte Mal. Und das war ihm eine Warnung, koste es, was es wolle. Das Geld war schön und gut. Aber er wollte nicht die einzig feste Größe in seinem aktuellen Dasein ins Wanken bringen. Ohne seine Pfeiferei wäre er ein Nichts. Im Job war er nur eine kleine Nummer. Er arbeitete als Jurist in einer Steuerkanzlei und Unternehmungsberatung in Bremen. Die Prüfung zum selbstständigen Steuerberater hatte er zweimal vergeigt. Er würde sein Leben lang abhängig Beschäftigter bleiben. Karriere? Zero.

Bei Frauen war er ein Versager. Langweilig, unerotisch, im Bett eine Niete. Mehrfach war ihm das ziemlich unverblümt unter die Nase gerieben worden. Seine letzte Affäre dauerte vier Wochen und zwei Tage. Als ihn Jule, eine hübsche Biologiestudentin aus der Neustadt, fragte, ob er nicht endlich mit ihr schlafen wolle, war es aus. Sie hatten einen ganz netten Abend zusammen, waren erst zum Essen beim Türken, dann zum Tanzen in einer Disco, die zurzeit echt angesagt war. Sie hatten sich geküsst. Oder sollte man besser sagen: Sie hatte ihn geküsst. Mehrfach. Als er sie nach Hause zu ihrer WG brachte und sich vor der Haustür von ihr verabschieden wollte, hatte sie ihm das Messer auf die Brust gesetzt. »Komm doch mit rauf. Die anderen sind nicht da.«

»Lieber nicht«, wich er aus. »Ich muss morgen früh raus.«

»Was ist los?« Sie verlor die Geduld. »Was willst du eigentlich von mir?«

Ihm war die Szene vor der Haustür unangenehm gewesen. Nicht wegen ihrer plötzlichen Wut. Aber sie konnten schließlich beobachtet oder belauscht werden. Von Nachbarn. Die Fenster des Erdgeschosses lagen in Augenhöhe, nur zwei Meter im Vorgarten entfernt. Und Jule gab sich keine Mühe, leise zu reden, so wütend war sie gewesen. »Mir geht das alles zu schnell«, flüsterte er, »ich brauche Zeit.« »Und ich einen Mann«, fauchte Jule, »und niemanden, der mich verarscht.« Die Tür fiel hinter ihr krachend ins Schloss. Das war das Letzte, was er von ihr hörte. Das war jetzt über ein halbes Jahr her. Seitdem hatte er nur noch YouPorn und Fußball. Als Schiri hatte er immerhin was zu melden. Da bestimmte er, wo es langging. Das wollte er sich nicht kaputt machen lassen. Nicht jetzt. Von niemandem. Aber er hatte keine Wahl. Er war erpressbar. Das wusste er.

Das Treffen in Hamburg lief dann ganz anders als geplant. Wenn er geahnt hätte, dass es aus dem Ruder laufen könnte, wäre er sicher nicht gefahren. Trotz des Drucks. Aber er hatte sich Jankos Drohungen gebeugt. Was blieb ihm anderes übrig. Ihr Treffpunkt war der gleiche wie immer. In der »Ritze« auf dem Kiez war noch nicht viel los. Ein paar Touris mit bayerischem Dialekt saßen am Tresen und tranken Bier.

Sie versuchten ihn, mit Sprüchen zu provozieren, als er in seinem Polohemd mit der Raute auf der Brust den Laden betrat. »9:2 für die Bayern, euer Dino geht wohl ziemlich am Stock«, jubelten sie in ihrem saublöden Dialekt. Der HSV-Auftritt in München war wirklich eine Schande gewesen, aber großmäulige Bajuwaren brauchte hier oben keiner. Die sollten doch lieber im Englischen Garten bleiben und ihr Plörrbier trinken.

Jetzt, am späten Nachmittag, trauten sie sich nach St. Pauli. Wo noch nichts los war. Zwischen den auf die Hauswand gepinselten gespreizten Frauenbeinen durch den Torweg, in dem es immer ein bisschen nach Pisse stank, bis ins Hinterhaus. Zurück im Bayernland würden sie dann die großen Sprüche klopfen von der legendären Kiezkneipe mit eigenem Boxring im Keller und ihrem bunten Publikum. Dass es noch helllichter Tag war und auf der Reeperbahn praktisch noch tote Hose, davon würden sie natürlich kein Wort sagen. Viel mehr dagegen über die scharfe Wirtin mit den dicken Dingern und den tätowierten Typen. Auch wenn die nur auf den Bildern an den Wänden hingen.

Für ihre Treffen waren Ort und Zeitpunkt allerdings ideal. Niemand kümmerte sich sonst um sie. Keiner erkannte Janko Petrovic, als er eintraf, und ihn, Bonde, sowieso nicht. Obwohl das natürlich zur Berufsehre auf dem Hamburger Kiez gehörte. Hier kannte man grundsätzlich niemanden. Besser is'.

Wann das Treffen aus dem Ruder lief, war ihm anschließend nicht mehr ganz klar. Janko hatte ihn zum Gespräch mit dem großen Boss genötigt, das war seine Rolle. Irgendwo unten am Hafen auf der anderen Elbseite sollte er ihn treffen. Unter vier Augen. »Alles wird gut«, hatte Janko gesagt, er wollte ihn offenbar beruhigen. Es war immer noch hell, was sollte auch sein? Auf einem abgelegenen Gelände, die wachsende neue HafenCity mit der Elbphilharmonie gegenüber im Blick, traf er dann den Chef. Janko machte sich aus dem Staub. Wie ein Hund, der einfach vom Hof gejagt wurde.

Der Boss redete nicht lange herum. Seinen Namen nannte er nicht. Hatte er ihn schon mal gesehen? Bonde registrierte eine gewisse

Ähnlichkeit mit Janko und wunderte sich, wurde aber schnell wieder in die Realität zurückgerufen. »Zwei Spiele noch, dann bist du frei«, sagte der Chef. »Eins hier, in der nächsten Pokalrunde oder in der dritten Liga. Du kannst es dir aussuchen. Eins woanders, das wird sich noch finden. Vielleicht während der Winterpause im Trainingslager. Da bist du ja besonders erfolgreich.« Der Boss feixte dabei, aber sein Grinsen gefror zwischen den Ohren.

Bonde wollte nicht. »Es geht jetzt nicht. Ich habe im Moment genügend Probleme. Ihr könnt mich nicht zwingen«, antwortete er.

»Irrtum«, sagte der Chef, »du kriegst höchstens welche. Wir können auch ganz anders. Möchtest du, dass wir es dir beweisen?« Er griff zu seinem Handy, und Bonde wurde blass, als er das Bild auf dem Display sah. Dort war ein Tisch vor Alpenpanorama zu sehen, wie aus dem Bilderbuch. Drei Männer hockten darum herum, er und noch zwei andere, vor ihm ein Packen Geldscheine, sorgfältig gebündelt, aber deutlich erkennbar. Lauter Zweihunderter. Wo kam die Aufnahme her? Wer zum Teufel hatte ihm da im österreichischen Trainingslager eine Falle gestellt, schoss es Bonde durch den Kopf. Wieso hatte er denn nichts gemerkt? Das konnte sein Ende sein.

Als ihm das klar wurde, brannten bei ihm alle Sicherungen durch, und er ging ohne Vorwarnung auf den Boss los, ohne Rücksicht auf Verluste. Er kannte sich selbst nicht wieder. Richtig zu sich kam er erst, als er längst wieder an der Autobahn nach Bremen war. Es war dunkel. Er saß in seinem Wagen auf einem Rastplatz. Wie lange stand er schon da? Er erinnerte sich nicht. Da war nur ein riesiges schwarzes Loch. Nur langsam kam er wieder zu sich und fing an, klarer zu denken. Er brauchte Ruhe, so viel war klar. Er ließ den Motor an und fuhr nach Hause, nicht ohne ein paar Umwege zu machen, bis er im Sessel erschöpft zusammensackte.

Am nächsten Morgen fühlte er sich wie gerädert. Es war noch früh, die Dämmerung kämpfte noch mit der Nacht, aber an Schlaf war nicht mehr zu denken. Er stank in seinen durchgeschwitzten Klamotten, und so langsam kam die Erinnerung zurück. Er entschloss sich, noch mal nach Hamburg zu fahren, um zu sehen, ob er irgendwelche

Spuren hinterlassen hatte. Er hoffte, dass noch keine Arbeiter oder Spaziergänger unterwegs waren. Aber als er den Platz endlich wiedergefunden hatte, erblickte er sofort die rot-weißen Absperrbänder der Polizei. Sie durchschnitten den Morgendunst wie Stahlseile. An der Seite parkte ein Streifenwagen. Zu spät. Die grüne Kirchturmspitze des Michel grüßte höhnisch zu ihm rüber. Er machte auf dem Absatz kehrt und wankte zurück zum Auto. Was hatte das zu bedeuten?

Dienstag, 29. September

HAMBURG | im Gericht

Nicht auch das noch. Was hatte sie mit einer Leiche im Hamburger Hafen zu tun? Eleni fluchte vor sich hin. Sie hatte ein lausiges Wochenende hinter sich. Und der Start in die Woche war auch nicht viel rasanter. Ein bisschen joggen und ganz viel Aktenstudium auf der eigenen Couch, das Abendessen kam mit dem Pizzaboten. Sie kannte diese Trilogie, die regelmäßig mit Pizza Quattro Stagioni endete. Privatleben? Null, zero, niente! Und der Pizzabote hatte sich auch noch nie als Aufreißer und liebestoller Italiener entpuppt. Solche Geschichten schrieben nur die Schundromane oder die Pornoseiten. Entsprechend schlecht gelaunt widmete sie sich den Neuigkeiten. Sollten sich doch die Kollegen vom Wasserschutz darum kümmern oder ihretwegen auch die Mordkommission.

Sie hatte nun wirklich genug um die Ohren. Und Probleme deutlich größeren Kalibers zu meistern. Schließlich war da ja auch noch der Kollege aus Griechenland, der am Nachmittag in Hamburg ankommen und ihr Partner werden sollte. Auf Zeit jedenfalls, darauf legte sie großen Wert. Denn Männer an ihrer Seite suchte sie sich gern selber aus. Eleni war echt genervt.

Die Leiche war bereits am Sonntag im Hafen entdeckt worden, nicht weit weg von der ehemaligen Fünfzigerlinie, wo sie gerne mal mit dem Fahrrad unterwegs war. So nannte man die alten durchnummerierten Kaischuppen, an denen vor zwanzig Jahren Stückgut umgeschlagen wurde. Apfelsinen oder Bananen in großen Holzkisten. Heute wurde alles in Containern verschifft, und in den ehemaligen Schuppen siedelte sich nach und nach neues Gewerbe an, vor allem Start-ups der IT-Branche.

Warum lag die Akte überhaupt auf ihrem Tisch? Ein gelber Zettel klebte auf dem Deckel, eines dieser anonymen Post-its. Sie versuchte die unleserliche Schrift zu verstehen: »Es wird ernst, die Einschläge kommen näher.« Darunter ein Krakel, der wohl ein Unterschriftenkürzel sein sollte. Von der Kripo, einem Kollegen? Sie konnte die Schmiererei nicht entziffern.

»Welcher Blödmann ist für das Gekrakel auf der Akte verantwortlich?«, rief sie durch die offene Tür zu ihrer Sekretärin. »Ich«, antwortete der Generalstaatsanwalt und trat ein. Er setzte sich unaufgefordert auf den Besucherstuhl. »Unser Fall bekommt eine neue Dimension«, sagte er, »haben Sie sich schon schlaumachen können?«

Als Eleni verlegen stotternd verneinte, fuhr er fort: »Bei dem Toten handelt es sich um Milan Petrovic, Papiere hatte er noch alle dabei. Wer das ist, brauch ich wohl nicht mehr lange zu erklären. Todesursache ist fremde Gewalteinwirkung. Lesen Sie sich den Untersuchungsbericht in Ruhe durch. Aber möglichst bald. Denn wir haben jetzt nicht mehr nur einen Albaner-Clan …« Eleni wollte ihn unterbrechen, aber der General ignorierte sie. »Oder meinetwegen auch irgendeine Balkanbande, die mitten drin in einem Wettskandal steckt. Was wir hoffentlich irgendwann beweisen können.« So viel am Stück hatte sie ihn lange nicht erklären hören. Er schaute sie mit zusammengezogenen Augenbrauen an. »Jetzt haben wir die erste Leiche und keinen blassen Schimmer, was uns die sagen soll.«

Er erwartete offenbar keine Antwort darauf. Denn beim Rausgehen drehte er sich nur kurz um und ergänzte: »Sehen Sie zu, dass Sie im Film sind, bevor der Grieche hier aufschlägt. Damit wir nicht ausgerechnet denen gegenüber wie Anfänger aussehen.« Dass sie dabei rot wurde, konnte er schon nicht mehr sehen.

Als er raus war, ärgerte sich Eleni über sich selbst. Warum hatte sie sich so behandeln lassen? Warum hatte sie ihn nicht gefragt, wieso sie den Fall, wenn schon, dann erst nach zwei Tagen auf den Tisch bekam und nicht direkt? Und was die Freunde von der Abteilung Hauen und Stechen in der Zwischenzeit eigentlich zur Aufklärung beigetragen hatten. Warum hatte sie ihn nicht gefragt, weshalb der Vorgang den

Umweg über ihn ging und nicht persönlich an sie? Das war doch ganz neu. Sonst wurde der Dienstweg doch auch penibel eingehalten. Zuständigkeitshalber. Wenn sie das schon hörte. Und jetzt? Ein kleines Machtspielchen? Um ihr etwas Druck zu machen? Oder hatte er Angst? Und wenn ja: wovor? Vor einem neuen Bandenkrieg und Folgen ungeahnten Ausmaßes für den Fußball und die Stadt? Oder einfach nur vor schlechter Presse? Eleni war sauer. Vor allem auf sich selber. Sie war doch sonst nicht so leicht zu beeindrucken.

Der Grieche, wahrscheinlich so ein Kostas Irgendwas, dachte sie, sollte fünf nach vier in Fuhlsbüttel landen und von einem Streifenwagen abgeholt werden. Das hatte Elenis Sekretärin in Erfahrung gebracht. Selbst wenn man wegen der vielen Landungen und vor allem der Warterei am Gepäckband getrost noch einmal 90 Minuten Verspätung draufschlagen konnte, musste sie plus minus 17.30 Uhr mit ihm rechnen, eher plus. Denn der Hamburger Flughafen war berüchtigt für seine schleppende Abfertigung bei der Gepäckausgabe. Bei ihrer letzten Ankunft von einem verlängerten Toskana-Wochenende Anfang Juli hatte sie eine geschlagene Stunde und 20 Minuten am Gepäckband warten müssen.

Zweimal hatte sie ihre gesamte Wut auf Facebook in die Welt hinausposaunt, was eigentlich sonst gar nicht ihre Art war. Mit den sozialen Medien ging sie eher zurückhaltend um, sie traute dem ganzen Like-Wahn nicht. Und seit Trump hatte sich ihr festes Vorurteil geradezu zementiert. Aber die Warterei am Gepäckband hatte an ihren Nerven gezerrt, selbst nach fünf Tagen Florenz und Umgebung. »Weltstadt Hamburg«, hatte sie geätzt, »aber ohne Koffer.« Geholfen hatte das natürlich nichts, außer gegen ihre Wut. Und so hatte Hamburg die Sportler der Welt zu Olympischen Spielen begrüßen wollen. Was für ein Hohn, noch nachträglich.

Wie auch immer, in knapp vier Stunden musste sie mit dem Hellenen rechnen. Hoffentlich nicht so ein Nachfahre von Sisyphos, der die Brocken immer bergauf vor sich herrollt, aber nie oben auf dem Berg ankommt, dachte sie. Einen Berg von Problemen hatten sie nun wirklich vor sich. Und was ein Grieche dabei helfen konnte, der sich mit Land und Leuten nicht auskannte, das war ihr wirklich schleierhaft.

Aber wahrscheinlich war die ganze Aktion dem angeblich immer enger zusammenwachsenden Europa geschuldet. Just for show. Wo Europa drauf stand, musste auch Europa drin sein. Und gegen den europaweiten Wettbetrug im europäischen Fußball konnte nur enge europäische Kooperation helfen. So hatten es sicher die Verantwortlichen in Brüssel oder sonst wo beschlossen. Deren Wort war Gesetz, und ihr Chef hatte schleunigst sein Fähnchen in den richtigen Wind gehängt. Deshalb konnte sie nun ihre Mittagspause knicken. Ein schneller Kaffee und die Gerichtskantine mussten unter diesen Umständen reichen. Ausgerechnet griechischer Salat, stellte sie fest. Was für ein Omen. Natürlich war der nicht einmal frisch, sondern vorgeschnibbelt und abgepackt. Auch das noch.

Als es an ihrer Tür klopfte, hatte sie gerade ein paar Telefongespräche geschafft, ohne viel Neues zu erfahren. Leo Stepenbrok, Hauptkommissar bei der Kripo, der ihr als polizeilicher Partner zugeteilt worden war, hatte wenig Ergänzendes zu berichten. »Wie habt ihr ihn gefunden?«, fragte Eleni.

»Ein anonymer Hinweis per Telefon.« Stepenbrok wartete eine Nachfrage gar nicht ab, es war ja klar, was kommen würde. »Natürlich haben wir versucht, die Nummer zurückzuverfolgen. Prepaidhandy. Also Fehlanzeige.«

»Sonstige Hinweise auf den Informanten, Vermutungen, Spekulationen? Ein zufälliger Finder oder womöglich sogar Zeuge?«

»Schwer zu sagen«, antwortete Stepenbrok. »Der Anruf war kurz. Da liegt jemand, der wird nicht wieder oder so ähnlich hat der Anrufer genuschelt und dann eine kurze und sehr grobe Ortsbeschreibung gegeben. Mehr gibt die mitgeschnittene Bandaufnahme nicht her.«

»Und?« Eleni wurde ungeduldig. Musste man ihm denn alles aus der Nase ziehen?

»Nix und. Der Anrufer war männlich, vielleicht ein Hamburger, wegen des Schnacks »der wird nich' wieder«. Das ist echter Barmbeker Straßenjargon. Aber auch sehr spekulativ. Und etwas gekeucht hat er. Als wenn er nicht in Form ist oder ziemlich eilig unterwegs war. Oder beides. Den Rest hassu gleich schwarz auf weiß aufm Tisch.«

Stepenbrok war zum Schluss selbst etwas in diesen Hamburger Straßenton verfallen, deshalb auch das vertraute Du. »Du, Frau Kamenis«, am Hafen sprach man gerne so, wenn man eine gewisse Vertrautheit dokumentierten wollte. Oder Lässigkeit. Er durfte das. Eleni mochte den knarzigen Kommissar. Nicht, dass sie ihn besonders gut kannte. Aber die drei oder vier Mal, die sie bislang mit ihm zusammengearbeitet hatte, waren ihr in angenehmer Erinnerung. Klar, offen, loyal, vertrauensvoll, keine dummen Spielchen, keine plumpe Anmache, keine männliche Arroganz, sie mochte das. Und er war der Ältere. Schön, dass er der Dritte im Bunde bei ihnen sein sollte.

Er musste wohl so um die fünfzig sein, glaubte sie. Aber er hatte sich ganz gut gehalten. Oder wieder in Form gebracht. Er hatte sich vor ein paar Jahren scheiden lassen oder lassen müssen, hatte sie gehört, und war wieder auf dem Markt. Auf jeden Fall konnte er sich durchaus sehen lassen.

Einmal hätte sie sich fast hinreißen lassen. Sie hatten zusammen den erfolgreichen Abschluss einer Ermittlung im Rockermilieu gefeiert. Zwei europaweit operierende Banden – schon wieder Europa! – hatten sich auf dem Kiez monatelang auf offener Straße bekämpft. Ihr Krieg forderte Opfer, auch Tote. Und sie hatten diese blutigen Schießereien aufklären und etliche Beteiligte festnehmen können. Ihre Zusammenarbeit war professionell und eng gewesen, fast schon kameradschaftlich. Und zur Belohnung waren sie unten am Hafen bei ihrem Lieblingsitaliener essen gegangen. Danach in dieser aus dem Fernsehen bekannten Ballerbude schräg gegenüber noch zwei schnelle Absacker.

Als er den Arm um ihre Schultern legte und sie nicht mehr so genau ausmachen konnte, ob das schon Anbaggern war oder noch väterliche Kollegialität, war sie kurz in Versuchung geraten. Aber Gott sei Dank war sie noch nicht so benebelt gewesen, dass sie nicht noch schnell die Reißleine ziehen konnte und ein Taxi bestellte. So groß war ihr Männernotstand dann auch wieder nicht. Außerdem konnte er fast ihr Vater sein. Obwohl …

Es klopfte schon wieder an der Tür. Die Staatsanwältin schreckte aus ihren Gedanken auf. Klopfen und geduldig auf ein »Herein« zu warten, war hier im Haus ziemlich unüblich. Wer konnte das sein? Viertel vor fünf, noch ziemlich früh, aber ihre Sekretärin war bereits gegangen. Montags war ihr Yoga-Tag, da verließ sie superpünktlich das Büro. Das war ihr wichtig. Und das war zwischen den beiden Frauen auch geklärt. Normalerweise war der Wochenanfang ja auch immer sehr ruhig bei ihnen.

Eleni öffnete die Tür und stand einem unbekannten jüngeren Mann gegenüber. Jeans, offenes Hemd, Jackett, ganz gut aussehend und ein jungenhaftes Lächeln im Gesicht. »Hallo, Giannis Kostapoulos«, sagte er und reichte ihr lächelnd die Hand. »Oh«, sagte Eleni und ärgerte sich insgeheim, dass sie sich nicht noch etwas aufgehübscht hatte. So früh konnte man mit ihm ja nun wirklich nicht rechnen. Dann ärgerte sie sich auch noch über sich selbst und diese Klischees in ihrem Kopf und musste dabei grinsen. »Sprechen Sie Deutsch, or shall I better talk in English?«, fragte sie und bat ihn herein.

»Noch besser spreche ich Hamburgisch«, antwortete Giannis und grinste breit, »willkommen zurück in Hamburg, würde passen. Und dann noch von einer so reizenden Kollegin empfangen.« Als Eleni etwas irritiert guckte und noch nachdachte, ob sie sich wegen der plumpen Anmache empören sollte oder nicht, ergänzte er: »Entschuldigung, ich habe ewig in Hamburg gewohnt und komme praktisch nach Hause. Ich bin quasi Hamburger. Und freue mich einfach, wieder hier zu sein.« Und als sie noch verwirrter schaute: »Meine Eltern sind Griechen, ich bin in Deutschland geboren und habe beide Pässe. Wenn es für Sie leichter ist, können wir aber natürlich auch Englisch miteinander sprechen.« Sehr witzig. Eleni wusste nicht recht, ob sie die letzte Bemerkung anmaßend oder lustig finden sollte. Dann musste sie lachen. »Ganz schön frech für den Anfang, in Hamburg würde man kiebig sagen. Aber das wissen Sie ja, und den Hamburg-Test haben Sie jedenfalls bestanden. Kommen Sie rein, willkommen in der schönsten Stadt der Welt!« Sie lächelte immer noch, als sie ihm einen Platz anbot. Das ließ sich ja gut an.

»Wieso sind Sie schon da? Ich habe noch nicht mit Ihnen gerechnet und hatte gar keine Gelegenheit, mich ein bisschen aufzubrezeln.«

Schon wieder. Was war nur mit ihr los? Sie bot ihm einen Kaffee aus ihrer privaten Kaffeemaschine an, die sie sich im Frühjahr fürs Büro besorgt hatte. Die war mit ihren Plastikkapseln zwar nicht ökologisch korrekt. Aber sie wollte nicht auf die Plörre aus der Kantine oder auf den neuen Automaten am Ende langer Gänge angewiesen sein. Und auch nicht die Sekretärin zum Kaffee kochen verdonnern müssen. Irgendwo musste frau ja anfangen, das allgemeine Rollenbild zu verändern. Er musterte sie ohne jede Scham von oben bis unten und war offenbar zufrieden mit dem, was er sah. Oben blieb sein Blick etwas länger hängen. »Alles okay? Oder haben Sie meinen Brüsten was zu sagen?«, fragte sie ihn provozierend. Gleich mal zeigen, wer hier die Hosen anhat. Außerdem mochte sie solche taxierenden Blicke wie auf einer Fleischbeschau nicht.

Aber ihm schien das gar nicht peinlich. Er lächelte, keine Spur von verlegen. Ihm hatte offenbar gefallen, was er sah, auch ungeschminkt. »Kann man so sagen«, grinste er. Dann wechselte er aber doch lieber schnell das Thema. »Ich bin nur mit Handgepäck gereist.« Er zeigte auf einen schnieken Metallkoffer, der nach den neuen Bestimmungen wohl eben noch als Handgepäck durchging. Viele Praxistests hatte er aber wohl noch nicht hinter sich. Er sah jedenfalls ziemlich neu aus.

»Hamburgs Flughafen ist eine Katastrophe«, erklärte der Grieche. Ausgerechnet der. Als wäre Eleni zu Gast. »Da muss man manchmal fast eine Stunde auf seinen Koffer warten. Da sind ja sogar die Griechen in Athen schneller. Und unsere Freunde und Helfer in Uniform haben mich dann mit Blaulicht hergebracht.« Er grinste immer noch, sichtlich zufrieden mit der Überraschung, die ihm geglückt war.

Eleni ertappte sich dabei, dass ihr die Situation ein bisschen gefiel und sie sich wie zufällig mit der Hand durchs Haar strich. Das wievielte Mal war das eigentlich schon, dachte sie und nahm die Finger aus dem Haar. Ich verhalte mich schon wie eine Tussi, dachte sie. Aber er schien nichts zu merken, zumindest ließ er sich nichts anmerken. Auch typisch Hamburger, dachte sie. Der Sache wollte sie später noch etwas auf den Grund gehen. »Hier ist die komplette Akte in Kopie, wäre schön, wenn Sie die bis morgen früh kennen würden«, sagte sie etwas steif, »trotz des Jetlags.« Er grinste. Ob über die Ironie oder sie, war ihr nicht ganz klar. Deshalb setzte sie schnell nach: »Wir haben um zehn einen Vernehmungstermin und sollten uns eine Stunde vorher hier besprechen. Leo Stepenbrok von der Kripo wird dazustoßen.«

Sie fragte nicht, ob er das schaffen konnte, stattdessen erkundigte sie sich nach seiner Bleibe. »Wo wohnen Sie?« Mein Gott, wie peinlich, dachte sie, solch eine Frage kann man ja nur missverstehen. Verhielt sie sich grad wie ein pubertierender Teenager? Er zeigte keine Reaktion. »In einem dieser neumodischen Boardinghäuser unten am Hafen, am Rande des Bermudadreiecks. Dort bin ich besonders gern. Die vielen portugiesischen und spanischen Kneipen, und um die Ecke gleich die Elbe und die Landungsbrücken, da fühl ich mich immer sauwohl.«

Als er gegangen war, blieb Eleni noch eine Weile auf ihrem Stuhl sitzen und stierte aus dem Fenster. Sie sah nicht die Lichter des Hamburger Doms, die in einiger Entfernung angegangen waren und bunte Reflexe auf Karussells und Wohnhäuser gegenüber warfen. Sie glotzte vor sich hin und durch alles hindurch. Was war das denn eben? Hatte sie sich verguckt? Sie, die beinahe Unnahbare, die schon seit wer weiß wie langer Zeit keinen Mann mehr in ihr Leben ließ? Verliebt auf den ersten Blick? So was gab's doch im echten Leben gar nicht. Oder hatte er sie einfach nur überrumpelt und in einem schwachen Moment erwischt?

Professionell, du musst professionell bleiben, ermahnte sie sich. Je besser das Arbeitsklima und die Stimmung, je schneller würden sie erfolgreich sein. Und dann würde er ja eh wieder zurück zu Tsatsiki und Retsina verschwinden, in sein Krisenland, wenn das dann man noch zu Europa gehörte. Einfach nur professionell sein.

Zur Professionalität gehörte auch die späte Erkenntnis, dass ihr Kühlschrank zu Hause leer war. Natürlich. Auf dem Weg kaufte sie schnell das Nötigste bei Edeka ein, Salat, Obst, italienische Farfalle, einfachen Weißwein für die Soße, Kapern, Knoblauch, Peperoni. Pasta Puttanesca sollte es geben. Das ging schnell und gehörte zu ihren

Lieblingsgerichten. Seit der Supermarkt in ihrer Straße eine vergrößerte Bioabteilung hatte, konnte man sich dort auf dem Weg schnell mit seinen persönlichen Grundnahrungsmitteln eindecken. Bei ihr waren das viel zu oft Nudeln, Vino und irgendwas dazu. Hauptsache, es ging schnell. An der Ecke zur Straße, in der sie wohnte, stand die übliche Trinkergruppe.

»Wohlville«, wie die Anwohner die Gasse nannten, gehörte zum besseren Teil von St. Pauli. Viele alternative Lehrer wohnten hier und andere Pseudolinke, die sich rechtzeitig eine dieser schicken Altbauwohnungen gesichert hatten. So konnten sie später besten Gewissens gegen die sogenannte Gentrifizierung in Nachbarstadtteilen auf lauten Demos zu Felde ziehen. Das Sankt-Florians-Prinzip auf links-alternativ. Eleni hatte sich oft darüber geärgert, aber trotzdem gleich zugegriffen, als ihr eine Mietwohnung angeboten worden war. Die Trinkerecke wurde als Ausdruck alternativer Gesinnung von den Anwohnern großzügig geduldet.

»Moin, Frau Doktor«, sagte einer aus der Gruppe zu ihr, als sie sich an den Typen vorbeischlängelte. Das gehörte zu ihren privaten Spielchen. Einmal im Monat gab sie ihm fünf Euro, wenn sie ihn irgendwo allein erwischte. Wenn er dann mit seinen Kumpels zusammenstand, flachste er sie großmäulig an. Sie antwortete dann oft: »Danke der Nachfrage, Kollege. Und, die Getränke gut gekühlt?« Es war eine Art Ritual. Diesmal machte er sich aber besonders wichtig. »So früh zu Hause, nicht genug zu tun, Frau Doktor?« Breit grinsend sammelte er das beifällige Murmeln seiner Kumpel ein. »Und wer kümmert sich um den toten Jugo aus dem Hafen?«

Eleni stockte und ging drei Schritte zurück. »Was weißt du von der Leiche, die dort lag, Kuddl?«, fragte sie. Kurt war sein richtiger Name, das immerhin hatte er in einer schwachen Minute für seine fünf Euro von sich preisgegeben. Dabei blieb es dann aber auch schon. Sie stand jetzt so dicht vor ihm, dass ihr sein ungewaschener Moddergeruch direkt in die Nase stieg. Er erschrak, seine Kumpel wichen zurück. Er kapierte schnell, dass er wohl etwas zu weit gegangen war, so viel hatte er jedenfalls noch nicht getrunken. »Nicht mehr als das, was

Schmuddi erzä…«, dann brach er erschrocken ab. Verdammt. Schon wieder. Er hatte Schmuddi doch versprechen müssen, mit niemandem drüber zu reden. »Äh …, was andere … äh, was man so hört, auf der Straße und so …«, stammelte er. Retten, was noch zu retten war. Aber er sah ihr sofort an, dass sie ihm das nicht abnahm. Und er wusste nicht, ob die Sorge darüber größer war oder die Angst, künftig keinen Heiermann mehr von ihr zu kriegen.

Mittwoch, 30. September

HAMBURG | im Gericht

Als die drei Ermittler morgens in Elenis Büro zur ersten gemeinsamen Besprechung zusammenkamen, hatte Stepenbrok seine Hausaufgaben schon gemacht. »Schmuddi war der Anrufer«, fing er gleich mit seinem Bericht an, »ein Penner, stadtbekannt, aber harmlos. Keiner kennt seinen richtigen Namen.« Seine uniformierten Kollegen hatten Schmuddi an dessen Lieblingsplatz auf St. Pauli entdeckt, da wo früher die Astra-Brauerei stand. Abends hatten Polizisten ihn beschattet und waren ihm auf der Fähre über die Elbe gefolgt. Drei Tage nach seiner schrecklichen Entdeckung wollte Schmuddi wohl eruieren, ob die Luft wieder rein war und er endlich zurück in seine Behausung konnte. Da schnappten sie ihn sich. »Er hat da drüben sein Nachtlager«, berichtete Stepenbrok, »nicht weit weg von dem Fundort. Die Leiche hat er entdeckt, als er morgens pissen musste.« Hamburg war manchmal eine Stadt der deutlichen Worte, da brauchte man nicht lange drum herumzureden.

»Und?« Eleni war ungeduldig. »Nix und. Sei nicht so ungeduldig, Mädel«, sagte Stepenbrok. Er durfte das. Warum, das war für Giannis nicht ersichtlich. Aber er wunderte sich nur kurz. Dann musste er innerlich grinsen. Er mochte diese direkte Art, er hatte das vermisst. Er fand Stepenbrok sympathisch. Er mochte diese Hamburger Direktheit. Und er mochte diese Form zielführender Interaktion zwischen den beiden, so nannte man das neuerdings auf ihren Fortbildungskursen: zielführende Interaktion. Warum sagte man nicht einfach: Die können gut miteinander, überlegte er.

»Schmuddi hat ihn gefunden, das Bargeld aus der Brieftasche genommen, sonst aber nichts angerührt. Das beteuert er zumindest.

Und ich glaube ihm sogar. War alles noch da. Dann hat er die Bullen gerufen. Punkt.« Stepenbrok war am Ende. »Dann wissen wir das«, sagte Giannis grinsend. Eleni funkelte ihn an.

»Schon was von der Spusi da?«, fragte Giannis, als sie im Auto auf dem Weg zu Bra Petrovic saßen. Bra, die eigentlich Branka hieß, aber seit sie denken konnte, nur Bra gerufen wurde, war die Frau des Toten. Oder besser: die Witwe. Wenn man ihr auf den prallen Ausschnitt glotzte, glaubte man zu wissen, wie sie an den Spitznamen gekommen war. Zumindest dachten sicher die meisten Männer so. »So schnell schießen die Preußen nicht«, erwiderte Stepenbrok. »Das ist vielleicht bei euch so, bei uns dauert Sorgfalt immer ein bisschen länger. Wo kommst du eigentlich her?« Schon wieder das kollegiale Du.

»Aus Hamburg«, antwortete Giannis. Stepenbrok verschluckte sich fast an dem Apfel, in den er gerade gebissen hatte, und verrenkte den Hals, um auf den Rücksitz zu Giannis zu blicken. »Ach ja?«, sagte er mit vollem Mund, »so siehst du auch aus.« Er biss erneut ab. »Ach nee, wie sehen Hamburger denn aus?«, blaffte Giannis zurück. Jetzt klickerte es bei Stepenbrok.

»Was bin ich für ein Idiot, danke für die Belehrung«, sagte er dann und wirkte echt bedröppelt. »Da nich' für.« Giannis musste schmunzeln. Er war angekommen. »Meine Eltern sind Griechen und vor über 50 Jahren hierhergekommen, genau genommen war es 1964. Damals während der Wirtschaftskrise in Griechenland haben sich aus Thessaloniki und dem Norden viele auf den Weg nach Deutschland gemacht. Erst Böblingen, dann Bonn, danach Krefeld und schließlich Hamburg. Ich bin auf der Uhlenhorst geboren, angenehm. Kannst ruhig Du zu mir sagen.« Das war sein Beitrag zur Versöhnung. Und seine Art der Beweisführung. Denn nur Hamburger wussten, dass man in ihrer Stadt »in« den meisten Vierteln wohnte, »in« Wilhelmsburg zum Beispiel oder »in« Eppendorf. Aber nur »auf« St. Pauli, »auf« der Veddel und eben »auf« der Uhlenhorst. »Auf der Uhlenhorst also?«, echote Stepenbrok anerkennend und betonte das »auf« besonders deutlich. »Hamburgisch für Anfänger«, grinste Giannis.

Eleni musste schmunzeln über die Kabbelei der beiden Kerle. Sie fuhr selbst. Männer, dachte sie. Eleni fuhr gern Auto, auch wenn die vielen Baustellen in der Stadt manchmal nervten. Stepenbrok hatte sich wie selbstverständlich neben sie auf den Beifahrersitz gesetzt. Der Gast aus Griechenland musste nach hinten. Auf die Rückbank. So wie derzeit eigentlich immer in Europa. Die einen saßen am Steuer, die anderen hinten. Den einen gehörten die Schiffe, die anderen mussten rudern. Und die anderen, das waren derzeit in Europa immer die Griechen. Nach Schulden- und Finanzkrise, einem jahrzehntelangen Leben über die eigenen Verhältnisse, waren die stolzen Hellenen im innereuropäischen Ranking sogar noch hinter die korrupten Bulgaren und Rumänen gerutscht. Bei denen hatte schon kaum jemand verstanden, warum sie überhaupt in die EU durften. Und nun auch noch die Griechen.

Wie es zu der Krise kommen konnte, unter den Augen Brüssels, darüber wollte heute besser niemand mehr reden. Immerhin war Griechenland nicht nur mit offenen Armen in die Währungsunion aufgenommen, sondern zum Beitritt fast schon genötigt worden, von Deutschland vorneweg. Das war gar nicht so lange her. Aber daran erinnern wollte sich inzwischen niemand mehr. Giannis verlor sich für einen Moment in seinen Gedanken über die Geschichte des Euro und war weit weg, während sie durch die Stadt Richtung Wellingsbüttel fuhren.

Hier, im spießigen Grüngürtel am nordöstlichen Hamburger Stadtrand, hatte Petrovic für sich und seine Familie ein Einzelhaus aus den Fünfzigern gekauft. Dunkelroter Backstein, 200 Quadratmeter auf zwei Geschossebenen, Keller mit privater Hausbar, großer Garten mit Pavillon. Der kleine König von St. Pauli in seinem bürgerlichen Domizil, hinter Rhododendron und Rosenbeeten. Mit Goldfischteich und Kinderschaukel im Garten, auf der sein kleiner Enkel bei schönem Wetter rumtobte. Heile Welt, was für ein Anachronismus.

Branka Petrovic öffnete, als hätte sie bereits hinter der Tür gewartet, während Eleni noch vor dem Haus einparkte. Stellplätze waren hier draußen kein Problem, um diese Uhrzeit jedenfalls nicht. Die

Männer waren längst alle in ihren Büros in der Innenstadt. Die Frauen hatten ihre hochbeinigen Geländewagen, mit denen sie die Kinder zur Schule oder in den Kindergarten chauffierten, wieder mühsam zurück aufs Grundstück manövriert. Bis zum Schulschluss war die Gegend jetzt verkehrsberuhigte Zone. Dann ging das Schaulaufen der SUVs in die zweite Runde. Mit vollem Risiko. Manchmal wusste man nicht, womit die Mütter größere Probleme hatten, mit ihren Kindern oder den Protzkarren.

Im Esszimmer stand Kaffee bereit, auf einem Teller lagen verschiedene Sorten Kekse. Giannis griff begierig zu. Der Nachteil an einem Boardinghaus war gegenüber einem Hotel, dass man sich um sein Frühstück selber kümmern musste. Oder im angeschlossenen Restaurant dafür teuer bezahlen. 21,90 Euro für zwei Tassen Kaffee, ein Croissant und einen Joghurt, mehr bekam Giannis so früh noch nicht runter. Das gab sein griechisches Tagegeld nicht annähernd her. Deshalb hatte er dankend verzichtet. Jetzt knurrte ihm allerdings der Magen. Als er zum vierten Mal die Hand nach den Keksen streckte, runzelte Eleni die Stirn und verdrehte die Augen. Er wischte mit lässiger Hand die Krümel von der Tischdecke, als hätte er nichts anderes im Sinn gehabt, und lehnte sich wie unbeteiligt auf seinem Stuhl zurück. Sein Magen rebellierte dagegen wie ein notgeiler Bär, aber das ließ sich jetzt nicht ändern.

Das Gespräch verlief wie in einem schlechten Film. Stepenbrok führte die Vernehmung, das war sein Part. Darüber hatten sie keine langen Absprachen treffen müssen. Das war einfach klar. »Hatte Ihr Mann irgendwelche Feinde?«, fing er an. Eleni verdrehte erneut die Augen. Mein Gott. Petrovic war der heimliche König vom Kiez. Das hatte er jedenfalls geglaubt. Und danach gelebt. Was sollte seine Frau denn auf so eine Frage sagen? »Nix Feind, guter Mann«, antwortete die und rollte dabei das »R«. Nach über 25 Jahren in Deutschland war das Deutsch der gebürtigen Bosnierin, deren Heimat damals noch Jugoslawien war, nicht erkennbar besser geworden.

»Mit wem hatte Ihr Mann zuletzt zu tun?«

»Wie, zu tun?«

»Wer waren seine chinesischen Geschäftspartner?«

»Welche Chinesen?«

»Hatte er Ärger mit denen?« Stepenbrok wurde langsam ungehalten.

»Wie, Ärger?«

»Ärger eben. Gab es Streit? Über Geld? Gab es Unstimmigkeiten bei Geschäften?«

»Was für Geschäfte?«

Dem Kommissar platzte der Kragen. »Wollen Sie mich verarschen? Und hören Sie verdammt noch mal auf, meine Fragen mit Gegenfragen zu beantworten. Wir wollen Antworten. Seit wann haben Sie Ihren Mann vermisst.«

Die Frau blickte erschrocken auf. Ihre Tränen waren längst getrocknet. Aber die Trauer lag tief hinter dunklen Schatten. Nun gesellte sich Panik dazu. Auf einmal trat ihr Sohn Janko neben sie, der während des Wortwechsels lautlos den Raum betreten hatte. »Entschuldigen Sie, Herr Kommissar, wir wollen ja helfen. Wenn wir können. Meine Mutter versteht leider nicht so gut Deutsch.«

Nach 25 Jahren, dachte Giannis, von der Tüte würde er gern auch mal eine rauchen. Wie kam es eigentlich, dass eine bosnische Braut einen Serben heiratete und dann mit ihm in Sarajevo lebte, bis sie gemeinsam nach Hamburg gingen. Sie stammten aus komplett verfeindeten Landsmannschaften, die fassten sich nach all dem, was passiert war im Balkankrieg mit der Belagerung Sarajevos in den Neunzigern, sonst nicht mal mehr mit der Kneifzange an. Der Krieg war der Anfang vom Ende Jugoslawiens gewesen. Und jetzt deckten die sich gegenseitig?

»Da bin ich ja mal gespannt«, schnaufte Stepenbrok. »Wir hören.«

»Was wollen Sie wissen?«, fragte Janko. »Wir haben unseren Vater nicht vermisst. Es kam hin und wieder schon mal vor, dass er ein oder zwei Tage weg war. Meistens geschäftlich, aber manchmal fuhr er auch mit Freunden oder seinen Cousins spontan in unser Wochenendhaus auf Sylt oder zum Fußball. Manchmal sogar sehr spontan. Er meldete sich nie ab. Er ist unser Familienoberhaupt. Er darf das.

Und unsere Geschäfte kennen Sie. Wir haben einen Dönerimbiss auf St. Pauli mit Teestube, um beides kümmere ich mich hauptsächlich.«

»Ach, ja?« Stepenbrok grinste ironisch. »Und das war's dann auch schon?« Eleni wusste, was gleich kommen würde. »Mir reicht's. Schluss mit lustig«, brach es scheinbar völlig unvermittelt aus ihm heraus. Er schlug mit der flachen Hand auf den Tisch. »Wir können auch anders. Dann treffen wir uns eben auf dem Präsidium wieder. Vorher gucken wir uns mal genau Ihre Geschäftsbücher an, ob auch alles ordnungsmäßig versteuert ist. Der einträgliche Tickethandel zum Beispiel. Oder die stille Beteiligung an dem Wettbüro beim Hauptbahnhof. Oder, oder, oder. Wollt ihr uns eigentlich für blöd verkaufen?« Stepenbroks Stimme war jetzt gefährlich leise geworden, Branka Petrovic rutschte unsicher auf ihrem Stuhl hin und her. Sie hatte offenbar ganz gut verstanden. Janko fasste seiner Mutter beruhigend an die Schultern, aber das half offenbar wenig. Eleni war nie ganz klar geworden in ihrer kurzen Ära der Zusammenarbeit mit dem Kripomann, ob das alles Masche war. Oder ob Stepenbrok wirklich ein stiller Vulkan war, der explodierte, sobald man ihn reizte.

Aber der war noch nicht fertig. »Nur ein Dönerimbiss, dass ich nicht lache. Entweder Sie hören jetzt auf mit dem Scheißgelaber. Oder wir ziehen die Kollegen der OK hinzu und schauen mal, was die so zu sagen haben. Im Moment geht es nur um die Ermittlung in einem Todesfall zulasten Ihrer Familie. Noch sind Sie Zeugen. Aber wir können auch anders. Wie hätten Sie es denn gern?«

Sein Ausbruch zeigte Wirkung. Janko schwieg einen Moment und dachte nach. Dann versprach er, sich die Bücher seines Vaters und die Geschäftspost genauer anzusehen und sich innerhalb von 24 Stunden bei Stepenbrok zu melden. Er habe nichts zu verbergen, beteuerte der junge Petrovic. »Von Tickets und Wetten weiß ich nichts.« Der Schweiß auf seiner Stirn unmittelbar unter dem Ansatz seiner akkurat nach hinten gegelten schwarzen Haare sprach eine andere Sprache.

»Masche oder Ernst«, wollte Eleni sofort wissen, als die Ermittler wieder im Auto saßen. Stepenbrok brummte nur. »Ich lass mich nicht gern verarschen, während ich dabei bin«, sagte er nach einer längeren Pause. »Was die können, kann ich auch.« Die Rückfahrt verbrachten sie schweigend. Alle drei hingen ihren eigenen Gedanken nach.

HAMBURG | Elbvororte

Seine Hunde hatten sich besonders gefreut, als Robin nach seinem Kreta-Ausflug endlich wieder zurück war. Er hatte sie als Erstes aus ihrem Zwinger geholt und war mit ihnen runter an die Elbe zum Hundestrand gegangen. Er mochte die Stelle. Nicht nur weil die Hunde dort ihren Spaß hatten und er mit ihnen ungestört spielen konnte. Niemand fühlte sich hier belästigt. Keine hypernervösen Mütter aus besserem Hause, die bei jedem Schritt um das Wohl ihrer Kleinen und deren neue Markenklamotten fürchteten. Oder entsetzt kreischten, nur weil ein Hund mal mit großen Sätzen auf sie zusprang. Dabei wollten die doch nur spielen. Hier war Hunderevier. Hier konnte ihnen keiner.

Er liebte den Strand auch, weil er hier gut seinen Gedanken nachhängen konnte, während die Elbe ans Ufer schwappte. Dieser undefinierbare Geruch von Fisch, Algen und Schiffsdiesel in der Nase, den Blankeneser Leuchtturm im Blick, ein paar Freizeitsegler und die Fähren auf dem Strom, der im steten Wechsel der Gezeiten flussabwärts und flussaufwärts zog – er mochte diese Atmosphäre, dieses Gefühl von Weite, die so nah war, diese Intimität, in der er nach Belieben davonschwimmen konnte. Wenn er je unsicher gewesen war, wo er hingehörte, hier fand er die Bestätigung für seine Entscheidung, für den Fußball nicht noch einmal Stadt und Leute zu wechseln.

Er hatte kurz zurückgedacht an die Nacht mit Saskia und überlegt, ob er deswegen etwas bereuen oder gar ein schlechtes Gewissen haben sollte. Aber da war nichts. Die Nacht war schön. Mehr nicht. Aber auch nicht weniger. Das war's dann auch. Es würde keine Wiederholung geben. Da war er sicher. Ziemlich sicher jedenfalls.

Als er die Hunde wieder in den Zwinger zurückgebracht hatte, ging er ins Haus und nahm Anna Lena in den Arm. »Ich dachte schon, du kommst gar nicht wieder«, sagte sie, es hörte sich etwas beleidigt an. »Immer erst die Hunde, dann ich.« Aber sie schmollte nur kurz. Das war der Preis. Sie hatte es gewusst, als sie sich mit Robin auf eine Beziehung einließ. Und sie würde ihn nicht ändern können. Es sei denn mit eigenen Kindern. Irgendwann einmal. Doch das war ein Thema, das sie im Moment lieber noch nicht ansprach. Dazu war ihre Verbindung noch zu frisch.

Erst zwei Wochen zuvor war sie bei ihm eingezogen, sie kannten sich da gerade knapp zwei Monate. Offiziell zumindest. Angebahnt hatte sich das Ganze schon etwas früher, auf einer Fete bei seinem Freund und ehemaligen Mannschaftskameraden Kevin. Sie hatten geredet, getanzt, ein wenig geflirtet. Und waren am Ende zusammen im Bett gelandet. Am nächsten Morgen beteuerten sie sich gegenseitig, dass sie eigentlich beide nicht so seien. Und One-Night-Stands nicht zu ihren Lieblingsdisziplinen gehörten. Aber es war nun mal passiert. Und ließ sich nicht zurückdrehen. Wie zum Beweis seiner ernsten Absichten hatte er sie daraufhin zum Essen eingeladen, wenn auch erst fast zwei Wochen später. Da war's dann endgültig um sie geschehen. Und das war auch gut so.

Anna Lena war verliebt, das war ihr lange nicht mehr so passiert. Eigentlich wusste sie mit ihren Gefühlen ganz gut hauszuhalten. Hatte sich durch sie nie von ihrem Weg abbringen lassen. Mit 26 hatte sie ihren Master in Geschichte in der Tasche, für die Promotion ging sie zwei Jahre nach Kopenhagen und Florenz. Die Entschädigungsansprüche von Zwangsarbeitern und offene Reparationsforderungen von NS-Opfern waren ihr Thema, zumindest formulierte sie es so in Kurzfassung für Laien. Das Problem war seit Ende der Neunziger, als die Bundesregierung auf internationalen politischen Druck in Osteuropa Versöhnungsstiftungen gründen musste, nie völlig von der politischen Tagesordnung verschwunden. Mit Stiftungen in Moskau und Warschau hatte die Regierung zwar individuellen Entschädigungsforderungen aus dem Osten widerstehen können. Nun aber meldeten sich Nazi-Opfer aus anderen Ländern zu Wort, deren Schicksale bislang nicht so im Blickpunkt gestanden hatten. Zum Beispiel aus Dänemark und Italien, wo es auch Zwangsarbeiter gegeben hatte, Zehntausende. Die deutsche Geschichte kam nicht zur Ruhe.

Und mit der Debatte um Reparationsforderungen aus dem von Nazi-Deutschland besetzten Griechenland, unter anderem für einen milliardenschweren Zwangskredit, hatte die Auseinandersetzung ganz neue politische Brisanz bekommen. Ihre Promotion war deshalb von hohem politischen Interesse. Sie war als Expertin in den Tagesthemen und in Talkrunden im Zweiten aufgetreten. Und auf dem besten Weg, Karriere zu machen.

Anna Lena war erst ein gutes halbes Jahr wieder zurück in Hamburg, als sie Robin kennenlernte. Und hatte für die Liebe eigentlich gar keine Zeit. Sie hatte wenig Ahnung von seiner Prominenz als Fußballer. Aber sie mochte diesen Bruch in seiner Persönlichkeit. Diese Entscheidung, alles zur Disposition zu stellen, sich praktisch neu zu erfinden. Das gefiel ihr. Und sie liebte seinen Charme, seine offene Art und seine Bodenständigkeit. Sie ließ sich auf ihn ein und wunderte sich selbst, wie gut es ihr damit ging. Als er sie fragte, ob sie bei ihm einziehen wolle, zögerte sie nur kurz. Auch das war neu für sie. Hatte sie sich mit ihren fast dreißig Jahren etwa schon entschieden, ihre Unabhängigkeit aufzugeben? Tickte etwa ihre biologische Uhr schneller oder lauter als bei anderen Frauen? Sie wartete selbst gespannt auf den Fortgang dieses Experiments.

Trotzdem war sie ein bisschen eingeschnappt, dass er sich fast fünf Tage lang nicht gemeldet hatte und dann zuerst mit den Hunden verschwunden war. Es war nicht einfach für sie, so mit seiner Vergangenheit konfrontiert zu werden. Aber dass er seine Tochter liebte, das hatte sie sehr schnell kapiert. Und dass er sich um seine Tochter kümmern wollte, dass die eine feste Größe in seinem

Leben war und bleiben würde, dafür hatte sie totales Verständnis. Weniger dagegen für die Tatsache, dass Saskia auf Kreta dabei gewesen war. Sie kannte keine Details. Aber immerhin hatte er ihr das erzählt, in dem einzigen Telefongespräch von der Insel. Was das zu bedeuten hatte? Ob sie eifersüchtig war? Sie wusste es selbst nicht so genau. »Muss ich eifersüchtig sein?«, fragte sie ihn, »erst meldest du dich tagelang nicht, dann gehst du als Erstes mit den Hunden.«

»Es tut mir leid«, sagte er und wirkte ehrlich zerknirscht. »Mir geht so viel durch den Kopf. Ich habe so viel mit mir selbst zu tun.« Natürlich machte er sich Gedanken um die Hintergründe des Unfalls, der für seinen kleinen Engel beinahe tödlich gewesen wäre. Und er fragte sich, ob er Saskias Fürsorgerecht juristisch anfechten sollte. Schließlich hatte sie es zugelassen, dass es dazu kommen konnte. Aber er als alleinerziehender Vater? Konnte das funktionieren? Jetzt, wo er grad am Anfang war, ein neues Leben für sich zu entwerfen. Und konnte er das Anna Lena zumuten? Sie kannten sich erst kurz. Er mochte sie, war vermutlich sogar in sie verliebt. Aber alles war so frisch, so zart, so neu. Niemand von ihnen konnte wissen, was in vier Wochen sein würde oder in drei Monaten.

Und dann war da ja auch noch die Nacht mit Saskia auf Kreta. Sie nagte an ihm. Er hatte jetzt doch ein schlechtes Gewissen Anna Lena gegenüber, traute sich aber nicht, alles zu beichten. Andererseits hatte ihm die Nacht gefallen. Der Sex mit Saskia war toll. Es war fast wie früher gewesen. Ein eingespieltes Team. Im Fußball würde man sagen, sie verstanden sich blind. Seine Gedanken und Gefühle wirbelten in seinem Kopf. »Ich musste den Kopf freikriegen, um dich nicht mit den ganzen Problemen zu behelligen«, sagte er.

Die Zeit in Heraklion war für ihn vergangen wie völlig unterschiedliche Halbzeiten. Erst hatte sie sich dahingeschleppt, nichts passierte. Sie warteten und warteten, dass Birte endlich aufwachen würde. Die Zeit trat fast auf der Stelle. Als die Kleine dann am dritten Abend endlich die Augen aufschlug, war alles rasend schnell gegangen. Am nächsten Morgen konnte sie mit Erlaubnis der Ärzte bereits kurz aufstehen. Die inneren Blutungen waren längst zum Stillstand gekommen. Die inneren Organe hatten glücklicherweise nicht ernsthaft etwas abbekommen. Die Knochenbrüche, linkes Schien- und Wadenbein, waren kompliziert, würden aber aller Voraussicht nach wieder völlig heilen. Der Kopf sah schlimmer aus, als es war: Prellungen, Blutergüsse, ein Veilchen, aber nichts kaputt, vor allem kein Schädelbruch, wie anfangs befürchtet worden war.

Die Knochenbrüche links und die Prellungen ließen die Polizei vermuten, dass sie von hinten angefahren worden war, also auf der falschen Straßenseite ging. Birte konnte sich an nichts erinnern. Kreta, der Besuch bei der Freundin, der gemeinsame Strandbesuch zuvor und danach der Nachmittag im Garten bei deren Eltern – bis dahin war alles wieder da. Danach war Sendepause. Bild- und Tonausfall. Komplett. Der Weg abends nach Hause? Fehlanzeige, Festplatte gelöscht. Die Ärzte hatten durchaus Hoffnung, dass die Erinnerung wiederkommen würde, aber eine Garantie wollten sie nicht abgeben, natürlich nicht. Fifty-fifty. Bestenfalls. Und auch sein alter Freund Giannis konnte ihm keinen besonderen Mut machen. Abwarten, hieß es.

Er hasste es abzuwarten. »Geh schon mal vor ins Bett, ich brauch noch ein bisschen«, sagte er zu Anna Lena, die sichtlich enttäuscht war, »bitte, nimm es mir nicht übel.« Bevor sie überhaupt antworten oder jammern konnte, klingelte sein Handy, und er wandte sich ab. Auf dem Display war keine Nummer zu sehen, Anrufer unterdrückt. Sollte er überhaupt rangehen? Robin zögerte. Dann fiel ihm ein, dass ja auch Griechenland dran sein konnte. Es war zwar schon spät. Aber wer wollte schon wissen, was jetzt wieder los war. Immerhin sollte der Rücktransport von Birte schon in zwei Tagen stattfinden. Dann wäre ihr Zustand stabil genug und sie wieder ausreichend bei Kräften, glaubten die Ärzte. Robin meldete sich wie immer abwartend und zurückhaltend. »Hallo, wer spricht?«

»Ich bin's, Digga, was geht?« Giannis bediente sich ihres alten Standardgrußes, mit dem sie damals ihre Szenefreunde parodiert hatten, die für ihre Ironie aber nie empfänglich waren.

»Du schon wieder?« Robins Begeisterung hielt sich in Grenzen. »Verfolgst du mich jetzt, oder hast du den Täter? Ich bin schon wieder zurück in Hamburg.«

»Ich auch. Prepaidhandy!« So viel zur unbekannten Nummer. Giannis ließ sich die gute Laune nicht nehmen. Der Tag hatte für die Ermittlungen nicht viel gebracht. Aber es hatte Spaß gemacht. Er war froh, wieder in Hamburg zu sein. Und seine Kollegin Eleni, die Einserjuristen, gefiel ihm. Ein ganz heißer Feger. Noch während er das dachte, rief er sich innerlich zur Ordnung. So würde das nichts werden. Aber er fühlte sich wohl in ihrer Nähe. Sauwohl.

»Kalimera, Alter, ist dir das lieber? Mann, freu dich doch mal. Dein alter Kumpel ist wieder da, deine Kleine ist über den Berg und kommt demnächst nach Hause. Entspann dich, alles wird gut.«

»In Hamburg? Wieso bist du in Hamburg?« Robin verstand nur Bahnhof, sie hatten doch grad erst noch auf der Insel zusammengehockt. Was wurde hier gespielt? Hatte er irgendwas nicht gecheckt? »Was für ein Spiel läuft hier?«

»Keine Panik auf der Titanic.« Giannis hatte offenbar seinen Hamburg-Tag. Hamburg '74, Mensch war das gemütlich, ein alter Kultsong fiel Robin plötzlich ein, auch wenn der deutlich vor ihrer Zeit lag. Er musste grinsen, immerhin.

»Die Ermittlungen laufen, sind aber zäh. Der verdächtige Autofahrer streitet alles ab. Wir müssen ihm das Gegenteil beweisen. Das wird dauern, bis wir ihn kriegen. Wenn überhaupt. Eigentlich darf ich dir das in einem laufenden Verfahren alles gar nicht erzählen.« Der Polizist machte eine Pause, jetzt musste er den richtigen freundschaftlichen Ton finden.

»Ich brauch deine Hilfe, alter Freund. Ich bin sehr überraschend und spontan der Hamburger Soko »Libero« zugeteilt worden. Wir kooperieren mit anderen europäischen Polizeien, ganz anderes Thema. Es geht um Wettbetrug im Fußball in ganz großem Stil. Deshalb bin ich seit gestern zurück. Und bleibe wohl auch. Mal sehen, was geht«, sagte er mit undefinierbarem Unterton. »Aber ich brauche Unterstützung, ich brauche Interna.«

»Was kann ich da tun? Ich kenn mich da nich' aus. Und aus dem aktuellen Profigeschäft bin ich raus. Dass müsste sich eigentlich selbst bis nach Kreta rumgesprochen haben.«

»Komm, Robin, verarsch mich nicht. Du weißt, was ich meine. Ich brauche Tipps. Wen kann ich ansprechen? Wer dreht da am ganz großen Rad? Wo muss ich hin? Hilf mir. Bitte. Jetzt bist du dran. Du kannst das. Du weißt das. Und ich weiß das auch.« Er wollte nicht noch deutlicher werden, das musste reichen. Unter Freunden.

Nach Ende des Gesprächs war Robin schwindelig. Er saß im Wohnzimmer im Sessel und hatte trotzdem das Gefühl zu fallen. Ließ ihn das denn nie in Ruhe? Natürlich wusste er, worauf Giannis anspielte. Wie lange war das jetzt eigentlich her? Drei Jahre? Etwas weniger, rechnete er nach. Er brauchte damals Geld. Hatte viel beim Poker verloren. Das war noch immer seine heimliche Leidenschaft. Im Netz, aber auch live. Da war ihm das Angebot gerade recht gekommen. Er sollte ein Spiel beeinflussen. Zulasten des eigenen Teams. Ein unbedeutendes Punktspiel. Die Saison war für Hamburg praktisch gelaufen gewesen. Gesichertes Mittelfeld. Eine etwas überraschende Heimniederlage wäre ärgerlich gewesen. Aber kein Beinbruch. Was sollte also passieren. Einmal im Leben. Irgend so ein Jugo hatte ihn kontaktiert. Er wusste bis heute nicht, warum ausgerechnet ihn. Aber er hatte das Angebot angenommen. Hunderttausend auf die Hand. Kein schlechter Deal.

Zur Pause hatte es 0 : 0 gestanden. Sie spielten ihren Stiefel runter, ohne besonderes Engagement. Wie so oft in den Wochen davor. Als noch 15 Minuten zu spielen waren, kam seine Chance. Er hatte als letzter Mann den Ball in Höhe der Strafraumgrenze dicht an der Außenlinie und spielte einen riskanten Rückpass zum eigenen Torwart absichtlich nur mit halber Kraft. Und zu kurz. Ein gegnerischer Spieler erlief den Ball, umkurvte seinen Keeper und schob den Ball ein. 0 : 1, die geforderte Heimniederlage gegen den Außenseiter war greifbar nahe gewesen. Die Wetter hatten sich vermutlich schon die Hände gerieben. Aber die Fans waren außer sich. Sie pfiffen ihn gnadenlos nieder. Bei jeder Ballberührung. Kein Wort mehr vom Fußballgott

Robinho, dem Liebling der Massen. Zu oft schon hatte die Mannschaft in der Saison versagt. Es war lange gegen den Abstieg gegangen. Die Mannschaft hatte es bei den Fans schwer. Dafür bekam er die ganze Wut der Kurve zu spüren.

Er war die Zielscheibe ihres Frusts geworden. Und sein schlechtes Gewissen wuchs von Minute zu Minute. Kurz vor Spielende, es waren vielleicht noch drei oder vier Minuten zu spielen gewesen, hatte er in halblinker Position den Ball zugespielt bekommen. Sofort gellten wieder die Pfiffe. Er hätte abspielen und die Verantwortung abgeben können. Er hätte einen Fehlpass ins Aus spielen können. Er hätte sich an einem Gegenspieler festdribbeln können. Aber er war losgerannt. Wie in einem Tunnel. Kurvte nach innen. Ließ an der Strafraumgrenze einen Gegner aussteigen. Und schoss aus etwa 13 Metern halbhoch ins lange Eck. 1 : 1. Mit rechts, seinem schwachen Fuß. Egal. Drin ist drin. Unentschieden! Die Fans waren besänftigt. Die Wetter vermutlich nicht. Kurz danach hatte der Schiri das Spiel abgepfiffen.

Er hatte es nicht übers Herz gebracht. Er hatte versagt. Oder auch nicht. Je nach Sichtweise. Der Jugo war außer sich gewesen. »Das wird Folgen haben«, drohte er am Telefon, »man trifft sich immer zweimal.« Sein Freund Giannis hatte kein Wort gesagt, als er zurück in der WG war, ihn nur kommentarlos angeblickt. Nach der Sportschau, beim Türken um die Ecke, hatte er dann gesagt: »Was war das denn? Der Rückpass? So einen spielst du nicht mal mit geschlossenen Augen. Willst du reden?« Robin hatte einsilbig reagiert. »Worüber? Der Ball ist mir abgerutscht. Kann passieren.« Sein Freund, der Polizist, hatte ihn nur angeschaut. »Aha!« Kein Wort mehr darüber verloren. Aber abgenommen hatte er ihm die Version nie. Robin hatte das immer gespürt. Jetzt gab es das Nachspiel.

Robin ging ins Bad, warf anschließend die Klamotten unordentlich über die Couch und legte sich zu Anna Lena ins Bett. Das Licht war aus, aber sie hatte offenbar auf ihn gewartet. Nicht auch noch das, dachte er, mir reicht's wirklich für heute. Da rollte sie auch schon an seine Seite. Sie küsste ihn, erst auf die Wange, dann auf den Mund.

Ihre Hand strich sachte über seine Brust, glitt tiefer. Er reagierte sofort und war selbst überrascht. Denn er war wirklich kaputt. Sie spürte das durch die Boxershorts und öffnete vorsichtig den Schlitz. Dann stieg sie auf ihn. Er ließ es geschehen und dachte an nichts mehr. Genoss einfach nur. Anschließend schlief er entspannt ein.

HAMBURG | im Gericht

Die Fortsetzung des Verhörs war nicht wirklich gut gelaufen. Sie hatten seine Erklärungsversuche nicht gekauft, Janko spürte das. Auch wenn sie es nicht offen ausgesprochen hatten. Vor allem diese dunkelhaarige Braut, diese Staatsanwältin, war ihm auf die Nerven gegangen. Sie hatte die ganze Zeit kein Wort gesagt, aber ihn ständig durchdringend angeschaut. Das reichte schon. Es war ihm tierisch auf die Nerven gegangen. Und dann dieser Ausländer. Mit dem komischen Namen, Kostauchnix oder so ähnlich, als wären sie bei Asterix. Er musste sich konzentrieren, hatte sich zwischendurch immer wieder zusammenreißen müssen. »Was läuft hier eigentlich. Bin ich angeklagt oder was?« Irgendwann war es aus ihm förmlich herausgebrochen. Und er hatte diese Staatsanwältin angepöbelt. »Was gucken Sie eigentlich die ganze Zeit so?« Doch die hatte nicht geantwortet, nicht eine Miene verzogen. »Wir verhören Sie in Zusammenhang mit dem Mord an Ihrem Vater. Sie sind ein Zeuge«, hatte stattdessen der ältere Kommissar geantwortet und dann vielsagend ergänzt: »bislang«. Was sollte das denn?

Janko hatte es nicht ausgehalten, 24 Stunden zu warten. Gleich am Nachmittag war er in die City zu den Gerichten gefahren, unangemeldet. Er wollte es hinter sich bringen. Das war der Plan. Er hatte eine Beteiligung seines Vaters an dem Wettbüro bestätigt. Er habe tatsächlich auf Anhieb Unterlagen dazu finden können, behauptete er sicherheitshalber. Das alles sei aber ganz harmlos und einfach zu erklären, ein Freundschaftsdienst für einen langjährigen Kumpel, der nicht genug Eigenkapital gehabt hatte. Von Ticket-Schwarzmarkt habe er mal gehört, kenne aber keine Details, behauptete er. Seine Mutter hielt den Blick die ganze Zeit zu Boden gesenkt. Drogenhandel schloss Janko kategorisch aus. Es habe wohl ein paar finanzielle Beteiligungen auf dem Kiez gegeben, Unterlagen darüber habe er aber noch nicht finden können. Er wollte dazu den Anwalt der Familie kontaktieren. Und von Wettgeschäften, illegalen zumal, hätte er keine Ahnung.

Der Bruder seines Vaters in Sarajevo, ein Onkel, der hätte wohl mal seine Finger in solchen Sachen. Aber was genau, darüber wisse er nichts. Vielleicht eine Verwechslung? Sein Vater habe immer wieder versucht, den Bruder davon abzubringen, einmal habe er selbst so ein Telefongespräch mit angehört, gab Janko zu Protokoll. »Lass die Finger davon, das Wettgeschäft ist dreckig«, habe sein Vater dem Bruder gesagt. Was er damit genau gemeint habe, hätte er nie näher erklärt. Und er selbst könne sich keinen Reim darauf machen. War ja alles weit weg.

Der Kommissar hatte sich Notizen gemacht, nachgefragt, nie Zweifel geäußert. Über eine Stunde lang. Dann konnte er gehen. Aber sie hatten seine Erklärungen nicht gekauft. Janko spürte das. Er hatte so ein untrügliches Gefühl. Sie spielten ein Spiel mit ihm. Nur was für eins? Darauf fand er keine schlüssige Antwort. Den ganzen Rückweg hatte er darüber gegrübelt. Unruhig tigerte er nun durchs Wohnzimmer. Seine Mutter hatte er besänftigen können, die ruhte nebenan. Nun musste er selbst versuchen, einen klaren Gedanken zu fassen. Jemand hatte seinen Vater umgebracht. Aber warum? War es Rache, eine Abrechnung? Aber wofür? Sie waren hier ja nicht Teil eines Rocker- oder Zuhälterkriegs, wo solche Methoden nicht unüblich waren. Außerdem hatte sein Vater mächtige Freunde. Da würden auch die Chinesen so schnell nicht riskieren, sich mit ihnen anzulegen. Glaubte Janko jedenfalls. Aber eine Antwort war das nicht.

Seine Mutter kam mit dem Telefon in der Hand ins Wohnzimmer. »Da will dich jemand sprechen«, sagte sie.

»Auf dem Festnetz?« Wann war er das letzte Mal auf dem Festnetz angerufen worden? Janko konnte sich nicht erinnern. Wer sollte das sein? »Wer ist dran?«

»Er hat seinen Namen nicht gesagt. Nur, dass es wichtig ist«, antwortete seine Mutter: »Ich weiß, das kann jeder sagen, aber es hörte sich wirklich dringend an.«

»Du?«, sagte Janko ehrlich erstaunt, nachdem er das schnurlose Telefon genommen und sich der Anrufer gemeldet hatte. »Long time no see. Was verschafft mir denn diese plötzliche Ehre?«

Robin druckste auf der anderen Seite ein bisschen herum. Er wusste nicht so richtig, wie er es am besten anstellen sollte. Jetzt, nach so langer Zeit, sich wieder zu melden. Er entschied sich für den geraden Weg. »Tja, Zeit heilt vielleicht alte Wunden. Aber sie ändert die Geschichte nicht. Ich brauchte damals Abstand.« Robin war sicher, dass hinter dem unmoralischen Angebot damals der Vater von Janko gesteckt hatte. Der Anrufer hatte sich als Marjan vorgestellt, aber seinen Auftraggeber ziemlich klar durchblicken lassen. Robin kannte Milan Petrovic flüchtig aus gemeinsamen Pokerrunden. Sie hatten sich regelmäßig in einer unscheinbaren Seitenstraße auf St. Pauli gesehen, im Hinterzimmer einer dunklen Kneipe. Kleine Pokerrunden, keine Fragen. Deftige Einsätze, alles nur in bar.

Er hatte Petrovic anfangs gar nicht unsympathisch gefunden. Aber geredet hatten sie nie viel. Von illegalen Aktivitäten hatte er bis dahin nie etwas gehört. Sie hatten sogar zusammen Pokerturniere veranstaltet. Und Janko, der Sohn des Kiezpatriarchen, war irgendwann dazu gestoßen. Er hatte Robin, den Fußballstar, vergöttert. Das war alles lange her. Nach dem Spiel, das nicht so gelaufen war, wie man von ihm verlangt hatte, hatte Robin jeglichen Kontakt zu Milan Petrovic abgebrochen. Auch zu Marjan und Janko. Die hatten sich ebenfalls nicht mehr gemeldet. Schwer zu sagen, wer eigentlich das schlechtere Gewissen hatte. Aber darüber durfte er jetzt nicht mehr lange nachdenken.

»Du musst mir helfen«, sagte Robin ganz unverblümt, »ich habe Probleme.«

»Ganz schlechter Zeitpunkt, Digga. Mein Vater ist tot. Irgendjemand hat ihn umgelegt. Die Bullen gehen bei uns ein und aus. Schnüffeln überall rum. Ganz schlechtes Timing. Ich melde mich.«

Robin erschrak. Vom Tod des Alten hatte er nicht gehört. Hatten denn die Zeitungen gar nicht darüber geschrieben, fragte er sich. Oder war das in seinem privaten Stress an ihm vorübergesegelt? »Das wusste ich nicht. Tut mir leid. Aber ich brauche dringend ein paar Tipps über das Wettgeschäft. Wer sind die Drahtzieher, wo sitzen sie, und wo sitzt das Geld? Ihr seid doch nur die Hiwis. Ich lass euch da raus.«

»Bist du verrückt?« Janko schnappte hörbar nach Luft. »Ganz falsches Thema. Ganz falscher Zeitpunkt. Wir hören uns.« Dann legte er auf und musste sich setzen. Was hatte das denn wieder zu bedeuten. Er verstand gar nichts mehr. Nur, dass er dringend mit Robin reden musste. Bevor der völlig durchdrehte. Aber alles zu seiner Zeit.

HAMBURG | Schanzenviertel

Das Bier lief gut. Holgerson hatte sicher schon sein viertes. Ich muss dringend was essen, wenn ich einen klaren Kopf behalten will, dachte er, und bestellte das nächste. »Wollen wir nicht 'ne Kleinigkeit essen, wenn wir schon mal so nett zusammensitzen?«, fragte er, als das frische Astra auf dem Tisch stand. Das war zwar nicht sein Lieblingsbier. Aber er saß mit Eleni beim Griechen in der Schanze, auch so ein Treffpunkt der Fußballfreunde vom Millerntor. Und Pauli trinkt Astra. Er also auch. Er wusste, das würde Eleni gefallen. Die Staatsanwältin hatte ihn angerufen und zum Bier im Schanzenviertel überredet. Sie wollte mit ihm noch mal über das Wettgeschäft reden. Zu viele Fragen waren für sie noch offen und schrien nach Antworten.

Holgerson mochte sie, auch wenn sie zu jung für ihn war. Und wahrscheinlich auch zu klug. Aber er mochte diese Gespräche und wollte gerne helfen. Vielleicht würde im Gegenzug ja irgendwann eine gute Geschichte für ihn dabei herausspringen. Deshalb hatte er seine Frau vertröstet. Und der war das sogar ganz gut zupassgekommen. Denn die hatte mittwochs immer Chorsingen. »Meine Geschichte?«, hatte er Eleni gefragt. Und das hörte sich stark nach einer Forderung an. Sie hatte aber sofort eingewilligt: »Wenn wir was in der Hand haben, bist du der Erste. Solange bleibt alles unter uns. Versprochen?« Er war zufrieden.

»Ganz genau kennt die Abläufe niemand«, fing er an und winkte nebenbei den Kellner heran. »Sonst hätten die Uefa und auch die Ermittlungsbehörden längst mehr unternommen.«

»Ausgerechnet die Uefa.« Eleni schnaubte verächtlich durch die Nase. »Diese ganzen Dachverbände im Sport sind doch nicht viel besser als diese Betrüger. Man muss sich nur mal die korrupten Bonzen bei der Fifa anschauen. Jetzt reichen die Anschuldigungen sogar bis zur Uefa. Und ausgerechnet die sollen durchgreifen und für saubere Verhältnisse sorgen?« Bei Eleni hatte Fußball stark verloren, seitdem Blatters Korruptionsskandale, Platinis Sondergratifikationen, Berichte über das gekaufte Sommermärchen und die Rolle Beckenbauers im Wochenrhythmus Schlagzeilen produzierten. So etwas wollte niemand gerne hören. Schon gar nicht eingefleischte Fußballfans.

»Beispiele, die keine Beine haben, können nicht hinken«, entgegnete Holgerson ungerührt, »das eine kann man mit dem anderen überhaupt nicht vergleichen.« Der Kellner war an den Tisch gekommen. Er bestellte Gyros, Tsatsiki, griechischen Salat, gegrilltes Gemüse und Tintenfisch für sie beide, Eleni würde sich schon daran beteiligen. Das ging auf Spesen, Holgerson rechnete fest mit einer Story. Dazu gab es eine Flasche Roséwein von Kreta, aus ökologischem Anbau, bei dem man die Sonne schmeckte und das Preis-Leistungs-Verhältnis stimmte. »Angeblich arbeiten die Jugos bei der Organisation eng mit den Chinesen zusammen, Drehscheibe sei Singapur, heißt es. Das wird im Prinzip auch durch die aufgeflogenen Fälle bestätigt«, führte Holgerson aus. Er war jetzt richtig in seinem Element. »Europol hat 2013 eindeutige Spuren nach Singapur ausmachen können. Und die

Bochumer Sonderkommission war vorher zu ähnlichen Erkenntnissen gelangt. ›Flankengott‹ hieß die und war ziemlich erfolgreich.« Mein Gott wie einfallsreich, dachte er für sich, »Flankengott« in Bochum, »Libero« in Hamburg, wann kommt wohl »Bananenflanke«?

Nur schwer konnte er sich zwischen Soko und Tsatsiki wieder auf die Fakten konzentrieren. »Aber organisiertes Verbrechen in großem Stil war bislang nicht nachzuweisen.« Die Jugos, deren Drahtzieher wohl in Sarajevo saßen, hatten offenbar die Schiris und die Spieler an der Hand, meistens Landsleute, die den Durchbruch auf dem Platz nicht geschafft hatten oder in finanziellen Schwierigkeiten steckten. Die China-Filiale besorgte die Kohle für Wetteinsätze und betrieb damit Geldwäsche. Der Gewinn wurde etwa 40 : 60 geteilt, zulasten der Jugo-Connection, was immer wieder für Unmut sorgte. So weit hatte das ein Aussteiger ausgepackt, berichtete Holgerson. Der wollte sich aber nicht als Kronzeuge zur Verfügung stellen, weil er um sein Leben fürchtete. Deshalb hatten die Beweise für eine umfassende Anklage bislang nicht gereicht. Wissen und Beweisen war halt nicht ein und dasselbe.

Ein albanisches Brüderpaar, inzwischen nach Kroatien ausgewandet, war rechtmäßig verurteilt worden, dazu ein paar kroatische Helfershelfer, meist kleine Lichter. Das war's aber auch schon. Erschwerend kam hinzu, dass die Drahtzieher großenteils nicht in der EU saßen. Holgerson war am Ende. Nicht nur mit seinem Bericht, sondern auch fast mit seinem Essen.

Eleni hatte sich seine Schilderungen schweigend angehört. Sie war durchaus beeindruckt. Zwischendurch nippte sie an ihrem Wein und tunkte das frische Weißbrot in den Tsatsiki, der zusammen mit Tintenfisch auf den Tisch gestellt worden war. Der Knoblauchgeruch interessierte sie nicht. Wen sollte das zu Hause schon stören. Dann fragte sie: »Warum gerade Jugos? Die sind doch im europäischen Fußball gar keine große Nummer?«

»Gerade deshalb. In Zagreb oder Belgrad kannst du als Kicker kein großes Geld verdienen. In Bosnien oder Albanien sowieso nicht. Aber es gibt dort viele Talente, die in Europas Premiumligen nie richtig den

Durchbruch geschafft haben. Oft aus sportlichen Gründen, sehr oft aber auch aus persönlichen. Manche gingen lieber bei den Frauen in den Nachtklubs steil. Andere brachten ihr Geld mit obskuren Anlageobjekten durch und sitzen seitdem auf immensen Schulden.«

»So wie dieser Djorkovic oder wie der hieß, der wie ein Wanderpokal rumgereicht wird? Wo ist der jetzt eigentlich?«

»Gutes Beispiel. Berlin, Hamburg, Eindhoven, Istanbul. Überall mit großen Erwartungen aufgenommen, überall schnell wieder abgeschoben. Keine Ahnung, wohin es ihn zuletzt verschlagen hat.« Holgerson überlegte kurz, dann machte er weiter. »Viele Talente sind aber auch gute Jungs und schaffen es trotzdem nicht. Zum Beispiel weil sie als Serben oder Bosnier und bis vor Kurzem auch als Kroaten in manchen Ländern als Nicht-EU-Ausländer keine Arbeitserlaubnis bekamen.«

Er schob sich zwei ordentliche Gabeln voll mit Gyros in den Mund und verdrehte genussvoll die Augen. »Bevor es ganz kalt wird«, sagte er entschuldigend. »Meine Frau wird mich hassen nach dem vielen Knoblauch. Aber nu' is' es zu spät.« Die nächste Gabel nahm ihren Weg. Eigentlich war das Elenis Portion, aber die rührte ja kaum was an. »Du brauchst in dem harten Profibusiness so viel Ehrgeiz und Disziplin, um Rückschläge durch Verletzungen, Formtiefs oder sportliche Krisen deines Klubs zu überleben. Beides haben die wenigsten. Deshalb landen sie bestenfalls bei Klubs wie deinem.«

Die kleine Spitze konnte sich Holgerson nicht verkneifen. Er selbst war Fan des großen Hamburger Vereins. Eleni dagegen blieb ihrem Stadtteil treu und fieberte mit den Braun-Weißen, die ihr Stadion um die Ecke zwischen zwei riesigen Bunkern aus dem Zweiten Weltkrieg hatten. Wenn sie sich trafen, kabbelten sie sich in schöner Regelmäßigkeit über ihre Leidenschaften. Das war immer neckisch und freundschaftlich, bis zum letzten Derby, das der Dino im eigenen Stadion verloren hatte. Das musste doch einfach manipuliert gewesen sein, hatte sich Holgerson lange eingeredet.

Mindestens zwei Wochen lang hatte er jeden Kontakt mit Eleni vermieden und sich am Telefon von Kollegen verleugnen lassen. Fußball war eine viel zu ernste Angelegenheit. Erst als der Abstieg ihres

Klubs nahezu perfekt war, hatte er sich einen Ruck gegeben und war auf Elenis Einladung auf ein Siegerbier zurückgekommen. Nicht ohne eine gewisse Häme.

»Viele von denen bleiben auf der Strecke und landen irgendwo in der Türkei oder der dritten englischen Liga. Und brauchen Geld.« Holgerson war jetzt richtig in Fahrt. Neuerdings seien auch junge Brasilianer für so dubiose Machenschaften empfänglich, erzählte er. »Inzwischen wird doch jeder Brasilianer, der den Ball ein paar Mal in der Luft halten kann, von findigen Agenten nach Europa vermittelt, vielen ist es schon egal, wohin. Sie kennen Land und Ort ja sowieso nicht. Fußballprofi im Ausland – das ist der Traum in Brasilien, auf dem Hoffnungen ganzer Familienclans ruhen. Wer es geschafft hat, gilt als Star. Dass viele in drittklassigen Ligen in Finnland, Kasachstan oder sogar auf den Färöer-Inseln landen, wird einfach ausgeblendet.«

Eleni war wieder etwas aufmerksamer geworden. Diese Geschichten halfen ihr zwar nicht bei ihren Ermittlungen. Aber sie waren interessant und unterhaltsam. »Auf den Färöern? Die sind doch winzig. Gibt's auf den Schafsinseln überhaupt mehr als nur diesen einen Platz, auf dem hin und wieder die Nationalelf zu kuriosen Länderspielen antritt? Mit Gefälle und gegen den Wind? Diese Geschichten kann man doch immer wieder lesen.«

»Die haben sogar eine eigene kleine Liga mit zehn Vereinen, obwohl auf den 18 Inseln wahrscheinlich keine 50.000 Menschen leben. Die gehören nicht mal zum dänischen Verband mit dessen Ligen. Aber das weiß natürlich in Brasilien niemand. Die hören nur Europa.« Dann erzählte Holgerson noch eine Geschichte von einigen jungen Brasilianern, die es irgendwann auf die abgelegene Inselgruppe im Nordatlantik verschlagen hatte. Die spielten dort vor 300 Zuschauern und mussten nebenbei in Fischfabriken arbeiten. Eleni musste lachen. Sah so die Europakarriere eines brasilianischen Fußballstars aus?

Donnerstag, 1. Oktober

HAMBURG | St. Pauli

Hassan blickte leicht genervt auf die Uhr und trippelte unruhig auf der Stelle, als Bülent endlich um die Ecke bog. Nicht nur, dass er dringend aufs Klo musste. Es war auch schon deutlich nach elf, der Laden hätte längst geöffnet sein sollen. »Mann, wo bleibst du denn«, meckerte er sofort los, »es ist bereits zwölf Minuten nach elf, wir sollten längst aufhaben. Außerdem muss ich so was von …« Hassan ließ den Satz in der Luft hängen und machte ein gequältes Gesicht. »Nun mach dir nicht gleich ins Hemd, kommt doch sowieso kein Mensch so früh. Oder siehst du hier irgendeinen Spacken?« Bülent reagierte leicht gereizt. »Versteht doch sowieso kein Mensch, was das hier soll.«

Bülent hatte die Ruhe weg. Er hatte nie kapiert, warum sie den »Dubrovnik-Grill« schon um elf Uhr öffnen sollten. Schlimm genug, dass hier am Rand der klassischen Rennstrecke auf St. Pauli schon abends nicht recht was los war. Aber der idiotische Zeitdruck am Vormittag machte überhaupt keinen Sinn mehr. Der Chef wollte es so, okay. Das war seine Sache. Aber hier, wo das Rotlichtviertel gemächlich in ein bürgerliches Wohnquartier überging, interessierte sich so früh kein Mensch für Döner und Cevapcici. Und selbst für die Teestube nebenbei war es noch entschieden zu früh. Der Copyshop gegenüber machte erst um zwölf seine Türen auf, weil die Studenten, die hier wohnten, offenbar bis in die Puppen pennten. Der Getränkekiosk nebenan hatte auch erst am späten Nachmittag Konjunktur. Nur vor der Schwulenbar »Rainbow« auf der anderen Straßenseite hatten sich bereits ein paar übernächtigt wirkende Typen zum Frühstückskaffee eingefunden.

Hassan war sofort in den Keller aufs Klo gestürmt, sodass Bülent den Fleischlieferanten begrüßen musste, der auf der Straße in zweiter

Reihe mit laufendem Motor gehalten hatte. Hinter ihm begann sofort ein Autofahrer wie wild zu hupen, nützte aber nichts. Erst mussten die Dönerspieße entladen werden und die anderen Fleisch- und Salatwaren dazu. Die enge Straße war total zugeparkt, die Autos standen schräg und ragten weit in die Fahrbahn hinein. Keine andere Haltemöglichkeit weit und breit. Man konnte den Eindruck haben, die Leute ließen lieber ihre Autos stehen, als ihren Parkplatz zu verlieren. Und die Lieferanten waren die ärmsten Säue.

»Is' ja gut«, brüllte der Dönermann genervt in Richtung der ungeduldigen Autofahrer. Dann stürmte er zu einem nervenden Dauerhuper, der die Schlange anführte. »Ich mach nur meinen Job, du Penner, aber ich hab einen Vorschlag. Ich hupe für dich weiter, und du springst für mich ein.« Die Gesichtszüge des jungen Burschen in seinem getunten Audi entgleisten. Es war Ruhe. Inzwischen hatte sich ein stattlicher Rückstau gebildet, es ging nicht vor und nicht zurück. Der Fahrer verschwand im Laden, um sich den Empfang seiner Lieferung bestätigen zu lassen.

Hassan, der Küchenchef, war vom Klo zurück und inspizierte die Spieße. Eigentlich war Küchenchef ein etwas hochtrabender Titel für ihn, aber er war verantwortlich für die Fast-Food-Theke. Bülent leitete offiziell den Laden, verbrachte aber die meiste Zeit damit, privat zu telefonieren oder auf seinem Smartphone rumzudaddeln und nebenbei die Kasse zu beaufsichtigen. Die Vormittage, an denen noch nicht viel los war, kümmerte er sich meist um irgendwelche Privatgeschäfte. Dafür zog er sich immer in die dunkle Teestube zurück. Vor ein Uhr mittags lief in dem Grill eigentlich nie etwas, die Spieße brauchten 90 Minuten, um gar zu werden. Echten Mittagstisch kannte der »Dubrovnik-Grill« nicht. Was für ein Name, dachte Hassan oft, Mittagstisch. So etwas kannte man in Sarajevo nicht, wo er nach der Flucht seiner kurdischen Eltern aus der Türkei aufgewachsen war und lange gelebt hatte. Dort gab es nur Cevapcici und Pljeskavica, egal, ob mittags oder abends. Mittagstisch, Lunch, Stammessen, das waren dort Fremdworte.

Endlich hatte der Lieferant den Fünftonner wieder in Bewegung gesetzt, und Reifen vor der Tür quietschten bei der Anfahrt voller Ungeduld. »Ich geh mal nach nebenan, in Ruhe telefonieren«, verkündete Bülent, »pass auf, dass mich niemand stört.« Wer sollte jetzt schon stören, dachte Hassan, das Licht in der Teestube war noch nicht an, selbst wenn ein Spaziergänger sich rein zufällig hierher verirren würde, einladend sah wirklich anders aus.

Hassan verteilte den vorgeschnittenen Kohl auf verschiedene Schüsseln, Weißkohl, Rotkohl, Kohlrabi, dazu Tomaten, Gurken und Paprika. Der Grill entwickelte langsam seine gewohnte Wärme, die Spieße, Hähnchen links, Schwein rechts, drehten ihre Runden, als draußen zwei Motorräder auf Höhe des Grills stoppten. Bitte nicht zu uns, dachte Hassan, wir sind noch lange nicht so weit. Er hatte noch nicht mal seine weiße Schürze umgebunden und die vorgeschriebene Mütze auf den Haaren. Dann stellte er erleichtert fest, dass die Biker offenbar nicht dran dachten, ihre Helme abzunehmen und die Maschinen abzustellen.

Komische Typen, dachte er, so ganz in Schwarz. Sie hatten das Visier runtergeklappt, nicht mal die Augen konnte man durch die dunkel getönten Scheiben erkennen. Einer der Typen hatte eher die Figur einer Frau, das fiel auf. Schwarze Witwe, dachte Hassan grinsend, als von draußen plötzlich Schüsse über die Straße peitschten. Glas splitterte, die Eingangstür erzitterte durch die Einschläge, die Frontscheibe der Teestube zerbarst, Bülent schrie vor Schmerz. Scheiß auf die Hackröllchen, dachte Hassan nur und warf sich hinter den Tresen in Deckung. Dort kauerte er, bis er die Motoren aufheulen hörte und Reifen jaulten. Danach war gespenstische Ruhe, bis Bülents Stöhnen die Stille zerriss.

Was war das denn? Schüsse am Rande des Kiezes, am helllichten Vormittag? Eine ganze Salve, wie aus einer Schnellfeuerwaffe. War das eine Verwechslung, oder war er in einem schlechten Film? Hassan war ziemlich durch den Wind. Sie waren doch kein Rockertreff und auch kein Ludenlokal. Das konnte doch nur eine Verwechslung sein. Was würde der Chef wohl dazu sagen? Aber was hätten sie machen können? Gar nichts, beruhigte er sich. Das Stöhnen von nebenan holte ihn in die Realität zurück. Geduckt schlich er rüber in die kleine

Teestube, sicher ist sicher. Aber auf der Straße war gespenstische Ruhe, niemand mehr zu sehen, nur ein schmelziger Geruch nach verbranntem Gummi hing in der Luft.

Im schummrigen Zwielicht lag Bülent und bewegte sich nicht. Blut sickerte aus mehreren Wunden auf den Teppich. Er hatte offenbar viel Blut verloren, der Diwan sah aus wie eine matschige Decke, Bülents Körper war über und über mit Glassplittern bedeckt. Sein Atem ging flach, er stöhnte nur noch in Abständen. »Scheiße, wir brauchen einen Notarzt«, sagte Hassan zu sich selbst, als auch schon Blaulicht durch die Eingangstür zuckte. Irgendein Nachbar hatte offenbar nach Hilfe telefoniert. Zwei Sanitäter stürzten herein, gefolgt von einem Weißkittel, das konnte nur der Notarzt sein.

»Keine Ahnung, was hier abging«, fing Hassan an. Sie stürzten zu dem Verletzten, bereiteten eine Infusion und Sauerstoff vor. Das Ganze wirkte zielstrebig, kompetent, professionell. Für ihn interessierte sich niemand. Bis die Polizei eintraf.

HAMBURG | nördlicher Stadtrand

Die Gespräche waren diesmal gut gelaufen, viel besser jedenfalls als die letzten, als er vor den Bullen ziemlich weiche Knie bekommen hatte. So langsam gewöhnte er sich an seine neue Rolle. Janko triumphierte innerlich. Schade, dass ihn niemand dabei beobachten konnte. Gleich am nächsten Morgen hatten sie sich wieder bei ihm gemeldet. Diesmal bestellten sie ihn förmlich zur Vernehmung ins Gerichtsgebäude ein. Die gleichen Fragen, dieselben Antworten. Er hatte sich keine Blöße gegeben, trat jetzt selbstbewusster auf und ließ sich nicht erschüttern. Was sollte das Ganze?

Janko war zufrieden mit sich selbst. Endlich konnte er aus dem Schatten des großen Übervaters heraustreten. Nicht, dass er ihm den

Tod gewünscht hatte, und schon gar nicht so einen grausamen. Aber zuletzt war ihm sein Alter oft ziemlich auf den Sack gegangen. Immer wollte er bestimmen, wo es langgeht, wie ein Patriarch. Jetzt war er am Zug. Er, Janko Borsa Petrovic, 27, legitimer Erbe von Milan, dem kleinen König vom Kiez. Und Nachfolger von manchem, was besser niemand zu wissen brauchte. Jetzt war er am Zug, und er würde sich das nicht nehmen lassen. Von niemandem.

Sein Onkel Boris war der Erste, der das zu spüren bekam. »Wir schmeißen den Laden schon«, hatte der gedröhnt, als er sich über Skype bei ihm meldete. Und so, wie er das sagte, hatte sich das eher nach einer ultimativen Feststellung als nach einem Vorschlag angehört. »Ich hör immer wir«, war Jankos einzige Reaktion, »du bleibst schön, wo du bist. Dein Platz ist in Sarajevo und sonst nirgendwo. Ich kann dich hier nicht gebrauchen. Und solche Gespräche bitte nicht am Telefon und schon gar nicht über Internet. Wer weiß, wer da alles mithört. Muss ich dir das auch noch erklären?«

Es war Boris nicht genau anzusehen gewesen, wie er die harte Abfuhr von dem deutlich Jüngeren aufnahm. Sein Gesicht zeigte keine Regung. Aber es gab auch nicht diese kleinen Falten um die Augen, die ihm normalerweise so ein spitzbübisches Aussehen verliehen. Boris ging auf die sechzig zu, er war immer der große Bruder von Milan gewesen, und Janko war sein kleiner Neffe. Boris hatte oft darunter gelitten, dass sein kleiner Bruder stets schneller, interessanter und erfolgreicher war. In der Schule, bei den Geschäften, bei den Frauen. Trotzdem hatte er sich mit seiner Rolle als Mann im Schatten irgendwann zufriedengegeben und sogar angefreundet. Und sein liebevolles Verhältnis zu seinem Neffen hatte das Rollenspiel sowieso nie belastet. Jetzt würde sich zeigen, wie stark die Familienbande waren oder ob er einen Familienaufstand wagen würde.

Bevor er lange genug Zeit hatte, darüber nachzudenken, hatte sich Janko etwas versöhnlicher gegeben. »Unser Geschäft braucht dich. Unser Link außerhalb der EU-Grenzen ist jetzt wichtiger denn je. Da brauchen wir einen absoluten Vertrauensmann. Mit Kontakten. Hier stehen mir die Bullen auf den Hacken.« Für eventuelle ungebetene

Mithörer schob er sicherheitshalber noch nach: »Keine Ahnung, was die von mir wollen.« Besser is', dachte er.

Boris' Widerspruch kam trotzdem prompt. »Schaffst du das allein? Wir dürfen jetzt nichts riskieren und müssen verdammt aufpassen. Lass uns alles gemeinsam in Hamburg besprechen.« Am Anfang war der Ton noch zurückhaltend gewesen, zum Schluss war seine Aggressivität nicht mehr zu überhören. Janko war genervt. »Damit wir die Bullen erst richtig aufscheuchen? Wie blöd bist du eigentlich. Die haben dich und deine Vergangenheit doch voll auf dem Zettel. Was sollen die wohl denken, wenn du auf einmal wieder vor ihrer Haustür stehst? Ich will keinen Ärger. Du bleibst, wo du bist. Basta.« Janko hatte instinktiv gespürt, dass er sich jetzt durchsetzen musste, um jeden Preis. Wenn er jetzt wackelte, hätte er verloren. Deshalb gab es keine andere Möglichkeit, als seinem Onkel, den er immer gemocht hatte, ordentlich Bescheid zu stoßen. Auch wenn die Bullen mithören sollten. »Wenn dir das nicht passt, kann ich auch jemand anderes schicken.«

Außerdem waren seine Befürchtungen durchaus berechtigt. Gegen seinen Onkel war vor etlichen Jahren wegen Mordversuchs ermittelt worden, nachdem ein Konkurrent und Zuhälter bei einem Treffen unglücklich von den Landungsbrücken gestürzt und von der unberechenbaren Elbströmung sofort unter den Anleger gedrückt worden war. Rettungsschwimmer hatten ihn erst Stunden später tot bergen können. Janko wusste, dass Boris mit dem Zuhälter im Streit um irgendwelche Reviere gelegen hatte, er kannte aber keine Details. Er war noch zu jung, war aber nie den Verdacht losgeworden, dass an den Vorwürfen gegen seinen Onkel etwas dran sein könnte. Boris selbst sprach immer von einem tragischen Unglück, entzog sich weiteren Fragen der Polizei aber sicherheitshalber durch seine überstürzte Abreise nach Bosnien. Seitdem steckte er tief drin im Wettgeschäft. Von irgendwas musste man ja leben.

Jankos Kalkül ging auf. Sein Onkel zeigte Wirkung. Er wusste erkennbar nicht, wie er mit der ungewohnten Härte seines geliebten Enkels umgehen sollte. In seinem Gesicht waren Ratlosigkeit und vielleicht sogar ein bisschen Angst zu sehen gewesen. Er zögerte mit der Antwort, deshalb kam ihm Janko zuvor. »Außerdem kann es sein, dass Mutter hier bald wegmuss. Die Trauer und die ständigen Nervereien mit den Behörden, ich weiß nicht, wie lange sie das noch durchhält.« Seine Stimme war jetzt milder, schließlich waren sie eine Familie. Aber er hatte erreicht, was er wollte. Sein Onkel gab sich geschlagen. »Dann komm doch ein paar Tage mit. Alles Weitere können wir dann hier besprechen, bei einem guten Gläschen.«

Nach dem Gespräch hatte Janko Skype und auch die Kamerafunktion an seinem iPad ausgeschaltet. Sicher war sicher, die NSA ließ grüßen. Er hatte sich durchgesetzt, er fühlte sich wie im Rausch. So musste es auch beim Laufen sein, wenn nach vielen Kilometern die Endorphine und Glückshormone freigesetzt werden, dachte er. Seine joggenden Kumpel sprachen immer davon mit so einem seltsamen Glanz in den Augen. Er hatte die bei seinen Alsterrunden nie gespürt, sondern sich immer nur gequält und war deshalb schnell zum Kickboxen gewechselt. Aber so ungefähr musste es wohl sein. Die beste Gelegenheit, auch noch gleich das andere unangenehme Gespräch hinter sich zu bringen. Schließlich hatte er grad einen Lauf. Also griff er zum Handy. »Da bin ich mein Freund, was geht?«, meldete er sich, als Robin dran war, »was gibt es so Wichtiges?«

Robin hatte keinen Bock oder keine Zeit für falsche Freundlichkeiten. »Ich brauch ein paar Infos über die Wettgeschäfte, über den chinesischen Zweig.« Er klang gestresst. »Ich muss einem guten Freund helfen und was liefern, um ihn ruhig zu stellen.« Mehr musste dieser kleine Dreckskerl Janko nicht wissen. »Sonst hab ich echt Probleme. Und zwar nicht zu knapp.«

»Probleme haben wir alle«, tönte Janko zurück. »Ist dir eigentlich klar, was du da grad von mir verlangst? Ich soll helfen, jemanden ans Messer zu liefern? Mal abgesehen davon, ob ich das überhaupt könnte. Und womöglich noch bei den Bullen. Gott sei Dank habe ich mit den Geschäften meines Vaters nichts zu tun. Was mit ihm passiert ist, dürfte dir ja nicht entgangen sein.« Sein letzter Satz war vor allem für ungebetene Lauscher bestimmt.

Robin wurde sauer. »Komm Alter, verscheißern kann ich mich alleine.«

»Verscheißern kann ich mich alleine«, Janko äffte ihn mit leichtem Singsang in der Stimme nach, »dann man zu, ich höre.«

»Ich brauch was Handfestes über die Chinos, dann kann ich dich und deine Familie da raushalten. Sonst kann ich für nichts garantieren. Und ich meine das ernst.« Robin war entschlossen, einen Schlussstrich unter dieses Stück Vergangenheit zu ziehen. Er war einmal schwach geworden. Das war schlimm genug. Aber er hatte noch rechtzeitig die Kurve gekriegt. Und musste sich nichts vorwerfen. Jetzt wollte er sich mit diesem traurigen Kapitel seiner Karriere nicht noch nachträglich seinen guten Ruf ruinieren lassen. Deshalb würde er seinem alten Freund Giannis helfen, ein bisschen jedenfalls. Und nicht, weil eine Hand die andere wäscht. Sondern aus Überzeugung. Schließlich war er ein Guter.

»Wie wär's mit einem kleinen Gegengeschäft?« Janko schlug einen schmeichelnden Ton an. »Du hilfst mir, ich helfe dir. Wie nennt man das bei euch so schön: Eine Hand wäscht die andere?«

Bei euch? Was sollte das denn? Robin verstand nicht. Janko war in Hamburg geboren, er war in Eidelstedt zur Schule gegangen, hatte in Altona sein erstes Mädchen geküsst. Er hatte pro forma zwar auch einen serbischen Pass, ein Zugeständnis an seinen Vater. Aber er war mehr Hamburger Jung als Robin, der zugereiste Quiddje, es je sein würde. Wenn er jetzt auf einmal den Jugo rauskehrte, war das kein gutes Zeichen. Robin hatte kein gutes Gefühl. »Was sollen das schon für Geschäfte sein? Mit dir?«

»Mir fiele da schon was ein, lass mich mal machen«, antwortete Janko und unterbreitete seinem Ex-Kumpel seinen Plan. »Überleg es dir bis morgen. Dann können wir uns treffen und wie in alten Zeiten miteinander plaudern. In ›Erika's Eck‹? Wie früher?«

Robin sagte nix. Die Leitung war tot.

Es war ein riskantes Spiel, das er da spielte, das war Janko klar. Er spielte seine Optionen im Geiste durch, nachdem er aufgelegt hatte. Fielen die Chinesen, konnten sie alle mitreißen oder zumindest alles ins Wanken bringen. Andererseits: Hatte es je eine bessere Chance gegeben, sie loszuwerden? Zu sehr hatten sie in den vergangenen Monaten versucht, seinem Vater die Geschäfte zu diktieren. Er hatte das natürlich mitbekommen. Und es hatte ihm manchmal wehgetan, wie sehr sein Alter vor den Schlitzaugen buckelte. Es war die einzige Chance. Und er musste sie nutzen. Sollte das mit den zwei Spielen klappen, so wie er sich das ausmalte, wären die Chinesen ruhiggestellt. Und er hätte einen neuen Markt. Darauf setzte er. Und dafür brauchte er Robin. Das würde er ihm morgen bei Erika schon eindringlich klar machen. Und der würde mitspielen, davon war Janko überzeugt, welche Alternative hatte der denn schon.

Robin sollte sich für ein halbes Jahr in Katar oder Abu Dhabi unter Vertrag nehmen lassen. Das war sein Plan. Die Golfstaaten waren geradezu besessen hinter Spielern wie ihm her. Ex-Nationalspieler, Ex-Stars, gesund, austrainiert und noch im besten Fußballalter. Ganz anders als Del Piero oder Lampard, die im hohen Alter noch mal durch die Welt und ihre exotischen Ligen tingelten, um ordentlich Kohle abzugreifen.

Am Geld für Robins Engagement würde es bestimmt nicht scheitern. Und Robin war vertraglos. Er konnte zum Winter problemlos und ablösefrei in die Wüste wechseln. Ein halbes Jahr würde reichen, zwei Spiele. Was bedeutete das schon. Alles, was er dort zu tun hätte, wäre, zwei Spiele so entscheidend zu beeinflussen, wie es die Wetter gern sähen. In Katar wurde so viel bestochen und geschoben, da musste nun wirklich niemand moralische Skrupel haben. Und alles geschah praktisch unter Ausschluss der Öffentlichkeit. Er würde Robin schon davon überzeugen, entweder freundlich oder mit gewissem Nachdruck. Als Gegenleistung würde er ihm heiße Infos über ein paar chinesische Hintermänner anbieten. Wenn das kein Deal war.

Janko hatte seinen Plan genau durchdacht. Mit den zwei Spielen konnten die Wetter in China ihren Ausfall durch den Flop in der Türkei ausgleichen, das würde sie besänftigen. Sie hätten ihr Geld zurück. Aber sie wollten ja mehr, das wusste Janko, immer mehr. Das Risiko für ihn und seine Leute in Europa wurde dadurch größer, immer unkalkulierbarer. Er hatte von der neuen Hamburger Soko und den gemeinsamen europäischen Anstrengungen gehört. Natürlich brauchten die ein paar schnelle Anfangserfolge, um der medialen Aufmerksamkeit zu genügen. Deshalb durfte man das nicht auf die leichte Schulter nehmen. Dann der überraschende Tod seines Vaters. Die Einschläge kamen näher. War das nicht alles Warnung genug?

So sehr er auch grübelte, er fand nur einen Ausweg. Er musste die Chinesen loswerden. Und von allein sagten die ganz bestimmt nicht: »Danke, das war's.« Es half nichts. Er musste sich neue Partner, vielleicht sogar ganz neue Aufgabenfelder suchen. Und was kam ihm da besser gelegen als eine Polizeiaktion, die den chinesischen Ableger des »Gelben Drachen« in Hamburg, der den Glücksspielmarkt kontrollierte, auffliegen ließ. Ihm gefiel der Gedanke immer mehr. An Robin würde das nicht scheitern, da war er sicher. Robin war der ideale Mann. Er saß zwischen allen Stühlen. Notfalls wollte er ihn so massiv unter Druck setzen, dass der sich vor Angst um seinen tadellosen Ruf in die Hose machen würde.

Janko war zufrieden mit sich. Er ging zum Weinregal, um zur Feier seines guten Tages ein Gläschen Château de Cayx zu trinken. Ein Weingut des dänischen Prinzgemahls Henrik, Ehemann von Königin Margrethe, das nur wahre Kenner für sich erschlossen hatten. Er hatte noch einige 89er im Weinschrank, das war sein Geburtsjahrgang. Eine Flasche sollte jetzt dran glauben, als das Telefon klingelte. Nicht schon wieder die Bullen, dachte Janko und griff zum Hörer.

HAMBURG | St. Pauli

»Was wissen wir?«, fragte Eleni den Einsatzleiter und musste dabei grinsen. Seit die Hamburger Polizei vor einigen Jahren ihre langweiligen grünbeigen Uniformen an den Nagel gehängt und gegen blaue ausgetauscht hatte, sahen manche für sie aus wie ein Sänger von Village

People, die Ende der Siebziger mit ihrer Schwulenhymne »YMCA« die Hitparaden und Fernsehshows gestürmt hatten. Wenn Eleni auf uniformierte Beamte traf, musste sie unwillkürlich an die Musiker denken und schmunzeln. Der Polizist blickte sie leicht irritiert an. »Nicht sehr viel«, antwortete er. Er wunderte sich über Elenis anzügliches Lächeln, sagte aber nichts. »Wahrscheinlich zwei Täter, wahrscheinlich auf dem Motorrad, haben vor dem Laden wahrscheinlich nur Sekunden gehalten und von der Straße aus hineingefeuert. Wahrscheinlich Schnellfeuerwaffen. Wahrscheinlich Männer.«

»Wahrscheinlich, wahrscheinlich, wahrscheinlich. Das ist mir zu wenig. Viel zu wenig. Am helllichten Tag. Auf offener Straße. Da muss doch irgendjemand was gesehen haben.« Elenis gute Laune war so schnell weg, wie sie gekommen war. »Noch dazu seid ihr so schnell am Tatort gewesen, wieso überhaupt? Habt ihr die Täter vielleicht sogar gestört? Da macht man doch Fehler.« Eleni stand auf dem Bürgersteig vor dem Imbiss, um sie herum wuselten die Kollegen der Spurensicherung in ihren lustigen Plastikanzügen und einige Uniformierte. Und sie hatte nichts. Die Staatsanwältin war wütend. Ständig hechelte sie hinterher. Erst bekam sie diese Ermittlung aufgehalst, auf deren Ergebnis halb Fußball-Deutschland lauerte. Dann wurde einer der Wettpaten umgebracht, womöglich sogar DER Pate. Und jetzt war sein Dönerimbiss samt Teestube auf dem Kiez zusammengeschossen worden und ein Mann dabei lebensgefährlich verletzt. Aber warum? Wer ballerte so wild auf St. Pauli herum? Wo der Pate doch längst tot war. Und sie hatten nichts. Keine Zeugen, keine Indizien, keine Ahnung.

Stepenbrok trat zu ihr. »Zwei sportliche Täter, einer ziemlich groß, aber trotzdem fast feminine Figur, der kleinere vielleicht sogar eine Frau. Schwarze Ledermontur, schwarze Vollhelme, kein Gesicht also. 750er-Maschinen. Ein Zeuge ist sich sicher, dass es Kawasakis waren, rot und schwarz am Tank.« Er machte eine kurze Pause, weil er offenbar Mühe hatte, seine eigenen Notizen zu entziffern. Dann fuhr er fort: »Die Kennzeichen waren verdreckt, deshalb nicht zu identifizieren. Sie haben kurz gehalten, wahrscheinlich keine 30 Sekunden, gezielt das Feuer eröffnet, dann sind sie mit qualmenden Reifen geflüchtet.« Er blätterte seinen Block zurück, ob er auch nichts vergessen hatte. »Die Zeugenaussagen sind so weit sehr zuverlässig. Gleich mehrere Männer in der Schwulenbar schräg gegenüber hatten große Augen auf die heißen Lederjungs geworfen. Aber immerhin noch so viel Durchblick, dass einer die Kollegen alarmierte.«

»Was machen Sie denn schon hier?« Eleni war beeindruckt. Stepenbrok überraschte sie immer wieder.

»Das Gleiche wie du.« Stepenbrok ließ das unausgesprochene Lob unbeeindruckt. Und die förmliche Anrede erst recht. »Das sieht mir ganz nach Vorsatz und sorgfältig geplant aus. Nur mit Motorrad ist man in diesen zugeparkten Seitenstraßen auf St. Pauli mit Sicherheit beweglich genug, mit dem Auto wäre das alles viel zu riskant gewesen. Ein Müllwagen und alles geht in die Hose. Zu wenig Platz, zu viele Zuschauer, zu hohes Risiko. Die Frage ist nur, ob das eine Warnung oder eine Abrechnung war.«

»Rache? Wofür denn? Der Clanchef ist doch längst im Jenseits.« Eleni schaute ihren Kollegen erstaunt an. »Eine Million-Euro-Frage«, sagte der. »Wir müssen sie lösen. Wohl ohne echten Publikumsjoker. Und möglichst schnell. Bevor noch Weiteres passiert. Es kann doch kein Zufall sein, dass jemand erst den Alten umlegt und jetzt sein Laden zusammengeschossen wird. Die Biker haben ja nicht einfach drauflosgeballert. Sondern gezielt danebengeschossen. So sieht es jedenfalls aus.« Er machte eine Pause und holte Luft. »Und sein Spross soll mir bloß nicht wieder damit kommen, er kenne die Geschäfte seines Vaters nicht. Jetzt ist Schluss mit lustig.«

»Wissen wir schon, wer das Opfer ist?«

»Ein gewisser Bülent Özcan.« Eleni hatte die Frage kaum ausgesprochen, als Giannis hinter ihrem Rücken auftauchte und zur Gruppe trat. »Türkischer Allerweltsname. Soll aber der Kopf der organisierten Schwarzmarktmafia sein, die im Auftrag von Petrovic den illegalen Tickethandel beherrscht. Er und seine Leute treffen sich regelmäßig in der Teestube, hängen dort ab oder planen die nächsten Events.«

»Sagt wer?« Eleni war ein bisschen genervt vom Tatendrang ihrer beiden männlichen Kollegen. Sollte sie nun beeindruckt sein oder besser neidisch? »Sagt mein Landsmann, der an der Ecke den ›Athener Grill‹ betreibt. Übrigens einer der ältesten Griechen in der Stadt, macht Spitzengyros«, antwortete Giannis. »Tja, man muss hier schon zu Hause sein, wenn man gute Kontakte in der Stadt haben will.« Grinste er jetzt etwa auch noch? Eleni brodelte innerlich. »War ein Spaß«, sagte Giannis und grinste.

»Komm, Mädchen«, meinte Stepenbrok und legte den Arm um ihre Schultern. »Hier können wir erst mal nichts mehr tun. Lass uns nachdenken gehen. Das ist deine Stärke, jetzt bist du am Zug.«

Im Café nur wenige Schritte entfernt gegenüber vom Heiligengeistfeld, wo dreimal im Jahr die bunten Lichter von Kinderkarussells und Geisterbahnen den Hamburger Himmel zum Glühen brachten, versuchten sie zehn Minuten später ein bisschen Struktur in ihre Überlegungen zu bringen. Eleni hatte portugiesischen Milchkaffee bestellt, Galão, wie sie ihn liebte, dazu ein Nata. Die beiden Männer nahmen lieber ein Sandwich mit Käse und Schinken statt des Vanillegebäcks, dazu deutschen Kaffee, schwarz. Nur keine Experimente.

»Hallo, jemand zu Hause? Ich habe was gefragt.« Zum ersten Mal wirkte Giannis leicht ungehalten. »Hören Sie mir überhaupt zu?« Eleni stierte gedankenverloren hinaus auf den asphaltierten Platz zur Südkurve des Stadions, in dem ihr Lieblingsklub spielte. Dort stand sie bei den Heimspielen schräg hinter dem Tor, auf Tuchfühlung mit den ganz harten Fans. Wenn die gewusst hätten, dass sie Staatsanwältin war und Hand in Hand mit der Polizei arbeitete, hätte sie dort wohl keine ruhige Minute mehr. Es war noch gar nicht lange her, dass die Ultras einen treuen Anhänger förmlich aus dem Block gemobbt hatten. Jemand hatte in Erfahrung gebracht, dass der im Privatleben Polizeibeamter war. Als wenn das als Fan einen Unterschied machte, dachte sie. Immerhin war ein langjähriger Kultkicker des Klubs im Hauptberuf ebenfalls Kriminalkommissar. Aber ein Bulle in den eigenen Reihen war den linkspolitisch oberkorrekten Wortführern der Ultras mit ihren ganz eigenen Gesetzen offenbar Zugeständnis genug. Eleni schüttelte bei dem Gedanken daran ärgerlich den Kopf.

»Nicht?« Giannis reagierte total baff. »Wollen wir nicht noch mal mit Janko reden, damit der endlich Farbe bekennt?« Eleni schaute ihn leicht verwirrt an. »'schuldigung, doch, natürlich«, antwortete sie und versuchte, sich zu konzentrieren. »Ich war eben in Gedanken nicht ganz bei der Sache. Wenn ich ehrlich bin, war ich sogar ganz weit weg.«

»Verliebt?« Stepenbrok feixte. Er wusste, wie er sie in die Realität zurückholen konnte. Denn dass für Liebe im Leben von Eleni bislang viel zu wenig Zeit war, das hatte er längst durchschaut. Während sie ausholte, um ihm einen freundschaftlichen Klaps zu geben, schob er schnell nach: »Vergiss nicht, was du sagen wolltest, denn das Beste habe ich noch gar nicht berichtet. Auf mindestens einem der Bikes, vorn auf dem Tank, will einer der Zeugen eine Art rot-goldenen Drachen gesehen haben. Jetzt nimmt das Ganze doch langsam Fahrt auf.«

»Nicht auch noch die Chinesen.« Was anderes konnte das Zeichen wohl kaum symbolisieren. Eleni stöhnte laut auf. Jugos, Türken, womöglich Albaner und jetzt auch noch Chinesen. Wo sollten diese Ermittlungen denn noch hinführen?

»Warum nicht? Passt doch.« Giannis wurde jetzt richtig munter. »Wenn es stimmt, dass die Jugos und die Chinesen bei den Fußballwetten gemeinsame Sache machen, haben wir endlich eine Spur. Da ist wahnsinnig viel Geld im Spiel, das vor allem aus Singapur, Hongkong und China kommen soll. Wenn das kein Motiv ist.«

Stepenbrok nickte zustimmend: »Wo er recht hat …«

Nicht nur in Hamburg hatten sich straff organisierte chinesische Banden in den letzten Jahren immer mehr breitgemacht, überlegte Eleni. Es ging los mit Schutzgelderpressung der eigenen Landsleute, die China-Restaurants betrieben. Und davon gab es viele. Wahrscheinlich Hunderte allein in Hamburg. Dazu kam noch Schmuggel, vor allem von Zigaretten, Textilien und Parfüms. Billige Plagiate, die mit Originalbanderolen von Spitzenmarken auf den europäischen Markt geworfen wurden und unheimlich hohe Gewinnspannen versprachen. Deshalb war natürlich die Konkurrenz groß, zu groß, vor allem aus Vietnam. Immer wieder war es deshalb zu Kämpfen um Marktanteile gekommen.

Beim illegalen Glücksspiel waren die Chinesen ebenfalls mit dabei, und irgendwann kam auch noch Industriespionage in großem Stil dazu. Das einzige illegale Geschäft, bei dem die Banden aus Fernost passten, waren Drogen. Immerhin ein Lichtblick. Illegale Fußballwetten machten für sie also durchaus Sinn, zumal viel schmutziges Geld zu waschen war.

Giannis berichtete, dass er eine Quelle angezapft hatte, um vielleicht mehr Infos über diese Verbindungen zwischen Balkan und Fernost zu erhalten. Ein Informant aus der Fußballszene konnte womöglich helfen, der brauchte allerdings noch Bedenkzeit. »Ich hör immer Quelle, Informanten, Zeugen«, nörgelte Eleni, »sagt mir eigentlich auch mal jemand was?« Stepenbrok reagierte nicht darauf, sein Handy meldete sich mit diesem nervtötenden Klingelton. »HSV forever and ever«, die Hymne der verhassten Fußballkonkurrenz. Eleni verdrehte die Augen. Nicht auch das noch. Sie hatte wie immer den Verdacht, dass er es extra lang klingeln ließ, bevor er endlich ranging.

»Glatter Durchschuss in der Schulter, der ist nicht so schlimm. Aber Steckschuss in der Lunge, das sieht ernster aus«, berichtete er, nachdem er das Krankenhaus weggedrückt hatte. »Sieht für mich eher nach einem Kollateralschaden aus. Die haben offenbar nicht damit gerechnet, dass schon jemand so früh in der Teestube sitzt. War auch noch alles dunkel da. Normalerweise geht der Betrieb da erst am Nachmittag los. Deshalb haben sie wohl auch nicht auf den Dönergrill rechts vom Eingang gezielt, wo der Koch bereits dabei war, die Drehspieße zu präparieren. Dazu war ihnen das Risiko zu groß.«

»Also eher ein Warnschuss. Oder besser: mehrere. Aber Warnung wovor?« Elenis Frage hing in der Luft. Darum ging es. Das herauszufinden war ihr Job. Hatte das Ganze überhaupt was mit den illegalen Fußballwetten zu tun. Und falls ja, was? Oder steckte etwas ganz anderes dahinter? Irgendeine Abrechnung? Artete das Ganze in neuer Gewalt auf dem Kiez aus, Konkurrenz- und Verteilungskämpfe? Eleni schüttelte es.

»Dann lasst uns hier Schluss machen«, sagte Giannis, »ich habe den jungen Petrovic am Telefon schon von dem Überfall informiert.

Bin gespannt, was der jetzt für Erklärungen parat hat.« Sie wollten nach einer kurzen Verschnaufpause losfahren und nicht zu spät dort auflaufen, vereinbarten sie. Er sollte sich nicht großartig auf die neue Situation vorbereiten können. Und ihnen würde ein bisschen Ablenkung vorher guttun.

HAMBURG | nördlicher Stadtrand

Oha, Verstärkung! Das war Giannis' erster Gedanke, als ein ihm unbekannter Mann mit einer ziemlichen Wampe die Tür öffnete. Sein zweiter war: Offenbar hat Janko es nötig. Und dann: Wir sind auf dem richtigen Weg! Sie hatten fast 55 Minuten raus nach Wellingsbüttel gebraucht, obwohl sie gegen den Berufsverkehr unterwegs waren. Trotzdem Staus ohne Ende. Das war für Giannis an sich nicht neu. Stau war in Athen der Normalzustand des Lebens. Und in Heraklion war es nicht viel besser. Die Ursachen waren es, die ihn in Hamburg irritierten. Baustellen an allen Knotenpunkten und Ausfallstraßen. Als wenn die Stadt überall zur gleichen Zeit umgegraben wurde. War das früher genauso gewesen, oder ich bin ich schon zu lange weg, überlegte er. Dann rief er sich in Erinnerung, dass sein Abschied gerade erst zwei Jahre her war und er vieles einfach verdrängt haben musste.

Eleni hatte ihr Bestes gegeben, um auf Schleichwegen die größten Staus zu umgehen. Aber einige Nadelöhre waren nicht zu vermeiden gewesen, zum Beispiel um den riesigen Friedhof im Osten der Stadt zu umfahren. Ein Song der Hamburger Kultrocker von Abschlach über das größte Gräberfeld Europas war ihm dabei eingefallen. »Wenn ich mal sterbe, begrabt mich in Hamburger Erde« oder so ähnlich, hieß es in dem Song. Viel zu viele hatten sich daran ganz offensichtlich schon ein Beispiel genommen.

Sie hatten sich schließlich doch aufgeteilt. Stepenbrok wollte sich lieber persönlich um die Ermittlungen zum Anschlag auf dem Kiez kümmern und die Zeugenaussagen so schnell wie möglich auswerten. Eleni hatte ihn deshalb auf dem Weg beim Landeskriminalamt abgesetzt. Jetzt stiefelte sie zusammen mit Giannis die drei Stufen zum Haus von Petrovic hinauf, wo sich der unbekannte Türöffner als Anwalt vorstellte. Für die Befragung war das nicht besonders förderlich, ließ sich aber nicht ändern. Bra Petrovic saß eingeschüchtert auf dem Sofa, bleich im Gesicht, und schien total überfordert. Nach fast jeder Frage blickte sie zum Anwalt und wartete bis der huldvoll nickte. Wenn sie antwortete, dann meist in Zweiwortsätzen: »weiß nicht« oder »nie gehört«. Sie zitterte am ganzen Körper. Von ihr war einfach nichts zu erfahren. Vielleicht wusste sie tatsächlich nichts.

Janko war nicht mehr so selbstsicher wie bei den beiden letzten Malen, er spielte auch nicht mehr den großen Macker. Aber seine Strategie war unverändert. Er könne sich darauf überhaupt keinen Reim machen, beteuerte er immer wieder auf die hartnäckigen Fragen von Eleni.

»Der Überfall sieht ganz nach einer Warnung aus. Haben Sie dafür eine Erklärung?«, fragte sie ihn.

»Warnung wovor?«, erwiderte Janko.

»Hatte Ihr Vater Feinde?«

»Wer hat die nicht. Keine Ahnung. Ich weiß nichts Konkretes.«

»Haben Sie Feinde?«

»Ich? Warum sollte ich?«

»Das möchte ich von Ihnen hören.«

»Ich weiß nicht, was Sie meinen.«

»Hatte Ihr Vater Ärger wegen seiner Geschäfte?«

»Welche Geschäfte?«

»Stellen Sie sich nicht dümmer, als Sie sind.«

»Ich versteh nicht.«

»Haben Sie Ärger, als sein Nachfolger?« Eleni fing langsam an zu bedauern, dass sie Stepenbrok nicht dabeihatten.

»Was für 'n Ärger?«

»Ein Willkommensgruß waren die Schüsse ja wohl nicht gerade. Hat jemand was gegen Sie?«

»Wer sollte das sein?«

»Wie wollen Sie eigentlich die Geschäfte Ihres Vaters führen und fortsetzen, wenn Sie gar nicht wissen, was das für Geschäfte waren?«

»Häh, jetzt check ich gar nichts mehr.« Janko setzte dazu ein ahnungsloses Gesicht auf, das deutliche gespielte Züge trug. Schauspielern konnte er ganz gut, dachte Eleni und überlegte, wie sie ihm vielleicht doch noch auf die Pelle rücken konnte.

»Schluss jetzt, es reicht.« Ohne dass sie sich abgesprochen hatten, übernahm Giannis die Rolle des Ekels in dem Spiel. »Das hatten wir doch alles schon. Sag mal, checkst du das nicht? Wir nehmen notfalls den ganzen Familienladen auseinander und auch euer Privatleben. Und glaub mir: Wir finden was. Und wenn wir euch wegen Steuerhinterziehung drankriegen, und das nicht zu knapp. Also verkauf uns nicht für blöd.« Giannis drohte unverhohlen und bediente sich dafür der Sprache von der Straße. Das war nicht unbedingt Hamburger Art. Aber vielleicht verstanden sie die ja besser.

»War das jetzt eine Drohung?« Der Anwalt warf sich in Positur. Aber Giannis ignorierte ihn einfach. »Ihr solltet besser mit uns kooperieren. Auch um deiner Mutter willen.« Er zeigte rücksichtslos mit ausgestrecktem Finger auf die Witwe, die sich immer tiefer in die Sofakissen zu drücken versuchte. Ihr war das Ganze sichtlich unangenehm. Und ihr nahm er als Einziger im Raum ab, dass sie wirklich von nichts eine Ahnung hatte.

Giannis' Ausbruch zeigte langsam Wirkung, außer beim Anwalt. »Um was geht es hier eigentlich?« Der mandelte sich jetzt richtig auf. »Ich verlange einen anderen Ton. Ist mein Mandant hier eigentlich noch Zeuge oder schon Beschuldigter? Dann würde ich doch gern erst mal Akteneinsicht haben.«

»Nun halt mal den Ball flach, ganz flach, Dicker.« Giannis war jetzt richtig in Fahrt. »Dein Mandant ist Zeuge. Noch. Das kann sich aber ganz schnell ändern, wenn er nicht endlich mit der Wahrheit rüberkommt und sich zur Zusammenarbeit entschließt. Und uns stattdessen weiter verscheißern will. Das solltest du ihm schleunigst verklickern, Herr …« Er brach ab. Giannis konnte diese Art von Rechtsverdrehern nicht ausstehen. Deshalb hatte er sich den Namen gar nicht erst richtig gemerkt. Irgend so ein Dingsbumsvic oder so. Vielleicht sollte er sich eine Karte von ihm geben lassen und sich den Typen mal gesondert vornehmen. »Wie wär's denn jetzt mal mit ein bisschen Kooperation und ein Stückchen Wahrheit?« Giannis war zufrieden mit sich und ihrer Rollenaufteilung. Täuschte er sich oder lächelte Eleni ihm verschmitzt zu. Er mochte sie und hatte Mühe, sich wieder auf die eigentliche Sache zu konzentrieren. »Also, was is'?«

»Bajramovic«, stellte sich der Anwalt erneut vor und wirkte sichtlich pikiert. Er flüsterte kurz mit Janko, bevor der Junior das Wort ergriff. »Also, viel weiß ich wirklich nicht«, fing er an. Er habe wohl mal von Geschäften mit Chinesen gehört, räumte er dann aber doch kleinlaut ein. Irgend so eine Firma mit einem goldenen Drachen oder Löwenkopf. Oder so. Um was genau es dabei ging, könne er nicht sagen. Vielleicht auch um Wetten, das konnte durchaus sein. Der Umsatz in dem Büro am Steindamm sei offenbar sehr hoch gewesen. Genaue Zahlen kenne er nicht. Denn er habe damit nichts zu tun. Bislang jedenfalls. Aber dass da Kontakte zu chinesischen Hintermännern bestünden, das habe er läuten gehört. »Vielleicht kümmern Sie sich lieber mal um die Herren mit den Schlitzaugen«, ergänzte er mit vorwurfsvollem Ton.

»Na bitte, geht doch«, antwortete Giannis, »dann hätte ich gern nur noch Namen, Anschriften und den Terminkalender deines Vaters. Und sein Handy, wenn es recht ist. Aber bitte dalli. Und erzähl mir jetzt nicht, das sei nicht auffindbar.« Er duzte Janko ganz ungeniert. Die Hackordnung war geklärt.

Als Giannis und Eleni nach über zweieinhalb Stunden das Haus verließen, waren sie nicht unzufrieden. Die »Asia Trade Golden Dragon« für Importe und Exporte aller Art konnte durchaus eine Spur zu den Schützen mit den Motorrädern sein. Janko hatte ihnen schließlich den Weg gewiesen. Deren Symbol mit dem Drachen sollte auf mindestens einem der Tanks zu sehen gewesen sein, das hatten ihre Zeugen bestätigt. Chinesische Buchmacher oder Geldgeber, die im Umfeld der Wettstube im Bahnhofsviertel operierten, konnten ein weiterer guter Hinweis sein. Janko hatte sich letztlich doch zu einer graduellen Kooperation bereit gezeigt, zum Schutz der eigenen Familie.

Die Indizien erklärten zwar noch nicht den Mord an dem Paten und die Schüsse auf seinen Laden. Aber endlich hatten sie etwas in der Hand. Darauf ließ sich durchaus aufbauen. Außerdem hatte Janko nebulös herumorakelt, er könne womöglich bald noch etwas mehr sagen. Zwei Tage oder so solle man ihm gewähren. Auch Eleni schien zufrieden mit der Ausbeute und wirkte sichtlich entspannt.

»Ich finde, wir haben uns jetzt etwas verdient. Wie wär's, wenn wir zusammen essen?«, fragte Giannis, »ich habe heute Abend noch nichts vor.« Dabei grinste er, aber das konnte durchaus Verlegenheit sein.

Eleni war überrumpelt. »Was soll das denn werden?«, fragte sie. Immerhin kein Nein, er registrierte das zufrieden. »Das wird sich zeigen. Mal sehen, was der Abend so bringt.« Jetzt wurde er etwas kecker. »Muss auch nicht beim Griechen sein.« Er grinste jetzt etwas breiter.

Warum eigentlich nicht, dachte Eleni. Ihr Kühlschrank war eh wieder mal leer. Richtiger wäre wohl: immer noch. Und ihre Wohnung war es auch. Außerdem war der neue Kollege so verkehrt nun auch wieder nicht. Eigentlich war er sogar ganz nett und charmant. Wenn er nur nicht immer so anzüglich grinsen würde. »Warum eigentlich nicht?«, sagte sie, »ich will mich nur etwas frisch machen. Und keine falschen Hoffnungen. Du wartest unten.« Sie erschrak und machte eine kurze Pause, nachdem sie registriert hatte, dass sie in das vertrauliche Du gewechselt war. Das ließ sich nun nicht mehr zurückdrehen. »Und hör endlich auf, so zu grinsen.« Natürlich wollte sie sich etwas herrichten, auch wenn's nur ein Date mit einem Kollegen war. Und da sie sich nicht sicher war, in welchem Zustand sie ihre Wohnung morgens verlassen hatte, musste er halt draußen warten. Wenn ihm ihr Date wichtig war, würde er das schon akzeptieren.

Keine Stunde später saßen sie am Hafen beim Italiener, direkt neben der Fischauktionshalle. Ein gemütlicher Laden, gutes Essen, prima Wein, großzügig und trotzdem gemütlich eingerichtet, sodass man ungestört reden konnte. Und nicht zu posh, wie die besonders angesagten Bars und Restaurants von jungen und hippen Leuten in dieser Gegend neuerdings bezeichnet wurden. Dazu gab es einen grandiosen Ausblick auf Hafen und Elbe, die fast bis an ihre Tische schwappte. Bei Hochwasser mussten hier Stahlwände zum Schutz vor den Fluten hochgefahren werden.

Der Abend war angerichtet, er musste gelingen. Eleni sah süß aus, hatte er anerkennend festgestellt. Sie trug ihr schulterlanges, schwarzes Haar offen, dazu ein dezentes Make-up und ein enges, aber schlichtes schwarzes Kleid, das ihre schlanke Figur gut zur Geltung kommen ließ. Einige Männer hatten ihr im Restaurant sehr intensive Blicke hinterhergeworfen. Und er hatte das mit Stolz registriert. Das Beste an dem Gesamtkunstwerk war: Sie hatte ihn kaum 20 Minuten warten lassen, nachdem sie gegen den stadtauswärts fließenden Feierabendverkehr gut durchgekommen waren. Die Frau gefiel ihm immer besser. »Hübsch«, sagte er, zu mehr fehlten ihm die Worte. Das währte aber nur kurz.

Sie redeten viel, aber wenig über den Job. Nur zu Anfang, als noch eine leichte Verlegenheit zwischen ihnen hin und her waberte, mussten die gemeinsamen Ermittlungen zur Überbrückung ihrer Scheu herhalten. Über das Stadium waren sie aber schnell hinaus. Er erzählte von seinen Erfahrungen in Griechenland. Sie steuerte bei, dass sie ebenfalls griechische Wurzeln hatte, wenn auch zwei Generationen zurück. Sie lachten viel, irgendwann griff er über den Tisch und fasste ihre Hand. Das kam so selbstverständlich, dass sie nur mit Verzögerung reagieren konnte und sie erschrocken zurückzog. Giannis tat, als hätte er nichts bemerkt.

Er erzählte weiter von Fakelaki, Rusfeti und Atimorisia, diesem unheilvollen griechischen Dreiklang aus Schmiergeld, korrupter Gefälligkeit und Vergesslichkeit der Justiz. Wäre das nicht alles so tragisch für die Hellenen ausgegangen, böte es wirklich viel Stoff für unterhaltsame Geschichten. Sie lachten viel, später strich er ihr eine Haarsträhne aus dem Gesicht, die ihr im Eifer des Gesprächs in die Stirn gefallen war. Und diesmal ließ sie es zu. Was Eleni erstaunt über sich selbst registrierte. Als sie gingen, bot er ihr seinen Arm an, und sie hakte sich wie selbstverständlich unter. »So einen wunderschönen Abend hatte ich schon lange nicht mehr«, sagte er mit leiser Stimme, »wie wär's zur Krönung noch mit einem Absacker?« Eleni nickte nur. Sie steuerten eine beliebte Bar ganz in der Nähe ihrer Wohnung an, und sie fragte sich, wo das wohl enden sollte.

Dass Giannis sie anschließend zu ihrer Wohnung begleitete, war für ihn selbstverständlich. Nicht nur, weil die praktisch um die Ecke lag. Und für sie ganz offensichtlich auch. Etwas weniger üblich war vielleicht, dass er sie auch nach oben bis vor die Haustür begleitete. Immerhin lag ihre Wohnung im dritten Stock, und die Treppen in dem Altbau vom Anfang des 20. Jahrhunderts waren steil. Oben angekommen atmete er deshalb etwas schwer. Ich muss mehr für mich tun, dachte er sofort. Während er noch ein wenig nach Luft japste, drückte sie ihm einen schnellen Kuss auf die Lippen, schloss auf und verschwand hinter der Tür. Wortlos. Allein.

Als sich die Tür hinter ihr geschlossen hatte, war er immer noch verdutzt und hielt das für ein Spielchen. Aber er wartete vergebens. Sesam öffnete sich nicht noch mal. Die Tür blieb zu. Was hatte er auch erwartet, dachte er. Am ersten Abend. Mit einer so wundervollen Frau, und noch dazu einer klugen Staatsanwältin. Er musste ihr Zeit geben. Und sich vielleicht auch. Er wusste nicht, was mit ihm los war. Aber er glaubte, es hatte ihn erwischt. Fühlte es sich so an, wenn man verliebt war? Er ging die Treppen runter. Und musste grinsen. Was auch immer es war, es fühlte sich gut an.

HALSTENBEK | vor den Toren Hamburgs

Das große Rolltor rastete fast geräuschlos in seine Arretierung, nachdem die beiden mit ihren Motorrädern, ohne zu stoppen, über den Hof in die umgerüstete ehemalige Werkshalle gebrettert waren. Sie hatten das Tempo kaum gedrosselt, als sie von der Straße abbogen und auf das öde Firmengelände rasten. Alles musste schnell gehen, das war oberstes Gebot. Zufälligen Beobachtern durften keine Einzelheiten im Gedächtnis bleiben. Aber das Risiko war gering. Alles ging in Sekundenschnelle vor sich. Und hier draußen kurz hinter der nördlichen Stadtgrenze lief kaum jemand zufällig in einem toten Industriegebiet herum, der sich über rasende Biker wundern konnte. Schon gar nicht so spät nach Feierabend.

Die Halle lag inmitten einer öden Ansammlung von Werkstätten, Warenlagern und Containerabstellplätzen. Hier interessierte sich niemand für den Nachbarn und dessen Geschäfte. Und für die »Yin Yang Asia Trade Yellow Dragon« schon mal gar nicht. Das Import- und Exportunternehmen befand sich in einem schmucklosen, eingeschossigen Achtzigerjahrebau aus Gelbklinker mit Flachdach. Auf dem Hof standen ein paar ausgediente rostige COSCO-Container herum, in denen sonst was gelagert sein konnte: Das Bürohaus grenzte an die alte Halle. Nichts ließ erkennen, wie erfolgreich die Geschäfte der Asia Trade wohl laufen mochten. Nach großem Kino sah es allerdings nicht aus.

Die Fahrer versuchten gerade, sich aus ihrer Ledermontur zu pellen, als sich eine Seitentür öffnete, durch die man auf direktem Weg in den Bürotrakt gelangen konnte. Ein Chinese mittleren Alters steckte den Kopf durch die Tür. »Sofort zum Chef, ausziehen könnt ihr euch später«, rief er in die Halle. »Nur die Ruhe«, erwiderte Ling, er war der größere der beiden Fahrer, »wir haben's gleich geschafft. So viel Zeit muss sein.« Sein lederner Overall hing ihm bereits auf den Hüften, das enge T-Shirt darunter zeigte große Schweißflecken. »Nur schnell die Klamotten loswerden, ich schwitz mich sonst tot.«

»Ich sagte sofort«, danach folgten noch ein paar unverständliche chinesische Zischlaute aus dem Mund des Mannes in der Tür. Das freundliche, aber unverbindliche asiatische Lächeln, das Menschen aus Fernost oft so schwer durchschaubar macht, war aus seinem Gesicht verschwunden. Seine Augen blickten kalt. Er machte sich nicht die Mühe, weiter in die Halle hineinzugehen, sondern hielt nur demonstrativ die Tür auf. Sein Blick sprach Bände, sodass die Biker, so wie sie waren, zur Tür stolperten und ihm folgten. Ling schlackerte seine Montur um die Hüften, die Motorradstiefel hatte er bereits ausgezogen, er lief auf Socken. Seine schmächtige Partnerin steckte noch mit einer Schulter in ihrer Lederjoppe, die Reißverschlüsse ihrer Stiefel hatte sie bereits geöffnet, sodass die beim Laufen über den Betonboden schlurften.

Wie eine Respektsperson sah der Chinese, der sie rumkommandierte, eigentlich gar nicht aus. Derbe Sneaker-Boots an den Füßen, die bis zu den Knöcheln reichten, die enge Hose in die Schuhe gestopft. Die Schnürsenkel hingen lose bis auf den Boden. Dazu ein graublaues T-Shirt, »No Legal Beagle« mitten auf seiner Brust, was immer das bedeuten mochte, und eine Baseball-Cap verkehrt rum auf dem Kopf. Das Ganze sah aus wie in einem schlechten Manga-Comic. Aber für solche Gedanken hatten die eingeschüchterten Biker keinen Sinn. Sie folgten ihrem Wortführer durch einen langen Gang zur Stirnseite des Bürohauses, wo ein Chefbüro die ganze Breite einnahm. Der Chinese klopfte kurz und öffnete den Motorradfahrern die Tür, er selbst trat nicht mit ein. Das wirkte alles einstudiert. Hinter den Bikern fiel die Tür mit einem schmatzenden Geräusch ins Schloss.

»Wollt ihr was trinken nach der Fahrt?«, fragte der Boss sie. Es war nicht ganz klar, wie fürsorglich das wirklich gemeint war. Die Biker hatten ihren Auftraggeber nie zuvor persönlich zu Gesicht bekommen. Ihre Aufträge und Befehle bekamen sie meistens per Telefon, manchmal auch von dem Chinesen mit den kalten Augen, der sie in der Werkshalle angeschnauzt hatte. Die Anzahlung für die Jobs wurde in einem Schließfach bei der Post deponiert, für das sie und der Chinese aus der Halle den Zahlencode kannten. Die Restsumme konnten sie ebenfalls dort abholen, sobald sie ihren Auftrag erledigt hatten.

Bislang hatte die Zusammenarbeit reibungslos geklappt. Mehrere Kurierfahrten hatten sie ohne jedes Problem erledigt, ohne dass sie eine Ahnung davon bekamen, was sie da überhaupt transportierten. »Müsst ihr auch nicht«, hatte der Chinese sie brüsk zurechtgewiesen, als sie mal nachgefragt hatten. Die Aufträge waren oft genauso mysteriös wie ihr Chef. Halstenbek war ganz offensichtlich nur eine Dependance für ihn, das hatten sie schnell gecheckt. Meist aber war er in Kiel in irgendwelchen undurchsichtigen Angelegenheiten unterwegs, manchmal auch auf dem Balkan. Sie konnten sich keinen rechten Reim darauf machen. Aber das ging sie nichts an. Und solange die Kohle stimmte, sollte das auch nicht ihr Problem sein. Darüber waren sie sich schnell einig gewesen. Und eine besondere Herausforderung waren ihre Jobs nicht gerade.

Zweimal hatten sie erfolgreich vietnamesische Zigarettenschmuggler davon überzeugen müssen, sich ein anderes Revier zu suchen. Nur einmal war bei ihren Jobs Waffengewalt erforderlich gewesen, als sie ein paar jungen Schwarzen klar machen mussten, ihre Drogen nicht weiter vor einem beliebten China-Restaurant mitten auf St. Pauli zu verticken. Die jungen Burschen, offenbar Flüchtlinge und noch nicht so lange in der Stadt, waren mit den Spielregeln auf dem Kiez scheinbar nicht richtig vertraut gewesen. Sie machten zunächst keinerlei Anstalten, den gut gemeinten Rat ernst zu nehmen. Erst als einer ein Messer an der Kehle hatte, merkten auch seine Kumpel, wie ernst es den beiden leicht asiatisch aussehenden Typen in Motorradkluft tatsächlich war. Sie räumten schleunigst das Feld und suchten sich neue Stellplätze.

»Hab ich gesagt, ihr sollt euch setzen?« Jetzt war es mit der Freundlichkeit des Chefs vorbei. Unruhig tigerte Wang Yong Che durch den Raum, während er die beiden Motorradfahrer nicht aus den Augen ließ. Die hatten sich Wasser in ihre Gläser geschenkt, blieben damit aber nun vor der gemütlichen Sitzgruppe stehen, auf die sie zugesteuert waren. Neugierig schauten sie den kleinen, etwas korpulenten Chinesen an, der mit seinen grauen Haaren sechzig, aber ebenso gut siebzig Jahre alt sein konnte. »Was war das für ein Bockmist«, fauchte Wang, »ihr solltet dem Jugo einen Schrecken einjagen, uns aber nicht die versammelten Bullen der Stadt auf den Hals hetzen. Wie konnte das passieren?«

Ling, der aussah, als wäre er noch keine dreißig, versuchte, sich zu verteidigen. »Wir haben doch nur gemacht, was uns aufgetragen war.

Kurz anhalten, eine Salve durch die Fenster feuern, nur in die dunkle Teestube, nicht in den Grill, sofort abhauen, abtauchen und später hierherkommen.«

Wang blieb stehen. Die Wut stand ihm ins Gesicht geschrieben. »Ach ja, und wieso haben wir dann eine Leiche? Oder zumindest einen Schwerverletzten?«

»Wie konnten wir denn ahnen, dass so kurz nach Öffnung schon jemand in der Teestube hockte. Davon war beim Auftrag nie die Rede gewesen. Im Gegenteil.« Lings Partnerin meldete sich jetzt zu Wort. Sie war kleiner und schmächtiger, aber deutlich selbstbewusster. Sie verteidigte sie nicht, sondern erklärte die Situation, mit klarer Stimme und ohne großen Respekt. »Alles ganz harmlos um diese Uhrzeit, das war die Ansage. Und die kam schließlich von ihrem Boten. Wir haben extra auf das unbeleuchtete Fenster gehalten, wie aufgetragen.« Ihr Partner wurde etwas kecker. »Arbeiten die denn gar nicht?«, fragte er. So richtig leid tat es ihm um das Opfer offenbar nicht, Kollateralschaden nannte man das in den Fernsehnachrichten gern.

Die Lockerheit kam schlecht an bei Wang. Jetzt hatte er seine Stimme kaum noch unter Kontrolle. »Wenn ich sage, Schrecken einjagen, meine ich auch, Schrecken einjagen. Dann baller ich nicht auf Kopfhöhe in irgendeinen dunklen Raum hinein, in den ich keine Sicht habe, ihr Idioten. Ihr setzt unseren ganzen Laden aufs Spiel mit eurer Naivität. Ihr müsst weg, und zwar schnell.«

Die beiden Biker registrierten überrascht, dass sich ihr Auftraggeber ernsthaft Sorgen machte. Sie konnten ja nicht wissen, dass Wang tatsächlich zum ersten Mal seit Ende der Achtziger alles in Gefahr sah, was er sich mühsam neu aufgebaut hatte. Damals hatte er hautnah miterlebt, wie alles zusammengebrochen war, erst die DDR und dann sein sorgsam zusammengezimmertes Firmenimperium. Aber er hatte die Kurve gekriegt, und das sollte nicht alles umsonst gewesen sein.

Wang war Ende der Siebziger von Shanghai nach Leipzig gekommen. Der junge Kommunist sollte ein paar Auslandssemester bei den deutschen Genossen studieren und dann gut ausgebildet zurückkehren ins Reich der Mitte. Er hatte sich allerdings anders entschieden. Ihm gefiel das Leben in Ostdeutschland, kurz vor Abschluss seines Studiums für Außenhandel und Volkswirtschaft hatte er sich als Inoffizieller Mitarbeiter vom Ministerium für Staatssicherheit anwerben lassen. Dafür mussten Mielkes Leute nicht einmal große Überredungskunst aufwenden.

Wang war von der sozialistischen Idee überzeugt. Als er im Auftrag der Stasi die Leitung der Außenhandelsfirma AsenEx in Leipzig übernahm, konnte niemand ahnen, dass die DDR zwei Jahre später Geschichte sein würde. Die Geschäfte liefen gut, ironischerweise vor allem mit der Volksrepublik in Fernost. Im Auftrag des staatlichen Außenhandelsministeriums lieferte er Rohstoffe, vor allem Braunkohle, nach China und erwirtschaftete damit dringend benötigte Devisen. Oder er importierte im Gegenzug Textilien. Am Bankrott der sozialistischen Idee im Arbeiter- und Bauernstaats änderte das allerdings wenig.

Nach dem Zusammenbruch der DDR war sein Betrieb liquidiert worden, zu holen war für die Abwickler des Westens damals allerdings wenig. Dafür hatten andere gesorgt. Geld, Kundenkartei, einige Gerätschaften waren rechtzeitig beiseitegeschafft worden. Wang war danach nicht zurück nach China gegangen, sondern nach Kiel, wo er anfangs Geschäfte aller Art betrieb und später ein Handelsunternehmen aufbaute, ob mit Billigung aus Peking oder sogar im Auftrag der Machthaber dort, war unklar geblieben. Der Nachrichtendienst hatte ihn zwar im Visier, konnte aber nicht ausreichend belastende Indizien zusammentragen. Auf jeden Fall half ihm ein Anfangskapital, dessen Herkunft nie richtig geklärt werden konnte. In den Neunzigern geriet er erneut ins Fadenkreuz der Ermittler, als es um Industriespionage in Zusammenhang mit dem U-Boot-Bau in Kiel ging. Aber es war ihm immer noch nichts nachzuweisen. Und seit er 2001 die Yin Yang Asia Trade am Rande von Hamburg gegründet hatte, war er zumindest für die Behörden nicht mehr auffällig geworden.

Daran sollte sich jetzt möglichst nichts ändern, das war dem alten Chinesen sehr wichtig. Vor allem durfte es keine Spur zu den beiden Motorradfahrern geben und erst recht keinen Hinweis zu einer Verbindung mit ihm. »Ihr müsst weg, und zwar schnell«, sagte er noch einmal. »Uns hat doch niemand gesehen, und selbst wenn, niemand könnte uns identifizieren«, wandte Ling zu ihrer Verteidigung ein. »Wir tauchen ein paar Tage ab, in Dänemark oder so, bis sich alles wieder beruhigt hat.«

Der Alte wirkte nicht überzeugt. »Dänemark hat Grenzkontrollen eingeführt, das ist viel zu riskant, zumindest auf den Hauptrouten. Die halten euch doch glatt für irgendwelche asiatischen Flüchtlinge. Wir müssen uns was anderes einfallen lassen. Über Nacht bleibt ihr jedenfalls hier und verhaltet euch ruhig. Morgen oder übermorgen sehen wir dann weiter.« Damit entließ er die beiden. Und sein Handlanger, der im Flur vor der Tür gewartet hatte, führte sie zu einer kleinen Wohnung am anderen Ende des Flurs.

Freitag, 2. Oktober

HAMBURG | im Gericht

Stepenbrok hatte gleich so ein komisches Gefühl. Irgendwas stimmt hier nicht, dachte er, ganz und gar nicht. Aber eine konkrete Idee, was passiert sein konnte, hatte er nicht. Er war schon früh im Büro gewesen. Sie hatten sich ein gemeinsames Arbeitszimmer im Gerichtsgebäude zwischen Untersuchungsgefängnis und Musikhalle eingerichtet. Leitzentrale nannten sie das schäbige Zimmer ironisch. Gemessen an der Lage und der Ausstattung war es beinahe schon Galgenhumor. 25 Quadratmeter, zwei kleine Fenster, eher Luken, die nach hinten raus zum Knast gingen, kaum Sonne. Wenn die Luken offen standen, hörten sie oft das Gegröle der Knackis beim Freigang auf dem Hof oder wenn die sich von Zelle zu Zelle Nachrichten zuriefen.

Im Raum gab es drei einfache Schreibtische mit PC, dazu Stühle, Telefone, ein Aktenregal und einen winzigen Ecktisch, auf dem eine Kaffeemaschine stand. An dem ließen sie sich zu ihren gemeinsamen Besprechungen nieder. Gemütlich war was anderes. Aber alles war besser, als von zwei unterschiedlichen Standorten aus operieren zu müssen, hatten sie beschlossen. Denn Elenis Büro in dem gut hundert Jahre alten, pompösen Gerichtsgebäude bot noch weniger Platz. Der Repräsentationsbau aus der Kaiserzeit sah zwar von außen top aus, innen aber war er kaum noch zeitgemäß und funktional: lange verwinkelte Gänge, hohe Decken über engen Arbeitskabuffs, wenig Tageslicht. Giannis hätte man auf einem ganz anderen Flur unterbringen müssen, und Stepenbrok, für den kein Zimmer mehr frei gewesen war, hätte vom LKA im Hamburger Norden aus zuarbeiten sollen. So gesehen war beinahe jede provisorische Lösung ein Fortschritt.

Er saß schon seit gut zwei Stunden über die neuesten Ermittlungsergebnisse gebeugt, als Giannis gegen neun etwas unausgeschlafen den Raum betrat. Stepenbrok blickte verwundert von seinen Unterlagen hoch. Für den jungen Griechen war das eigentlich etwas früh. Das hatte Stepenbrok in den wenigen Tagen der Zusammenarbeit bereits festgestellt. Er kam gut mit Giannis aus. Der junge Grieche war fleißig und hartnäckig, aber vor elf Uhr war der kaum zu gebrauchen. Da hatte er sich irgendwie doch sehr dem griechischen Rhythmus angepasst. »Moin«, sagte Stepenbrok launig zur Begrüßung, »schon so früh auf? Is' was mit Oma?« Eine richtige Antwort bekam er nicht. »Ist Kaffee da?«, muffelte Giannis zurück und setzte sich an den Ecktisch. Aus der Jackentasche zog er die Morgenzeitung, die mit den großen Balkenüberschriften. »Alles muss raus« stand da in Riesenlettern auf der Titelseite, »Griechen verscherbeln ihre Häfen«.

Knapp zwanzig Minuten später erschien Eleni. Sie hatte ihre Haare hinten zusammengebunden und trug zur Jeans einen hochgeschlossenen, nicht ganz neuen und gut eine Nummer zu großen Pullover. So erschien die schicke Staatsanwältin höchst selten zum Dienst, schließlich musste sie immer mit offiziellen Terminen rechnen. Jetzt war sich Stepenbrok sicher, dass mit diesem Morgen etwas ganz und gar nicht stimmte. Zur Begrüßung brummte sie etwas Unverständliches, dann verschanzte sie sich hinter ihrem Computer. Was ist denn hier los, dachte Stepenbrok und fragte genervt: »Hab ich irgendwas verpasst?« Keine Reaktion. »Hallo, jemand zu Haus?«, setzte er nach. »Alles gut«, kam es aus der Ecke, »gib mir einfach ein paar Minuten, dann schnappen wir uns die Kerle.«

Die Nacht von Giannis war nicht gut. Stundenlang war er wach gewesen und hatte gegrübelt, auf der Suche nach einer Antwort. Eigentlich kannte er sich so nicht. Hatte er sich verliebt, oder war das Ganze nur eine flüchtige Stimmung, einem gemütlichen Abend mit zu viel Wein geschuldet? Und falls er sich verliebt hatte: Was war mit Eleni? Wie ging es ihr damit, hatte sie ähnliche Symptome an sich bemerkt? Oder hatte sie ihn deshalb kalt abblitzen lassen, um ihm ein unmissverständliches Signal zu geben? Hätte er sich doch bloß nicht an der Haustür einfach so abwimmeln lassen, dachte er. Eine Antwort, einen Hinweis zumindest, hatte er doch verdient.

Giannis schwankte zwischen Selbstmitleid und Katzenjammer. Er war es nicht gewohnt, von Frauen abgewiesen zu werden. Okay, er war kein notorischer Aufreißer, der jede gleich ins Bett kriegen wollte. Aber wenn er sich für eine Frau ernsthaft interessierte, bekam er in der Regel, was er wollte. Aber wollte er überhaupt? Und hatte Eleni das bemerken können? Oder war er zu aufdringlich gewesen, und sie hatte sich den ganzen Abend ihm gegenüber einfach nur wie ein netter Kumpel oder, schlimmer noch, wie eine Kollegin verhalten? Lose Gedanken schwirrten durch seinen Kopf, ohne dass er einen richtig zu fassen bekam.

Es war ziemlich spät gewesen oder besser: eigentlich schon ziemlich früh, als Giannis endlich Schlaf fand. Er träumte unruhig, wälzte sich hin und her. Und als er schließlich ohne Wecker aufgewacht war, was morgens selten vorkam, fühlte er sich wie gerädert. Die Augen waren dick, der Nacken schmerzte. Draußen war es grau und windig. Eigentlich wie immer, fluchte er. Was war bloß so toll an dieser Stadt? »Mein Hamburg lieb ich sehr«, sangen sie im Stadion. Aber warum eigentlich. Das Wetter war es bestimmt nicht. Trotzdem war er zu Fuß vom Hafen zum Gericht gelaufen, um klar im Kopf zu werden. Wie sollte er sich Eleni gegenüber bloß verhalten? So tun, als wenn nichts gewesen wäre? Oder um eine neue Verabredung bitten, um zu sehen, was mit ihm eigentlich los war? Als er am Gerichtsgebäude ankam, hatte er inständig gehofft, noch ein paar Minuten allein zu sein und Zeit für sich zu haben. Doch auf die deutschen Sekundärtugenden war Verlass. Da saß er bereits, dieser Stepenbrok, dieser Inbegriff an Fleiß und Pflichterfüllung. Typisch deutsch, dachte er, als er die Tür öffnete, zum Kotzen. Bis er sich klar machte, dass er ebenfalls Deutscher war.

Auch Eleni hatte nur wenig Schlaf gefunden. Sie war sauer auf sich. Warum nur hatte sie Giannis so wortlos an der Haustür abgefertigt? Darüber hatte sie die halbe Nacht gegrübelt. Was war los mit ihr? Was hätte gegen eine gemeinsame Nacht gesprochen? Sie war fast 32, eine selbstbewusste und selbstständige Frau. Sie konnte tun und lassen, was sie wollte. Es gab für sie keine bürgerlichen Konventionen. Also, warum eigentlich nicht? Danach hätte sie immer noch entscheiden können, ob und was sie von ihm wollte. Zumindest hätte es sich gehört, ein paar nette Abschiedsworte zu Giannis zu sagen. Und vielleicht hätte es sich ja sogar gelohnt. Sie fand den Abend schön, hatte seine Gegenwart genossen. Sie fühlte sich wohl an seiner Seite, fast schon zu wohl. Und ließ ihn dann doch einfach so stehen. Das war wie kalt duschen auf dem Gipfel der Erwartung.

Oder hatte sie einfach nur Angst? Angst, ihre Unabhängigkeit zu verlieren? Angst vor der Erkenntnis, dass sie sich auf einen Mann einlassen könnte und ihr all die schwierigen Fragen bevorstanden, die eine Beziehung normalerweise nach sich zogen. Fragen wie gemeinsames Leben, heiraten womöglich, Kinder. Hatte sie sich verliebt? Die Frage ließ sie nicht los, und sie wusste nicht, ob ihr das eher angenehm war oder eine Belastung.

Irgendwann waren ihr die Augen zugefallen, der Rotwein hatte gesiegt. Sie schlief traumlos, wachte aber früh mit hämmernden Kopfschmerzen auf. So etwas kannte sie eigentlich nicht, selbst wenn sie zu viel Wein getrunken hatte. War das vielleicht ein Zeichen? Nicht schon wieder, dachte sie. Nicht schon wieder diese Grübelei. Das führte doch zu nix.

Sie stieg achtlos in die erstbesten Klamotten, die im Wohnzimmer rumlagen und schwang sich auf ihr Fahrrad. Sie fuhr das kurze Stück von St. Pauli am Millerntor-Stadion vorbei zum Gericht. Der Hamburger Morgen begrüßte sie auf typisch norddeutsche Art, dunkelgrau. Der Wettergott hatte offenbar verschlafen. War die feuchte Luft noch Tau oder schon beginnender Niesel? Die Menschen stürmten mit gesenktem Kopf über die Straßen zu ihren Büros und Arbeitsplätzen. Warum halten Fußgänger im Regen eigentlich immer den Kopf gesenkt, fragte sie sich unwillkürlich. Schon oft hatte sie diese Eigenart belächelt. Wurde man dann weniger nass? Eleni musste grinsen. Ein anderer Radfahrer neben ihr an einer roten Ampel schaute sie irritiert an.

Die frische Luft tat ihr gut. Der Wind half ihr ein bisschen, klarer im Kopf zu werden. Dadurch waren aber auch die Probleme wieder da.

Glasklar. Wie begrüße ich ihn bloß, überlegte sie und war dabei so in Gedanken vertieft, dass sie fast ein abbiegendes Auto übersehen hätte. Der Fahrer hupte wild und klatschte sich die Hand vor die Stirn. Wie eine stinknormale Kollegin oder mit Küsschen, so wie sie sich gestern verabschiedet hatten? Hoffentlich war er noch nicht da, wünschte sie sich inständig, als sie das Rad vor dem Gericht abschloss. Vielleicht konnte sie sich gleich in ihre Ermittlungen stürzen. Akten und Papiere hatten ihr immer eine gewisse Sicherheit gegeben. Als sie die Tür öffnete, waren die Kopfschmerzen zurück.

»Wie wär's mit einer kurzen Lagebesprechung?« Stepenbrok hatte eine Zeit lang Rücksicht genommen. Dann hatte er die Faxen dicke. Was war hier eigentlich los? Giannis stierte in sein Bilderblatt, als wär's eine nobelpreisverdächtige Lektüre. Las der überhaupt irgendwas von dem, was da stand, fragte sich Stepenbrok. Oder schützte er sich nur vor neugierigen Fragen? Und Eleni hatte sich hinter ihrem Schreibtisch verschanzt und glotzte seitdem Löcher in die Luft. Die Chefin war überhaupt nicht bei der Sache. Das war doch sonst noch nie so gewesen. Stepenbrok verstand gar nichts mehr.

Zwischen ihnen stimmte eigentlich die Chemie, das Klima war gut. Sie waren locker im Umgang miteinander, kreativ, konstruktiv. Es lief gut die ersten Tage. »Hattet ihr eine schlechte Nacht?«, fragte Stepenbrok, er wollte die Stimmung etwas aufheitern, sie aus ihrer Lethargie reißen, »braucht jemand Zuspruch von Papa?« Er erntete wütende Blicke, Eleni verschwand auf dem Klo, und endlich schnallte er es: Es musste etwas passiert sein. Mit beiden. Er war zwar deutlich älter, aber so alt und verkalkt war er schließlich doch noch nicht.

»Lasst uns in 30 Minuten zusammensetzen, ich geh noch mal eben telefonieren«, sagte er zu Giannis und ließ beide mit ihren Launen allein. Sollten die sich doch erst mal berappeln, ihm war das einfach zu blöd. Hier war harte Arbeit angesagt und keine Gruppentherapie. Jeder musste sich gefälligst ein bisschen am Riemen reißen. Das galt schließlich auch für ihn. Er ließ den Kummer über seine Trennung schließlich auch zu Haus. Und er hatte viel zu jammern, seit er verlassen worden war. Immer nur allein, kein Privatleben, das ging ihm, wenn er ehrlich war, gehörig auf den Zeiger. Davon konnten sich die beiden doch überhaupt kein Bild machen. Nur machte er davon nicht so ein Bohei.

Stepenbrok schloss die Tür etwas energischer als beabsichtigt. Der Knall wehte mit einem Echo durch den Flur. Er stieg die breiten Treppen hinunter bis ins Erdgeschoß und trat vor das neoklassizistische Portal. Wenn er noch rauchen würde, hätte er sich jetzt gern eine angesteckt. Zu gern. Aber die Zeit war schon lange vorbei, und bis heute hatte er es eigentlich auch nicht bereut. Er setzte sich in die Sonne und hing seinen Gedanken nach, als ihn der Gerichtsbote in seinen Träumen störte. Einige von den mittelalterlichen Hilfskräften hatten den technologischen Zeitenwechsel überlebt und wurden für Gelegenheitsjobs eingesetzt, bis der Vorruhestand auch sie endlich dahinraffen würde.

»Ich habe hier einen schriftlichen Bericht aus der Gerichtsmedizin für Sie. Die elektronische Fassung ist als PDF raus. Soll ich die Kopie trotzdem hierlassen?« Stepenbrok nahm die Untersuchungsergebnisse dankbar entgegen. Oben hätte er sie sowieso sofort ausgedruckt. Er arbeitete immer noch am liebsten auf Papier. Old School, dachte er, aber auch nicht schlechter als die ganzen jungen Hüpfer, die um ihn herum am liebsten den Ermittlerjob neu erfunden hätten. Und bei gemeinsamen Besprechungen immer oberwichtig ihre Laptops vor sich aufbauten, hinter denen sie wie in Schützengräben lauerten und sich dabei auch noch besonders cool vorkamen. Jetzt konnte er wenigstens in der wärmenden Sonne sitzen und die Ergebnisse der Untersuchung studieren. Während die beiden Kollegen sich hoffentlich wieder einkriegten. Dann hätten sie später etwas Konkretes zu besprechen.

Als er fertig war, stieg er wieder rauf ins Büro. »Neuigkeiten«, verkündete er beim Eintreten und knallte den Aktendeckel auf den Schreibtisch. In ihrem Zimmer hatte sich nichts verändert. Die Luft roch muffig und die Stimmung auch. Giannis hockte immer noch in der Ecke, allerdings lag der Sport jetzt aufgeklappt vor ihm auf dem Tisch. Eleni stierte auf den Computer. »Auf geht's«, sagte Stepenbrok und machte sich am Fenster zu schaffen, das klemmte. »Wir haben zu tun.

Es gibt neue Entwicklungen.« Immerhin rissen sich Giannis und nun auch Eleni etwas zusammen. »Hast du draußen den Täter erwischt?«, fragte Giannis und grinste zum ersten Mal an diesem Morgen wieder sein bekanntes Grinsen. Na, geht doch, dachte Stepenbrok. Und Eleni musste immerhin auch schmunzeln. Er stellte die Kaffeemaschine an und schnappte sich den Autopsiebericht.

Die Leiche von Petrovic wies eine Vielzahl von Verletzungen auf, hatte die Untersuchung ergeben. Einen Bruch der Augenhöhle, Kieferbruch, etliche Zähne fehlten, Prellungen am ganzen Körper, zwei angeknackste Rippen, die Milz war gerissen, es war zu inneren Blutungen gekommen.

Eleni hob die Augenbrauen. »Todesursache?«, fragte sie. Stepenbrok blätterte nach vorn. »Am eigenen Erbrochenen erstickt. Wahrscheinlich hat der Täter oder die Täterin ihn schwer verletzt einfach liegen lassen, und er ist qualvoll verendet. Er hat einfach keine Luft mehr gekriegt.« Giannis war aufgestanden und wirkte überrascht. »Die Täterin?« Stepenbrok beruhigte ihn sofort. »Hab ich nur so gesagt, hat nichts zu bedeuten. Wir müssen neuerdings politisch korrekt formulieren, wenn wir das Geschlecht nicht genau zuordnen können. Gendern heißt das.« Meine Güte, dachte er bei sich, was muss der nur von uns denken. Denn Giannis grinste schon wieder. Diese idiotische Political Correctness, ärgerte sich Stepenbrok. Bis in unsere Alltagssprache ist die schon vorgedrungen, wir machen uns zum Kasper.

Die Ergebnisse der Gerichtsmedizin setzten ihre Ermittlungen in neues Licht, da waren sie sich einig. Der Täter hatte offenbar wahllos auf Petrovic eingeprügelt, wie im Affekt oder Wahn, ohne Rücksicht auf Verluste. Er hatte dabei seine Fäuste und auch einen stumpfen Gegenstand benutzt. Offenbar war er wütend und außer sich gewesen, warum auch immer. »Vorsätzlicher Mord sieht anders aus.« Stepenbrok sprach aus, was auch den beiden anderen durch den Kopf ging. Ein unmittelbarer Zusammenhang mit seinen Kiezgeschäften oder gar den Fußballwetten wurde dadurch deutlich unwahrscheinlicher. Gezielte Abrechnungen auf dem Kiez oder in der organisierten Kriminalität trugen eine andere Handschrift. Das hier war viel zu dilettantisch.

Sicher war nur eins. König Petrovic war tot, ein neuer König würde an seine Stelle treten.

Sie berieten, ob sie den Fall abgeben konnten, waren aber unsicher. Die Spur war erkaltet, deutlich sogar, darüber waren sie sich einig. Aber zum jetzigen Zeitpunkt wollten sie noch keine Möglichkeit ausschließen. Das war für sie ebenso klar. Immerhin war das Opfer Gegenstand ihrer Ermittlungen. Ob sein Tod Teil davon werden würde, musste sich erweisen. Das brauchte Zeit. Bevor sie darangehen konnten, musste sich Eleni mit den Kollegen in Österreich und Holland abstimmen, ob und welche Fälle grenzüberschreitende Gemeinsamkeiten hatten. Für den Nachmittag war dazu eine Konferenzschaltung per Computer geplant. Aber viel erwarteten sie sich davon nicht. Sonst hätten sie auf dem kleinen Dienstweg längst was gehört.

Elenis Gedanken wanderten schon weiter. Wie sollte der Abend heute werden, fragte sie sich. Eleni allein zu Haus? Oder sollte sie ihr Herz in beide Hände packen und es darauf ankommen lassen? Mit ihm? Ihr Blick traf den von Giannis, der erschrocken die Augen senkte. Wie ertappt. Was bedeutete das denn nun wieder? Sie musste eine Entscheidung treffen.

SARAJEVO | Bosnien

Bis zuletzt hatte sich Boris Petrovic nicht vorstellen können, dass der Besuch wirklich klappen würde. Trotzdem war er frühzeitig losgefahren, um seinen Neffen wie angekündigt in Empfang zu nehmen. Auf dem Weg zum Flughafen von Sarajevo hatte er die breite Hauptstraße vorsichtshalber gemieden. Die war zwar dreispurig in jede Richtung und theoretisch die schnellste Verbindung. Auf einem breiten Mittelstreifen führten etliche Kilometer lang die Schienen der Straßenbahn bis in die Nähe des Airports. Anfang der Neunzigerjahre, während der

Belagerung der bosnischen Stadt durch serbische Truppen, war die Verkehrsachse als Sniper Alley berüchtigt. Von den Bergen feuerten serbische Heckenschützen auf alles, was sich dort bewegte. Bilder von zerschossenen Straßenbahnwaggons, die irgendwo mitten auf der Strecke einfach im Stich gelassen liegen geblieben waren, hatten sich in seine Erinnerung gebrannt. Die Fotos waren um die Welt gegangen. Heute war die Schnellstraße normalerweise die schnellste Verbindung vom Flughafen ins Stadtzentrum. Aber was war schon normal? Man konnte dort auch zu den unmöglichsten Tageszeiten im Stau feststecken, und niemand konnte hinterher genau sagen, woran das eigentlich gelegen hatte.

Deshalb hatte Boris lieber einen Umweg über Schleichwege gewählt. Sein nagelneuer Geländewagen passte nicht so richtig in das Stadtbild, in dem noch immer zahllose Ruinen und marode Häuser mit Einschusslöchern an den Bürgerkrieg erinnerten. Über 10.000 Menschen waren damals getötet worden, darunter 1.600 Kinder, viele durch Heckenschützen. Jetzt, über zwanzig Jahre danach, kam die Stadt wirtschaftlich nur langsam wieder auf die Füße. Andererseits waren Autos wie seines eines der wenigen Symptome dafür, dass sich in dem noch immer von Nationalismus tief gespaltenen Land überhaupt etwas tat.

Für Boris war die unübersichtliche Lage durchaus hilfreich. Niemand störte die Familie bei ihren Geschäften. Die Polizei interessierte sich nicht für Leute wie ihn, und falls doch, sorgten ein paar Geldscheine dafür, dass ihr Interesse schnell wieder erlosch. Personal für gelegentliche und auch ungemütliche Aufträge fand sich leicht. Junge Männer, meistens schlecht ausgebildet oder arbeitslos, drängten sich geradezu nach schnell und einfach zu verdienendem Geld. Sie stellten nicht viele Fragen.

Boris fuhr an der deutschen Botschaft vorbei in die Hügellandschaft der Außenbezirke und genoss den Ausblick auf die Stadt unter sich im Tal. Nach wenigen Minuten, immer noch mitten in Sarajevo, zeigte ein großes Straßenschild an, dass er die Grenze zum Landesteil Srpska überfuhr. Auch das war seine neue Welt. Ein Hinweis auf die labile Situation seiner Heimatstadt und ihre Zerrissenheit. Bosnien-Herzegowina war seit dem Friedensabkommen von 1995 geteilt in zwei ethnische Landesteile und eine kleine, weitgehend unabhängige Enklave. Alles gab es seitdem dreifach. Mindestens. Parlamente, Regierungen, öffentliche Institutionen. Über allem wachte die EU, aber jeder Landesteil machte, was er wollte. Und manche Bezirke auch. Jeder zog seine eigenen ethnischen Grenzlinien.

Was für ein Wahnsinn, dachte Boris. Er schüttelte den Kopf, als er jetzt daran dachte. Dabei merkte er davon in seinem Alltag ziemlich wenig. Er kümmerte sich nur um sich und seine Familie. Politik war nicht sein Ding. Sollten die doch machen, was sie wollten. Er tat das ja auch. Wenn's ihm zu blöd würde, konnte er immer noch zurück nach Tirana. Oder auch nach Serbien, wo die Großeltern herkamen. Oder vielleicht sogar nach Deutschland zur Sippe seines Bruders. Obwohl der ja nun tot war. Was sollte er sich den Kopf über Politik zerbrechen, solange die ihn in Ruhe ließ. Schließlich hatte er noch Großes vor. Mehr denn je. Und dafür war die Lage ideal.

Er erreichte den Parkplatz vor dem Airport superpünktlich, die Zeit reichte noch für einen starken Kaffee und eine Zigarette. Als sein kleiner Neffe tatsächlich in der Ankunftshalle stand, war er echt baff. »Wie hast du das denn hingekriegt?«, fragte er in anerkennendem Ton, »ich dachte, du darfst das Land nicht verlassen?« Sollte ich ihn vielleicht doch unterschätzt haben, überlegte er bei sich. Aber das sprach er lieber nicht laut aus. Zu viel Lob machte den Kleinen höchstens überheblich.

Janko genoss die Überraschung seines Onkels. »Das war ein Kinderspiel«, erklärte er eine Spur zu lässig, »wo steht dein Wagen?«

Tatsächlich hielt sich Jankos Risiko in Grenzen. Er hatte immer noch einen zweiten Pass, amtlich ausgestellt in Serbien, der Heimat seiner Eltern, gültig und nicht zu beanstanden. Der Pass lautete auf Borsa Petrovic, seinen zweiten Vornamen, den ihm seine Eltern bei der Geburt zu Ehren des serbischen Großvaters gegeben hatten. Janko Borsa Petrovic. Als er in Hamburg die deutsche Staatsbürgerschaft beantragte, hatte er seine Papiere auf »Janko« ausstellen lassen. Seinen zweiten Vornamen unterschlug er. Das konnte nur hilfreich sein, das merkte er schon in der Schule. Sein erster Name passte einfach besser in die neue Heimat, vor allem als er jung war. Er wollte nicht immer gleich als Ausländer identifiziert werden. Das machte manches einfacher für ihn, zum Beispiel als er hinter Mädchen her war. Und deren Eltern milde stimmen musste. Denn so weltoffen, wie Hamburg sich gerne gab, war das Tor zur Welt nicht immer gewesen. Aber abgegeben hatte er seinen serbischen Pass nie, und er hatte das auch nicht vor. Warum auch? Jetzt zeigte sich, wozu beides gut sein konnte.

Sie fuhren eine Zeit lang schweigend, Boris hatte sich für den Rückweg doch für die einstige Sniper Alley entschieden. Ein bisschen Stadtrundfahrt konnte nicht schaden. Janko schaute sich neugierig um. Ein paar moderne Bürohäuser rechts und links mit verspiegelten Glasfronten, daneben Bauten aus den Sechzigerjahren, an denen die Zeit nagte. Dazwischen immer wieder Ruinen. Die Hauptstraße einer wachsenden Metropole sieht anders aus, dachte er. Auch viele der ratternden Straßenbahnen schienen aus der Zeit gefallen, sie hatten sicher schon etliche Jahre auf dem Buckel. Oder sogar Jahrzehnte.

Boris konzentrierte sich auf den Verkehr und hatte einiges damit zu tun. Andere Autofahrer wechselten wild die Spur, von ganz rechts bis nach ganz links und wieder zurück, geblinkt wurde selten, gehupt dafür umso mehr, Regeln gab es offenbar nicht, auch kein Tempolimit. Balkan wie aus dem Lehrbuch, dachte Janko. Als er sich sicherheitshalber anschnallte, lachte sein Onkel. »Keine Angst, ich habe noch keinen Unfall gebaut.« Janko beeindruckte das wenig. Besser is', dachte er.

Als sie die Miljacka erreichten, beruhigte sich der Verkehr etwas. Sie fuhren am Ufer des kleinen Flusses entlang, der das Stadtzentrum von Ost nach West durchquerte. Linker Hand lag die berühmte Altstadt mit der großen Moschee am einen Ende und der Kathedrale am anderen. Er musste über den Fluss rüber, der hier mehr wie ein Bach aussah. Da lag seine Herberge. Janko hatte alle Angebote der Familie ausgeschlagen und auf einem Hotel bestanden. Er wollte nicht auf Schritt und Tritt unter Beobachtung stehen, sondern zwischendurch seine Ruhe haben. Deshalb hatte er sich für eine kleine Suite in einer modernisierten Herberge entschieden, die in einem früheren osmanischen Palastbau mit Hamam eingerichtet worden war. Das traditionelle türkische Dampfbad stand jetzt den Hotelgästen zur Verfügung. Das Haus lag zentral, nur wenige Gehminuten von der Altstadt entfernt hinter einem Park und deshalb schön ruhig. Er wollte auch nicht mehrfach am Tag das Gejammer der Imame von den Moscheen in der Altstadt hören, Religionen waren ihm immer fremd geblieben.

Kurz bevor sie seine Unterkunft erreichten, konnte sein Onkel sich nicht länger zurückhalten. »Du spielst ein gewagtes Spiel«, fing er an, »musstest du dich unbedingt mit den Chinesen anlegen?«

Janko war sofort genervt. »Lass stecken«, antwortete er, »darüber rede ich mit dir nicht zwischen Tür und Angel. Außerdem hast du es nun gar nicht nötig, dich so aufzublasen. Wer hat uns denn die Tour in der Türkei vermasselt, du oder ich? Also, was soll das? Darüber wird zu reden sein. Aber das machen wir später.« Boris war gerade im Begriff, wütend zu werden, als Janko ihn unterbrach. »Wir besprechen das wie geplant heute Abend beim Essen. Dann wirst du kapieren, dass es keine Alternative gibt. Jetzt will ich erst mal meine Ruhe haben.«

Sie parkten inzwischen vor dem kleinen Hotel, er stieg ohne ein Wort des Abschieds aus und nahm seine kleine Reisetasche von der Rückbank. Er hatte nicht viel Gepäck dabei, schließlich wollte er sich in Sarajevo nicht häuslich einrichten, sondern sobald wie möglich zurück. Er hatte in Hamburg keine Angst, weder vor den Bullen noch vor den Chinesen. Die würden ihn schon kennenlernen. »Hol mich einfach um sieben ab«, sagte er noch zu seinem Onkel, dann knallte er die Autotür zu und schritt ohne einen Blick zurück zum Hoteleingang.

Drei Stunden später saßen sie beim Essen. Janko war vorher zur Ablenkung ein bisschen durch die Altstadt gelaufen. In den engen Gassen mit unzähligen kleinen Basarmärkten tummelten sich die Touristen, die kleinen Teestuben und Restaurants waren voll. Janko war erstaunt über die Internationalität der Besucher, das hatte er gar nicht erwartet. Nur die vielen arabischen Touristen störten ihn etwas. Ihre Frauen liefen in langen schwarzen Gewändern und völlig verschleiert durch die Straßen. Janko war kein großer Anhänger der Frauenbewegung. Aber dieser Anblick irritierte ihn. Diese zur Schau getragene Unfreiheit regte ihn innerlich auf, sehr sogar.

Immerhin hatte ihn der Spaziergang wie erhofft von ihren Problemen abgelenkt, die sie am Abend zu besprechen hatten. Am liebsten wäre er einfach in eine der kleinen Imbissstuben gegangen, in denen man gegrillte Hackfleischröllchen für lächerliche sieben bosnische Mark essen konnte, so viel wie eine Currywurst zu Hause. Aber er verkniff sich das. Er war zurück zum Hotel spaziert und hatte sich lieber noch eine halbe Stunde auf die Couch gelegt, bevor der Onkel kam.

Dort hatte er ein bisschen über die Unterredung gegrübelt, die ihm bevorstand. Die Lage war kompliziert. Die Chinesen waren nicht zu unterschätzen, das war ihm klar. Trotzdem musste er von ihnen unabhängiger werden. Er musste sich auch überlegen, die geschäftlichen Aktivitäten des Clans zu straffen. Dazu brauchte er einen Überblick, was sein Onkel hier in Bosnien eigentlich trieb. Er hoffte, Boris würde sich überzeugen lassen, und machte sich am Schreibtisch noch ein paar Notizen, damit er auch keinen Punkt vergessen würde.

Die Suite war nett eingerichtet. Das Holzmobiliar im osmanischen Stil sah alt aus, war aber bestimmt nachgebaut, glaubte er. Trotzdem hatte der Raum einen eigenen Charme. Bett, Schreibtisch, Schrank, alles in dem gleichen Stil aus dunklem Holz mit Schnitzereien und Ornamenten. Der Frühstücksraum sah aus wie ein türkisches Kaffeehaus. Hier ließe es sich gut ein paar Tage aushalten. Zumal die günstigen Preise kaum zu toppen waren. Er bedauerte, dass er den Abend nicht einfach gemütlich für sich haben konnte.

HAMBURG | im Gericht

Die anderen waren schon gegangen, als sein Telefon ihn in die Realität zurückholte. Giannis war genervt wegen der Störung, aber er ging ran. Ein Hauptkommissar Börnsen aus Bremen war am Festnetz und verlangte, einen Kommissar Kostas Poloss zu sprechen. Oder so ähnlich. »Am Hörer«, sagte Giannis, »nur ist mein Name Giannis Kostapoulos. So schwer kann das ja wohl nicht sein.« Sein Ton war gereizt, genau wie seine Laune. Eigentlich hatte er sich auf zwei ruhige Stunden im Büro gefreut. Er wollte in Ruhe über den Fall und neue Anknüpfungspunkte nachdenken. Und wenn ihm bei der Gelegenheit auch noch etwas zu seiner privaten Lage einfiele, dann wäre das nur von Vorteil. So hatte er sich das vorgestellt. Und wollte dabei eigentlich nicht belästigt werden.

Eleni hatte sich zur Schaltkonferenz mit den Ermittlern in den anderen Städten verabschiedet. Sie hatten noch kein privates Wort miteinander geredet. Und er hatte keinen Schimmer, was das zu bedeuten hatte. Stepenbrok wollte unterdessen versuchen, den Hintergrund von Petrovic und seinem Clan noch etwas genauer unter die Lupe zu nehmen. Er habe da so zwei, drei Ideen, hatte er etwas nebulös angedeutet. Und ausgerechnet nun meldete sich dieser Bremer und war im Begriff, ihm den Rest des Nachmittags zu versauen. »Sie sprechen mit dem Ersten Hauptkommissar Kostapoulos«, blaffte er noch einmal in den Hörer, das war wie Nachtreten.

Giannis mochte Bremen nicht. Zumindest bildete er sich das ein. Das lag eigentlich nur am Fußball. Die Bremer und die Hamburger waren Erzfeinde, beide Vereine verband eine herzliche Abneigung, wenn nicht sogar Hass. Zumindest von Seiten der Bremer. So sah das jedenfalls Giannis. Denn Hamburg war ja für Weltoffenheit und Toleranz bekannt. Als die Hamburger in den letzten Jahren gegen den Abstieg spielten, war die Häme in Bremen immer besonders laut gewesen. Wahrscheinlich hatte die Hafenstadt an der Weser ihre Rolle als kleine, unscheinbare Schwester der Elbmetropole nie richtig verknust, glaubte er.

Dabei hatte Giannis durchaus einige schöne Erinnerungen an Bremen. Während des Studiums lebte dort eine große Liebe. Jede freie Minute fuhr er einige Monate lang zu ihr in die WG, in der sie zusammen mit anderen jungen Frauen wohnte. Am Wochenende ging's dann an den Uni-See oder in die Nähe von Achim zum Schwimmen, abends saß man in der Kneipe, danach gingen sie ins Bett. Ganz so schlecht war diese Lebensphase nicht gewesen. Das änderte natürlich nichts an seiner Meinung zum Bremer Fußball und so.

Er zwang sich dazu, sich etwas zusammenzunehmen, und fragte den Bremer Kollegen, um was es denn eigentlich ging. »Was gibt's denn Herr Kollege, womit können wir helfen?«

»Ich glaube, es ist eher umgekehrt, wahrscheinlich können wir helfen.« War das Arroganz, was er aus der Antwort heraushörte? Giannis ermahnte sich, ruhig zu bleiben. »Ich bin gespannt«, lächelte er mit zusammengebissenen Zähnen in den Hörer. Wie gut, dass es kein Bildtelefon gab.

Die Bremer Kollegen hatten sich im Zuge der Amtshilfe den verdächtigen Unfallfahrer Bernd Bonde etwas genauer angesehen und Interessantes herausgefunden. Giannis hatte den Typen völlig vergessen vor lauter neuen Ereignissen, das galt auch für sein Unterstützungsersuchen an die Kollegen an der Weser. Bonde, ein kleiner Angestellter in einer renommierten Steuerkanzlei, war in einer Art Nebenberuf Fußballschiedsrichter, das hatten die schnell herausgefunden. Seine Lizenz reiche bis in die dritte Liga. Für höherklassige Pflichtspiele war er nicht in der Verlosung, wohl aber für Freundschaftsspiele dieser Kategorie, berichtete der Bremer.

Dann kam die eigentliche Überraschung, und das Selbstbewusstsein des Kollegen von der Weser erklärte sich auf Anhieb. Seit einem Testspiel der Hamburger im Trainingslager im Sommer, bei dem es einige merkwürdige Schiri-Entscheidungen zugunsten des türkischen Gegners gegeben habe, stand Bonde im Zentrum von Spekulationen über einen neuen Wettskandal, fuhr der Bremer fort. SoccerWatch hatte bei dem Match ungewöhnlich hohe Wetten registriert.

»Soccer was …?«, unterbrach Giannis den Bremer Redefluss. »Eine Art Beobachtungsstation, die europaweit Fußballspiele auf dem Radar hat, um ungewöhnliche Ergebnisse und Wetteinsätze festzustellen«, erklärte der eifrig. »Die sitzen mit ihrer Deutschland-Zentrale in der Nähe von Frankfurt und arbeiten eng mit dem Verband zusammen.

Die Zentrale ist in Kopenhagen. In unserem Fall registrierten die ungewöhnlich viele und hohe Live-Wetten, vor allem aus Asien, auf das eigentlich ja völlig unbedeutende Testspiel.« Und dann sei da noch der ungewöhnliche Spielverlauf dazugekommen.

Giannis erinnerte sich sofort, was er darüber in Zeitungen gelesen hatte. Sein Verein hatte hoch gewonnen. Das war wenig überraschend. Aber zwei fragwürdige Elfmeter, ein umstrittener Platzverweis gegen die Türken, das war für ein Trainingsspiel schon ziemlich happig gewesen. Dabei waren die Türken nicht mal besonders engagiert zu Werke gegangen. Dazu gab es noch ein paar äußerst zweifelhafte Abseitsentscheidungen, die den ganzen Spielverlauf durcheinanderbrachten. »Das Spiel hatte überhaupt keinen Aussagewert«, hatte der Hamburger Trainer genervt nach der skurrilen Partie in die Mikrofone der mitgereisten Journalisten gemeckert.

Nun untersuchte die Liga das Spiel und auch einige andere von Bondes letzten Paarungen, die im Nachhinein etwas seltsam anmuteten und ziemlich hohe Wetteinsätze in den Büchern zeigten. Die Bremer Staatsanwaltschaft hatte parallel Vorermittlungen aufgenommen und brauchte nun ihrerseits Hilfe, und zwar aus Hamburg. »Die überstürzte Abreise in den Urlaub nach Kreta hatte deutliche Züge von Flucht«, meinte der Kripomann von der Weser, allerdings war die plötzliche Rückkehr für sie dann ebenso überraschend gekommen. Ob die Kollegen in Hamburg mit diesen Hinweisen vielleicht etwas anfangen könnten?

Und ob, dachte Giannis. Ein toter Kiezkönig, der die Finger in Wettgeschäften hat, ein Balkan-Clan, der alles türkt, was satten Profit verspricht, ein Schiri, der unter dem Verdacht der Manipulation steht, das alles konnte doch kein Zufall sein. »Ach ja«, meldete sich der Kollege Börnsen noch einmal zu Wort, »fast hätte ich es vergessen: Wir haben seine Handyverbindungen abgeglichen, inoffiziell versteht sich und deshalb nicht juristisch verwertbar. Bis jetzt jedenfalls. Aber vielleicht trotzdem interessant für Sie: Bonde hat in den letzten beiden Tagen auffällig oft mit zwei Hamburger Anschlüssen telefoniert, Festnetz und mobil. Beide Nummern sind auf einen Petrovic registriert, Janko Petrovic. Sagt Ihnen das vielleicht was?«

Giannis hätte den Bremer Kollegen küssen können. Er wollte lieber nicht wissen, wie sie an die Telefondaten gekommen waren. Und er hatte auch noch keine Ahnung, was das zu bedeuten hatte. Aber dass es was zu bedeuten hatte, dass dies alles nun wirklich kein Zufall mehr sein konnte, davon war er überzeugt. Der Anruf konnte die Wende in ihren Fällen sein. Er musste schnellstens Kontakt zu Eleni aufnehmen. So oder so.

SARAJEVO | im Zentrum

Jelena hatte gekocht, ein bisschen fleischlastig nach seinem Geschmack mit all den Hackröllchen und scharf gewürzten Spießen, aber sehr lecker und sehr typisch für die Balkanregion. Das vermutete Janko jedenfalls, schließlich war er ewig nicht mehr hier gewesen. Beim letzten Mal war er noch ein Schulkind. Er lobte die Frau seines Onkels jedenfalls ausdrücklich für ihre Kochkunst. Solange die Kinder mit am Tisch saßen, sprachen sie nur über die Familie: über den Tod des Vaters beziehungsweise Bruders und Onkels in Hamburg, die Trauerfeier, mögliche Täter und die Ermittlungen der Polizei, und natürlich auch über den Gesundheitszustand seiner Mutter. »Sie kann jederzeit zu uns kommen, vorübergehend oder auch für länger«, bot seine Tante an, »vielleicht tut ihr ein wenig Abstand ganz gut.« Janko bedankte sich und versprach, mit seiner Mutter darüber zu reden. Womöglich wäre das wirklich das Beste für sie, überlegte er, und für ihn auch. Eine Sorge weniger. Wer weiß, was sie der Polizei sonst noch erzählen würde. Andererseits tat es ihm auch gut, wenn er sie um sich hatte und sich zu Hause um nichts kümmern musste. Hotel Mama, das gefiel ihm immer noch.

Endlich brachte Jelena die Kinder nach oben in ihre Zimmer. »Wir dürfen uns jetzt keine Fehler erlauben«, eröffnete Janko das Gespräch,

»die Bullen in Hamburg wissen nichts, aber sie würden uns wahnsinnig gern was anhängen. Deswegen halten wir uns bedeckt, keine Experimente, und du hältst hier die Stellung.« Boris sollte gleich merken, wer hier den Ton angab. Darüber wollte er keine Diskussionen dulden.

»Wie konnte das mit den Türken so schieflaufen, habt ihr eure Leute nicht im Griff?«, hielt er ihm vor, bevor sich sein Onkel überhaupt sortiert hatte. »Wir dürfen uns die Chinesen nicht zum Gegner machen. Unser gutes Verhältnis habt ihr leichtfertig aufs Spiel gesetzt.« Der Vorwurf war noch einigermaßen höflich verpackt, aber er war nicht überhörbar.

»Ihr? Welche ihr?«, fauchte Boris zurück, »es gab keine ›ihr‹. Der Schiri hat versagt. Das ist scheiße gelaufen, kann aber immer mal passieren.« Boris war sichtlich angefressen. »Du musst mir gar nix erzählen. Ich weiß schon, was ich tue.« Er kochte innerlich und hatte Mühe, nicht zu explodieren.

Janko gab sich davon ungerührt. »Ihr hättet eine bessere Auswahl treffen müssen. So eine Panne ist nicht wiedergutzumachen. Wir müssen das in Hamburg ausbaden. Die Schlitzaugen sind echt stinkig. Vielleicht ist Papa sogar Opfer davon. Niemand weiß das bisher. Wie konnte euch nur diese Panne passieren?« Er war sich nicht sicher, ob er eigentlich mehr wütend oder traurig war. Natürlich waren die Hintergründe für den Tod seines Vaters noch unklar. Aber dass er keines natürlichen Todes gestorben war, das war ja unbestritten. Und der Ärger mit der Singapur-Mafia war es auch.

»Ihr, ihr, jetzt hör endlich damit auf«, giftete sein Onkel zurück. »Der Schiri war bislang ein verlässlicher Mann, wir haben in Istanbul schon zweimal gut mit ihm kooperiert. Niemand konnte das ahnen.« Es reichte Boris jetzt. Dieser kleine Dreckskerl brauchte sich gar nicht so aufzuspielen. Der würde schon noch merken, wo die Musik spielte. Und wer dafür bezahlte. Von Familie war jetzt keine Rede mehr.

Die Sache war blöd gelaufen, dachte Boris, klar. Wer hätte auch ahnen können, dass die Anfänger des türkischen Aufsteigers zwei solche Geschenke des Schiris einfach liegen lassen würden. Erst den Elfer und dann die Rote Karte. Aber ein bisschen Risiko war immer, erst recht, wenn türkische Mannschaften gegeneinander spielten. Über deren Stimmungen und Gefühlswelten konnte man sich nie sicher sein. Es war schließlich nicht das erste Mal, dass es nicht ganz so lief wie erwartet. »Stattdessen wäre ein bisschen Anerkennung mehr als angebracht. Du hättest wirklich allen Grund dazu«, sagte Boris laut.

Janko zog überrascht die Augenbrauen hoch. Was sollte das jetzt? Was meinte sein Onkel denn damit? »Was meinst du damit?«, fragte er und war sofort auf der Lauer.

»Ein Blick auf unsere aktuelle Kontolage hätte dir längst die passende Antwort darauf gegeben.« In der Stimme von Boris schwang jetzt ein Unterton des Triumphes mit. »Hast du dich nie über die guten Zahlen gewundert? Die sind nicht allein Milans Verdienst.«

Es stimmte. Janko hatte sich lange nicht mehr intensiver mit ihrer aktuellen Finanzlage befasst. Er wusste, dass die gut war. Das musste reichen. Details überließ er ihrem Steuerberater, der zugleich die Bücher führte, und Boris. Die beiden arbeiteten eng zusammen. Schließlich waren einige der Familienunternehmen in Sarajevo gelistet. Dazu gehörte zum Beispiel ihre Betriebsgesellschaft für Gastronomiegewerbe und Handel aller Art, »Petro«, und auch die »Sport und Veranstaltung KG TippEvent«. Die trat als Teilhaber bei verschiedenen Aktivitäten in Deutschland auf, zum Beispiel bei dem Wettbüro beim Hamburger Bahnhof.

Die Steuervorteile in Sarajevo waren unübersehbar, Gewerbesteuer fiel praktisch so gut wie gar nicht an. Peanuts waren das, gemessen an der Forderung der Hamburger Finanzämter. Deshalb war die Entscheidung damals leichtgefallen. Und den Bosniaken halfen sie damit sogar noch ein bisschen, hatte sein Vater ihm gegenüber argumentiert. Das war jetzt schon etliche Jahre her. Die Geschäfte florierten, und seit dem Tod seines Vaters hatte Janko weder Zeit noch Veranlassung, sich über ihre Bilanzen einen Kopf zu machen. »Nun spuck es schon aus. Was willst du mir sagen?«, hakte Janko deshalb nach. Irgendwie war ihm nicht recht wohl bei dem Verlauf, den ihr Gespräch zu nehmen versprach.

Mit etwas Stolz in der Stimme berichtete Boris von einem neuen Geschäftszweig, der in den letzten Jahren so richtig in Fahrt gekommen war. Er hatte seine Rolle als Buchmacher für die Hintermänner in Singapur ergänzt durch ein neues Geschäft als Finanzdienstleister. So nannte er das jedenfalls. Um das Spielinteresse in der wirtschaftsschwachen Region anzukurbeln und vor allem wachzuhalten, konnten sich die Wetter bei ihm und seinen mobilen Buchmachern das nötige Kleingeld für ihre riskanten Glücksspiele leihen, berichtete er stolz. Die Kredite mussten sie dann mit horrenden Zinsen bis zu 15 Prozent zurückzahlen. »Wir haben unseren Umsatz in den letzten zwei Jahren verdreifacht und die Gewinne fast verdoppelt«, triumphierte Boris. Es war klar, dass er dafür Lob und Anerkennung erwartete.

Janko war davon weit entfernt. Er zwang sich, ruhig und sachlich zu klingen. »Moment mal, hab ich das richtig verstanden? Du kassierst zweimal: einmal unseren Anteil für die Wettquoten bei den Chinesen, ein zweites Mal auf eigene Rechnung als Geldverleiher bei den Wettern?«

Boris nickte zufrieden. »Bingo. Du hast es erfasst.«

»Wusste Papa davon? War er eingeweiht?« Janko bemühte sich immer noch, möglichst unbeteiligt zu wirken.

Sein Onkel schüttelte den Kopf. Er wollte Milan mit der guten Nachricht überraschen, wenn das Geschäft dauerhaft etabliert und richtig gut am Laufen war, sagte er. Leider hätte Milan das nicht mehr erleben dürfen.

»Bist du wahnsinnig?« Jankos Stimme überschlug sich jetzt fast, mit seiner Beherrschung war es endgültig vorbei. »Du dealst hinter dem Rücken unserer chinesischen Partner auf eigene Rechnung? Was glaubst du wohl, wie die das finden, wenn sie das rauskriegen?«

»Reg dich nicht so künstlich auf. Die merken nichts. Wie sollen die das rauskriegen?« Boris wirkte jetzt ebenfalls sichtlich genervt. Nichts konnte man diesem kleinen Möchtegern recht machen. Was bildete der sich überhaupt ein? Er war schließlich nur der Sohn, dem jetzt alles in den Schoß fiel. Ihr Business aufgebaut hatten schließlich Milan und er, Boris. Er hatte dafür auf dem Balkan seinen Kopf hingehalten. Und zwar allein. Das war bei dem Temperament der Leute ganz bestimmt nicht immer vergnügungssteuerpflichtig. »Keiner unserer Kunden weiß etwas von unseren Partnern in Fernost, keiner hat Kontakt zu denen. Und umgekehrt. Warum auch? Und selbst wenn, was sollten die schon erzählen können. Unsere Kunden wollen gewinnen und reich werden. Das ist das Einzige, was sie interessiert. Dafür brauchen sie Spielkapital. Und wir strecken ihnen das vor. That's it.«

Janko war fassungslos. Merkte dieser Pate für Arme denn gar nicht, dass es den Chinesen ums Prinzip ging? Und um Regeln? Zusammenarbeit mit der Wettmafia war keine Frage von Freundschaft oder Sympathie, sondern allein eine von Erfolg und Loyalität. Dazu gehörten klare Absprachen und Vereinbarungen, an die man sich zu halten hatte. Auf keinen Fall gehörten dazu Alleingänge und Privatgeschäfte hinter dem Rücken des Kompagnons. Man beschiss sich nicht gegenseitig. Sonst war ganz schnell Schluss mit lustig. »Du kapierst es nicht«, zischte Janko, »mit den Chinesen spielt man nicht, egal, wie hoch du Hohlkopf das Risiko einschätzt. Selbst das kleinste Risiko ist noch zu groß. Du musst dem ein Ende setzen. Und zwar subito. Sonst sind wir geschiedene Leute.« Die letzten Worte sagte er in so ruhigem Ton, dass die Drohung noch nachhallte, als er die Tür längst hinter sich ins Schloss gezogen hatte.

Janko griff sich seine Jacke und verließ wortlos das Haus. Sein Onkel machte keinerlei Anstalten, ihn aufzuhalten. Geh nur, dachte er, wirst schon sehen, was du davon hast.

Janko stapfte wütend in Richtung Altstadt. Er lief wie im Tunnel und nahm um sich herum nichts mehr wahr. Schon gar nicht das dunkle Auto, das auffällig unauffällig in der Nähe parkte und schnell den Motor anließ. Er musste jetzt seine Ruhe haben und nachdenken. Was bedeutete das für seine Pläne? Konnte er an ihnen festhalten? Klar, auch er wollte die Chinesen loswerden, das hatte er seinem Onkel aus strategischen Gründen noch verheimlicht. Denn er wollte dabei der Offensivspieler sein. Er wollte den Takt vorgeben und dafür sorgen, dass die Hintermänner in Singapur mit den Ermittlungen der Polizei in Europa alle Hände voll zu tun haben würden. Und nicht mit ihm.

Außerdem hatte er einen starken neuen Kooperationspartner in der Hinterhand. Die Vietnamesen wollten allzu gern einspringen und waren bereit, einen deutlich besseren Preis zu zahlen. Fifty-fifty sollte künftig geteilt werden. So weit hatte er sich schon unter der Hand mit ihnen verständigen können. Auch das musste allerdings mit größter Vorsicht passieren, damit in Singapur niemand Wind von seinen Plänen bekam.

Er legte einen kräftigen Schritt hin, so sehr war er innerlich immer noch in Rage. Schnell erreichte Janko das ehemalige Rathaus mit der Nationalbibliothek am östlichen Rand der Altstadt. Das Haus im osmanischen Stil war im Krieg von Serben mit sämtlichem Inventar niedergebrannt worden. Vor einigen Jahren hatte die Stadt es in alter Pracht wieder aufgebaut. Das Geld dazu war aus Brüssel gekommen. Jetzt lag es in warmes, goldgelbes Scheinwerferlicht getaucht vor ihm und sah richtig schön aus. Aber Janko hatte dafür keinen Blick. Er entschloss sich, irgendwo noch einen Drink zu nehmen. Er musste runterkommen, die Wut abschütteln, damit er wieder klarer denken konnte. Am nächsten Tag würde er seinem Onkel dann sagen, wie das Spiel zu laufen hatte.

Janko bog nach rechts ab und folgte den Schienen der Tram, die hinter der Nationalbibliothek in einer großen Schleife um die Altstadt herum wieder Richtung Westen führten. Er lief gedankenverloren die Hauptstraße entlang auf der Suche nach einer Bar oder einer Kneipe, in der noch was los war, vielleicht ja sogar ein paar Frauen an der Stange tanzten. Auf andere Gedanken zu kommen würde ihm guttun. Als neben ihm ein dunkles Auto hielt, nahm er das gar nicht richtig wahr. Erst als ein schlanker Mann mit schwarzem Rollkragenpullover und gleichfarbiger Wollmütze auf dem Kopf auf der Beifahrerseite ausstieg, wurde er aufmerksam.

Seine Mütze hatte der Mann trotz angenehm milder Abendtemperaturen tief in die Stirn gezogen, der Rollkragen reichte ihm bis über das Kinn und ließ nur einen schmalen Streifen vom Gesicht frei. In der Hand hielt er eine Waffe. Eine Glock mit Schalldämpfer, dachte Janko reflexhaft, da traf ihn schon ein Schuss ins Knie. Der Angreifer hatte bislang kein einziges Wort gesprochen. »Deine letzte Warnung«, sagte er jetzt halblaut, aber das hörte Janko schon nicht mehr. Er war auf dem Fußweg zusammengebrochen und mit dem Kopf auf das Pflaster geknallt. Er hatte das Bewusstsein verloren. Der Schütze stieg ohne sonderliche Hektik wieder ins Auto, das zügig, aber nicht zu schnell davonfuhr und sich an der nächsten Kreuzung in die Schlange der Rechtsabbieger einreihte.

HAMBURG | St. Pauli

Eleni wusste nicht, ob Rotwein eine Lösung sein könnte. Aber sie musste einen klaren Kopf bekommen, um sich über ihre Lage klar zu werden. Und dabei konnte ein Schlückchen nur hilfreich sein, davon war sie überzeugt. Die Schaltkonferenz am Nachmittag war gut gelaufen. Ihre Kollegen in Holland waren in ihren Ermittlungen schon ein ordentliches Stück vorangekommen. Sie konnten mehrere Spiele im eigenen Land identifizieren, bei denen ganz offensichtlich nicht alles mit rechten Dingen zugegangen war. Der niederländische Verband ging inzwischen fest davon aus, dass ein Erstligaspiel in Utrecht vor einigen Jahren verschoben worden war. Und erst vor einigen Monaten hatten sie wieder bei zwei Siegen in der obersten Spielklasse gegen haushohe Favoriten verdächtig hohe Wetten registriert, die in einem süddeutschen Wettbüro platziert worden waren. Vergleichbares wurde aus dem Nachbarland Belgien gemeldet. In allen Fällen waren die gewetteten Ergebnisse eingetreten. Absolute Überraschungssiege. Wer hätte das ahnen oder gar vorhersagen können? Es war reichlich Geld geflossen.

Außerdem hatten die Holländer einen Mann nach Istanbul geschickt, der mit zwei türkischen Sonderermittlern, die einen zweifelsfreien Ruf genossen, die Situation am Bosporus analysieren sollte. Die Österreicher arbeiteten eng mit Budapest und Zagreb zusammen und hatten auch dort bereits etliche auffällige Spiele ausgemacht.

Eleni kam schnell zu der Überzeugung, dass sie ähnlich mit Athen verfahren sollte. Ihre europäischen Kollegen bestärkten sie in dem

Plan. Ihr neuer Kollege Giannis konnte sich doch federführend darum kümmern. Das würde ihr auch privat vielleicht etwas Luft verschaffen, hoffte sie, während sie über ihrem Laptop hing, auf dem die Onlinekonferenz langsam zu Ende ging. Andererseits wäre damit auch erst mal die Chance vertan herauszufinden, was sie eigentlich wirklich fühlte. Ihre Gedanken schweiften ab. »Hallo, haben Sie mich hören können, Eleni?« Die Frage ihres holländischen Kollegen holte sie in die Realität zurück. »Nein, die Verbindung war grad weg«, log sie, »sorry.« Ob man sich auf Anfang der Woche vertagen wolle, wenn die jeweiligen Kollegen mit ihren Ergebnissen aus Zagreb und Athen zurück sein konnten, fragte der Beamte aus Den Haag. Sie stimmte spontan zu, sie konnte sowieso keinen konzentrierten Gedanken mehr fassen. Und auch der Kollege aus Wien war einverstanden. Sie loggte sich aus.

Als sie zurück im Büro war, hatten ihre beiden Kollegen bereits das Weite gesucht. Eine Nachricht hatte keiner für sie hinterlassen. Es war eigentlich noch etwas früh, aber sie war ganz froh darüber und rief ihre beste Freundin an. Ein Gespräch unter Frauen konnte jetzt die Lösung sein. Eine wahre Meisterin war Linda in Beziehungen zwar auch nicht gerade. Aber sie hatte einen klugen Blick und, was manchmal noch wichtiger war, ein gutes Gespür, zumindest wenn es nicht um ihre eigenen Probleme ging.

Linda war zwei Jahre älter als sie und arbeitete als Journalistin in einem Hamburger Zeitungshaus unten am Hafen. Sie war viel auf Reisen, unterwegs in fast allen politischen Krisengebieten. Nicht dass sie sich als waghalsige Beobachterin in jeden Bürgerkrieg stürzte. Aber als es auf dem Tahrir-Platz in Kairo abging oder auf dem Maidan in Kiew, war Linda nicht weit. Ihre letzte Beziehung war an dieser Rastlosigkeit gescheitert. Fast zwei Jahre war sie mit Björn zusammen gewesen, einem Sportlehrer an einer Stadtteilschule in Altona. Linda mochte ihn gern, fühlte sich wohl in seiner Nähe, und auch der Sex mit ihm war gut. Selbst im Nachhinein betrachtet. Insgeheim hatte sie sogar schon mal darüber nachgedacht, ob er der Vater ihrer Kinder sein könnte.

Dann gab es die Proteste auf dem Taksim-Platz, und es war klar, dass sie nach Istanbul musste. Naja, wenn sie ehrlich war, auch wollte.

Ausgerechnet vor einem Wochenende, für das Björn einen Wellnesstrip an die Ostsee gebucht hatte. Nur Champagner und sie beide, das war der Plan. Dann stand auf einmal Istanbul zwischen ihnen. Björn hatte Linda ein Ultimatum gesetzt und das kürzere Streichholz in der Verlosung gezogen. Sie war geflogen. Und er gegangen. Seitdem war Funkstille. In jeder Beziehung.

Linda ging sofort ran, als Eleni anklingelte. »Hast du heute Abend Zeit und Lust auf einen Wein?«, fragte sie ohne lange Vorreden. »Wie heißt er?«, antwortete Linda sofort. Sie kannte ihre Freundin zu gut. »Komm einfach vorbei, und hol mich ab, am besten gleich. Wir können zusammen 'ne Kleinigkeit essen gehen. Ich bin heute Abend eingeladen, aber da kann ich auch etwas später kommen.« Sie kicherten beide über den doppeldeutigen Wortwitz und verabredeten sich dann doch direkt in der HafenCity in einem angesagten Fischrestaurant mit schöner Terrasse. Sie waren früh dran, sodass sie auch ohne Reservierung noch einen Tisch ergattern konnten, und bestellten Sashimi, kurz angebratenen Thunfisch und Lachstatar, dazu Wein. Okay, kein Roter, aber ein gut gekühlter Sauvignon Blanc aus Südtirol, damit konnte Eleni leben.

In dem Laden war es üblich, alles in die Mitte zu stellen und zu teilen. Die Frauen fanden das sehr angenehm. »Erzähl, wie ist er?«, forderte Linda ihre Freundin auf und hörte neugierig zu, ohne ein einziges Mal zu unterbrechen. Eleni balancierte ein Stück rohen Fisch mit den Stäbchen erst in die Wasabi-Sojasoße und dann in den Mund und berichtete von ihren diffusen Gefühlen. Dass sie am liebsten mit dem jungen Griechen, der ja ein Deutscher war, ins Bett gegangen wäre, aber sich dann doch nicht getraut hatte. Und sich verhalten hatte wie ein törichter, pubertierender Teenie.

Ihre Freundin hatte keinen Ratschlag parat, den sie sich nicht auch selbst schon gegeben hatte. Aber es tat gut zu reden. Einfach nur zu reden, ganz ungeschützt das Herz ausschütten und seine Seele entblößen zu können. Zwischendurch machten sie sich über ihr Sashimi her und genossen den Moment. Wie man es eben nur unter guten Freundinnen kann. Am Ende blieb nur ein Tipp übrig, an den sie natürlich bereits längst selbst gedacht hatte. Ruf ihn an, noch heute, hatte Linda ihr geraten, finde heraus, wie es dir damit geht, was du fühlst, und drücke dich nicht davor. Als sie etwas zweifelnd ihre Freundin anschaute, ergänzte die grinsend: »Irgendwann ist sowieso jede von uns fällig.« Damit war die Ernsthaftigkeit des Abends endgültig erschöpft. Linda verabschiedete sich zu ihrer nächsten Einladung und überließ Eleni die Rechnung. »Behandlungskosten«, sagte sie beim Rausgehen fröhlich: »Du hattest schließlich kein Rezept dabei. Und hör auf zu trinken, sonst wird das nichts.« Was immer sie damit meinte. Linda warf ihr eine Kusshand zu, reckte die Faust mit dem gedrückten Daumen und verschwand Richtung Bushaltestelle.

Später saß Eleni in ihrer Wohnküche schon vor dem zweiten Glas Rotwein und überlegte, wie sie am besten vorgehen sollte. Die Theorie war das eine, die Praxis das andere. Einerseits hatte sie einen guten Vorwand anzurufen, dienstlich versteht sich. Schließlich sollte Giannis übers Wochenende nach Athen, am besten noch gleich am nächsten Tag starten. Andererseits konnte sie kein zweites Mal so wortlos den vergangenen Abend übergehen. Aber im Reden war sie noch nie besonders gut, außerhalb von Gerichtssälen jedenfalls. Sie griff zu ihrem Handy und zögerte. Hatte sie nicht schon ein bisschen viel getrunken? Würde sie überhaupt die richtigen Worte finden? Konnte sie überhaupt noch fühlen, was mit ihr geschah?

Sie drückte auf die Kurzwahl, bevor sie noch weitere gute Gründe fand, die dagegensprachen. Giannis war gleich nach dem ersten Klingelton dran. Als hätte er neben dem Telefon gesessen und auf ihren Anruf gewartet. Eleni erschrak. »Ich bin's«, sagte sie und hätte sich danach gleich ohrfeigen können. Als wenn es nur sie für ihn geben könnte, wie arrogant konnte man eigentlich noch auftreten.

»Ich freu mich.« Giannis eierte nicht lange rum. »Ich habe mich nicht getraut, schön, dass du dich aufgerafft hast.« Eleni schwieg. Wie sollte sie anfangen? »Ich rufe eigentlich dienstlich an«, sagte sie dann.

»Ah ja? Und?« Mehr sagte er nicht. Hörte sich seine Stimme etwas distanziert oder enttäuscht an? Oder grinste er etwa? Sie wurde noch unsicherer. Giannis schwieg. Die Stille zwischen ihnen pulsierte in ihrem Ohr, sie schrie förmlich: »Sag was! Tu was!«

»Es tut mir leid wegen gestern Abend. Nein, nicht wegen unseres Abends, sondern wie ich mich zum Abschied verhalten habe. Und wegen heute Morgen. So bin ich normalerweise nicht.« Puuh, endlich war es raus. »Im Gegenteil, ich habe ihn sehr genossen, den Abend. Ich bin zurzeit nur nicht so geübt darin. Ich weiß nicht genau, was ich eigentlich will«, fügte sie noch schnell an. Er sagte noch immer nichts. Verdammt, hatte sie sich womöglich betrunken angehört? Sie hätte vielleicht doch besser bis morgen warten sollen.

Endlich räusperte er sich. »Darf ich dich abholen, gleich? Dann können wir in Ruhe reden. Ich möchte den Abend gern wiederholen. Er hat mir sehr gefallen. Du darfst auch die Tür wieder wortlos vor meiner Nase schließen.« Sie sah vor sich, wie er grinste. »Grinst du etwa?«, fragte sie. »Nein, bei meiner Ehre. Bei einer so ernsten Sache doch nicht«, antwortete er schnell. Sie glaubte ihm kein Wort, das Gegenteil war deutlich zu hören. »Okay, in zwanzig Minuten. Du wartest unten. Und keine falschen Hoffnungen«, sagte sie schnell, bevor er sich es anders überlegen würde. »Kommt mir irgendwie bekannt vor«, antwortete er, »bin schon unterwegs.«

Sonnabend, 3. Oktober

SARAJEVO | Hospital

Als Janko aufwachte, fühlte er sich wie in einem Meer aus Weiß. Decken, Wände, Bettwäsche, alles weiß. Das Bett und der Nachttisch neben ihm? Weiß. Vor dem etwas geöffneten Fenster bauschte sich eine schlichte Gardine leicht im Wind. Weiß. Er lag in einem weißen Nachthemd im Bett und versuchte mühsam, sich zu orientieren. Wo war er? Was war geschehen? Von der Decke strahlte ihm eine weiße Sonne voll ins Gesicht. Er versuchte, den Kopf etwas wegzudrehen, und nahm an seiner rechten Seite verschwommen einen dunklen Schatten wahr. »Was ist passiert?«, stammelte er mit heiserer Stimme. Dann versuchte er stöhnend, den Kopf aus dem Licht des grellen Deckenstrahlers zu wenden und den Mann neben seinem Bett zu fixieren.

»Das wüssten wir gern von Ihnen«, sagte der, »Sie sind im Krankenhaus. Sie haben viel Blut verloren und sich eine ziemliche Gehirnerschütterung geholt, als sie mit dem Kopf auf den Gehweg gekracht sind. Wir wissen nicht, wie lange Sie da gelegen haben, bevor Sie gefunden wurden.«

Die Mund- und Lippenbewegungen der Gestalt im Nebel bewegten sich seltsam asynchron. Janko kniff die Augen zusammen und riss sie wieder auf. War das alles hier ein Traum? Schließlich merkte er, dass ein zweiter Mann im Raum war. Er saß auf der anderen Seite seines Bettes auf einem Stuhl, etwas im Hintergrund, und übersetzte die Fragen aus dem Nebel ins Deutsche. Deshalb die Bild- und Tonstörung. »Wir können es auch auf Serbisch versuchen oder auf Englisch, wenn das einfacher ist«, presste Janko unter Stöhnen hervor. Wenn es ein Scherz gewesen sein sollte, war der für die Besucher jedenfalls nicht zu identifizieren gewesen. Zumindest schmunzelten sie nicht einmal. Woher wussten sie, dass er Deutscher war, fragte Janko sich. So klar war er dann doch schon wieder.

Janko ächzte schwer und versuchte, sich im Bett aufzurichten. Ein stechender Schmerz fuhr durch sein linkes, dick bandagiertes Bein. Er fing ganz unten an und schoss wie ein Blitz bis hoch in Hüfthöhe. Auf einmal erinnerte er auch wieder, was passiert war: Der schwarz gekleidete Mann mit der Wollmütze, die Waffe in seiner Hand, wer konnte das gewesen sein? An einen Schuss hatte er keine Erinnerung, aber er fühlte den pochenden Schmerz im linken Knie. Gott sei Dank das Standbein, dachte er sarkastisch, als sich die nächste Schmerzwelle startklar machte. Er stöhnte laut, sodass einer seiner Besucher vorsichtshalber nach einer Schwester klingelte.

Auf ihn sei geschossen worden, berichtete der Wortführer der beiden, der sich als Major der Polizei vorstellte, nun in seiner Landessprache. Janko konnte ihn mit seinem Serbisch ziemlich gut verstehen, ihre Geburtssprachen waren enger verwandt, als den Nationalisten beider Seiten lieb war. Am liebsten hätte Janko nach einem Dienstausweis gefragt, ließ das dann aber doch. Das machte sicher keinen guten Eindruck, dachte er, wenn ein Opfer wie ein ertappter Täter reagierte. Sein Kopf funktionierte wieder, trotz der Schmerzen, die auch nach der Tablette, die ihm die herbeigerufene Schwester gegeben hatte, nur leicht abflauten und irgendwo im Hintergrund wie ein Kampfhund auf die Beute lauerten. Und trotz des leichten Schwindels, der seinen Kopf zwischendurch wie einen Luftballon durchs Krankenzimmer taumeln ließ.

»Sie müssen eine Zeit lang auf dem Fußweg gelegen haben, bis ein junges Pärchen auf dem Heimweg Sie zufällig gefunden hat. Sie haben noch Glück im Unglück gehabt.« Der Ermittler war fertig mit seinem Bericht, nun schaute er den Patienten mit fragendem Blick an, als erwarte er irgendeine Form von Hilfe. »Können Sie sich an irgendwas erinnern?«, fragte der Polizist, »wir haben bereits Ihre Botschaft informiert.«

Welche wohl, fragte sich Janko, die deutsche oder die serbische? Das konnte ja noch spannend werden. Er erzählte, was ihm von dem schwarzen Mann noch in Erinnerung war. Groß, schlank, Rollkragen, Wollmütze. Keine mit Sehschlitzen, wie sie Bankräuber in billigen Fernsehfilmen tragen, ergänzte er sicherheitshalber. Sondern so eine, die gern von Hipstern benutzt wird. Er bemerkte, dass der Kripomann bei dem Begriff etwas ratlos guckte, aber da musste der jetzt durch. Zumal Janko merkte, dass ihn das Sprechen doch noch ziemlich anstrengte. »Mehr nicht?«, fragte der Beamte, man konnte ihm seine Enttäuschung ansehen. »Autotyp, besondere Merkmale, wie sah der Kerl aus?« Janko grübelte. Dass er die Waffe als Glock erkannt hatte, behielt er besser für sich, das würde nur Fragen provozieren. Woher sollte ein normaler Mensch so etwas schon wissen?

Das Auto war dunkel, eine Art Geländewagen. An mehr erinnerte er sich nicht. Aber war da nicht noch irgendwas? Irgendein vages Bild geisterte durch seine Erinnerungen. Etwas auf der Mütze? Ein Logo oder so? Genau, plötzlich fiel es ihm ein. Er hatte es mehr nebenbei abgespeichert, auf einmal sah er es wieder deutlich auf seiner Festplatte. Ein gelber Löwenkopf. Oder könnte es ein Drache gewesen sein? Auf jeden Fall gelb auf rotem Grund. Jetzt hatte er es wieder. Das Vereinslogo vom chinesischen Abonnementmeister. Mitten in Sarajevo. Darüber hatte er sich noch gewundert, wenn auch nur kurz. Schließlich waren die Chinesen nicht Barcelona oder Liverpool, deren Trikots und Vereinswappen inzwischen überall auf der Welt als Plagiate auf den Markt gebracht wurden.

»Auf der Mütze prangte das Vereinslogo des chinesischen Fußballmeisters Guangzhou«, antwortete er. Der volle Name des Klubs habe irgendwas mit einem Unternehmen zu tun, das ließe sich leicht googeln. Wie kommen die hierher, dachte er, behielt diese Frage aber für sich. Hatten die Chinesen Sarajevo zu einer Art operativen Stützpunkt gemacht? Oder hatten sie ihn verfolgt? Dann war die Situation ernster, als er gedacht hatte. Er musste das unbedingt in Erfahrung bringen. An Zufälle glaubte er eigentlich nicht. »Was machen Chinesen hier bei Ihnen in Sarajevo?«, stöhnte er. Und dann, um nicht zu viele Fragen aufzuwerfen: »Was wollten die von mir? Das kann doch nur eine Verwechslung gewesen sein.« Der Ermittler sah ihn skeptisch an. Aber das sah Janko schon nicht mehr. Er war nach seinen letzten Worten vor Erschöpfung zurück ins Kissen gesunken. Er musste sich anlehnen und versank fast augenblicklich in Schlaf. Die Schmerz- und Beruhigungsmittel taten offenbar ihre Wirkung.

ATHEN | Griechenland

Giannis landete bei strahlendem Sonnenschein, die Mittagshitze hing schwer in der Luft. Die Maschine kam aus München, die Zahl der Direktflüge von Hamburg nach Athen war immer noch sehr beschränkt. Der Anflug in einer weiten Schleife über das strahlend blaue Mittelmeer war eine Freude gewesen und trieb ihm den Schlaf aus den Augen. Er war bereits seit Stunden unterwegs, denn der Zubringer von der Elbe startete schon am frühen Morgen. Die Tickets hatte er unmittelbar vor Abflug am Schalter im Airport besorgt. Das war kein Problem. Einzelplätze gab es nach Athen noch eine ganze Handvoll.

Er war müde, aber bester Stimmung. Die Nacht war kurz gewesen. Aber sie war herrlich wie schon lange nicht mehr. Der Anruf von Eleni hatte ihn fast aus der Bahn geworfen. Die ganze Zeit hatte er gegrübelt, unter welchem Vorwand er sich wohl bei ihr melden konnte. Dann war sie ihm zuvorgekommen und auf einmal am Apparat. Höchstpersönlich, für ihn völlig unvorbereitet. Er stand bereits fünf Minuten vor dem verabredeten Zeitpunkt vor ihrem Haus und klingelte von unten. Sie sah bezaubernd aus, zum Verlieben: schlichte, schwarze Hose, dazu eine schwarze, figurbetonte Bluse, lässig aufgeknöpft, das ließ tief blicken. Ihr langes Haar trug sie offen. Typisch Hamburg, dachte er, Schwarz, Anthrazit, dunkles Grau, die Farben der Nacht und der Weltstadt. »Du siehst zum Verlieben aus«, sagte er und reichte ihr eine langstielige rote Rose, die er an der Ecke noch schnell besorgt hatte. Sie nahm die einfach mit und hakte sich bei ihm unter. Wie selbstverständlich. War Eleni beschwipst, dachte er für einen kurzen Moment, aber das war ihm egal. Hauptsache, sie war da.

Sie liefen nicht weit, nur um ein paar Ecken zum Hamburger Berg, wo St. Pauli mit seinen Klubs und Musikkneipen noch besonders typisch war. Die Trinkhallen dort hatten über die Jahre allen Trends widerstanden. Laut, voll. Und trotzdem intim. Sie gingen in eine, die so ein Mittelding war zwischen Bar und Rockschuppen, keiner dieser neuen Schickimicki-Läden mit Cocktailzwang und hohem Nerd-Faktor. Die Musik dröhnte ein bisschen zu laut, und es war schon überraschend voll. Das Bier trank man aus Flaschen, dazu Tequila mit Zitrone und Salz. Aber ihm war alles egal. Er genoss ihre Nähe. Das allein zählte. Wenn sie miteinander reden wollten, mussten sie die Köpfe dicht zusammenstecken, um sich zu verstehen. Aber oft blickten sie sich auch nur an. Sie roch fantastisch, das hatte er sofort registriert, und er genoss ihre Nähe. Kurz vor Mitternacht waren sie bereits wieder gegangen. Er hatte sie bis nach Hause und sogar wieder hinauf bis in den dritten Stock gebracht. Sie sprach auch diesmal kein Wort, dafür zog sie ihn kommentarlos über die Türschwelle.

Sein Widerstand war bestenfalls kurz und vorgetäuscht, aus schierem Respekt. Falschen Anstand konnte er nicht gelten lassen. In der Wohnung nahm er sie einfach in die Arme. Er redete nicht, sondern küsste sie. Eleni küsste zurück, ließ ihre Zunge wandern und drückte ihren Körper an ihn. Flugzeuge im Bauch. In seinem Kopf wirbelte alles durcheinander, er musste ihn schnellstens ausschalten. Er streifte ihr die Bluse von den Schultern und nahm sie auf den Arm. »Wohin?«, fragte er dann etwas unschlüssig, er hatte ja keine Ahnung von der Wohnung. Aber sie dirigierte ihn, ohne ein Wort zu sagen. Dabei blieb es auch, als sie auf dem Bett lagen. Sie redete nicht, sondern dirigierte ihn einfühlsam. Und er ließ sie gewähren und folgte gehorsam. Als sie sich auf ihn setzte, als sie sich an ihn schmiegte und ihn an sich presste, als sie ihn sanft etwas tiefer bugsierte und ihre Beine um seinen Hals schlang. Der Sex mit ihr war wundervoll. Es war schon spät, als sie endlich einschliefen.

Mehr als zwei Stunden Schlaf dürften es nicht gewesen sein, als er gegen fünf aus der Wohnung schlich. Ihm blieb keine Wahl. Er musste noch nach Hause, um bei sich in aller Hektik ein paar Sachen für Athen zusammenzuraffen, und dann mit einer der ersten S-Bahnen zum Flughafen raus. Spesen für eine Taxe konnte er weder in Griechenland noch bei den Kollegen in Hamburg geltend machen. Unschlüssig hatte er in ihrem Wohnzimmer gestanden, bevor er ging. Irgendeine Nachricht musste er doch hinterlassen. Aber was schrieb man in einem solchen Moment? Ich liebe dich? Zu kitschig, zu übertrieben und womöglich setzte sie das viel zu sehr unter Druck, dachte er.

»Du bist wundervoll«, schrieb er schließlich auf einen Zettel und lehnte ihn an die Vase mit der Rose, die ihre Nacht besser in Form überstanden hatte als er. Dann zog er vorsichtig die Tür hinter sich ins Schloss.

Eleni lag im Bett und schmunzelte. Sie war sofort wach geworden, als er leise und mit größter Vorsicht aus dem Bett gekrabbelt war, hatte sich aber nichts anmerken lassen. Er versuchte, sich möglichst geräuschlos anzuziehen. Sogar aufs Duschen hatte er verzichtet, um sie nicht zu wecken. Aber so eine Altbauwohnung mit Holzdielen und dünnen Wänden hat viele Ohren. Sie hatte gemerkt, wie er im Wohnzimmer verharrte, bevor er ging. Und schlich sofort aus ihrem Schlafgemach, nachdem er die Tür sachte ins Schloss gezogen hatte. Sie fand den Zettel und las die Nachricht. Fühlt sich gut an, dachte sie und war davon selbst ein wenig überrascht. Danach ging sie zurück ins Bett und fiel sofort in tiefen traumlosen Schlaf.

Ob sie wohl inzwischen wach war, dachte Giannis, als er nach der Landung mit seinem kleinen Rollkoffer am Gepäckband vorbeihastete, während die meisten anderen Passagiere dort abstoppten. Er hatte sich bei den griechischen Kollegen per E-Mail angekündigt und noch knapp neunzig Minuten. Das war gut zu schaffen, wenn ihm der berüchtigte Athener Verkehr keinen Streich spielte. Aber er wollte vor dem Treffen unbedingt noch kurz ins Hotel, um endlich zu duschen. In seiner Hamburger Wohnung hatte er lieber darauf verzichtet. Er wollte keine Zeit verlieren. Man konnte nie wissen, wie lang die Schlangen am

Flughafen waren. Vor allem früh morgens, wenn die halbe Stadt in alle Himmelsrichtungen aufzubrechen schien, kam es an den Sicherheitskontrollen regelmäßig zu stundenlangem Stau. Sogar an Samstagen. Die einen mussten noch pünktlich die letzten Termine einer langen Arbeitswoche abhaken, die anderen wollten nur endlich nach Hause ins verdiente Wochenende.

Zu allem Überfluss herrschte wegen der Herbstferien schon wieder Urlaubshektik. Es musste nur die Technik irgendwo haken oder das Bodenpersonal mal wieder Dienst nach Vorschrift machen, dann ging da schnell nichts mehr. Nachdem er diese Hürde dennoch erfolgreich genommen hatte, war er nun froh, sich trotz Umsteigens in München nur für Handgepäck entschieden zu haben. Die Dusche im Hotel war überfällig. Im Flieger hatte er an der Reaktion seiner Nachbarn abzuschätzen versucht, ob und wie doll er wohl müffeln würde. Aber von da kam glücklicherweise nichts.

Vor der Ankunftshalle entschied er sich gegen die Metro und für die Bequemlichkeit. Das war ein kleines Risiko. Die Schnellbahn umfuhr jeden Stau, und davon gab es in Athen viele. Aber die Taxe war bei diesen Temperaturen einfach bequemer und angenehmer. Außerdem wusste er nicht, wie lange er wohl auf den nächsten Zug warten musste, er hatte vergessen, es zu googeln. Und dann würde ihn die Bahn im Zentrum vor dem Parlament ausspucken, und von dort musste er dann doch eine Taxe hoch auf den Lykabettus-Berg zu seinem Hotel nehmen. Von dort hatte man einen wunderbaren Ausblick auf die Akropolis und bis aufs Meer, deshalb stieg er dort besonders gern ab. Das Hotel war etwas in die Jahre gekommen, aber der Ausblick entschädigte für alles. Das Frühstück auf der Dachterrasse mit dem Panoramablick zum antiken Olympiastadion, vorbei am Zeus-Tempel und der Akropolis bis zum Parlament, versüßte jeden Tag.

Vom Taxi aus rief Giannis die griechischen Kollegen an und informierte sie, dass er pünktlich gelandet war. Sie verabredeten sich in der Justizbehörde und vereinbarten, später gemeinsam essen zu gehen. Das war sicher der Kompromiss. Wenn sie schon das halbe Wochenende für den Job drangeben mussten, dann sollte er doch zumindest das Essen am Abend übernehmen. Quasi als Entschädigung. Das Fischrestaurant hieß »Delfinia« und lag an einem schönen Platz im Osten der Stadt. Beides gehörte zu seinen Lieblingsorten, und er nahm den Vorschlag gerne an. Da konnte man manches im kleinen Kreis noch etwas offener besprechen als in großer Runde im sterilen Sitzungssaal der Behörde. Und vor allem gemütlicher.

Bei seiner Ankunft am Hotel verging ihm erst mal die gute Laune. Der Taxifahrer verlangte 40 Euro von ihm, dabei gab es seit Monaten schon eine Flatrate von 35 Euro, und das war schon eine Menge. Aber manche Fahrer versuchten es immer wieder. Sie verlangten Zuschläge für die Autobahnmaut oder Gepäck. Oder beides. Bei ahnungslosen Touristen funktionierte das offenbar immer noch. Er hatte sich schon häufiger gegen diese Tricks gewehrt. Für Giannis war das Verhalten der Taxifahrer so etwas wie ein Reformbarometer, ob sich das Land bereits verändert hatte.

Im Hotel war für ihn schon alles vorbereitet. Er war dort in diesem Jahr bereits etliche Male zu Gast gewesen, dienstlich und privat, und deshalb gut bekannt, seine Zimmerkarte lag bereit. Er sprang schnell unter die Dusche und machte sich frisch. Danach warf er sich in eine sportliche schwarze Hose und ein weißes Polohemd. Das Gute in Griechenland war, dass die Kleiderordnung auch bei offizielleren Terminen deutlich zwangloser war. Die Lässigkeit war den warmen Temperaturen geschuldet. Sogar der neue Ministerpräsident und seine Regierungsmannschaft waren fast immer ohne Krawatte und häufig genug sogar ohne Jackett unterwegs.

Gegenüber vom Hotel, in einem kleinen Park, trank er in einer Ouzeria einen schnellen Espresso im Stehen. Die kleinen Tische waren voll besetzt. Die Stadt lief sich für das Wochenende warm und genoss die milden Sonnenstrahlen nach der großen Mittagshitze, von Krise keine Spur. Das galt auch für die Taxis. Er musste an der Straße ungewöhnlich lange warten, bis er nach einigen Minuten endlich einen Wagen herbeiwinken konnte.

In der Justizbehörde holte ihn ein Kollege vom Empfang ab und begleitete ihn ins elfte Geschoss. Dort stießen zwei weitere Mitarbeiter dazu und baten um zwei Minuten Geduld, bis sie vollzählig wären. Das triste Besprechungszimmer roch verqualmt. Offenbar rauchten die griechischen Kollegen immer noch in den Büros, obwohl die Vorschriften doch eigentlich etwas anderes vorsahen. Viele waren deshalb auf die neuartige E-Zigarette umgestiegen. Bei der Kripo offenbar nicht. Als die Tür endlich aufging, erlebte Giannis die nächste Überraschung. Eine junge Frau betrat den Raum und stellte sich als Leitende Oberstaatsanwältin vor. Sie mochte vielleicht 35 sein, kaum älter als er jedenfalls. Er hatte schon von ihr gehört, aber nicht mit ihr gerechnet. Sie galt mit einigen anderen Staatsanwältinnen als Hoffnungsträgerin der Justiz im Kampf gegen Korruption.

Denn auch das griechische Rechtswesen hatte sich als nicht frei von zwielichtiger Kumpanei erwiesen. Akten verschwanden, Ermittlungen wurden verschleppt, Prozesse aufgeschoben, bis Verjährungsfristen eine Strafverfolgung unmöglich machten. Neuerdings zogen vor allem einige weibliche Ermittlerinnen besonders unerbittlich gegen diese Begleiterscheinungen und gegen Steuerhinterziehung, Bestechung oder Korruption ins Feld. Sie waren nicht nur hart und unbestechlich, sondern auch noch hübsch. Deshalb hatten sich Geschichten über sie bereits bis in deutsche Medien rumgeschrieben, »In High Heels gegen Steuersünder«, so und ähnlich lauteten die Überschriften.

Giannis ertappte sich dabei, dass er sie anstarrte und sein Blick fast automatisch zu ihren Füßen ging. Fee Pilotakis lächelte amüsiert. »Zufrieden?«, fragte sie. Und als Giannis etwas verlegen den Blick senkte, ergänzte sie, als hätte sie das nicht bemerkt: »Die Zeiten sind hart, wir brauchen im Kampf gegen das Böse alle Waffen, High Heels gehören aber nicht immer dazu.« Immerhin lächelte sie. Tatsächlich hatte sie so flache Ballerinas an den Füßen, dass ihre enge Hose bis auf den Boden reichte. Punkt für sie, dachte Giannis. Sie schmunzelte immer noch und begann mit ihrem Bericht über die Lage im griechischen Fußball.

Seit 2008 hatte es Dutzende Spiele der ersten und zweiten Liga gegeben, die manipuliert worden waren. Drei Vereine waren bereits wegen Bestechung und Manipulationen zwangsweise aus der höchsten Spielklasse verbannt worden. Seit 2011 waren über 100 Personen angeklagt worden, trug sie vor, Spieler, Trainer, Berater und Funktionäre. Sogar der mächtige Präsident eines Athener Traditionsvereins, ein schwerreicher Unternehmer, war angeklagt worden. »Der Sumpf reicht von Piräus bis unter die Akropolis.« Ihre Kollegen grinsten bei dem Sprachbild.

Aktuell liefen bereits wieder Ermittlungsverfahren in zwei Dutzend Fällen, berichtete die Staatsanwältin. Auffällig war, dass die großen Traditionsklubs, die seit Jahren den Titel unter sich ausspielten, irgendwie immer mit im Fadenkreuz standen, aber vergleichsweise selten bestraft wurden. Das sollte sich endlich ändern. »Die Lage ist schlimm, aber nicht schlimmer als bei euch im Resteuropa«, meinte einer der Kripomänner. Sie schaute etwas missbilligend zu ihm herüber. Als Hintermänner vermuteten die griechischen Fahnder ein Syndikat in Singapur, sie hatten sogar einige Namen, aber bislang wenig juristisch Verwertbares. Die Asiaten versteckten sich hinter europäischen Handlangern, an die sie nicht rankamen. Mit hoher Wahrscheinlichkeit gehörte ein Clan auf dem Balkan dazu, mit albanischen oder serbischen Wurzeln. Sie griff zu ihrem Wasserglas.

»Geht es vielleicht noch etwas konkreter?« Giannis nutzte die kurze Unterbrechung. Das war ja alles schön und gut, aber soweit waren sie zu Hause eigentlich auch schon. Und die griechischen Erfahrungen waren zwar eine Bestätigung der ganzen Dimension, aber sie waren eben auch Angelegenheit der Griechen.

»Das ist kompliziert.« Der jüngste Kollege, der bislang geschwiegen hatte, mischte sich jetzt ein. »Es gibt Hinweise, die auf Tirana als Sitz der europäischen Filiale hindeuten, es gibt aber auch Indizien, die auf Sarajevo schließen lassen. Wir wissen nicht, ob die alternativ zu sehen sind oder additiv. Oder ob beides vielleicht nur Sackgassen sind. Wir treten grad etwas auf der Stelle.« Sie versuchten zurzeit, im Kontakt mit den Kollegen in Bosnien mehr herauszukriegen, manchmal auch auf dem kleinen Dienstweg, ergänzte er noch. Mit den albanischen sei das traditionell schwieriger. Die Beziehungen seien etwas angespannt. Er dachte dabei wahrscheinlich an die Hunderttausende illegaler Grenzgänger, die in Griechenland Arbeit suchten, aber vor allem das Verhältnis zwischen beiden Ländern belasteten.

»Irgendwelche Namen?«, hakte Giannis nach. Endlich kam etwas Fahrt in die Geschichte.

»Vielleicht, aber derzeit noch nicht richtig belastbar«, antwortete der junge Kollege. »Bei unseren Ermittlungen taucht immer wieder ein Name auf: Petrovic. Aber das ist in der Region ein Allerweltsname. Deswegen ist bei unseren Ermittlungen die grenzübergreifende Vernetzung so wichtig. Ergibt der Name für Sie einen Sinn?«

Dem Kollegen war nicht entgangen, dass Giannis überrascht den Blick auf ihn gerichtete hatte und jedem seiner Worte auf einmal besonders konzentriert folgte. »Falls ja, vielleicht ist für euch dann auch eine andere Meldung interessant, die wir frisch von unseren Kollegen aus Bosnien reinbekommen haben. In Sarajevo gab es eine Schießerei. Das ist nicht ganz ungewöhnlich, aber das Opfer ist ein Borsa Petrovic. Schon wieder dieser Name …« Er brach ab. Giannis war wie elektrisiert aufgesprungen und rief überrascht aus: »Das gibt's doch gar nicht!« Auf Deutsch. Alle Augen richteten sich auf ihn. Er entschuldigte sich für seinen Ausbruch und bedeutete dem griechischen Kollegen weiterzumachen.

»Kann das alles Zufall sein?«, setzte der fort. »Immer wieder dieser Name. Hinzu kommt, dass er durch einen Schuss ins Knie schwer verletzt wurde, Täter unbekannt. Das stinkt doch förmlich nach einer Abrechnung im Milieu.«

Die reden ja wie wir, dachte Giannis und versuchte, sich zu fokussieren. Konnte das eine zufällige Häufung von Ereignissen sein, die alle zueinander passten? Allerweltsname hin oder her, aber ein Borsa Petrovic als Opfer eines kriminellen Angriffs? An solche Zufälle glaubte der Hamburger Ermittler normalerweise nicht. »Das kann kein Zufall sein«, sagte er laut. »Haben wir noch mehr? Könnten Sie in Bosnien vielleicht noch irgendwas erfahren, uns läuft die Zeit weg. Erst recht, wenn die Schießerei einen Zusammenhang mit unserem Fall hat.«

»Der Patient liegt im Krankenhaus und ist sehr geschwächt. Sobald die Kollegen mehr wissen, werden wir es erfahren. Der Pass des

Opfers ist in Serbien ausgestellt, so viel wissen wir. Aber komischerweise deuten einige Informationen darauf hin, dass er in Deutschland lebt.« Der Grieche blätterte in seinen Unterlagen. »Genau«, er nickte vor sich hin, als er in seiner Vermutung bestätigt wurde. »Vielleicht sogar in Ihrer Heimatstadt.« Er schaute Giannis an: »Die Kollegen haben in seiner Brieftasche einige Hamburger Visitenkarten und eine Hamburger Telefonnummer gefunden.«

Jetzt war er sich sicher. Das konnte kein Zufall mehr sein. Das sagten Giannis sein Instinkt und sein gesunder Menschenverstand. Beides täuschte ihn selten. Petrovic, immer wieder der gleiche Name, ihr Hamburger Balkan-Clan, der Anführer getötet, verwickelt in alles Mögliche und aller Wahrscheinlichkeit nach auch in Wettmanipulationen, das passte alles viel zu gut, er musste dringend telefonieren. »Können wir uns vertagen und heute Abend weitermachen?«, fragte er in die Runde, »ich müsste dringend mal telefonieren. Vielleicht wissen wir dann etwas mehr.«

HAMBURG | im Gericht

Eleni hatte schon den Türgriff in der Hand, als das Telefon klingelte. Sie zögerte kurz. Eigentlich wollte sie den Abend ganz für sich haben und mit ihren Gedanken allein sein. Die Nacht mit Giannis schwang immer noch nach, äußerst angenehm sogar. Wenn sie an ihn dachte, durchflutete ein warmes Kribbeln ihren Bauch. Was er wohl jetzt machte? Und dachte? Und fühlte? Sie wollte keine Antworten suchen, zumindest nicht heute. Sie wollte nur den Abend nachschmecken und die Erinnerung genießen. Dazu passte ein später Telefonanruf so gar nicht, und dann auch noch am Wochenende. Der Anrufer konnte doch gar nicht wissen, dass sie im Büro war und verträumt über ein paar Akten hockte. Trotzdem ließ er nicht locker. Eigentlich hasste sie solche Leute, die offenbar davon überzeugt waren, dass man nur lange genug klingeln lassen musste, damit irgendwann doch jemand den Hörer abnahm. Dabei war das Signal doch eindeutig, wenn nach vier- oder fünfmal niemand ranging. Niemand da oder Störung unerwünscht. Das musste man doch akzeptieren können.

Sie ärgerte sich, nahm aber die Hand wieder vom Türdrücker. Als sie den Hörer hochriss, gab sie ihrer Stimme einen leicht gehetzten Klang. »Hallo, ich komm grad rein, wer ist da?«

Am anderen Ende der Leitung meldete sich ein ihr völlig unbekannter Mann. »Verkehrsüberwachung Nord, wir haben vielleicht was für Sie. Könnte wichtig sein.«

Eleni war leicht verwirrt. Am Wochenende? »Für uns? Sie sind hier bei der Sonderkommission für Manipulationen im Profifußball und Gewaltverbrechen gelandet. Was sollte die Verkehrsüberwachung für uns haben?« Das Ganze konnte doch nur ein einziges Missverständnis sein und kostete ihre Zeit. Zeit, die sie gut gebrauchen konnte, ausnahmsweise mal für sich. Und nicht für irgendwelche übereifrigen Anrufer. Aber der ließ sich nicht beirren. »Fahnden Sie nicht nach zwei Motorradfahrern, die vor ein paar Tagen einen Laden auf St. Pauli zusammengeschossen haben? Dann hätte ich vielleicht doch was für Sie.«

Dann rückte er endlich mit der Sprache raus und erzählte, dass am späten Donnerstagnachmittag so kurz vor 18 Uhr zwei Motorradfahrer auf der Kieler Straße geblitzt worden waren. Eigentlich war nur der erste in die Radarfalle gefahren. Aber auf dem Foto sah man ganz deutlich, dass knapp hinter ihm bereits der zweite Fahrer auf der Kreuzung war. Nur hatte der Blitz nicht so schnell erneut ausgelöst. Normalerweise konnte die Verkehrsüberwachung mit geblitzten Kradfahrern wenig anfangen. Die Gesichter waren durch die Helme nicht erkennbar, die Nummernschilder oft verdreckt oder unleserlich. Und vorne hatten Motorräder ja sowieso keine.

In diesem Fall war es nicht viel anders. Aber er hatte in der Verkehrsüberwachung kurz nach Schichtwechsel den späten Törn übernommen und gerade erst die aktuellen Fahndungsmeldungen sorgfältig studiert. Deshalb war ihm auf der ersten Maschine der zweifarbige Tank aufgefallen mit einem Drachen an der Seite, schmutzig gelb sah der aus. Einmal neugierig geworden, hatten sie die Verkehrskameras von der Autobahnauffahrt bis zum Kreuz Eidelstedt kontrolliert und tatsächlich die beiden Motorradfahrer wiederentdeckt. Sie fuhren trotz Baustelle viel zu schnell, schlängelten sich auf der linken Spur rücksichtslos an der Autoschlange vorbei. Und endlich konnten die Verkehrsbeamten auch Teile der Nummernschilder erkennen. »Wir sind ziemlich sicher, dass sie in Pinneberg gemeldet sind.« Eleni war jetzt doch aufmerksam geworden. Sie hatte ihren Rucksack wieder abgestellt und sich gesetzt. »Und Sie sind sicher, dass es sich um die gleichen Maschinen handelt?«

»Ich denke schon«, sagte der unbekannte Kollege in der Leitung. »Unverkennbar eine 750er-Kawasaki, schwarz-roter Tank, das sollte schon mit dem Teufel zugehen, wenn das reiner Zufall wäre.« Eleni nickte zur Bestätigung, obwohl der andere das nicht sehen konnte. »Es kommt noch besser«, fuhr der Anrufer fort. »Einer meiner Kollegen kommt aus Halstenbek und weiß, dass es dort irgend so ein chinesisches Fuhrunternehmen gibt, mit so einem Namen, wie ihn meine Frau vom Yoga kennt. Ich komm noch drauf. Und tatsächlich haben wir sie noch einmal an der Ausfahrt Halstenbek-Rellingen entdecken können, danach fehlt jede Spur. Aber die Firma müsste doch rauszukriegen sein.«

Die Staatsanwältin war jetzt doch elektrisiert. Ihre privaten Gefühle und Überlegungen waren in den Hintergrund gerückt. Jetzt kribbelte es woanders. »Wir kümmern uns«, sagte sie, »ausgezeichnete Arbeit, vielen Dank, wenn das stimmt, haben Sie einen Kaffee gut bei uns.« »Mehr nicht?«, antwortete der Verkehrsbeamte keck, »bei uns trinkt man Bier. Zumindest nach Feierabend.« Sie bedankte sich noch einmal, dann legten sie beide auf.

Was hatte das zu bedeuten, überlegte sie. Der Überfall war professionell vorbereitet, der Zeitpunkt und die Flucht waren gut gewählt und sorgfältig durchdacht. Und dann waren die Täter dumm genug, in eine Radarkontrolle zu rasen. Wie passte das zusammen? Zusätzlich sollen sie noch so unvorsichtig gewesen sein, nach dem Anschlag nur für wenige Stunden abzutauchen. Um danach direkt zu ihren Auftraggebern zu fahren? Professionalität und Naivität so dicht beieinander. Sollten sie wirklich einmal das Glück auf ihrer Seite haben?

Eleni griff zum Hörer, um Stepenbrok anzurufen. Am liebsten hätte sie die Nummer von Giannis gewählt. Aber reichte das als guter Vorwand, ihn anzurufen? Solange er in Athen war, konnte sie ihm doch nicht mit Hamburger Kleinkram kommen, und sollte der noch so interessant sein. Das wirkte doch zu platt. Und sie wollte ja auch nicht den Eindruck erwecken, als wenn sie sich nach ihm sehnte. Dabei tat sie es, auch wenn es schwerfiel, sich das einzugestehen. Als sie noch darüber nachdachte, was eigentlich dagegenspräche, die eigenen Prinzipien ein wenig zu überdenken, klingelte plötzlich ihr Handy. Nicht schon wieder! Sie legte das Diensttelefon aus der Hand und ging ran.

»Hier spricht die Stimme der Vernunft«, hörte sie wie aus weiter Ferne, »und die kommt aus Athen. Hier ist Giannis. Wie ist die Lage?« Sie schluckte und kriegte vor Überraschung keinen Ton heraus. Wie konnte das sein? Gedankenübertragung? Schicksal? Oder einfach nur Zufall? Endlich würgte sie ein paar Laute hervor. »Oh, hallo, und selber?« Wie töricht, sie hätte sich ohrfeigen können, sie benahm sich wie ein dummes Huhn. Na ja, wie ein verliebtes dummes Huhn.

»Bei uns geht alles seinen Gang«, ergänzte sie schnell und eine Spur zu dienstlich. »Wir haben gerade interessante Neuigkeiten über die beiden Täter auf dem Motorrad reinbekommen, von der Verkehrsüberwachung. Manchmal muss man auch Glück haben. Wir gehen dem jetzt nach, vielleicht haben wir endlich eine Spur.« Dann fiel ihr ein, dass sie vielleicht doch etwas vergessen hatte. »Und bei dir?« Giannis ließ sich etwas Zeit mit der Antwort. »Müde«, sagte er dann, »versteh ich gar nicht. War wohl zu wenig Schlaf.« Eleni sah förmlich vor sich, wie er grinste. Danach berichtete er von den Erkenntnissen der griechischen Kollegen und vor allem von den Nachrichten aus Bosnien. »Die Frage ist, ob ich gleich weiterfliege oder ob ihr es erst mal bei Petrovic versucht. Dann wären wir sicher, ob es sich nur um den gleichen Namen handelt oder um mehr.«

Endlich kommt etwas Schwung in die Ermittlungen, dachte Eleni und hörte sich sagen: »Aber deswegen rufst du doch nicht an, oder?« Sie hatte den Satz kaum ausgesprochen, als sie ihn auch schon bereute. Wie peinlich war das denn? Der Kollege berichtete von neuen Ermittlungsergebnissen, und sie fragte nach dem Grund seines Anrufs. Plumper ging's ja wohl nicht mehr. Sie fragte sich, ob sie wohl rot geworden war. Immerhin kein Skype, dachte sie dann erleichtert, er kann mich nicht sehen.

»Wenn ich ehrlich bin, hatte ich Sehnsucht nach deiner Stimme«, hörte sie ihn sagen, »und wenn ich mutig genug wäre, würde ich auch sagen, ich habe Sehnsucht nach dir. Aber ich bin halt nicht mutig.« Sie fand das ganz und gar nicht und verdrehte verzückt die Augen. »Komm zurück, so schnell es geht«, antwortete sie mit belegter Stimme. Und war beinahe etwas erleichtert über ihre spontane Antwort. Es ging also auch ohne lange Grübeleien, dachte sie. Forsch sagt sie: »Und melde dich, wenn du magst.« Dann legte sie schnell auf, lehnte sich in ihrem Bürostuhl zurück und schloss die Augen.

BREMEN | Ostertor

Bonde hatte nach dem Anruf des Bremer Polizisten keine ruhige Minute mehr. Der hatte sich mit Namen gemeldet und Dienstgrad: Börnsen, Polizeikommissar. Aber von welcher Dienststelle oder Abteilung, das hatte er nicht gesagt. Zumindest hatte Bonde das nicht mitbekommen. Und er hatte versäumt, danach zu fragen. So überrumpelt war er gewesen. Was der dann alles wissen wollte. Jetzt tigerte er unruhig durch seine Wohnung. Vom kleinen Schlafzimmer in den Wohnbereich, von dort durch eine Doppelschiebetür aus Holz in die Diele mit dem Esstisch. Und wieder zurück. Was hatte das zu bedeuten? Noch dazu am Wochenende. Ging es wirklich nur um den Verdacht einer Fahrerflucht in Griechenland? Bei den Griechen funktionierte doch sonst nichts. Warum sollte ausgerechnet diesmal so etwas wie Amtshilfe bei denen funktionieren. Oder steckte doch mehr dahinter? Ihm war unwohl, sein Kopf fühlte sich immer noch heiß an. Er war am Vortag früher aus dem Büro nach Hause gegangen. »Du siehst gar nicht gut aus«, hatte ihm eine Kollegin zum Abschied im Büro mit auf den Weg gegeben. Das war genau die Art von Zuspruch, die er grad besonders gut gebrauchen konnte. Immerhin hatte so sein Abgang glaubwürdig gewirkt.

Am Abend war er zu nichts zu gebrauchen gewesen. Babette hatte ihn später angerufen und schließlich mitgeschleppt. »Du musst auf andere Gedanken kommen«, hatte sie behauptet und keinen Widerspruch zugelassen. Sie war eine Kollegin in der Steuerkanzlei, Babette arbeitete dort als Finanz- und Steuerberaterin, während er es als Jurist nur zum kleinen Steuerfachgehilfen gebracht hatte. Sie war ein paar Jahre älter als er, vier oder fünf, so genau wusste er das gar nicht. Denn obwohl sie sich so langsam den vierzig nähern musste, war sie noch ein ziemlich heißer Feger. Ab und an verabredeten sie sich, gingen essen oder ins Kino, manchmal auch in einen Klub. Normalerweise endete das im Bett. Alles sehr nett, aber unverbindlich. Er hätte das gern anders gesehen, liebend gern mehr daraus gemacht, aber sie wollte ihre Freiheit nicht aufgeben. Manchmal wurde er das Gefühl nicht los, für Babette nur so etwas wie ein Notnagel zu sein, ein Ersatzmann, wenn andere nicht konnten, Auswechselspieler im wahrsten Sinne des Wortes.

Diesmal war bei ihm tote Hose gewesen. Wie im schlechten Film. Erst waren sie essen beim Italiener im Überseequartier, der seit einigen Wochen schwer angesagt war. Die Spaghetti mit Meeresfrüchten waren gut, die Antipasti davor ausgesprochen lecker, hausgemacht und frisch. Aber er war nicht bei der Sache gewesen, mit den Gedanken ganz weit weg. »Hörst du mir eigentlich zu?« Mindestens zweimal hatte sie ihn das gefragt. »Is' irgendwas?« Vielleicht hätte er mit ihr reden sollen, einfach mal alles rauslassen. Aber er hatte Angst vor den Konsequenzen. Natürlich würde sie ihm zureden, zur Polizei zu gehen und reinen Tisch zu machen. Jeder halbwegs vernünftige Mensch würde so handeln. Und dann? In Untersuchungshaft gehen oder womöglich gar in den Knast? Würden dann nicht auch seine Fußballmanipulationen ans Licht kommen? Wäre das nicht alles nur noch eine Frage der Zeit? Dann war er erst recht erledigt. Und Babette wäre die Erste, die nichts mehr mit ihm zu tun haben wollte. Dann konnte er sich lieber gleich die Kugel geben.

Bei ihr zu Hause im Bett war dann natürlich Ebbe. Sie versuchte alles, ihn in Stimmung zu bringen, und legte ordentlich Hand an. Aber nichts half. Er war platt, total neben der Spur. Immerhin hatte er sich dann um sie gekümmert. Aber gedanklich war er ganz woanders gewesen und froh, als sie endlich erschöpft in das Kissen sank. Als sie ihn dann auch noch trösten wollte, hatte er genug. »Kann doch mal passieren«, sagte sie. »Stress und Druck im Job, eine Grippe im Anmarsch, das kennen wir doch alle, irgendwie jedenfalls«, munterte sie ihn auf. »Du brauchst sicher nur etwas Ruhe.« Er konnte das nicht mehr hören. Er wollte das auch nicht mehr hören. Er stand wortlos auf und zog sich an. Und ging. Jetzt verstand sie gar nichts mehr.

Seine Nacht danach war kurz und schlecht gewesen. Er wachte schweißgebadet auf, als er vergeblich versuchte, einem entgegenkommenden Auto auszuweichen. Es war dunkel, vermutlich Nacht, auf einer kurvigen und steilen Straße, auf der einen Seite der Berg, auf der anderen ein Abhang. Immer wenn er versuchte, dem Auto nach rechts auszuweichen, fuhr er auf die Schlucht zu. Wenn er links vorbei wollte, schaute er ebenfalls in die Tiefe. Der Motor brüllte, Reifen quietschten, oder waren es die Bremsen? Es gab keinen Ausweg für ihn, nur den steilen Abhang. Als das entgegenkommende Auto im Begriff war, ihn frontal auf den Kühler zu nehmen und über die Kante zu rammen, schreckte er aus seinem Albtraum hoch.

Draußen war es noch dunkel, ein leichter Luftzug wehte durchs gekippte Fenster ins Zimmer, deutlich frischer als auf Kreta. Draußen murmelte der Verkehr ein leises Lied, es musste noch ziemlich früh am Morgen sein. Wie lange er wohl geschlafen hatte? Er war zu faul, zu seiner Armbanduhr auf dem Schreibtisch zu gehen.

An Schlaf war nicht mehr zu denken. Wenn er die Augen schloss, kam die Erinnerung zurück. Die in Schlangenlinien gewundene Straße auf Kreta, die tief stehende Sonne, der weiße Blitz, der Knall am Kotflügel. Er zitterte. Wo sollte das bloß enden? Vielleicht sollte er doch zur Polizei gehen, alles auspacken? Die Fahrerflucht war doch das geringste Problem. Dafür würde man bestimmt nicht ausgeliefert. Nicht in Deutschland. Aber was war dann mit seinen Fußballgeschichten. Ob es für Leute wie ihn wohl so was wie eine Kronzeugenregelung gab? Vielleicht war das die Lösung. Er döste eine Zeit lang im Dämmerzustand vor sich hin, nicht richtig schlafend, aber auch nicht richtig wach. Endlich zwang er sich unter die Dusche.

Bonde war dann früh im Büro aufgelaufen. Für ihn eigentlich viel zu früh. Zweimal im Jahr mussten sie samstags in der Kanzlei erscheinen. Offiziell, um Brückentage zum Beispiel nach dem 1. Mai oder dem Vatertag auszugleichen. Ausgerechnet dieses Wochenende war so einer. Er setzte sich an seinen Schreibtisch. Viele Routinefälle, Anfragen von Klienten, die ihre wirtschaftlichen Aktivitäten neu ordnen wollten. Hilfeschreie von Angestellten, die in den Ruhestand gewechselt waren und sich selbstständig machen wollten. Alle wollten sie Bücher schreiben, dachte er verächtlich, Bücher, die niemand lesen wollte. Weil sie Angst vor der Langeweile des Rentnerdaseins hatten. Und Steuern sparen wollten sie sowieso. Das war das Mindeste, was die sogenannten Autoren sich von ihrer neuen Beschäftigung versprachen.

Er blätterte in der Akte eines angesehenen Journalisten, der nach fast vierzig Jahren bei einem berühmten Magazin nun in Pension gegangen war. Aber richtig bei der Sache war Bonde nicht. Er verpasste sogar die Morgenlage um zehn Minuten, dabei war die diesmal eher gesellige Routine. Jeden Morgen um zehn Uhr kamen normalerweise alle Mitarbeiter der großen Steuerkanzlei im Besprechungszimmer zusammen, um den Tag zu erörtern, welche Termine anlagen, welche neuen Gesetze oder Verordnungen zu berücksichtigen waren, welche Klienten einer besonderen Fürsorge bedurften.

Eigentlich ging er da ganz gern hin. Es war die einzige Gelegenheit, in der er auf Augenhöhe mit den Steuerberatern und Finanzdienstexperten des eigenen Büros saß. In der Morgenlage war er nicht mehr nur ein kleiner Assistent, der unbedeutende Steuergehilfe, bei dem es zu mehr nicht gereicht hatte, sondern er war einer von ihnen. Er konnte sich einbringen, seine Meinung hatte Gewicht. Naja, zumindest ein bisschen. »Bonde, was ist mit dir? Du siehst nicht gut aus, blass, Ringe unter den Augen«, flüsterte ihm eine Sekretärin zu, als er sich verspätet in die Morgenrunde drückte und eine Entschuldigung murmelte. Typisch! Kleppke, Schloof und Reimers, die drei Hauptgesellschafter, hatten natürlich wieder mal nichts geschnallt. Hatten sie ihn überhaupt bemerkt? Sie witzelten mit Inbrunst über einen Empfang am Vorabend im Übersee-Museum. Irgendeine Getränkemarke hatte eingeladen zu einem dieser neumodischen Treffen. »Come together«. Politiker, Journalisten und andere Heinzwichtigs waren zusammengekommen. Er war natürlich nicht eingeladen gewesen. Ein paar Werder-Spieler waren offenbar auch da. Seine Chefs hatten sich allerdings mehr für die Spielerfrauen interessiert und deren Schönheitsreparaturen, die sie in tief ausgeschnittenen Kleidern und Tops bereitwillig zur Schau trugen.

Gerade lachten sie über die unterschiedlichen Preise für Busen-OPs, und selbst die wenigen Frauen in der Runde lachten pflichtschuldig mit, als endlich auch Schloof ihn bemerkte. »Bonde, Sie Spaßbremse, wie sehen Sie denn aus? Sie müssten sich mal selbst sehen. Nicht, dass Sie uns die Leute hier anstecken. Gehen Sie lieber nach Hause, und kurieren Sie sich aus. Wir schaffen das auch ohne Sie.« Er grinste ironisch, Bonde kochte innerlich.

Babette musterte ihn besorgt und dachte an die vergangene Nacht. Okay, sie hatte ihren Spaß gehabt. Aber irgendwas war anders gewesen, das hatte sie gespürt, und schnell vorbei war's auch gewesen. Sie hatte sich ihre Enttäuschung nicht anmerken lassen, weil Männer damit nicht umgehen konnten. Diese Erfahrung hatte sie schon mehrfach gemacht. Wenn sie schon versagt hatten, wollten sie darüber anschließend nicht auch noch lange reden müssen. Er war wirklich nicht gut drauf gewesen gestern, irgendetwas beschäftigte ihn, etwas, das tief sitzen musste. So gut kannte sie ihn schließlich. Und dann war da ja noch Bondes überraschender Abgang gewesen. Vielleicht sollte sie ihn besuchen. Er war vielleicht nicht unbedingt ihr Traummann. Aber besser als keiner. Und eigentlich war er auch ganz in Ordnung.

Bonde nahm das Angebot seiner Chefs an. Ob er wirklich dankbar dafür war? Zu Hause hatte er gar keine Ablenkung mehr, da war nichts außer ihm und seinen Sorgen. Bonde allein zu Haus. Aber immerhin musste er auf niemanden Rücksicht nehmen. Er war mit der Straßenbahn zurück ins Viertel gefahren und die wenigen Schritten von der Haltestelle zu seinem Haus zu Fuß gegangen. Der kühle Mittagswind tat ihm gut. Es war, als lüftete der seinen Kopf. Er nahm sich fest vor, erst ein bisschen zur Ruhe zu kommen und bis zum Abend zu einer Entscheidung. Es gab schließlich nicht viele Möglichkeiten, er musste sich nur zu einer durchringen. Notfalls mit allen Konsequenzen.

Oder lieber doch nicht? Seine Sicherheit und Zuversicht waren plötzlich wie weggeblasen. Rastlos marschierte er durch die Zimmer. Er musste mutig und stark sein. Immer wieder sagte er sich das. Einmal im Leben.

WOLFSBURG | Amateurstadion

Jens Lohmann schnürte sich die Schuhe zu. In wenigen Minuten sollten sie rausgehen aufs Feld und sich warm machen. Er war ganz gelassen. Er hatte sich entschieden. Er war raus. Und das war gut so. Der Tag würde ein guter Tag werden, da war er sich sicher. Am Vorabend hatte er die Nachricht an Marjan rausgeschickt. »Ich kann das nicht. Das bin ich meiner Mannschaft schuldig«, hatte er ins Handy getippt, »die Kohle folgt.« Er wollte einfach nicht zum Verräter an seinem Sport und an seinem Verein werden. Schlussstrich. Haken dran. Eine Antwort darauf hatte er nicht erhalten. Warum auch. Es war alles gesagt. Er war erleichtert und mit sich im Reinen. Trotzdem nagte ganz tief in ihm drin noch ein leiser Zweifel. Warum reagierte Marjan überhaupt nicht? Wie war das zu verstehen, hatte es etwas zu bedeuten?

Der Trainer klatschte in die Hände und scheuchte die Spieler zum Warmmachen nach draußen. Eine sorgfältige Vorbereitung auf das Spiel war wichtig. Sie hatten noch die Chance, in die dritte Liga aufzusteigen. Dazu musste ein Sieg gegen die No-Names aus dem hohen Norden her. Wo waren die eigentlich zu Hause? In irgend so einem Kaff kurz vor der dänischen Grenze, wo zwei Klubs sich vor einigen Jahren zusammengetan hatten. In der Regionalliga brauchte die kein Mensch.

Die Voraussetzungen waren gut. Die Männer von der Grenze waren schwer in die Saison gekommen und krebsten nun im unteren Tabellendrittel rum. Sein Team wurde durch drei Profis aus dem Bundesligakader verstärkt. Die sollten nach längeren Verletzungspausen wieder Spielpraxis bekommen. Alle Zeichen standen also auf Sieg. Andererseits würden die Profis ihm wohl auch die Möglichkeit nehmen, sich selbst besonders in Szene zu setzen. Aber als Mannschaftskapitän musste er das akzeptieren. Der Verein ging vor, und Wolfsburg brauchte dringend einen professionelleren Unterbau. Dritte Liga war dafür die Voraussetzung.

Mit dem eigenen Durchbruch würde es dann allerdings nichts mehr werden. Lohmann war Realist genug, er wusste die Signale zu deuten. Er war Anfang dreißig, schon fünf Jahre dabei und immer noch viertklassig. Okay, er war mit im letzten Wintertrainingslager der Profis dabei gewesen, aber echte Talente sahen anders aus. Für einen Moment war er so deprimiert, dass der Trainer auf ihn aufmerksam wurde. »Was ist, Jelo?«, fragte der Coach, »Probleme? Dann lass die bitte in der Kabine. Heute gilt's.« Auch das war ein Grund für seine Entscheidung gewesen. Er konnte unmöglich ein für den Aufstieg der Wolfsburger wichtiges Heimspiel in den Sand setzen, Geld hin oder her. Das würde er sich nie verzeihen.

Die Partie lief schlechter als erwartet, viel schlechter. Schlimmer ging es eigentlich fast nicht. Die drei Leihgaben aus der ersten Mannschaft fanden keine Bindung zum Spiel. Vielleicht hatten sie auch Angst vor einer neuen Verletzung. Und drei, vier Stammspieler waren auch weit entfernt von hundert Prozent. So weit, dass Jelo überlegte, ob Marjan vielleicht auch noch mit anderen Teamkollegen gesprochen hatte. Er dachte an ihr Treffen in Hamburg zurück. Hatten die drei Typen nicht irgendwelche Andeutungen gemacht, die in diese Richtung gingen? Er sei nicht allein oder so ähnlich. Lohmanns Konzentration ließ nach, er spielte einen Querpass ohne Not zum Gegner und musste dessen Konter mit letztem Einsatz bremsen.

Zwanzig Minuten vor Schluss war noch immer kein Tor gefallen. Die wenigen Zuschauer murrten bereits wegen der durchwachsenen Leistung, und auf einmal wurden die Flensburger mutiger. Einen Tempogegenstoß in der 84. Minute konnte der Wolfsburger Keeper nur klären, indem er weit aus seinem Tor herauskam und den Ball in der Mitte der eigenen Hälfte erlief. Sein Abwehrversuch landete allerdings direkt bei einem Gegenspieler, der die Situation sofort erkannte und aus über 50 Metern abzog. Der Ball flog hoch und weit und senkte sich über den zurückeilenden Keeper. Dann sprang er kurz vor dem Strafraum auf und hoppelte langsam auf das leere Tor zu. Jelo kam von der Seite angehetzt.

Das war jetzt so ein Moment, wie Marjan ihn beschworen hatte. »Du kannst meinetwegen 89 Minuten das Spiel deines Lebens machen, in einer Minute musst du für mich da sein«, hatte er gesagt. Das war der Moment. Wenn er jetzt den Ball nicht mehr erreichte, war der Weg frei. Eine Heimniederlage, am besten durch ein Tor in den letzten 15 Minuten, das war die Ansage gewesen. Es war so einfach.

Er musste einfach nur zu langsam sein.

Lohmann warf sich mit letzter Kraft in den Schuss. Er schlitterte mit ausgestreckten Beinen über den nassen Rasen und erwischte den immer langsamer werdenden Ball auf dem tiefen Boden gerade noch knapp vor der Torlinie. Eckball. Seine Mitspieler feierten ihn, als hätte er grad den Siegtreffer erzielt. Die wenigen Zuschauer grölten ihre Begeisterung runter aufs Spielfeld. Die Gegner schlugen die Hände vors Gesicht. Das war's dann wohl.

Es blieben noch vier oder fünf Minuten, aber beide Mannschaften schienen sich mit dem Glück oder Pech, je nach Sichtweise, abzufinden. Lohmann bekam noch einmal den Ball, als er auf Höhe der

Mittellinie nahe der Außenlinie längst trabte. Bei ihm war alle Power raus, er wartete nur noch auf den Schlusspfiff. Er nahm den Ball an, schaute kurz, stoppte, wartete auf den Schlusspfiff und spielte ihn dann ab zum nächsten frei stehenden Mitspieler. In diesem Moment rauschte ein Abwehrspieler des Gegners von hinten heran, sprang ab und ihm mit gestreckten Beinen in die Hacken. Lohmann schrie auf und brach zusammen wie vom Blitz gefällt. Das Knacken war bis auf die Trainerbank zu hören.

Die erste Diagnose lautete Bänderriss im linken Fußgelenk, womöglich auch noch Knöchelbruch, das konnte erst eine Kernspin im Krankenhaus endgültig klären. Vorher musste aber erst mal die Schwellung abklingen. Als er nach zwei Stunden als Letzter aus der Kabine kam und auf Krücken mühsam zur wartenden Taxe humpelte, stand zwei Autos weiter ein Typ, dessen Gesicht ihm bekannt vorkam. Er sah aus wie der zweite Mann aus Hamburg, der sich als Emir oder so ähnlich vorgestellt hatte. In der einbrechenden Dunkelheit war er sich aber nicht ganz sicher. Außerdem sah er ihn nur für Sekundenbruchteile. Der Mann nickte ihm kurz zu, als wenn sie sich kennen würden, dann stieg er schnell ein und fuhr davon. Was sollte das? Sein Co-Trainer hatte auf ihn gewartet, aber nichts davon bemerkt. Er wollte ihn begleiten, aber Jelo lehnte ab. »Danke, geht schon«, stöhnte er, »ich muss jetzt allein sein. Besser so.«

Die ganze Rückfahrt lang grübelte er darüber, ob er richtig gesehen hatte. Glücklicherweise drängte ihm der Taxifahrer kein Gespräch auf. Die Droschke hielt in einer ruhigen Sackgasse einer Villengegend am Stadtrand. Lohmann zahlte und quälte sich aus dem Fahrzeug. Als er unsicher auf seinen Krücken stand und loshumpeln wollte, stand plötzlich eine dunkle Gestalt neben ihm. »Kann ich helfen?«, fragte der Unbekannte. »Das sieht nicht gut aus, Sie sollten besser auf sich aufpassen. Und auf Freunde hören. Ihr Sohn braucht doch seinen Vater.« Dann schlug er ihm so kräftig auf die Schultern, dass Lohmann Mühe hatte, sich auf seinen Krücken zu halten. Als er wieder sicher stand, war die dunkle Gestalt so schnell verschwunden, wie sie aufgetaucht war.

Zu Hause ging Lohmann in sein Zimmer. »Ich brauch Ruhe«, sagte er zu seiner Frau. Die machte sich Sorgen. Sie glaubte, dass er stärkere Schmerzen haben musste, als er ihr gegenüber zugab. Das war auch so. Die Wirkung der Schmerzmittel ließ bereits langsam nach. Aber tatsächlich wollte Lohmann nachdenken. Doch weit kam er nicht. Sein Handy vibrierte. Er rechnete mit einem Lokaljournalisten, der sich nach der Schwere seiner Verletzung erkundigen wollte. »Mit uns spielt man nicht«, sagte Marjan zur Begrüßung. »Ich hab dich ja gewarnt. Du hast noch Glück gehabt. Wir können auch anders. Ich hoffe, das ist dir eben noch einmal nachdrücklich klar geworden.«

»Was soll der Scheiß?«, stöhnte Jelo, »seid ihr verrückt? Ich zeig euch an.«

»Das würde ich mir gut überlegen.« Marjan ließ sich nicht aus der Ruhe bringen. »Du hast uns doch angeboten, das Spiel zu verkaufen. Dafür habe ich zwei Zeugen. Auch dafür, dass wir abgelehnt haben. Und wer kann deine Version beeiden?«

»Ihr Scheißkerle, ihr könnt mich mal!« Jelo hätte heulen können vor Schmerz und Wut. »Ihr könnt mir gar nichts.«

»Da wär ich mir nicht so sicher. Wir hätten Freunde sein können«, antwortete Marjan ungerührt. »Aber nimm's nicht so schwer, in sechs bis acht Wochen stehst du wieder auf dem Platz. Und dann reden wir noch mal darüber, wie sich unsere Freundschaft wiederbeleben lässt. Einmal sollte reichen. Auf seine Kniescheiben sollte man besser aufpassen. Und dein Sohn braucht schließlich einen fitten Vater.« Danach legte er auf.

ATHEN | im Osten der Stadt

Der Abend im »Delfinia« begann voller Überraschungen. Giannis hatte ein Taxi genommen und summte im Wagen vergnügt vor sich hin. Der Fahrer blickte mehrfach besorgt in den Rückspiegel, was mit seinem Fahrgast auf der Rückbank wohl nicht stimmte. Giannis merkte davon nichts. Er hatte noch das Gespräch mit Eleni im Ohr und ihr Bild vor Augen. »Komm zurück, so schnell es geht«, waren ihre letzten Worte gewesen, und es gab nichts, was er in diesem Moment lieber getan hätte. Bester Stimmung und mit seinen Gedanken ganz weit weg verließ er am Marktplatz die Taxe. So entrückt war er, dass er nicht mal merkte, wie der Fahrer den Tarif von 5,48 Euro großzügig auf neun Euro aufrundete. Er murmelte was von Nachtzuschlag, obwohl der erst ab Mitternacht fällig gewesen wäre. Aber Giannis war so was von neben der Spur, dass er sogar noch zwei Euro Tip drauflegte.

Die Platia war rappelvoll. An den Seiten in den Kafenions und kleinen Tavernen drängten sich die Menschen. Die Temperaturen zwischen den geduckten kleinen Häusern, in denen vor knapp hundert Jahren Flüchtlinge und Vertriebene aus Kleinasien ein neues Zuhause gefunden hatten, waren milde, sicher noch um die 25 Grad. Und das Leben hatte sich komplett nach draußen verlagert. In der Mitte des Platzes spielten einige kleine Jungs Fußball, andere rasten mit Skateboards über die Steinplatten. Hier sah man wenig Touristen, die meisten Besucher waren Anwohner, die auf den Bänken und niedrigen Steinmauern hockten.

In den traditionellen Kaffeehäusern quatschten sich die alten Männer bei einem Kaffee und einem Glas Wasser ewig fest, mehr gab ihr schmales Budget nicht her. Und die Wirte ließen sie in Ruhe sitzen. Bei einer offiziellen Arbeitslosenquote von 25 Prozent und sehr viel höherer Dunkelziffer sowie mehrfach gekürzten Renten waren viele schon froh, wenn sie sich zum Kaffee eine Portion Fritten und einen großen Salat mit Schafskäse unter Freunden teilen konnten.

Als Giannis das »Delfinia« am Ende des Platzes erreichte, waren zwei seiner drei männlichen Kollegen bereits da. Sie hatten einen Tisch draußen belegt und jeder ein großes Bier vor sich stehen. Die Fischtaverne war nur zur Hälfte besetzt. Das war kein Wunder. Denn die Preise für Fisch waren gemessen an deutschen Standards zwar einigermaßen günstig, aber für viele Griechen in der Krise trotzdem kaum erschwinglich. Für halbes Geld ließ sich ein Abend mit der Familie deutlich günstiger bei Souflaki und Bifteki verbringen. Giannis setzte sich zu den beiden und bestellte ebenfalls ein Mythos vom Fass, das sich bei diesen Temperaturen sehr gut trinken ließ. Erst recht, wenn es in tiefgekühlten Gläsern serviert wurde.

Während die Männer noch ihre Begrüßungsfloskeln und andere Belanglosigkeiten austauschten, merkte er, wie Gäste an den Nebentischen ihre Köpfe drehten. Und zu seiner Verwunderung erschien die Chefin in Person. Kurzer Rock, enge, vielleicht sogar etwas zu enge Bluse, die Haare offen, dazu High Heels. Wow. Aber wahrscheinlich wurde sie nur deswegen so angestarrt, weil sie es als energische und unbestechliche Staatsanwältin inzwischen zu einiger Prominenz gebracht hatte. Sie lächelte Giannis vertraut zu und begrüßte ihn mit Küsschen rechts und links, als würden sie sich schon ewig kennen. Er war etwas verdattert und sagte: »Wie schön, damit hatte ich überhaupt nicht gerechnet.« Und als sie ihn statt einer Antwort strahlend anlächelte, ergänzte er schnell: »Ich freue mich.« Mehr brauchte er nicht zu sagen, denn der letzte Kollege platzte in ihre Runde, sie waren vollzählig.

Sie fragte ihn, ob er mit ihr die Fische auswählen würde. Und er fragte sich, was das zu bedeuten hatte. Eigentlich war das ganz normal. Man ging auch in den Tavernen der Hauptstadt immer noch gern in die Küche und schaute in die Töpfe. Vor allem aber bei Fisch überließ man nichts dem Zufall und suchte ihn eigenhändig aus. Nur ließen sich das Ritual normalerweise die griechischen Männer nicht aus der Hand nehmen, und nun nahm die Chefin ausgerechnet ihn, den deutschen Gast, an die Hand. Seine Kollegen schauten ihn einigermaßen vielsagend an. Und tatsächlich hatte ihre Aufforderung etwas Eigenartiges, fast Vertrautes, sehr Persönliches. Er hatte sich in Eleni verguckt, das stand für ihn außer Frage. Trotzdem machte ihn die Staatsanwältin irgendwie an, das registrierte er für sich. Und es gefiel ihm. Was hatte das nun wieder zu bedeuten?

Sie entschieden sich für Rotbarben, Krake und einen großen Wolfsbarsch, dazu Salat, überbackene Auberginen, frittierte Zucchiniblüten,

Tsatsiki und das traditionelle Kichererbsenmus. Alles kam nach griechischer Art in die Mitte, und jeder langte zu. Dazu tranken sie Ouzo auf Eis. »Jamas, auf die Gesundheit.« Während des Essens berichtete Giannis in groben Zügen von den neuesten Erkenntnissen aus Hamburg. »Morgen fliege ich zurück, danach erfahrt ihr mehr, wir sollten in sehr engem Kontakt bleiben«, sagt er. »Enger Kontakt ist immer gut«, antwortete sie, und irgendwie klang das doppeldeutig, »du solltest deinen Rückflug allerdings um einen Tag verschieben.«

Giannis verstand nicht. Sie schaute ihm direkt in die Augen, und er glaubte, bis tief in ihr Innerstes blicken zu können. Was ging hier vor, wieso diese Vertrautheit, machte sie ihn tatsächlich an? »Wir haben für morgen spontan einen Zugriff geplant, deswegen bin ich hier. Details erzähl ich dir später.« Ihr Blick glitt an ihm vorbei, die Glut war erloschen. Giannis war irritiert. Seit wann duzen wir uns, dachte er, spielt die mit mir? »Es wird sich lohnen, glaube mir. Ich denke, wir können eine internationale Bande auffliegen lassen«, ergänzte sie.

Giannis zögerte mit der Antwort. Er hatte sich so sehr auf den Rückflug gefreut. Den würde er nicht schaffen, wenn er auf sie hörte. War das ein Angebot, das man nicht ablehnen konnte? Andererseits ging es nur um eine Nacht. Aber genau das war ja das Problem. Es ging um eine Nacht. Mit Eleni. »Ich bin gespannt, was du mir nachher zu bieten hast«, sagte er und vermied bewusst eine klare Antwort. Und erst mit Verzögerung fiel ihm auf, wie doppeldeutig seine Erwiderung geklungen haben könnte. Er blickte sie an, aber sie ließ sich nichts anmerken.

Das Gespräch lief wieder in privateren Bahnen. Einer der Kollegen erzählte von der Einschulung seiner Tochter vor einigen Tagen. Ein anderer von der Schwangerschaft seiner Frau und dem Streit in seiner Familie, weil der Älteste zum Studium ausgerechnet jetzt ins Ausland gehen wollte. Giannis selbst berichtete von seiner Rückkehr nach Hamburg und wie sehr er seine Geburtsstadt doch vermisst hatte. Ihm fiel auf, dass sich die Staatsanwältin an den privaten Geschichten nicht beteiligte. Sie gab nichts von sich preis, sie kommentierte nicht einmal die Bemerkungen der anderen. Wollte sie damit alle persönlichen Fragen umgehen?

Die Unterhaltung wanderte mit immer mehr Ouzo zu den aktuellen Hausbesetzungen in Exarchia durch Autonome. Der Stadtteil war so etwas wie das Schanzenviertel in Hamburg oder Kreuzberg in Berlin: viele Studenten, Alternative, junge linke Familien, Heimat der Antifa. Polizisten waren in Exarchia nicht gern sehen, deutsche Journalisten auch nicht. Auf dem Höhepunkt der Krise und der politischen Verwerfungen zwischen Berlin und Athen, als immer mehr deutsche Politiker den Grexit des Landes, also den Abschied aus dem Euro, forderten, war es einige Male ungemütlich für Reporter in Exarchia geworden. Vor allem, wenn sie Fotografen oder Kamerateams in ihrem Schlepptau hatten.

Es war schon spät, Mitternacht war längst vorbei, als sich die griechischen Kollegen verabschiedeten, obschon längst noch nicht jeder alles zu dem Thema gesagt hatte. Die Staatsanwältin übernahm die Rechnung und verschwand im Lokal, nicht ohne ihm vorher bedeutet zu haben, auf jeden Fall auf sie zu warten. »Ich lasse dich am Hotel raus und setze dich kurz ins Bild«, was immer das bedeuten sollte. Sie winkte ein Taxi heran und setzte sich mit ihm auf die Rückbank, unterwegs sprachen sie kein Wort. Am Hotel angekommen stieg sie mit ihm aus und führte ihn zur Bar auf der Dachterrasse. Von hier hatte man einen wunderschönen Ausblick auf die angestrahlte Akropolis und die nächtliche Stadt. Aber sie setzte sich in eine entlegene dunkle Ecke. Scheiße, wo soll das enden, dachte Giannis und folgte ihr brav. Gegenwehr sah anders aus.

Bei einem letzten Drink ließ er sich von der geplanten Aktion erzählen, die beim Spiel eines der Athener Erstligisten gegen ein bosnisches Spitzenteam am Nachmittag stattfinden sollte. Die Partie war als Testspiel zur Überbrückung der Länderspielpause gedacht. In Mostar, wo die bosnische Mannschaft herkam, in Sarajevo und auch in Athen waren verdächtig viele und einige ziemlich hohe Wetteinsätze auf die Begegnung registriert worden.

Giannis hörte nur mit halbem Ohr zu, mit seinen Gedanken war er woanders. Scheinbar zufällig berührte er mit seinem Knie ihres, und sie ließ es zu. Als sie aufstand, ergriff er ihre Hand. Er wunderte sich über sich selbst, als sie annahm und ziemlich dicht an ihn ranrückte. Er konnte sie sogar riechen. Als der Fahrstuhl im vierten Stock hielt, wo er sein Zimmer mit Blick auf die Akropolis hatte, küsste sie ihn rechts und links. »Danke, das war ein schöner Abend«, sagte sie, bevor sich die Fahrstuhltüren zwischen ihnen schlossen.

Was war das denn? Er war völlig verdattert. Die Zeichen schienen doch ganz anders zu stehen, alle Signale auf Grün. Und nun stand er allein vor einer Tür. Schon wieder. Er verstand gar nichts mehr. Und auch an Eleni verschwendete er für einen Moment lang keinerlei Gedanken.

Sonntag, 4. Oktober

SARAJEVO | am Flughafengelände

Boris Petrovic konnte die Landebahn des Flughafens am Stadtrand sehen. Vom nahegelegenen Berg Igman, wo 1984 ein Teil der Olympischen Winterspiele stattfand, wehte ein kühler Wind zu ihm runter ins Tal Richtung Airport, hin und wieder entluden sich die grauen Wolken in leichten Nieselschauern. Er stand vor einem etwas heruntergekommenen Haus, kurz hinter der Stadtgrenze. Die Fassade wies noch immer zahllose Einschusslöcher auf. Er hatte diesen historischen Platz als Treffpunkt gewählt, weil er sich hier unbeobachtet fühlte. Neben dem grauen Einfamilienhaus endete ein 800 Meter langer Tunnel, der für die von serbischen Truppen umzingelte Stadt der einzige Weg in die Freiheit gewesen war. Fast drei Jahre lang. Über Monate hatten Freiwillige den unterirdischen Gang unter der Start- und Landebahn hindurch als letzte Verbindung mit der Außenwelt gegraben. Nachschub, Lebensmittel und Verstärkung wurden durch den Stollen transportiert, die Einheimischen nannten ihn deshalb Tunnel der Hoffnung. Zahllose Einschusslöcher an dem Haus zeigten noch immer, dass das wohl nicht für alle galt.

Inzwischen war ein kurzes Tunnelstück zur Besichtigung freigegeben, im Haus gab es ein kleines Museum mit Originaldokumenten und Fotos. Viele Touristen aus allen möglichen Ländern kamen deshalb hierher, auch aus Asien. Es waren nicht die großen Massen, aber genug, damit sein Treffen mit ein paar Chinesen niemandem großartig auffallen oder gar in Erinnerung bleiben würde. Er hatte sich alles genau überlegt. Nach dem Überfall wollte er seinem neunmalklugen Neffen beweisen, dass er zumindest in Sarajevo alles im Griff hatte. Dass er für ihr Geschäft unverzichtbar war und er sich im Krankenhaus keine Sorgen machen musste.

»Was soll der Quatsch? Ein Geheimtreffen und dann noch hier draußen am Arsch der Welt.« Der kleinere der beiden Männer schimpfte sofort los, kaum dass er aus dem Auto ausgestiegen war. Der protzige Audi hielt direkt vor dem Haus. Sein Fahrer, der ihm die Tür aufgehalten und sich danach wieder hinters Steuer gesetzt hatte, machte keinerlei Anstalten, ihn extra auf den Parkplatz gegenüber zu fahren. »Das kostet mich den halben Tag«, meckerte der Kleine weiter, »ich hoffe, du hast einen verdammt guten Grund für das Theater.« Boris zeigte sich unbeeindruckt von der schroffen Begrüßung. »Besser einen halben Tag in den Sand setzen als einen kompletten Wetteinsatz«, sagte er etwas schnippisch, »in was für einer Welt lebst du eigentlich?« Dann machte er eine Kunstpause, um die Wirkung seiner Worte zu erhöhen. »Halb Europa ist mittlerweile Schiebereien im Fußball auf der Spur, sogar wir haben die Bullen an der Hacke. Niemand weiß, wie sicher im Moment die normalen Kommunikationswege überhaupt noch sind, ob Telefon oder Internet nicht längst überwacht werden. Und du machst hier so 'n Aufriss wegen ein bisschen extra Fahrerei.«

Boris ging ungerührt zur Kasse des Museums und löste für ein paar bosnische Mark zwei Tickets. Der Kleine hatte keine andere Wahl, als ihm einfach zu folgen. Außer ihnen waren so früh am Vormittag nur wenige Touristen da, aber genug, dass sie zwischen ihnen nicht besonders auffielen. Während sie an Fotos von zerschossenen Autos und Häusern, Bildern von Leichen und schreienden Kriegsopfern vorbeischlenderten, berichtete Boris in groben Zügen von den Ermittlungen in Hamburg und wie dicht sie ihnen auf den Fersen seien. »Dann müssen wir uns wohl andere Partner suchen«, sagte der Kleine, der wie eine Art Halbchinese aussah. Boris war baff. Wie redete der eigentlich mit ihm? Aber er ließ sich nicht irritieren. »Das würde ich euch nicht raten. Die Ermittlungen werden von Europol gesteuert, der lange Arm der Ermittler reicht längst bis auf den Balkan und nach Osteuropa. Da sind Vorsicht und Professionalität besonders gefragt. Beides kriegt ihr nur mit uns.«

Der Kleine schnaubte verächtlich durch die Nase. »Da wär ich mir nicht so sicher.« Er war offensichtlich der Wortführer des komischen

Gespanns. Der andere, gut einen Kopf größer und auch breiter gebaut, hatte noch kein Wort gesagt. Er hatte schließlich doch den Wagen abgestellt und war ihnen auf das Gelände gefolgt. Verstand er überhaupt, was hier gesprochen wird, fragte sich Boris. Er kam offenbar von hier, zumindest sah er irgendwie so aus. Slawische Züge, kräftig von Statur. Aber kannte er auch die Sprache? Dem Kleinen sah man dagegen asiatische Wurzeln an. Hohe Wangenknochen, mandelförmige tiefdunkle Augen, leicht bronzefarbene Haut, dazu der passende Name.

Irgendwo hatte Boris mal aufgeschnappt, dass Hoyngs Vater zu Zeiten des Warschauer Paktes aus Nordkorea zur Ausbildung in die DDR gekommen war. Der hatte dort eine ostdeutsche Lehrerin geheiratet und war kurz nach dem Mauerfall mit Hoyng und dessen kleiner Schwester nach Rijeka übergesiedelt. Damals war das noch Jugoslawien, inzwischen längst eine kroatische Hafenstadt. An eine Rückkehr nach Nordkorea jedenfalls hatte die Familie keinen Gedanken verschwendet, wer mochte ihnen das auch verdenken. »Was schlägst du vor?«, fragte Hoyng jetzt, und zum ersten Mal hörte er sich etwas versöhnlicher an.

Sie sollten es für eine Weile etwas ruhiger angehen lassen, empfahl Boris. Die bereits geplanten Spiele wollten sie noch abwickeln, dann jedoch für eine Übergangszeit die Füße in Europa etwas ruhiger halten. »Wir werden im Winter etwas in Dubai und Abu Dhabi anbieten, das hilft uns über die Pause hinweg«, sagte er. Hoyng schüttelte den Kopf. »Wen interessieren denn die Golfstaaten. Unsere Leute wollen Kohle machen, das geht nur in Europa.« Außerdem stünde der Petrovic-Clan tief in ihrer Schuld nach der Pleite in der Türkei. »Unser deutscher Ableger ist damit gar nicht zufrieden«, sagte Hoyng, »das dürftet ihr wohl bereits gemerkt haben.«

Boris verstand nicht recht, was das kleine Halbblut damit wohl meinte. Aber er wollte sich das nicht anmerken lassen. »Geht der Angriff auf meinen Neffen gestern auch auf euer Konto?«, fragte er stattdessen zurück. Davon war bislang keine Rede gewesen. Schließlich waren sie Partner, und unter Geschäftsfreunden gehörte sich so etwas nicht. Was hatte das also zu bedeuten? Wollte die andere

Seite die Macht an sich reißen. Hoyng schwieg. »Nu' sag schon, raus damit«, setzte Boris nach. Hoyng schwieg weiter. »Überlegt euch gut, was ihr macht«, sagte der Asiate nach einer Pause nur, »wir haben Abmachungen, und wir erwarten, dass die eingehalten werden. Und unsere Kunden erwarten das auch. Wir mögen kein Foulspiel. Es geht schließlich um viel Geld.« Dann drehte Hoyng sich abrupt um und verließ das Gelände. »Was für eine Scheißidee, sich hier draußen zwischen lauter Kriegsschrott zu treffen«, zischte er noch und gab seinem Begleiter ein Zeichen, das Auto zu holen. Aber Boris hörte das schon nicht mehr.

Er blieb nachdenklich zurück. Boris hatte sich das alles etwas anders vorgestellt. Der Bruder in Hamburg tot, der Neffe zusammengeschossen im Krankenhaus, und er ohne jede Ahnung, wer dahintersteckte und was das Ganze sollte. Das Treffen war ein Schuss in den Ofen. Das musste er sich eingestehen. Er wusste danach nicht einmal, wer bei denen eigentlich das große Wort führte und was die verschwiemelten Andeutungen des kleinen Halbbluts eigentlich bedeuten sollten.

»Was für ein Scheißkerl«, es kümmerte ihn nicht, ob jemand seinen Ausbruch mitbekam. Boris stand vor dem Tunnelstück, das vor zwanzig Jahren Teil eines Fluchtwegs war, und dachte fieberhaft über einen Ausweg nach. Aber es fiel ihm keiner ein. Das Wetter passte dazu. Die Wolken vor den Bergen öffneten ihre Schleusen, und neuer Nieselregen fiel auf ihn herab. Als wenn sie Trauer trugen.

HAMBURG | am nördlichen Stadtrand

Die Parkplatzsuche gestaltete sich diesmal schwieriger als erwartet. Am Wochenende waren in dem gutbürgerlichen Randbezirk offenbar alle am liebsten zu Hause, die Karrieristen und Aufsteiger ebenso wie ihre weiblichen Trophäen. Die kleinen Straßen waren jedenfalls mit Zweitwagen zugestellt, die keinen Platz mehr auf den Grundstücken der Eigenheime gefunden hatten. An manchen Stellen waren kleine Smart-to-Gos auf dem Gehweg einfach zwischen die Bäume geklemmt worden, vermutlich vom gerade flügge gewordenen Nachwuchs. Hauptsache man war die los. Gerade in den Vierteln mit Parkplatznot war Carsharing mit diesen vierrädrigen Einkaufswagen aus Plaste schwer in Mode gekommen. Sie beruhigten so schön das ökologische Gewissen.

Eleni war ziemlich genervt und schon zweimal um die Häuser gekurvt, bis sie sich zwei Straßenecken entfernt vor einen klobigen Audi direkt an die Einmündung einer Seitenstraße klemmte. Was soll's, dachte sie, ihr kleiner Mini, das passte schon, wen sollte der stören? Sie vertraute darauf, dass am Sonntag wegen der Wochenendzuschläge keiner dieser städtischen Knöllchenschreiber unterwegs war. Und falls doch, waren die hoffentlich noch nicht so früh auf den Beinen.

Eleni hatte kurz entschlossen den freien Tag für ihre Ermittlungen drangegeben. Auf sie wartete zu Hause eh niemand, Sport passte so früh am Morgen nicht zu ihrem Biorhythmus und war sowieso viel zu gefährlich. Eine schwere Zerrung oder gar Bänderverletzung durch übertriebenes Jogging konnte sie sich im Augenblick nun wirklich nicht leisten. Erst recht nicht, wo nach langer Abstinenz wieder etwas Schwung in ihr Liebesleben zu kommen schien, dachte sie mit einer gewissen Sehnsucht. Da wollte sie beweglich bleiben. Innerlich kicherte sie leise vor sich hin bei dem leicht obszönen Gedanken.

Überraschenderweise öffnete Bra Petrovic höchstpersönlich die Tür. Sie hatte etwas rot geweinte Augen, schien aber überhaupt nicht verwundert über den Besuch. Sie bat die Staatsanwältin herein und erbot sich, einen Kaffee zu machen, was Eleni dankend annahm. Sie hatte sich am Morgen nicht viel Zeit genommen, ein schneller Tee mit Knäckebrot, das musste reichen. Ein Kaffee würde ihr jetzt guttun.

»Wo ist Janko?«, fragte Eleni, als der dunkle und offenbar starke Kaffee vor ihr in der Tasse dampfte.

»Weiß nicht.« Bra Petrovic zuckte mit den Schultern.

»Wie, weiß nicht?«

»Ich weiß nicht. Wollte Onkel treffen, meinen Schwager.«

»Wie, Schwager? Der lebt doch irgendwo in Albanien oder so. Oder ist der in Hamburg?« Eleni verstand nur Bahnhof.

»In Sarajevo. Er ist mit Familie nach Sarajevo gezogen.«

»Der Onkel? Und Janko ist auf dem Weg nach Sarajevo?« Eleni schnallte jetzt gar nichts mehr. »Janko darf doch das Land nicht verlassen.«

Bra Petrovic zuckte nur mit den Schultern.

»Wir haben doch seinen Pass.« Eleni hatte ihn damals sicherheitshalber eingefordert, damit sich Janko nicht aus dem Staub machen konnte. Was auch immer er für Gründe dazu haben könnte.

Bra Petrovic zuckte wieder mit den Schultern. Es schien, als hätte sie das Reden eingestellt. Sie wich dem Blick von Eleni aus und starrte auf ihre Füße.

Eleni wechselte die Taktik. »Jetzt mal unter uns, von Frau zu Frau: Ihr Sohn handelt sich eine Menge Ärger ein, und Sie ganz nebenbei auch, wenn Sie beide uns nicht helfen. Und wir können auch eine offizielle Fahndung ausschreiben. Spätestens dann ist er aber endgültig nicht mehr nur Zeuge, sondern Verdächtiger.«

»Sie so denken doch sowieso lange. Ich nicht blöd. Und auch nicht blind.«

Nanu, was geht denn hier ab, dachte Eleni und wunderte sich nur noch. Die Petrovic sprach ja besser Deutsch als bislang geglaubt. Versteckte sie sich vor den Männern ihrer Familie nur hinter vorgetäuschten schlechten Deutschkenntnissen? »Wieso sprechen Sie so gut Deutsch? Warum verbergen Sie das?«

Bra Petrovic zuckte mit den Schultern. Jetzt geht das schon wieder los, Eleni verzweifelte langsam. »Das hat doch einen Grund.«

»Ich mit viel Geschäften von Mann nix einverstanden. Immer mehr, immer größer, immer mehr Sorgen. Wegen Partner … immer zwielichtiger …« Sie zögerte. »Sagt man so?«

Eleni nickte. War doch gar nicht so schlecht. Ein bisschen ungelenk im Satzbau, aber viel besser als geglaubt.

»Aber er mein Mann. Was soll ich tun? Bei uns hat Mann immer recht. Jetzt tot. Davor ich immer Angst. Und Janko …« Der Satz hing im Raum wie ein Luftzug, der durchs Wohnzimmer weht.

»Was ist mit Janko?«

»Macht weiter, als wenn nix passiert. Er nicht verstehen.«

Eleni wunderte sich, wie einfach auf einmal alles war. Das muss die Trauer sein, dachte sie. Und die Sorge, noch einen Mann zu verlieren. »Wo ist er?«

»In Sarajevo. Hat zweiten Pass. Serbisch. Hatte immer zweiten Pass. Als Borsa Petrovic. Zweiter Name. Alter Name von früher. Von Opa. Aus Belgrad.«

Borsa! Meine Güte, wie blöd waren sie gewesen. Klassischer Anfängerfehler. Und trotzdem plötzlich eine ganz heiße Spur. Borsa Petrovic, das Opfer in Sarajevo, niedergeschossen, gezielt ins Knie. Giannis hatte das aus Athen berichtet. Ein Warnschuss, das war für sie keine Frage. Wer gezielt ins Knie schießt, kann auch den Kopf treffen. Wenn er will. Das war nach St. Pauli schon die zweite Drohung. Da meinte es jemand verdammt ernst. Und andererseits noch ziemlich gut. Wenn das keine Spur war. Und zwar eine brandheiße.

»Warum reichte das alles nicht? Warum hat Ihr Mann seine Geschäftsfelder immer mehr erweitert?« Eleni wollte die günstige Gelegenheit nutzen. Wer konnte schon wissen, wie lange das gute Klima zwischen ihnen anhalten würde.

Bra Petrovic jammerte leise vor sich hin. Zusammengesunken saß sie auf der Couch, ob aus Kummer oder Erleichterung, endlich alles ausgepackt zu haben, war für Eleni nicht klar auszumachen. »Er immer mehr wollen. Geht um viel Geld bei Fußball, Mann wollte dabei sein. Aber Chinesen unheimlich. Immer lächeln, immer freundlich. Nur Maske. Kann nicht gut gehen. Ich immer wissen. Haben Angst.« Jetzt hörte man die Ausländerin wieder deutlicher heraus.

Das war der Durchbruch, davon war Eleni überzeugt. Wie gut, dass sie sich spontan zu dem Besuch entschlossen hatte. Manchmal muss man einfach Glück haben, dachte sie. »Wir kümmern uns.« Sie versuchte, einigermaßen überzeugend zu klingen. »Wir kriegen die.« Dann verabschiedete sie sich und verließ das Haus. Beschwingt ging sie zum Auto zurück, nachdem sie der Petrovic noch einmal ins Gewissen geredet hatte, dass sich Janko unbedingt bei ihr melden müsste. Und zwar pronto. Von den Schüssen auf ihn erzählte sie erst mal lieber nichts.

Natürlich hatten die Informationen von der Witwe keine Beweiskraft, das war ihr bewusst. Denn es war ja keine offizielle Aussage. Und ob Bra Petrovic dies bei einer Vernehmung so in gleicher Weise auch zu Protokoll geben würde, das war keineswegs sicher. Eleni war zwar zuversichtlich, denn die Witwe hatte ganz offensichtlich die Nase gestrichen voll, und sie hatte Angst. Aber wie auch immer: Nach diesem Gespräch hatten sie endlich mehr als nur das Ende eines losen Fadens in der Hand. Sie mussten den jetzt nur noch aufrollen. Sie wussten jetzt mit ziemlicher Sicherheit, dass mindestens ein Arm der Wettmafia nach Hamburg reichte oder von dort sogar seinen Anfang nahm, wie bei einer Krake. Je nachdem, wie man es sah. Sie hatten jetzt erstmals Indizien für eine China-Connection, auch wenn sie noch keine Details über die Hintermänner kannten. Aber es gab immerhin Indizien über mögliche Verbindungen, das war schon mal ein Anfang.

Was sie nicht wussten war, ob der Tod von Petrovic und die Schüsse eine neue Stufe der Gewalt und Eskalation darstellten oder nur Flurschaden waren. Und wenn ja, warum. Aber das würde sich finden.

Sie war auf jeden Fall ziemlich optimistisch, als sie gut gelaunt zu ihrem Auto ging. Sie musste jetzt erst mal dringend mit Stepenbrok reden, überlegte sie. Und natürlich mit Giannis. Sie spürte ein leichtes Ziehen im Bauch, als sie an den unverschämt grinsenden Griechen dachte beziehungsweise Deutschgriechen oder Hamburger oder was auch immer der war. Aber es fühlte sich gut an.

Als sie bei der Seitenstraße ankam, war der Mini weg. Sie stockte kurz und überlegte. War sie vor lauter Grübelei abgelenkt und eine Ecke zu weit gelaufen oder in die falsche Richtung? Nein, der bullige Audi stand da noch, unter zwei wuchtigen Kastanien. Mit zwei Rädern auf dem Gehweg, damit die Fahrbahn nicht zu schmal war. Deshalb hatte er offenbar einen Strafzettel hinter dem Scheibenwischer klemmen. Hatte er den vorhin schon? Eleni war unsicher. Sicher war nur: Ihr Mini stand nicht da, wo er hätte stehen sollen. Dabei war es kaum eine Stunde her, dass sie ihn hier abgestellt hatte. Kaum gestohlen, schon in Polen? Sie erinnerte sich an die Beiträge in den Zeitungen, dass die Zahl der Autodiebstähle in Hamburg wieder zugenommen hatte. Vor allem durch gut organisierte Banden aus Osteuropa. Gerade am Vortag erst hatte sie etwas darüber gelesen. Allerdings waren die auf ganz andere Autotypen scharf. Auf solche wie den Audi zum Beispiel.

Plötzlich sah sie ein paar Fahrzeuge weiter einen blonden Haarschopf zwischen den Autos aufblitzen. Jetzt dämmerte es ihr. Sie hatten doch kein Wochenende. Eines dieser Ärgernisse auf zwei Beinen und in Uniform schrieb dort eifrig Strafzettel. Parkraumbewirtschaftung nannte sich das Prinzip hoch offiziell. Aber die Betonung lag eindeutig auf Wirtschaft. Und in Ordnung war das ganz und gar nicht, fand Eleni. Wen störte hier draußen schon ein Mini am Straßenrand. Sie ging auf die Frau zu, die konzentriert ihrer Berufung nachging. Der Verkehr ruhte doch, was sollte durch den Strafzettel besser werden, Eleni merkte, dass sie wütend wurde. »Mein Auto ist weg.«

»Ich weiß.« Die Frau sah in ihrer Spielzeuguniform aus wie aus einer Geschenkpackung für Schokokekse entsprungen. Sie hob nicht einmal den Blick von ihrem Minicomputer, auf dem sie eifrig rumtippte.

»Wie, ich weiß?«

»Abgeschleppt!«

»Wie, abgeschleppt?« Bitte nicht das, dachte Eleni genervt. Wahrscheinlich in irgendeinen Autoknast am anderen Ende der Stadt. »Warum?«

»Nach Paragraf 12, Absatz 3, Punkt 1 der Straßenverkehrsordnung müssen geparkte Autos mindestens fünf Meter von Einmündungen entfernt stehen. Ihrer stand nicht mal 50 Zentimeter entfernt.«

»Häh«, was sollte das denn? So leicht wollte es Eleni der Kollegin in Uniform nicht machen. »Bis zu fünf Meter« könne der Abstand betragen, widersprach sie, »also können es auch weniger sein, solange die Einmündung frei bleibt.« Die eifrige Zettelschreiberin ließ sich überhaupt nicht beirren. »Mag sein, aber gemessen wird erstens von den

Schnittpunkten der beiden aufeinandertreffenden Straßen. Und freie Sicht war zweitens nicht gegeben.«

Was sollte das denn? War sie hier beim Quiz oder bei »Verstehen Sie Spaß«? Eleni stöhnte. »Aber hier gibt's doch überhaupt keinen Verkehr, hier ist doch tote Hose. Also kann's auch keine Verkehrsbehinderung geben.«

»Das sagen sie alle. Sie können ja Widerspruch einlegen.«

Als wenn das jetzt helfen würde. »Hören Sie, ich bin Staatsanwältin und im Dienst«, Elenis Ton wurde fast flehentlich.

»Jaja, ich weiß. Alle sind immer irgendwie im Dienst.«

Eleni kramte in ihrer Handtasche. »Bitte, hier ist mein Dienstausweis, ich bin wirklich Staatsanwältin.«

»Super, dann kennen Sie ja die Rechtslage und wissen, wo Sie Ihre Karre abholen können.«

Eleni kochte jetzt vor Wut und hatte Mühe, nicht aus der Rolle zu fallen. »Ach ja, vergessen Sie Bargeld nicht. Plastikgeld mögen die bei der Abholstelle nicht so gern. Schönes Wochenende noch.« Dann ging die Ordnungshüterin ein Auto weiter und maß mit kritischem Blick den Abstand zu einer Ausfahrt, die nur kurz hinter dem Wagen auf die Straße mündete. Eleni holte das Handy aus der Tasche und suchte per GPS nach dem nächsten S-Bahnhof.

ATHEN | im Südosten

Als er gegen Mittag nach einer für ihn unruhigen Nacht auf dem Weg zum Stadion in einem ihm völlig unbekannten Stadtteil war, wunderte Giannis sich, wie viele Vereine der Hauptstadt in der ersten Liga spielten. In Hamburg hatte schon der zweite große Klub Mühe, sich oben zu behaupten. Manchmal ging es rauf, aber meistens ganz schnell und dann für längere Zeit wieder runter. In Athen war offensichtlich alles anders. Er kannte die drei großen Hauptstadtklubs, von denen einer zwischendurch zurück in die zweite Spielklasse gemusst hatte. Finanzielle Unregelmäßigkeiten sollen der Grund dafür gewesen sein. Als wenn es die nicht auch bei den anderen Klubs gegeben hatte. Aber wahrscheinlich hatten die bessere Freunde. Von dem Verein, zu dem sie jetzt unterwegs waren, hatte er noch nie etwas gehört. Das sollte schon etwas heißen. Denn auf seine Fußballkenntnisse hielt er sich durchaus etwas zugute.

Die Kollegen hatten ihn im Hotel eingesammelt, nachdem sie sich kurz vorher telefonisch angekündigt hatten. Die Staatsanwältin war nicht dabei. Hatte sie es sich anders überlegt nach dem Vorfall am Vorabend, überlegte er erschrocken. Aber die Kollegen beruhigten ihn. Sie würden die Chefermittlerin am Stadion treffen. Er hoffte, dass sie nicht eine ebenso schlechte Nacht gehabt hatte. Entweder war es der viele Ouzo, der Absacker im Hotel oder sein schlechtes Gewissen, das ihn im Zimmer lange nicht hatte zur Ruhe kommen lassen. Wie weit wäre er gegangen? Hätte er tatsächlich die frischen Keime im Beet der neuen Liebe in Hamburg gleich wieder zertreten? Was war nur in ihn gefahren? Zu viel Alkohol? Oder doch typisch Mann?

Er erinnerte sich an einen alten Hamburger Spruch, den die Großmutter eines früheren Freundes ihm zu Studentenzeiten mal zugerufen hatte. »Wenn de Piephahn steiht, geit de Verstand in Mors«. Das war zwar Plattdeutsch, er hatte es aber trotzdem gut verstanden. War es wirklich so einfach, tickte er wirklich so banal? Er entschied sich, lieber auf zu viel Alkohol als Ursache zu tippen, und erinnerte sich insgeheim an seine hehren Grundsätze. Denn ein Chauvinist und Draufgänger war er im wahren Leben nun wirklich nicht. Das sollte auch so bleiben. Er hoffte nur, dass die Verspätung der Staatsanwältin wirklich nichts mit dem Vorabend im Hotel zu tun hatte. Ein Nachspiel war so ziemlich das Letzte, was er jetzt gebrauchen konnte.

Gegen den Klub aus Mostar hatten die Athener in der Quali zur Europaliga vor einigen Wochen ohne große Mühe 3:0 gewonnen. Die Fangruppen beider Vereine waren befreundet, deshalb hatten die Verantwortlichen das Testspiel für die Länderspielpause vereinbart. Das

Treffen war sicher kein großer Kassenmagnet, zumal das Nationalteam am frühen Abend in der WM-Qualifikation im Baltikum antrat und das Spiel im Fernsehen live übertragen wurde. Aber die Kosten für beide Teams sollten schon eingespielt werden können, und beide Trainer hätten eine gute Möglichkeit, sportlich ein bisschen was auszuprobieren.

Dann hatte ein Informant den griechischen Kollegen gesteckt, dass einige ungewöhnlich hohe Wetten auf die Partie gesetzt worden waren und dass es im Laufe des Matches noch weitere Tipps auf Live-Wetten geben sollte. Ausgerechnet auf einen Sieg der Bosnier mit drei Toren, die alle in den letzten 15 Spielminuten fallen sollten. Wie plump war das denn, meinte Giannis, als ihm die Griechen von den geplanten Manipulationen erzählten. So dumm konnte doch das raffgierigste Syndikat nicht sein.

Giannis war nicht besonders gespannt oder gar nervös, als sie das Stadion erreichten. Die ganze Sache schien ihm viel zu sehr an den Haaren herbeigezogen. Aber er sagte nichts, denn er wollte auch kein Spielverderber sein. Sollten sich die griechischen Kollegen doch blamieren. Nur um den Tag in Athen war es schade. Unter normalen Umständen wäre er längst auf dem Weg zum Flughafen gewesen, in die Arme von Eleni. Und nicht auf einem staubigen Acker, der sich Parkplatz nannte. Die Schotterfläche war nicht einmal zur Hälfte mit Autos gefüllt. Zumindest das Parken war also kein Problem.

Auf den Rängen, die an guten Tagen vielleicht Platz für 20.000 Zuschauer boten, verloren sich vielleicht gerade mal 4.000 Fans. Wenn's hoch kam. Es mussten die besonders Eingefleischten sein. Hinter dem einen Tor hatten sich einige Hundert griechische Ultras versammelt, einige hatten rot brennende Pyrofackeln dabei, und eine Nebelkerze spuckte blaue und graue Rauchschwaden aus, obwohl das Spiel noch gar nicht angepfiffen war. Gegenüber hinter dem anderen Tor stand ein kleines Häuflein Bosnier. Mehr als 50, 60 hatten sich offenbar nicht auf den Weg gemacht. Da hörte die Fanfreundschaft offensichtlich doch auf.

Als die Ermittler wenige Minuten vor Anpfiff auf der Tribüne Platz nahmen, war der Zustrom an Zuschauern fast zum Erliegen gekommen.

Von Schlangen an den Kassen war nichts zu sehen. »Was wollen wir eigentlich hier?«, fragte Giannis die Staatsanwältin, die sie am Eingang ohne ein besonderes Zeichen der Emotion in Empfang genommen hatte. Küsschen rechts und links, soweit war er inzwischen akzeptiert, danach zählte nur noch der Job. »Wen wollen wir denn hier auf frischer Tat ertappen, und vor allem was wollen wir hier beweisen?«, fragte er. »Ich seh auch gar keine Polizei. Wie sollen wir ohne die überhaupt etwas ausrichten?«

Die Juristin sah im Vergleich zum Vorabend wie verwandelt aus. Enge Jeans zu weißen Turnschuhen, die langen Haare zusammengebunden und unter einer dieser neumodischen Wollmützen bis über die Ohren versteckt. Dazu ein dunkler Kapuzenpullover von einer dieser Marken, die zurzeit überall in waren. Trotz Krise hatte die Globalisierung offenbar auch vor der griechischen Mode nicht haltgemacht. Es war eindeutig, die Ermittlerin wollte um keinen Preis auffallen und erkannt werden. »Mach dir mal keine Sorgen, die Kollegen kommen schon, sobald das Spiel angepfiffen worden ist«, sagte sie. Immerhin beim Du waren sie geblieben. Einer ihrer Begleiter reichte ihr ein Mineralwasser, er selbst hatte Cola gewählt. Mehr war im Dienst scheinbar nicht gestattet.

Nach dem Anpfiff schaute sich Giannis sorgfältig um und versuchte, sich ein Bild von der Lage zu machen. Sie hockten auf alten Holzbänken der Haupttribüne, die nur schwach besucht war. Einige Väter mit ihren Kindern hatten die Gelegenheit genutzt, zumal die Eintrittspreise herabgesetzt waren. Ein Popcornverkäufer ging die Reihen ab und hatte die Kinder im Visier. Giannis schüttelte den Kopf. Popcorn im Fußballstadion? Das ging gar nicht. Wie in Hamburg im Kino, dachte er. Zu Fußball gehörten für ihn Bier und Bratwurst, aber nicht Eis und Popcorn.

Das allgemeine Interesse an dem Spiel hielt sich in Grenzen. Die Ultras sangen mit dünnen Stimmen ihre Lieder, die Besucher auf der Tribüne unterhielten sich mit den Nachbarn. Auf dem Rasen wurde der Ball gemütlich hin und her geschoben. Bei Fehlpässen gab es laute Zwischenrufe von den Rängen, aber richtig ernst nahm das Spiel offenbar keiner. Giannis war in Gedanken, und die waren weit weg. Er dachte an Eleni in Hamburg. Was hatte das alles zu bedeuten? Sollte sich sein Leben schon wieder ändern? Und überhaupt: Hatte er sich das mit seiner Unterstützung für einen Neuanfang in der griechischen Heimat tatsächlich so vorgestellt, wie es bisher auf Kreta lief?

Das Spiel plätscherte dahin, bis es auf einmal laut wurde. Die Athener hatten das erste Tor geschossen, es mochte wohl eine halbe Stunde gespielt sein. Im Block der Ultras brannten neue Leuchtfackeln, die Zuschauer auf der Tribüne freuten sich. Dass der gegnerische Torwart bei dem Treffer ganz schlecht aussah, interessierte niemanden. Er war unter einer Flanke hindurchgetaucht, weil er die Flugbahn des Balles völlig falsch berechnet hatte. Ein Athener Spieler, der am langen Pfosten lauerte, brauchte den Ball praktisch nur noch mit dem Kopf ins leere Tor zu nicken. Ein Anfängerfehler, aber der wurde als Nebensächlichkeit abgehakt.

Nach dem Treffer kam etwas mehr Leben ins Spiel. Die Zuschauer waren aufgewacht und kommentierten das Spiel nun häufiger durch laute Zurufe. Auch Giannis konzentrierte sich nun etwas mehr auf das Geschehen auf dem Rasen. Wenige Meter entfernt von ihm standen auf Höhe der Mittellinie drei Männer vor der ersten Bankreihe und lehnten mit den Armen auf der Brüstung. Sie sahen in ihren schwarzen Kurzmänteln etwas ungewöhnlich aus für die Gegend und die Jahreszeit. Aber es waren nicht die Mäntel, die irgendwie nicht ins Stadion passten und das Bild störten. Giannis musste überlegen, was ihm an ihrer Erscheinung so sonderbar vorkam. Die Hüte! Es waren die Hüte. Alle drei hatten einen Hut auf, so wie im Westeuropa der Fünfzigerjahre. Für Athen war das eine ganz und gar ungewöhnliche Aufmachung. Standen die vorhin schon da, fragte er sich, als das Spiel ihn erneut ablenkte.

Ein bosnischer Stürmer war im Strafraum der Griechen einfach umgeschubst worden, bevor er überhaupt den Ball hatte, und der Schiedsrichter zeigte auf den Elfmeterpunkt. Völlig unnötig dieser Strafstoß, denn so richtig torgefährlich hatte die Aktion eigentlich nicht ausgesehen. »Kann man pfeifen«, sagte Giannis, seine griechischen

Kollegen sahen ihn verwundert an. Elfer gegen Griechenland, und er fand das in Ordnung? Was stimmte denn mit ihm nicht? Ein bosnischer Spieler schoss den Ball ziemlich humorlos halbhoch zum Ausgleich ins Tor. Der Keeper reagierte kaum. Ganz unhaltbar hatte der Schuss nicht ausgesehen, aber bevor er lange darüber nachdenken konnte, pfiff der Schiedsrichter zur Pause.

Nach der Halbzeit ging es im gleichen Trott weiter. Das Spiel lief hin und her, beide Trainer wechselten aus, spannende Strafraumszenen gab es eigentlich nicht. Auch sonst tat sich wenig. Giannis fragte sich, was der ganze Kick eigentlich bringen sollte außer etwas Bewegung für die Spieler, als ihm unterbewusst eine Veränderung klar wurde. Lag's am Spiel oder war es was anderes? Giannis war unsicher. Trotzdem wusste er: Irgendwas war anders. Dann hatte er es. Alle drei Typen unten in der ersten Reihe hatten auf einmal ihren Hut abgenommen. Eigenartig, dachte Giannis, erst passten die Hüte so gar nicht ins Bild, und dann nahmen alle drei ihn zum gleichen Zeitpunkt vom Kopf.

Während er sich noch wunderte, grätschte der griechische Kapitän in einen eigentlich harmlosen Querpass im eigenen Strafraum, den niemand vom Gegner hätte erreichen können, und lenkte den Ball ins eigene Tor. 1 : 2 für die Bosnier. Die Zuschauer auf der Tribüne feixten, auch die Spieler schienen nicht besonders verärgert. Der Mannschaftskapitän holte den Ball aus dem Netz und kickte ihn zum Anstoßpunkt. Giannis sah auf die Uhr. 76. Spielminute. Als sein Blick zurück aufs Spielfeld ging, hatte sich einer der Männer ohne Hut hingesetzt.

Fünf Minuten später stand es 1 : 3. Der Athener Torwart hatte einen Schuss aus 25 Metern durch die Hände flutschen lassen. Aber das schien ihm nicht besonders peinlich zu sein. Die Staatsanwälte neben Giannis wurden etwas unruhig. Vorne in der ersten Reihe setzte sich der zweite Mann hin. Nur einer stand noch, seine Hand mit dem Hut lag auf dem hüfthohen Eisenzaun. Als der Schiedsrichter auf seine Uhr schaute und höchstens noch zwei oder drei Minuten zu spielen waren, unterlief dem griechischen Teamkapitän ein haarsträubender Abspielfehler. Sein Querpass vor dem eigenen Strafraum landete genau in den Füßen eines gegnerischen Angreifers, der mit dem Ball allein auf das Tor zulief. Der Keeper kam raus, warf sich aber viel zu früh in den Laufweg, sodass der Gegner ihn leichtfüßig umkurven konnte und den Ball zum 1 : 4 ins leere Tor schob. Die bosnischen Fans jubelten, die Spieler auf dem Feld klatschten den Schützen nur müde ab. In der ersten Reihe hatten sich alle drei Männer hingesetzt, die Hüte lagen auf ihrem Schoß.

»Los geht's«, sagte die Staatsanwältin, als der Schiedsrichter kurz danach die Pfeife in den Mund steckte. Ihre Kollegen stiegen flink über die Holzbänke nach unten zu den drei Männern, hinter denen sich wie von Geisterhand auf einmal eine Gruppe Polizeibeamter aufgebaut hatte. Als die Mannschaften das Feld verließen, passte eine zweite Gruppe Uniformierter den Athener Mannschaftskapitän, seinen Torwart und einen dritten Spieler ab und führte sie aus dem Stadion. Der Trainer und der Manager machten einen Riesenaufstand, wurden von der Staatsanwältin aber mit energischen Worten zum Schweigen gebracht.

Auf dem Rückweg ins Justizministerium bekamen sie die telefonische Information, dass die bosnischen Kollegen bei zeitgleichen Razzien in Mostar und Sarajevo in Wettlokalen ein gutes Dutzend Verdächtige festgenommen hatten, von denen einige Buchmacher waren, und andere, die illegale Wetten platziert hatten. Eine ähnliche Aktion in Athen war noch nicht beendet. Aus einem der Polizeibusse meldete sich einer der mitgefahrenen Staatsanwälte am Handy und berichtete hocherfreut, der Torwart habe ziemlich schnell seine Beteiligung an der Spielmanipulation gestanden. Er habe regelrecht erleichtert gewirkt, erzählte der Ermittler. »Das war's dann wohl«, antwortete die Staatsanwältin, »jetzt müssen wir nur noch alle anderen zum Reden bringen und dann den ganzen Saustall ausmisten.«

Giannis war beeindruckt und sagte das auch. Er hatte die Griechen glatt unterschätzt.

Montag, 5. Oktober

BREMEN | Ostertor

Die Nacht hatte ihm gutgetan, er fühlte sich fast wie befreit. Am Abend hatte sie überraschend vor seiner Tür gestanden, zwei Pizzas in der Hand und eine Flasche Rotwein. Etwas Vernünftiges im Magen und ein richtig guter Tropfen helfen immer, sagte sie und wartete seine Antwort gar nicht erst ab. Sie drängte sich an Bonde vorbei in die Wohnung. Sie fragte nicht lange, sie kannte sich ja aus. Babette deckte eilig den Tisch, packte die beiden Pizzen aus, Diabolo und Tonno, die sie gern teilten, wenn sie zusammen waren, er entkorkte den Wein. Sie hatte wirklich nicht zu viel versprochen. Ein super Tropfen aus der Premiumlage Ornellaia in der Toskana.

Bonde hatte sich gefügt, mehr erstaunt als widerwillig. Sie aßen schweigend, Babette drängte ihn zu nichts. Nach dem ersten Glas erzählte sie von den letzten Tagen. Einer der Chefs hatte sich am Ende der Besprechungsrunde am Sonnabend doch noch Sorgen um ihn gemacht. »Weiß einer, was mit Bonde los ist?«, hatte er gefragt, diesmal ganz ohne jede Ironie. Aber niemand hatte ihm helfen können. Dann waren alle wieder zurück an ihren Schreibtisch gegangen, die meisten aber wohl gedanklich schon im Wochenende. Wenn sie ehrlich waren zumindest. Aber Babettes Entschluss hatte festgestanden. Sie war allerdings mit ihrer besten Freundin zum Konzert in der Elbphilharmonie verabredet gewesen, ein halbes Jahr vorher hatten sie sich schon um die Karten bemüht, ausgerechnet an diesem Wochenende war es soweit. Und am Sonntag konnte sie die Freundin nicht einfach allein sitzen lassen. Deshalb war sie bis zum späten Nachmittag bei ihr und erst danach direkt zu ihm gefahren.

Langsam hatte Bonde sich geöffnet und angefangen zu erzählen. Etwas stockend erst, zwischen großen Rotweinschlucken. Aber das zweite Glas ertränkte bereits den inneren Schweinehund. Er berichtete von dem Abend auf Kreta und dem tragischen Unglücksfall. »Ich konnte überhaupt nichts dafür«, beteuerte er, »und ich hatte doch keine Ahnung, was überhaupt los war.« Man konnte ihm die ehrliche Bestürzung ansehen, dachte sie. Aber sie sagte kein Wort. Machte ihm keine Vorwürfe, fragte nicht, redete ihm auch nicht ins Gewissen. Sie ließ ihn kommen. Erzählen. Er sollte selbst entscheiden, wie weit er gehen wollte und wo es enden sollte. Er hatte jetzt ein Gefühl dafür gefunden, was für ihn notwendig war und was ihm guttun würde, endlich einmal. Das spürte sie deutlich. Bislang war Reden, über sich zumal, nun wirklich nicht seine Stärke gewesen.

Als der Rotwein alle war, hatte Bonde Kreta hinter sich gelassen. Er holte einen Grappa aus dem Schrank, der dort eigentlich für besondere Anlasse vor sich hin reifte. Nach dem ersten Glas begann er von seinem Job als Schiedsrichter zu erzählen. Er ließ nichts aus, auch nicht die Manipulationen. Bonde merkte, dass ihm ihre Anwesenheit und das Gespräch erleichterten. Warum, das war ihm nicht so richtig klar. Aber es fühlte sich gut an.

Eigentlich war es gar kein richtiges Gespräch, eher ein Monolog. Eine Art Beichte. Sie hörte ihm zu, sagte kein Wort, ließ sich aber auch nicht anmerken, was sie dachte oder fühlte. Denkt sie überhaupt irgendwas, fragte er sich zwischendurch. Aber es war ihm egal. Er machte reinen Tisch und fühlte sich wie befreit, nach langer Zeit endlich einmal. Das allein zählte. Als er fertig war, hatten sie sich geliebt. Immer noch wortlos hatte sie ihn bei der Hand genommen und behutsam Richtung Schlafzimmer gezogen. Sie hatte ihn aufs Bett bugsiert und sich auf ihn gesetzt.

Als er einige Stunden später wach wurde, fühlte er sich leer, aber wohl. Der Sex hatte ihm gefallen, klassisch, ohne Ansprüche oder Experimente. Er hatte es genossen, sein Kopf war frei geworden. Er hatte sich gehen lassen können, und sie hatte ihn kommen lassen. Danach waren sie Arm in Arm eingeschlafen.

Draußen war es noch dunkel. Es musste wohl so gegen fünf sein, glaubte er, war aber zu faul zum Schreibtisch zu seiner Uhr zu gehen. Neben sich spürte er ihren warmen Körper. Und auch das fühlte sich einfach nur gut an. Er dachte an den Abend und die Nacht und hatte auf einmal das Gefühl, lange nicht mehr innerlich so ruhig gewesen zu sein. Ein Entschluss nahm in seinem Kopf langsam Gestalt an, als er entspannt wieder einschlief.

Als er wieder zu sich kam und sich aufrappelte, fiel die tief stehende Sonne schon ins Zimmer. Der Platz neben ihm im Bett war leer, aber noch etwas warm. Schade, dass sie schon aufgestanden war, dachte er wehmütig. Die Erinnerung an die gemeinsame Nacht kam zurück und verlor sich irgendwo tief unten in seinem Bauch. In der Küche klapperte auf einmal Geschirr, er hatte noch nie schöneren Lärm gehört. Durch die angelehnte Schlafzimmertür zog Kaffeearoma versetzt mit dem Geruch von gebratenem Speck in seine Nase. Hatte er noch Speck im Kühlschrank gehabt? Er wühlte sich aus dem Bett und verschwand unter der Dusche.

In der Küche empfing Bonde ein fertig gedeckter Frühstückstisch. Rühreier mit Speck, Orangensaft, Käse, Joghurt, frische Brötchen. Als er sie mit fragenden Augen ansah, sagte sie nur: »Ich bin mal kurz raus.« Das musste reichen. Daran konnte man sich gewöhnen, dachte er. »Kommt gut«, sagte er laut. Ob er dabei an den gedeckten Tisch dachte oder die Nacht davor, blieb sein Geheimnis. Aber die Frage hing irgendwie bedeutungsschwer zwischen ihnen. Fast wie eine richtige Familie, dachte er.

Er trank seinen Kaffee und machte sich über das Rührei her. »Mach reinen Tisch«, sagte sie plötzlich, »das tut dir gut.« Sie machte eine Pause. »Und mir auch«, sagte sie. Denn ihr gefiel die Situation ebenfalls, viel besser sogar, als sie sich eingeredet hatte. »Ich werde bei dir sein, du kannst dich auf mich verlassen.«

Hoppla, schoss es Bonde durch den Kopf, was geht denn hier ab? Das waren ihre ersten Worte zu seinem Mustopf voll mit Problemen, und dann solche. Immer noch keine Kritik. Nur Verständnis. Und Zuneigung. Er kaute und nickte. »Danke«, sagte er, »worauf du dich verlassen kannst. Ich weiß jetzt, was ich zu tun habe.« Er sah sie an, und Babette ergriff seine Hand. Er trank noch einen Schluck Kaffee und horchte in sich hinein. Aber da war nichts außer Wärme. Die Angst war weg, der Druck auch. Er war auf Kurs, er wusste, wohin der führte. Und er fuhr nicht allein.

HAMBURG | Flughafen

Die Enttäuschung stand ihm überdeutlich ins Gesicht geschrieben. Stepenbrok sagte kein Wort. Schweigend und traurig trottete Giannis hinter ihm her zum Ausgang. Der Kollege hatte ihn in der Ankunftshalle des Flughafens erwartet, zwischen lauter Abholern mit roten Rosen und bunten Luftballons in den Händen. Eigentlich eine nette Geste von ihm, dachte Giannis. Trotzdem hatte er schlechte Laune und wusste selbst nicht so genau, warum. Hatte er tatsächlich geglaubt, dass Eleni ihn am Flughafen in die Arme schließen würde. Vor allen Leuten, wie auf dem Präsentierteller? Am besten noch mit Blumen? Oder hatte er einfach nur Angst vor dem Wiedersehen? Wie sie reagieren würde? Und vor allem er selbst, nach diesem traumatischen Auftritt vor der Staatsanwältin in Athen? Naja, eigentlich war ja nicht wirklich was passiert, redete er sich ein. Am besten abhaken und vergessen. Aber tief in ihm drin rumorte es doch.

»Tut mir leid, du hast ja recht«, sagte Giannis leise. »Ich hab nix gesagt«, entgegnete Stepenbrok und hastete weiter durch das Hamburger Schmuddelwetter zum Parkhaus. »Nee, klar, ich mein ja nur. Hab mich eigentlich tierisch auf Hamburg gefreut und gar nicht damit gerechnet, dass du mich abholen würdest. Ist eigentlich richtig nett. Weiß auch nicht, was mit mir los ist, 'schuldigung.« Für sich dachte Giannis, wie lange das noch gut gehen konnte, er und Eleni, und Stepenbrok hatte keinen Schimmer. So konnte man doch mit einem guten Kollegen nicht umgehen. Wir müssen es ihm irgendwann sagen, dachte er, nur wann?

Sie fuhren eine Zeit lang schweigend durch den Nachmittag. Der Verkehr war ausnahmsweise mal dünn. Die meisten Leute waren offenbar schon im Büro, dazu war das Wetter schlecht, wer nicht raus musste, war dringeblieben. Sie kamen gut durch. Giannis fing an, von Athen und den Ermittlungen der griechischen Kollegen zu erzählen. »Und sonst, tut sich da was?«, fragte Stepenbrok. Giannis glotzte ihn erschrocken an. »Ich meine in Sachen Krise. Bewegt sich da was?«

Giannis berichtete von den innenpolitischen Streitereien, jeder gegen jeden. Er erzählte von den drohenden Neuwahlen, den vielen Flüchtlingen, die in manchen Stadtteilen in Hauseingängen und auf Plätzen campierten. »Woanders geht das Leben seinen normalen Gang, auf den ersten Blick jedenfalls. Die Tavernen sind voll. Aber wenn man genauer hinsieht, stellt man fest, dass sich viele Gäste stundenlang beim Kaffee aufhalten, oder sie teilen sich ein, zwei Kleinigkeiten mit Freunden. Man muss die Zeichen lesen können.«

Stepenbrok fragte, ob Giannis nach Abschluss der Ermittlungen wieder zurück nach Griechenland gehen wollte. Der zuckte mit den Schultern. Diese Frage hatte er sich in den letzten Tagen selbst oft gestellt, viel zu oft. »Keine Ahnung.« Er hatte nicht mal eine Antwort darauf, wovon er seine Entscheidung überhaupt abhängig machen wollte. Von Eleni? In Gedanken versunken hockte er das letzte Stück des Weges neben Stepenbrok. Der warf ihm einen kurzen Seitenblick zu und beschloss, ihn in Ruhe zu lassen. Irgendwas stimmte nicht, das war Stepenbrok klar. Dazu musste man kein großartiger Psychologe sein. Und was das war, würde er schon erfahren, wenn die Zeit dafür reif war. Dass es etwas Wichtiges sein musste, da war er sich von Tag zu Tag sicherer. Zu sehr hatte die gute Laune bei seinem Kollegen in den letzten Tagen gelitten.

»Ins Büro?«, fragte Giannis erstaunt. Als Stepenbrok auf den Parkplatz des Gerichts einbog, war er aus seinen Gedanken aufgeschreckt. »Was denkst du?«, brummte der ältere Kollege, »Wochenende ist vorbei, auch für dich. Ausgleich gibt's nicht. Schließlich haben wir einen Fall vor der Brust, und zwar einen dicken.« Er grinste, als er das erschrockene Gesicht von Giannis sah. »War ein Witz«, schob er schnell hinterher. »Nur ein kurzes gemeinsames Update. Dann bist du entlassen, für heute jedenfalls. Und kannst dich erst mal ausschlafen.«

Im Büro wartete bereits Eleni. Die Begrüßung fiel kurz und förmlich aus. Küsschen auf beide Seiten, das war's. Sah man ihm seine Enttäuschung an? Andererseits: Was hatte er erwartet. Im Büro. Auf fremdem Terrain. Auswärtsspiel praktisch. Vor den Augen des Kollegen, der doch keine Ahnung hatte. Da war er schon wieder, dieser Realitätsschock. So konnte das nicht weitergehen. Giannis versuchte ihren Blick zu erhaschen, wenigstens Augenkontakt. Aber Eleni gab ihm keine Chance. Routiniert kam sie zum Thema und bat Giannis um einen kurzen Bericht, den Stepenbrok schon kannte. Deshalb machte der sich an der Kaffeemaschine zu schaffen, dann verteilte er ein paar Croissants und Kuchenteilchen auf Teller. Die hatte er am Flughafen besorgt.

»Viel mehr als ein Warnschuss war das sicher nicht, aber der hat gesessen.« Giannis beendete seinen Bericht über die Aktion in Athen mit dem Versuch einer Einschätzung. »Ein paar Festnahmen, darunter auch drei Spieler der Heimmannschaft. Aber wenn niemand von denen richtig auspackt und etwas auszupacken hat, vor allem über Hintermänner, war der ganze Aufwand wenig wert. Ein Schuss vor den Bug halt, mehr nicht.«

Eleni blätterte in einem Bericht, den sie per Mail bekommen und ausgedruckt hatte. In Sarajevo und Mostar waren zeitgleich zu Athen drei vermutlich illegale Wettbüros ausgehoben worden, las sie laut vor. Es gab elf Festnahmen, darunter mehrere Ausländer. Dazu wurden Handydaten mit Kontakten und Adressen aus halb Europa sichergestellt, die von den Kollegen schnellstmöglich ausgewertet würden. Einige Links führten nach Deutschland, auch nach Hamburg. Und zwei nach Singapur.

Interessant schien eine Spur nach Sarajevo, wo das zerschossene Knie im Krankenhaus lag. Borsa Petrovic. Immer wieder dieser Name. Das war kein Zufall mehr. Da war sie ganz bei Giannis. Zumal ihr ja die Witwe in Hamburg grad erzählt hatte, dass ihr Sohn Janko mit zweitem Vornamen Borsa hieß und Richtung Balkan abgereist war. »Jemand muss schnellstens nach Bosnien«, sagte sie. Die Behörden dort waren bereits in Kenntnis gesetzt.

Stepenbrok unterbrach sie und warf schnell ein, dass er noch mit den Chinesen und dem Anschlag der Biker zu tun hatte. Er fliegt offenbar nicht gern, dachte Eleni, oder sein Englisch taugt nichts. Na prima, dachte Giannis, die Arschkarte zu mir. An den Griechen, zu wem auch sonst. Laut sagte er: »Ok, ich schau mal nach, was mein Terminkalender sagt.« Eleni schaute überrascht auf. Sie vertagten sich auf den nächsten Tag in der Hoffnung, dann einen besseren Überblick zu haben und konkrete Ermittlungsschritte beschließen zu können.

Giannis war frustriert, als er das Gerichtsgebäude verließ. Eleni hatte sich ratzfatz aus dem Staub gemacht. Irgendein Termin, angeblich. Während Stepenbrok noch blieb und sich ans Telefon klemmte. Hatte er sich so die Rückkehr nach Hamburg vorgestellt? Was hatte Elenis Verhalten zu bedeuten? Was sollte er mit dem gebrauchten Tag noch anfangen? Und die Aussichten für die Woche waren kaum erfreulicher. Im Geiste sah er sich bereits in Sarajevo. Diesen Ausflug brauchte kein Mensch. Der Fall fing an, ihm auf den Wecker zu gehen. Ausgerechnet ihm, der sich sonst doch nie über Arbeit beklagte.

Missmutig stand er an der Ampel vor der Musikhalle und überlegte, ob er sich nicht einfach betrinken sollte und, wenn ja, wo. Irgendwo am Hafen? Oder doch lieber eine Runde im Sportstudio drehen und den ganzen Frust ausschwitzen? Dann würde er den Kopf vielleicht etwas freikriegen. Als er endlich Grün hatte, war die Kreuzung total verstopft. Typisch dachte er, während er sich zwischen den Autos durchschlängelte. Rücksicht sollen immer die anderen nehmen. Aber sich über die Griechen lustig machen. Er schlug einem Golffahrer aufs Autodach, der wütend sein Fenster runterließ. »Penner!«, brüllte der ihm hinterher. Selber, dachte Giannis.

Das Besäufnis lag in seinem persönlichen Ranking für die Abendgestaltung klar vorn, als es in seiner Tasche vibrierte. Sein Handy ließ ihn wissen, dass er eine Nachricht erhalten hatte. Die Nummer sagte ihm nichts, sicherheitshalber ging er trotzdem ran. »Guck bloß nicht so. Ich steh nicht auf Dackelblicke«, stand da. Absender? Er überlegte noch, was das bedeuten konnte, als die nächste Nachricht aufblinkte. »In einer Stunde bei mir?« Dazu ein Kussmund und ein »E.« mit zwei roten Herzchen. Diese Emojis verunstalten jede normale Kommunikation, dachte er. Eigentlich lehnte er das ab. Aber man muss auch Kompromisse machen können. Vor allem muss man wissen, wann es dafür an der Zeit ist. Er antwortete mit zwei kleinen Herzchen. »Essen?« tippte er danach ein.

»Vorher oder hinterher?« Ihre Antwort machte ihn sprachlos. Was für ein Tag!

Dienstag, 6. Oktober

HALSTENBEK | vor den Toren Hamburgs

Das Firmenschild passte wie die Faust aufs Auge, dachte der Einsatzleiter, als sie am Tor zum Parkplatz stoppten. »Handel aller Art« stand da unter einem verschnörkelten goldenen Drachen auf rotem und schwarzem Grund. Man wollte gar nicht wissen, womit die alles handeln, dachte er insgeheim. »Würde zu gern wissen, womit die alles Handel treiben«, zischte in dem Moment Stepenbrok, der sich zwischen die Uniformierten gedrängt hatte. »Sieht auf jeden Fall so aus, als wenn wir hier richtig wären.«

Das SEK-Kommando, ausgerüstet mit schusssicheren Westen, Gesichtsmasken und Schnellfeuerwaffen, machte sich bereit, auf das Gelände vorzudringen. Hinter ihnen lauerte ein halbes Dutzend Zollbeamter auf das Kommando.

Den Montag hatten sie damit zugebracht, die »Yin Yang Asia Trade Golden Dragon« genauestens unter die Lupe zu nehmen. Neben allerlei normalen Import- und Exportgeschäften, vor allem von Lebensmitteln aus Fernost, waren die Fahnder vom Zoll immer wieder auf Aktivitäten gestoßen, die einen faden Beigeschmack zu haben schienen. Zahlreiche Indizien deuteten darauf hin, dass nach der Wende illegal geparkte Gelder aus der DDR als Anschubfinanzierung für die Niederlassung im Norden von Hamburg gedient hatten. Für eine Anklage reichten die Erkenntnisse nie. Aber die Sache stank. Und zwar gewaltig. Das war mal klar. Ähnlich war es auch beim Verdacht des Zigarettenschmuggels. Sogar bei der Organisation von illegalen Hundekämpfen und unerlaubten Wetten darauf schien Yin und Yang beteiligt. Für einen begründeten Anfangsverdacht war das immerhin genug. Und für eine Hausdurchsuchung auch.

Wenn Täter dingfest gemacht worden waren, was selten genug der Fall war, hatten die immer alles auf die eigene Kappe genommen. Und auch Steuern hatte das Unternehmen offenbar sorgfältig abgeführt. Trotzdem hatte der Richter ohne Zögern zugestimmt. Die neuen Verdachtsmomente gepaart mit der langen Kette von Indizien, da fügte er sich dem Antrag der Sonderkommission mehr als nur bereitwillig. »Na, geht doch«, sagte Stepenbrok, als er den Wisch in der Hand hielt. Er war zutiefst davon überzeugt, dass der Name des Unternehmens den Geschäften alle Ehre machte. Yin und Yang standen für zwei entgegengesetzte, aber aufeinander bezogene Kräfte. Man könnte auch sagen legal und illegal, Hand in Hand, dachte er.

Stepenbrok hatte sich inzwischen wieder in den Hintergrund verzogen und hielt am Handy Telefonkontakt mit Eleni, quasi eine Art Standleitung. Als die SEK-Beamten alle Ausgänge und möglichen Fluchtwege gesichert hatten, gab der Einsatzleiter das Zeichen. Sie marschierten auf das Firmengelände und eilten zum Büro, noch hatte sie dort offenbar niemand wahrgenommen. Einer der Elitepolizisten drückte energisch auf die Klingel und hämmerte anschließend gegen die Tür. »Was zum Teufel soll …?«, schimpfte der Asiate, der mit wütendem Gesicht die Tür aufriss und abrupt verstummte, als er die Kavallerie vor dem Haus sah. Ganz offensichtlich hatte er mit anderen Gästen gerechnet oder anderen Besuch befürchtet, je nach Sichtweise. »Herr Wang Yong Che?«, fragte der Truppführer den Chinesen. Der nickte nur mit finsterer Mine und zusammengebissenen Zähnen.

»Sind Sie der Inhaber?« Nicken.

»Sind Sie allein?« Mechanisch ging der Kopf auf und nieder. Seitdem er vor der Tür stand, hatte der Chinese keinen Mucks mehr von sich gegeben.

»Dürfen wir reinkommen?« Der Ton des Einsatzleiters war immer noch unverbindlich, beinahe unbeteiligt.

»Warum sollte ich Sie reinbitten?« Wütend spuckte der andere auf einmal die Worte aus. Freundlich hörte sich anders an.

»Vielleicht, weil wir das hier haben?« Der Einsatzleiter hatte genug von den Höflichkeitsfloskeln. Er hielt dem Firmenchef ein Blatt Papier unter die Nase und schob ihn einfach beiseite in den Flur. Die Zollbeamten, die hinter ihm gelauert hatten, drängten in die Firmenräume. »Ich will meinen Anwalt anrufen«, kreischte der Unternehmer. Warum rollt der das »R« so komisch, dachte Stepenbrok, der als Letzter gefolgt war.

»Das können Sie gerne machen, ein Anruf ist frei«, sagte er laut, während er ihm den richterlichen Bescheid hinhielt. Die Schwerbewaffneten in Schwarz sicherten die Räume, während der Unternehmer ratlos vor sich hin glotzte. Mit allem Möglichen mochte er gerechnet haben, mit diesem Besuch offenbar nicht.

Ehrlicherweise hatte sich Günter König, Chef der Zollinspektion, beim Frühstück auch noch nicht träumen lassen, dass er knapp drei Stunden später mit allem Drum und Dran an der Landesgrenze auflaufen würde. Kurz nach seinem Morgenkaffee hatte ihn eine Leitende Staatsanwältin ins Bild gesetzt, von der er vorher noch nie gehört hatte. Chefin einer Sonderkommission, auf die er sich ebenfalls keinen Reim machen konnte. Nur bei der Nennung der Adresse für den geplanten Zugriff machte es bei ihm sofort klick. Nun sollten die Schlitzaugen also auch noch der deutsche Arm der chinesischen Wettmafia sein, dachte er. Mir egal, Hauptsache wir kriegen sie endlich.

Eleni hatte sich kurz entschlossen zu der Aktion durchgerungen, nachdem Stepenbrok am Tag zuvor seine Untersuchungsergebnisse vorgetragen hatte. Die Indizien und Beobachtungen der Zeugen mussten reichen, auf jeden Fall wollte sie etwas Druck machen. Außerdem hatte sie Angst, dass die vielen kleinen Spuren wieder verwischt würden, wenn sie zu lange wartete. Den Generalstaatsanwalt hatte sie nicht erreichen können. Er ging nicht ans Handy, angeblich war er für ein verlängertes Wochenende segeln auf der Schlei, wo er ein Boot liegen hatte. Vielleicht wollte er aber auch nicht erreichbar sein, damit er sich einen weißen Fuß machen konnte, wenn's schiefging. Eleni hatte sich entschieden, auf sein Okay zu pfeifen, und gehandelt. Ihr war klar, dass sie auf dünnem Eis unterwegs war. Aber darauf ließ sie es ankommen. Sie wollte selbstbewusst agieren und Entschlossenheit demonstrieren.

Von diesem etwas heiklen Hintergrund hatte König natürlich nichts geahnt, als der Anruf kam. Er hatte laut geseufzt und seine Leute zusammengetrommelt. Der Einsatz würde ihn teuer zu stehen kommen, so oder so. Denn eine derartige Aktion würde Berge von Überstunden auftürmen, die alle abgebummelt werden mussten. Aber wenn das der Preis dafür war, die China-Gang endlich in ihre legalen Schranken zu verweisen, würde er den gerne zahlen. Er hoffte nur, dass die Staatsanwältin wusste, was sie tat.

In den Büroräumen wurden sie nicht richtig fündig, zumindest nicht auf den ersten Blick. Die Beamten sackten Dutzende von Aktenordnern mit Geschäftspapieren und Rechnungen ein, um sie in Ruhe auswerten zu können. Aber viel Hoffnung machten sich König und sein Einsatzleiter nicht. So dumm konnte niemand sein, dass er entlarvenden Briefverkehr auch noch sorgfältig abheftete. Blieb nur zu hoffen, dass die beschlagnahmten Computer etwas hergaben. Als sie fast fertig waren, betrat ein Beamter die Geschäftsräume und signalisierte ihm mitzukommen. Stepenbrok war sofort elektrisiert.

Sie gingen zum Nachbargebäude, an dem ein Rolltor halb offen stand. Es war aufgebrochen worden und ließ sich offensichtlich nicht weiter nach oben schieben. »Wir mussten es mit Gewalt aufhebeln«, sagte ein Beamter entschuldigend, als er Stepenbroks fragenden Blick sah. »Angeblich gab es keinen Schlüssel.« Sie krochen gebückt unter dem Tor hindurch und standen in einer zur Garage umfunktionierten Halle. An der Seite stapelten sich Reifen und Ölkanister, eine kleine Hebebühne stand weiter hinten an der Seitenwand. Und mittendrin, noch halb verdeckt von einer übergeworfenen Plane, waren zwei Motorräder aufgebockt. Japanische Geländemaschinen, die eine mit schwarz-rotem Tank und einem goldenen Löwenkopf mit wallender Mähne. Oder etwas Ähnlichem. »Bingo!«, entfuhr es Stepenbrok. »Das ist noch nicht alles«, triumphierte ein Beamter, der wohl die Kräder entdeckt hatte. »In einer Ledertasche über dem Tank steckt ein Stadtplan, in dem der Stadtteil St. Pauli aufgeschlagen ist. Und mit einem Kreuz ist darauf ziemlich präzise der Punkt markiert, wo die Teestube liegen dürfte. Dazu haben wir im Staub auf dem Garagenboden eine nette kleine Visitenkarte des Dönerladens gefunden, verdreckt aber trotzdem noch gut lesbar. Ich würde sagen »Jackpot«.

König und Stepenbrok strahlten. »Gute Arbeit, Männer!« Wenn sie jetzt noch Schmauchspuren in den Satteltaschen finden würden, war der Triumph perfekt, dachte Stepenbrok. »Bitte die Satteltaschen in die Spusi und auf Schmauchspuren untersuchen«, ordnete er an. »Wären wir nicht draufgekommen«, maulte einer der Fahnder. Aber er grinste dabei. Die Laune war bei allen deutlich gestiegen. Stepenbrok sagte zu Eleni auf der anderen Seite des Handys, sie könne jetzt Feierabend machen: »Jackpot!«, wiederholte er am Telefon gut gelaunt.

»Und Fahndung raus, vor allem an die Grenzübergänge«, ordnete Stepenbrok danach an. »Wir suchen zwei junge Typen, feminine Figur, vielleicht ist sogar eine Frau dabei. Vielleicht asiatischer Einschlag. Mal sehen, was der Chinamann noch zu sagen hat, Wat nu' oder wie der heißt.«

HAMBURG | St. Pauli

»Du störst so was von«, blaffte Giannis in den Hörer, sodass Robin sein Handy erschrocken ein Stück vom Ohr weghielt. »Kannst du dich nicht an normale Dienstzeiten halten wie jeder vernünftige Anrufer? Sind Profifußballer eigentlich zeitlebens etwas Besseres als Normalsterbliche?« Giannis war echt sauer, das war deutlich zu hören. So deutlich, dass Eleni ihn erstaunt anschaute. Sie hatten am Spielbudenplatz eine Kleinigkeit zusammen gegessen, leicht orientalischer und französischer Einschlag, überraschend lecker. In einem Restaurant über einem dieser Musical-Theater auf dem Kiez, von dem er noch nie gehört hatte. Sie hatten geredet, sogar ein bisschen über ihren gemeinsamen Fall. Aber eigentlich eher wie zwei Verliebte über lauter belangloses Zeug. Hauptsache, Zeit miteinander zu haben, das war beiden das Wichtigste.

Danach waren sie das kurze Stück zu Eleni zu Fuß gegangen. Er hielt sie auf dem kurzen Weg durch kleine Nebenstraßen vertraut um die Hüfte gefasst, und sie ließ das unwidersprochen zu. Fühlt sich gut an, dachte er, saugut! Er versuchte, seine sentimentalen Anwandlungen ein bisschen zu überspielen und cool und gelassen zu wirken. So sollte es zumindest aussehen, sie sollte sich bloß nicht zu viel einbilden. Eleni musste innerlich grinsen. Jetzt war sie damit mal an der Reihe. Sie fand Giannis süß. Sie fand alles richtig, wie es lief, nur dass er ihr jetzt den lässigen Machogriechen vormachen wollte, das fand sie etwas übertrieben. Aber warum sollten nur ihre Hormone Achterbahn fahren? Sie schmiegte sich an ihn, es waren nur noch wenige Meter.

In ihrer Wohnung bugsierte sie ihn sanft zur Couch im Wohnzimmer, drückte ihn in die Kissen und setzte sich auf seinen Schoß. Sie nahm seinen Kopf zwischen ihre Hände und küsste ihn zärtlich auf den Mund. Giannis ließ alles mit sich geschehen, passiv. Nur den Kuss erwiderte er, aktiv. Und wie. Eleni wusste nicht, warum sie so gezielt die Initiative übernahm. Ob ihr einfach nur danach war oder ob sie sich etwas beweisen wollte? Dass sie eine selbstbewusste Frau war zum Beispiel, die über sich und ihr Leben allein bestimmte? Aber das war ihr egal. Sie gab ihren Gefühlen nach, ließ es einfach geschehen, und das kam gut.

Giannis machte sich überhaupt keinen Kopf. Warum auch? Er war bei Eleni, sie saß auf ihm, alles passte, ohne jede Einschränkung. Er mochte sie, sehr sogar. Er begehrte sie, er respektierte sie, Eleni faszinierte ihn. Konnte das Liebe sein? Er hatte sich lange nicht mehr so wohl gefühlt. Sie ließen sich Zeit. Er rollte sie von sich runter auf die Couch, setzte sich neben sie und schaute sie zärtlich an. Er streichelte ihr Haar und küsste sie. Er ließ seine Hand über ihre Bluse wandern, dann tastete er sich langsam in Richtung Knöpfe und Reißverschlüsse. »Ich glaub, ich liebe dich«, sagte sie so unvermittelt, dass er fast erschrocken innehielt. »Ich dich auch«, antwortete er dann und fragte sich insgeheim sofort, wann er das zum letzten Mal zu einer Frau gesagt hatte. Und ob überhaupt. Er fühlte dem Satz hinterher, aber keine bösen Schwingungen erreichten ihn. Als Eleni ihn bei der Hand nahm und ins Nachbarzimmer führte, in dem neben dem Schreibtisch auch ihr Bett stand, klingelte sein Handy. Wie in einem schlechten Film, fluchte er innerlich. »Das hätte Hollywood nicht kitschiger inszenieren können«, hatte Eleni gesagt. Und dabei gelächelt. »Geh ran, wir sind im Dienst. Und ich lauf nicht weg.«

Robin stotterte auf der anderen Seite nun etwas verlegen. »Kann ich doch nicht wissen. Aber ich darf dich vielleicht erinnern: Es ist Werktag und normale Bürozeit. Da kann man gemeinhin schon bei der Polizei anrufen.« Keine Ahnung, was seinem Ex-Kumpel für eine Laus über die Leber gelaufen war, aber so unwirsch hatte er ihn in seiner Erinnerung noch selten erlebt. Und sie hatten manches zusammen durchgemacht. Auch mit Frauen. Aber das konnte jetzt ja wohl kaum der Grund sein. Schließlich war sein Lieblingsgrieche erst ein paar Tage wieder in der Stadt. »Also was ist, können wir kurz reden?« Robin hörte die Schlechtwetterwolken förmlich, die auf der anderen Seite aufzogen.

»Was willst du?« Giannis hatte seine Enttäuschung noch immer nicht im Griff, der Weg zurück zu dienstlicher Professionalität war für ihn lang. Eleni knuffte ihm mit dem Ellenbogen in die Seite und zog die Bluse aus. Ihm verschlug es fast den Atem, aber sie grinste nur und zog ein Sweatshirt über. »Immer schön professionell bleiben«, ermahnte sie ihn flüsternd und drohte mit dem Zeigefinger. Sie küsste ihn in den Nacken. Dann ging sie in die Küche. »Also schieß los, was ist?« fragte Giannis noch einmal, es hörte sich nur wenig freundlicher an. »Wir müssen reden, ich habe dir eigentlich was zu erzählen«, sagte Robin, als bei ihm der Groschen fiel: »Sag mal, du bist nicht allein, oder? Jetzt kapier ich.« Giannis verdrehte die Augen. »Was geht dich das an?« Aber er musste jetzt doch etwas lächeln. Sie kannten sich eben zu gut. Es hatte zwar etwas gedauert, aber dann hatte es bei Robin offenbar geklickert. »Fang an«, sagte Giannis, »oder soll ich dich erst festnehmen lassen?«

»Nicht am Telefon«, erwiderte Robin, »alles viel zu heikel. Ich komme zu dir. Kann auch morgen sein, wenn es dann bei dir besser passt.« Warum hörte sich das leicht anzüglich an, fragte sich Giannis, als er Robin noch sagen hörte: »Pass auf, dass du keinen Herzkasper kriegst. In deinem Alter.« Der junge Kommissar schluckte eine gehässige Retourkutsche runter und schlug den nächsten Morgen vor, in seinem Büro. Als er aufgelegt hatte und in die Küche ging, hörte er, dass Eleni ebenfalls telefonierte. Sie saß im Yoga-Sitz auf einem Stuhl, vor sich ein Glas Saft, und lauschte angespannt in ihr Mobiltelefon. Hörte sich ein bisschen nach Stepenbrok an, dachte Giannis. Aber sicher war er sich nicht. »Wir müssen los«, sagte sie, nachdem sie aufgelegt hatte, und kniff ihm liebevoll in die Wange. »Alles Weitere später.« Sie grinste. Da leuchtete Stepenbroks Nummer auch schon in seinem Display auf.

PUTTGARDEN | Fehmarn

Die Autoschlange vor dem Fähranleger reichte kilometerweit zurück auf die Insel. Von der schmalen Bundesstraße gab es kein Entkommen. Half nichts, sie mussten durch das Nadelöhr durch. »Verdammt, was ist hier los?«, stöhnte Ling, »die Ferien sind doch längst vorbei.« Er trommelte nervös mit den Fingern auf das Lenkrad und wechselte vor Ungeduld ständig den Radiosender in der Hoffnung, irgendwelche Verkehrsnachrichten mit Informationen reinzubekommen. Fast fünf Tage hatten sie bei dem Chinamann in Halstenbek über der Garage gehockt und abwarten müssen. Und sich derbe gelangweilt. Wie unter Hausarrest. Unsicher, wie es nach der verpatzten Schießerei auf St. Pauli weitergehen sollte. Und vor allem konnte. Die Ballerei hatte in der Stadt für Riesenwirbel gesorgt. Der schwer verletzte Türke kämpfte noch immer um sein Leben, die Zeitungen waren voll von Spekulationen über mögliche Hintergründe. Natürlich wurde über einen neuen Bandenkrieg auf dem Kiez geschrieben und von Abrechnungen im Milieu. Das örtliche Boulevardblatt hatte die Schießerei zum Anlass für eine neue St.-Pauli-Serie genommen. »Kneipen, Krieg und kalte Krieger«. Was für ein Wortspiel. Die Polizei gab keine Kommentare. Das war für die Medien kein gutes Zeichen. Entweder sollten die Ermittlungen nicht gefährdet werden, oder die Ermittler hatten keinen blassen Schimmer. Die Blätter suchten sich aus, was ihnen besser ins Konzept passte. Und schrieben einfach, was sie wollten.

Ling wollte nur noch raus aus dem Land. »Mit dem Motorrad wären wir längst an denen vorbei«, fluchte er. »Du hast gehört, was die Ansage war.« Zum ersten Mal seit vielen Minuten sagte Hinano etwas. »Nun reiß dich mal zusammen!«

Sie hatten lange debattiert, wo und wie. Und natürlich wann. Wann die Luft für sie einigermaßen rein sein könnte, um sich aus Hamburg abzusetzen. An der Elbe war die Luft echt zu heiß geworden. Jeder Bulle war jetzt hinter ihnen her, schon allein der Medien wegen. Den Grenzübergang auf der Autobahn bei Flensburg hatten sie verworfen, als sie die verschärften Grenzkontrollen bestätigt bekamen. Ihr Boss hatte das kategorisch untersagt. Aus lauter Angst vor Ausländern hatten die verrückten Dänen den Zugang in ihr Land weiter erschwert, die Autokolonnen stauten sich vor der Grenze ewig lang.

Jedes Fahrzeug wurde in Augenschein genommen. Gesichtskontrolle. Wer auch nur ansatzweise fremd aussah, hatte ein Problem. Rechts ran und aussteigen, bitte. Und den Pass vorzeigen. Sie hatten sich deshalb für Puttgarden und die Fähre entschieden. Autos, Fußgänger, Eisenbahn, die Chancen, nicht groß aufzufallen, waren in diesem internationalen Gewimmel am größten. Zumal sie niemand auf der Flucht nach Norden wähnte. Einer Fahrt auf ihren Motorrädern hatte der Chef allerdings ebenfalls ein entschiedenes Nein entgegengesetzt. »Nach zwei schlanken Bikern wird intensiv gefahndet, alle Blätter sind voll davon, das Risiko ist viel zu groß«, hatte Wang gesagt. Und es hatte sich nicht so angehört, als ob darüber zu diskutieren war. »Als junges verliebtes Pärchen seid ihr viel unauffälliger«, hatte Wang hinzugefügt. Und dabei schäbig gegrinst.

Am Morgen fanden sie den richtigen Zeitpunkt endlich gekommen. Der Chef hatte ihnen einen unauffälligen VW Polo besorgt. Das Kennzeichen war geklaut, die Motornummer sorgsam ausgefeilt, und die Papiere waren gut gefälscht. Den Wagen konnten sie in Ystad einfach am Hafen stehen und verrotten lassen. Von der schwedischen Küste wollten sie weiter mit dem Schiff nach Helsinki und Tallinn oder nach St. Petersburg. Je nach Lage. Dass sie erst mal für längere Zeit aus dem Land mussten, daran gab es keinen Zweifel. Das hatten sie auch widerspruchslos akzeptiert.

Als sie gerade vom Hof waren und zwei Kreuzungen weiter bei Rot an einer Ampel warten mussten, kamen zwei Streifenwagen mit Blaulicht angerast, ein schwarzer Neuner dicht dahinter. Zivile oder sogar SEK, dachte Ling sofort, als er den Minibus sah. Sie schauten sich wortlos an. Konnten die auf dem Weg zu ihrem Versteck sein? Aber wie hätten die Bullen darauf kommen sollen, dachte Ling. Die Ampel sprang auf Grün. Und er gab Gas.

»Vielleicht ist das ja nur ein Unfall«, versuchte Hinano im Stau jetzt ihren Begleiter zu beruhigen. »Kann immer mal passieren. Nur nicht die Ruhe verlieren.« Jetzt lächelte sie ihn von der Seite an. »Und vergiss nicht, wir sind ein Liebespaar.« Ling blickte sie mit zusammengekniffenen Augen an, die waren vor Wut noch schmaler als ohnehin schon. Für Späße war er jetzt wirklich nicht zu haben, dachte sie, dabei konnte er manchmal so nett sein.

Als sie endlich den großen Parkplatz mit den langen Autokolonnen für die Fährüberfahrt in Sichtweite hatten, wurde ihnen schlagartig klar, warum sie sich seit fast einer Stunde nur noch im Schritttempo vorwärtsbewegten, wenn überhaupt. Dort, wo sich die Bundesstraße fächerartig in Wartespuren ausfranste, hatte sich die Bundespolizei zur Fahrzeugkontrolle postiert. An ihrer Seite hatte sie dänische Verstärkung. »Nur Stichproben?« Lings Frage klang eher, als ob er laut überlegte. Vom Fahrersitz hatte er einen guten Überblick und konnte sehen, dass die Grenzwächter auf beiden Seiten der Fahrbahn postiert waren, um die Leute unter die Lupe zu nehmen. Es war allerdings schwer auszumachen, ob jedes Fahrzeug einzeln in Augenschein genommen wurde.

»Keine Panik«, sagte Hinano und legte ihre Hand auf seinen Arm. »Du kennst doch die Dänen und ihre Paranoia. Das hat mit uns sicher gar nichts zu tun.« Ling blickte sie zweifelnd von der Seite an. »Denen geht es nur um illegale Flüchtlinge«, setzte sie nach, »denk einfach dran: Wir sind ein Liebespaar auf Ostsee-Urlaub, nicht mehr.« Demonstrativ schob sie ihren kurzen Rock etwas höher, als wenn sie damit den Blick der Grenzer besser ablenken könnte. Aber Lings Nervosität kam fast postwendend zurück. Er brodelte innerlich wie ein Dampfkochtopf unter Hochdruck, dachte sie, wenn das bloß gutging.

Als sie nur noch etwa zwei- bis dreihundert Meter von den Grenzern entfernt waren, tat sich links zwischen dem Straßenknick plötzlich eine schmale Ausfahrt auf. Ein Schild wies den Weg zum »Baltic Strandhotel«. Ein Fahrzeug war dorthin kurz zuvor abgebogen. Mit zusammengepressten Lippen scherte Ling plötzlich aus der Warteschlange aus und bog mit quietschenden Reifen in den Seitenweg ab. »Was soll das? Drehst du komplett ab?«, schrie Hinano. »Wir bleiben hier, bis es wieder etwas ruhiger geworden ist«, zischte er, »wie ein echtes Liebespaar.« Mit verbissenem Gesicht blickte er nach vorne auf die enge Asphaltpiste, als sich ein paar hundert Meter vor ihnen ein grüner Kleinbus aus einem Seitenknick quer auf die Fahrbahn schob. Von hinten näherte sich ein Streifenwagen mit Blaulicht. »Na super«, fauchte Hinano, »das hast du ja toll hingekriegt.«

»Jetzt nicht noch mal die Nerven verlieren, lass mich machen.« Ihr Ton war eindeutig, Widerspruch zwecklos, jetzt ging's um alles. Sie öffnete ihren Haarknoten, ihre vollen schwarzen Haare fielen ihr locker über die Schultern. Dann schlüpfte sie in ihre Stöckelschuhe und zauberte ein strahlendes Lächeln in ihr Gesicht, bevor sie graziös aus dem gestoppten Wagen ausstieg. »Wal links abbiegen velboten?«, lispelte sie übertrieben chinesisch und tat überrascht. Wie zur Bestätigung schlug sie die Hand vor den Mund. Das Theater verfehlte bei den sturen norddeutschen Beamten völlig die Wirkung. »Die Pässe bitte und beide die Hände aufs Autodach, damit wir die sehen können«, sagte einer der beiden, während der andere sie im Blick behielt. Seine Hand lag auf dem Holster mit der Dienstwaffe. Ein dritter Kollege hatte sich auf der Fahrerseite postiert und hatte Ling im Auge. Verdammt, was läuft hier falsch, überlegte Hinano. Zwei Dänen beobachteten das Ganze aufmerksam aus der Distanz.

Trotzdem macht sich Hinano noch keine wirklichen Sorgen. Solange nur Ling nicht wieder ausrastete. Ihre Pässe aus Singapur waren sauber, ihre Namen kannte niemand, Personenbeschreibungen gab es nicht. Woher auch? Und das Auto durfte eigentlich kein Problem sein. Wangs Leute hatten bestimmt gute Arbeit geleistet, auf die war immer Verlass. Eigentlich musste also alles gut gehen. Sie durften nur nicht die Ruhe verlieren. Sie reichte dem Polizisten ihren Pass und den von Ling. »Was ist los, Officer?«, wollte sie wissen. Sie sprach jetzt langsamer und konzentrierte sich scheinbar betont darauf, das »R«, das vielen Asiaten so schwerfällt, halbwegs unfallfrei herauszubekommen. Dass sie Norddeutsche war, nie in China gelebt hatte, brauchte ja niemand zu wissen. Eine Antwort bekam sie nicht. Der Wortführer, den sie für den Verantwortlichen hielt, verglich ihre Pässe mit irgendeinem DIN-A4-Schriftstück, das er aus der Jackentasche gefischt und umständlich auseinandergefaltet hatte. Danach besprach er sich mit seinem Kollegen und mit seinem Handy.

»Folgen Sie uns bitte, Sie sind vorläufig festgenommen«, forderte er die beiden anschließend auf, nachdem er sich vergewissert hatte, dass zumindest die junge Frau gut genug Deutsch sprach und ihn verstand. »Ihre persönlichen Sachen können Sie im Auto lassen, das wird von uns zur Polizeistation gebracht.«

Hinano war baff, sie verstand nun gar nichts mehr. Lings Backenknochen traten deutlich aus seinem Gesicht hervor, so sehr presste er vor lauter Ärger die Kiefer zusammen. Er hatte kurz abgeschätzt, ob es eine Chance gab, sich der Festnahme zu entziehen, die Idee aber ganz schnell wieder fallen gelassen. Hinano hatte leicht, aber unmissverständlich ihren Kopf geschüttelt.

In ihrem Kopf arbeitete es, ihre Gedanken überschlugen sich. Wie konnte das passieren? Was war das für ein Schriftstück, mit dem der Bulle ihre Papiere abgeglichen hatte? Sie war sich doch so sicher gewesen. Oder hatte man sie verraten?

HALSTENBEK | vor den Toren Hamburgs

Giannis und Eleni hielten sich nur kurz auf dem Firmengelände auf, nachdem sie vor Ort eingetroffen waren. Sie machten sich etwas mit den Örtlichkeiten vertraut. Garage, Wohnung, Chefbüro. Auf dem Hof trafen sie ihren Kollegen. Stepenbrok war bester Laune, er vibrierte förmlich vor Erregung. »Das ist der Durchbruch«, verkündete er stolz. Die Motorräder, Lederklamotten vermutlich sogar mit Schmauchspuren und verwertbarer DNA, ein paar Schriftstücke, die eine klare Sprache sprachen. Am Ende hatte der Inhaber gar keine andere Chance gehabt als auszupacken, berichtete er. Die DNA musste noch ausgewertet werden und war deshalb auch noch niemandem zuzuordnen. »Aber das wird schon.« Stepenbrok strahlte übers ganze Gesicht.

Einen kleinen Schatten auf seine Stimmung warf was ganz anderes. Das waren seine beiden Kollegen. Wieso waren die eigentlich gemeinsam bei dem Chinamann aufgelaufen, und noch dazu so guter Stimmung? Warfen die sich nicht sogar verstohlene Blicke zu? Was war denn jetzt wieder passiert, von dem er nichts mitbekommen hatte? Stepenbrok hatte das verdammte Gefühl, an einer anderen Ermittlungsfront den Überblick verloren zu haben. Was trugen die beiden eigentlich aus? Und mit wem? Es fiel ihm langsam schwer, sich nur auf die Arbeit zu konzentrieren. Gab es da irgendeine Hidden Agenda, von der er wissen musste? Oder sollte ihn das alles besser gar nicht interessieren? »Gibt es irgendwas, was ich wissen muss?«, fragte er Eleni.

Eigentlich war ihr Vertrauensverhältnis doch inzwischen so gewachsen, dass sie ihm ein Signal geben musste. Wenn was war jedenfalls. Das hatte er verdient. »Nicht jetzt«, wehrte sie ab, »alles gut.« Dabei lächelte sie versonnen vor sich hin und schaute kurz zu Giannis rüber. Stepenbrok hatte das sehr wohl registriert. Giannis grinste wie üblich. »Wie heißt der Andi mit Nachnamen?«, fragte der laut und freute sich über die verblüfften Gesichter der beiden: »An die Arbeit«, der Grieche amüsierte sich köstlich über den alten Kalauer, mit dem er die beiden gefoppt hatte. Immerhin lachten die mit. Spielverderber waren sie nicht.

Sie setzten sich in den grünen Minibus, der als Einsatzzentrale während der Durchsuchung diente, und entwickelten ihren Schlachtplan und die Aufgabenverteilung. Giannis berichtete von seiner Verabredung mit Robin am nächsten Morgen. Er setzte sie auch kurz ins Bild, wie es zu dem Anruf überhaupt kommen konnte. »Bin gespannt, was er zu erzählen hat«, sagte Giannis, »ich hab ein gutes Gefühl.« Wie gut sie tatsächlich mal befreundet waren, das unterschlug er allerdings. Robin war ein ehemaliger Freund, das musste reichen. Fürs Erste jedenfalls. Stepenbrok wollte sich um die Auswertung der Hausdurchsuchung kümmern und den Firmeninhaber vernehmen, als sein Handy klingelte.

Sein Gesicht sprach Bände, das Lächeln erreichte fast die Ohrläppchen. »Gute Arbeit«, sagte er in den Apparat, »dann bis morgen.« Dann blickte er Eleni an. »Und für dich haben wir eine Dienstreise, und was für eine. Sie haben in Puttgarden die beiden schießwütigen Biker geschnappt. Kurz bevor sie auf die Fähre nach Dänemark entwischen konnten. Du wirst da erwartet. Besser, du fährst noch heute.«

Eleni sagte nichts. Echte Begeisterung sah anders aus. Das registrierte Stepenbrok sofort. Ihr Enthusiasmus hielt sich mehr als in Grenzen. Sie schaute kurz Giannis an, und dessen Miene verdunkelte sich. Stepenbrok verstand jetzt gar nichts mehr. »Danke Stepi, gut gemacht oder so ähnlich, wäre jetzt angebracht«, maulte Stepenbrok, »was ist hier eigentlich los?« Eleni blickte ihn an. »Gute Arbeit«, sagte sie, »das war's dann wohl.« Aber ihre Augen erreichte das Lob nicht. Stattdessen blickte sie wieder zu Giannis rüber. Der kletterte aus dem kleinen Polizeibus und stiefelte wortlos davon.

Zumindest jetzt dämmerte Eleni, dass sie gerade dabei war, ihre neue Freundschaft mit Stepenbrok überzustrapazieren. »Nicht böse sein, hat nichts mit dir zu tun«, sagte sie und legte ihre Hand auf seine Schulter. »Gib mir etwas Zeit, du wirst mich verstehen.« Sie überlegte, noch schnell ein paar Sachen aus der Wohnung zu holen. Der Abend war gecrasht. Das war schade, aber nicht zu mehr ändern. Sie musste jetzt professionell sein. Die Mittagsstunden konnte ihnen keiner nehmen. Und die versprachen mehr. Wenn nicht heute, dann eben morgen. Sarajevo musste dann halt warten.

Giannis sollte mit einem der Einsatzfahrzeuge zurück in die Stadt fahren, entschied sie für sich. Sie brauchte jetzt ein wenig Zeit allein und Abstand. Dann machte sie sich ohne ein Wort des Abschieds auf den Weg.

Mittwoch, 7. Oktober

HAMBURG | Flughafen

Als er endlich durch die Passkontrolle war und das Abfluggate sah, atmete er tief durch. Aus und ein, aus und ein. Immer wieder. Aus und ein. Langsam ging sein Atem wieder etwas normaler. Dabei hatte er sich echte Sorgen doch eigentlich gar nicht machen müssen. Zumindest redete er sich das ein. Noch mal und noch mal. Aber man konnte schließlich nie wissen. Und dann diese ewige Warterei. Erst an der Sicherheit und dann noch mal beim Grenzschutz. Die Schlange der Reisenden vor dem Schalter war nur quälend langsam vorangekommen. Die Grenzer nahmen es wieder besonders genau. Wieso bloß? Wer aus dem Land raus wollte, den konnte man doch einfach gehen lassen. Viele Deutsche würden sich darüber freuen. Wo war das Problem? Er verstand die Logik der Ordnungsmacht einfach nicht. Immer wieder drängelten einzelne Passagiere vor, weil ihr Flieger bereits zum Einsteigen aufgerufen worden war. Sie fragten zwar höflich. Aber sie drängten so nachdrücklich, wer wollte da schon Nein sagen. Egal, wie überzeugend ihre Begründung war: Es nervte zusätzlich.

Als er endlich dran war, blickte der Bundespolizist ihn überrascht an. Wang registrierte, dass ihm der Schweiß den Rücken runterperlte. Jetzt nur keine Panik, dachte er. Schweiß stand ihm im Nacken. »Hej, was haben wir denn da?«, sagte der Grenzer. Was sollte das nun wieder? Immerhin wirkte der Beamte freundlich. Wang gab sich größte Mühe, weiter einigermaßen gelassen zu wirken, und lächelte. »Ein Besucher aus dem Reich der Mitte, und dann noch ein besonderer«, sagte der Polizist, »ich hoffe, es hat Ihnen bei uns gefallen, Herr Konsul. Aber als Diplomat hätten Sie doch die extra Kontrolle nehmen können. Fast Lane. Trotzdem, gute Reise!« Dann reichte er den Pass unter der Scheibe zurück, und Wang nahm ihn mit feuchten Händen entgegen.

Jetzt wartete er auf das Boarding und kam langsam wieder zu sich. Das war knapp, dachte er. Es hätte nicht viel gefehlt, und er hätte sich womöglich verraten. So nervös war er lange nicht mehr gewesen. Nicht mal beim Zusammenbruch der DDR. Er hätte nie geglaubt, dass ihm sein Diplomatenpass irgendwann tatsächlich mal nützlich werden könnte. Als er sich nach der Wende in Westdeutschland nach einem neuen Betätigungsfeld umgesehen hatte, war er zunächst nach Kiel gegangen. Er hatte dort den Importvertrieb »Kim-Chi« gegründet, der inzwischen nördlich des Mains eine marktbeherrschende Stellung für die Einfuhr und den Vertrieb von original asiatischen Lebensmitteln einnahm. Die Waren kamen vor allem aus China, Korea und Japan. Und scharf eingelegter Koreakohl Kim Chi war natürlich in allen Macharten reichlich dabei. Das Geschäft war hart und die Konkurrenz auch. Er hatte sich schnell einen Namen gemacht. Wer versuchte, ihm dazwischenzufunken und ihm Kunden abspenstig zu machen, der bekam Besuch und überlegte es sich danach meistens anders.

Wang lebte mit seiner deutschen Frau und zwei Kindern in einem hübschen Villenvorort auf der anderen Seite der Förde mit Blick aufs Wasser. Er war schnell Teil der Kieler Gesellschaft geworden. Gut, das war in einer Stadt mit so viel Glamour wie in der betulichen Hafenstadt nicht besonders schwer. Aber er hatte sich schnell einen besonders guten Namen gemacht. Er unterstützte als Sponsor die Kieler Oper, um sie vor der Schließung zu bewahren. Er finanzierte einen Großteil der neuen Turnhalle für die Stadtteilschule, auf die seine beiden Söhne gingen. Er war auch sonst nicht kleinlich, wenn es darum ging, mit finanziellen Gefälligkeiten soziale Projekte mit anzuschieben oder Klassenreisen zu unterstützen. Vor allem wurde er zu einem der Hauptsponsoren des großen Handballvereins. Der Schriftzug »Kim-Chi« prangte seitdem auf der Brust des U21-Nachwuchsteams. Wangs Handelsunternehmen war auch als Teilhaber in eine kleine regionale Bierbrauerei eingestiegen, als die in wirtschaftliche Schieflage geriet, und er rettete damit zwei Dutzend Arbeitsplätze. Halstenbek war von ihm zunächst nur als logistischer Stützpunkt für die Einfuhren über den Hamburger Flughafen gedacht.

Dann hatten die Chinesen ihre Fühler nach dem Kieler Hafen ausgestreckt, genauer: die Staatsreederei CHINCO. Mit Investitionen in dreistelliger Millionenhöhe wollte die ein neues Drehkreuz für ihre Schiffsverkehre in der Ostsee gründen. Das passte durchaus in die Strategie der Chinesen. Überall versuchten sie, Häfen oder zumindest Terminals aufzukaufen, zum Beispiel in den baltischen Ländern, um einen Fuß in die Tür der EU zu bekommen. Sogar auf Kreta, direkt neben einem beliebten Badestrand in einem Naturschutzgebiet, wollten sie bauen. Das wäre der dichteste Stützpunkt in der EU für Peking, falls die Pläne irgendwann realisiert würden. Wirtschaftsimperialismus war das, Beutekapitalismus vom Feinsten, betrieben von einem kommunistischen Regime.

In Kiel sollten die Container von größeren Schiffen umgeladen werden auf kleinere, sogenannte Feeder, die sie dann über die Ostsee auf skandinavische oder osteuropäische Häfen verteilten. Dafür suchten die Chinesen einen halboffiziellen Ansprechpartner im Norden und hatten sich offenbar an ihn erinnert. Hatten sie seine Akte völlig vergessen, hatte er sich damals gefragt? Oder gab es ein ganz anderes Motiv, das er nicht durchschaute? Darauf würde er wohl nie eine Antwort bekommen. Auf jeden Fall hatten sie Wang zum Honorarkonsul gemacht. Das war 2005. Der Titel war für ihn lange ohne größere Bedeutung, ein bisschen Repräsentation, mehr nicht. Bis sein Diplomatenstatus die ideale Deckung für seinen Einstieg in die Wettgeschäfte bot. Sein ältester Sohn Liu Ya fungierte dafür als Strohmann, die »Yin Yang Asia Trade Golden Dragon« mit Halstenbek als Operationszentrale. Aber er war die meiste Zeit eben doch in Kiel.

Die Hausdurchsuchung am Hamburger Stadtrand hatte ihn total überrascht und völlig aus der Bahn geworfen. Er wähnte sich doch eigentlich völlig inkognito dort und hatte vielsagende Unterlagen deshalb auch lange nicht mehr so sorgfältig beiseitegeschafft wie in Kiel. Er grübelte immer noch. Warum war er nicht längst weg? Hatte er sich zu sicher gefühlt, oder war er zu alt für das Geschäft? Wie waren die Bullen bloß auf ihn gekommen? Ihm fehlte dafür jede Fantasie. Schließlich hatte er nur aus der Deckung agiert. Trat nie in Erscheinung. Aber er glaubte nicht an Zufälle. Ihm war die Aktion eine Warnung.

Den Fund der beiden Motorräder hatte er noch wortreich zu erklären versucht. »Keine Ahnung, irgendwelche Kumpel meines Sohnes«, sagte er, als ihn die Uniformierten nach den Besitzern fragten. »Warum sollte er die nicht für ein paar Tage bei sich unterstellen?« Vor allem, wenn er kein schlechtes Gewissen hatte. Aber besonders einen etwas unscheinbaren Beamten, der sich als Steppenberg oder so ähnlich vorgestellt hatte, durfte er offenkundig nicht unterschätzen, das merkte er sehr schnell. »Und wo sind diese Kumpel jetzt?«, fragte der. Wang zuckte mit den Schultern. »Müssen Sie meinen Sohn fragen.« Der Beamte lächelte nur. »Mach ich. Und wo ist der?« Stepenbrok war sofort klar, dass sie eine heiße Spur hatten.

Achselzucken.

»Geht es etwas konkreter?«

Wieder Achselzucken.

»Wir können das Gespräch auch im Präsidium fortsetzen«, drohte der Polizist. »Sicher haben Sie auch keine Ahnung, wer sich in der Wohnung über der Halle am Ende des Gangs aufgehalten hat und wo die Bewohner jetzt sind? Aber das wird die Spusi sicher schnell rauskriegen.«

»Mein Sohn ist erwachsen und führt den Laden hier, er muss sich bei mir nicht abmelden. Und schon gar nicht rechtfertigen.« Wang überlegte fieberhaft, was er tun sollte. Spusi? Was hatte das zu bedeuten? Für einen Moment dachte er daran, den Diplomatenpass zu zeigen. Aber dann hatte er seinen letzten Trumpf verspielt. Der Preis war hoch, zu hoch. Er wägte seine Optionen ab, von denen er nicht allzu viele hatte. »Also was is'?«, sagte Stepenbrok gereizt, »dann muss ich Sie jetzt …«

Wang unterbrach ihn. »Warten Sie«, fing er an.

Er hatte für sich eine Entscheidung getroffen und die beiden Biker gedanklich auf die Verlustliste gesetzt, ein bisschen Schwund ist immer. Er nannte den Ermittlern Namen und Auto samt Kennzeichen, auch deren geplante Fluchtroute. Besser einen Schritt zurück und irgendwann wieder zwei vor als einfahren in Untersuchungshaft, sagte er sich. Die Spurensicherung würde in der Wohnung DNA-Spuren finden, das war für ihn so was von logisch. Und wenn sie die Motorräder kannten, erfuhren sie auch mehr, da war er sich sicher. Da half nur eins. Er musste weg, außer Landes, und zwar schnell. Das forderte Opfer. Da zählte kein falsches Mitleid. Nur sein Sohn musste gewarnt werden, er konnte sich jetzt keine Spielereien leisten.

Er beteuerte, keine Ahnung von irgendwelchen Hintergründen zu haben, und bot an, am nächsten Morgen mit seinem Anwalt zur endgültigen Vernehmung und Protokollierung im Gericht zu erscheinen. Die Beamten willigten ein, ließen sich allerdings seinen Reisepass aushändigen.

Stepenbrok hatte bereits das Interesse an ihm verloren und war zum Auto geeilt, die Fahndung nach den beiden rauszugeben. Groß konnte deren Vorsprung nicht sein, wenn die Angaben des Chinesen stimmten, und da hatte er kaum Zweifel. Das Schlitzauge hatte seine Komplizen eiskalt ans Messer geliefert, das hatte er sofort geschnallt. Wahrscheinlich, um Schlimmeres zu verhindern. Jetzt mussten sie die beiden nur noch schnappen. Alles Weitere würde sich finden.

Wangs Sohn hatte ihm später eine heftige Szene gemacht. »Wie konntest du nur?«, schrie er ins Telefon. »Das wird dir die Organisation nie vergessen.« Wang ließ sich nicht aus der Ruhe bringen, er hatte in der Wartehalle des Flughafens zu seiner alten Selbstsicherheit fast zurückgefunden. »Der habe ich grad den Arsch gerettet. Und meinen und deinen auch. Zumindest wenn du jetzt nicht weiter Theater machst. Du solltest mir mehr Respekt erweisen. Sieh zu, dass du deinen Hintern wegbewegst. Wir sehen uns dann wie besprochen.«

Wang ließ die Ereignisse des vergangenen Tages noch mal vor seinem inneren Auge ablaufen, während er auf den Aufruf seiner Maschine wartete. Er überlegte, ob er eine bessere Wahl gehabt hatte. Ihm fiel keine ein. Gut, er würde sein gemütliches Leben in Deutschland hinter sich lassen müssen. Aber seine Frau war als Mehrheitsgesellschafterin und Geschäftsführerin der Kieler Zentrale safe, wie man heutzutage sagte, ihr konnte nichts passieren. Und er konnte von Tirana oder Sarajevo aus seine Wettgeschäfte weiter betreiben. Vielleicht nicht mehr in ganz so großem Stil. Alles in allem würde es jedoch sein wie immer.

Nur ein paar Umorganisationen musste es geben, das ließ sich nicht ändern, ein paar Dienstwege mussten neugestaltet werden und ein neues Umfeld, das war's dann aber auch schon. Dafür war er fürs operative Geschäft auch wieder dichter am Puls des Geschehens, das konnte auch Vorteile haben. Und würde seinem doch etwas langweilig gewordenen Leben vielleicht auch wieder etwas mehr Pep einhauchen. Er strich beinahe zärtlich über seine Brusttasche, in der zusammen mit dem Ticket der Diplomatenpass steckte, der ihm den geräuschlosen Abgang ermöglicht hatte. Als sein Flug nach Frankfurt aufgerufen wurde, sagte er ins Handy: »Alles klar, ich steig jetzt ein.« Er hatte Business gebucht und durfte als einer der Ersten einsteigen. Als er die Bordkarte auf seinem Handy ablesen ließ, musste er grinsen. In zweieinhalb Stunden würde dieser Kommissar ein langes Gesicht machen. Es fühlte sich gut an. Er schaltete das Handy ab.

HEILIGENHAFEN | Ostsee

Ihren ersten Coffee-to-go hatte sie tatsächlich schon kurz vor acht Uhr bekommen, wer hätte das in diesem Kaff gedacht. Nur wenige Schritte von ihrem Hotel runter Richtung Hafen und Fischmarkt hatte tatsächlich schon ein Bäcker geöffnet. Wahrscheinlich für die letzten Arbeiter und Seemänner, die ihr Geld noch an den verträumten Kaianlagen oder auf einem der Kutter verdienten. Immerhin war der Milchkaffee ordentlich. Konnte man trinken, stellte Eleni zufrieden fest, an der Qualität gab's nichts zu meckern. Und das konnte man nicht einmal in Hamburg über jeden Anbieter sagen. Die Coffeeshops wucherten dort wie Unkraut durch die Einkaufsstraßen und Stadtviertel. Aber nicht überall, wo Kaffee draufstand, war auch guter Kaffee drin. Nur bei den Preisen war das Niveau stattlich.

Die Staatsanwältin ging die wenigen Hundert Meter zum Polizeirevier zu Fuß. Sie hatte sich im »City Hotel Hamburg« eingebucht, ein einfaches, aber ordentliches Haus in Hafennähe. Und eine kleine Reminiszenz an ihre Heimatstadt. Sie musste schmunzeln, als sie daran dachte. Eleni hatte keine klare Vorstellung von Puttgarden, wie groß der Ort wohl sein könnte. Aber irgendein Instinkt hatte ihr geraten, zur Sicherheit lieber nachzufragen, wo die Festgenommenen wohl eingebunkert würden. Und tatsächlich war der Polizeiposten im Fährhafen für solche Kaliber viel zu klein und von der Sicherheit her unzureichend, deshalb hatte man die beiden sofort nach Erledigung der Formalitäten nach Heiligenhafen abgeschoben, ins nächstgrößere Städtchen auf dem Festland, das die Bezeichnung auch verdiente. Und Eleni hatte sich ein ordentliches Stück Fahrerei ersparen können. So reichte es nach ihrer Ankunft am Vorabend immerhin noch zu einem Fischbrötchen am Hafen und zwei gut gekühlten Bieren. Das war zwar kein Ersatz für die entgangene Nacht in Hamburg, aber es gab schlechtere Tröster.

Das lange Telefongespräch danach mit Giannis hatte ihr gutgetan. Er schmollte immer noch ein bisschen. Giannis allein zu Haus. Wenn auch nur kurz. Sie fand das süß. Und seine Laune verbesserte sich zusehends, als er merkte, dass sie nicht etwa vor ihm geflüchtet war. Es hatte sich einfach gut angefühlt, mit ihm zu reden. Vertraut, nah, liebevoll. Sie genoss in vollen Zügen, was gerade mit ihr passierte. Nicht viel anders schien es dem ewig grinsenden Griechen zu gehen. Jedenfalls verhielt er sich auf einmal seltsam frei von Ironie. Er war sachlich und ernst. War es ihm ernst? Als sie sich nach über einer Stunde endlich vom Telefon trennten, wunderte sie sich über sich selbst. Wie Teenies, dachte sie und musste schon wieder lächeln. Aber warum auch nicht. Fühlte sich alles richtig an.

Wie schnell das doch gehen konnte, dachte Eleni, als sie jetzt mit dem Kaffee in der Hand an irgend so einem Teich oder Binnensee entlang zum Polizeirevier spazierte. Gestern noch einsam und abends auf beste Freundinnen angewiesen, heute so vertraut mit einem Mann, dass sie ihn fast schon ein wenig vermisste. Sollte das tatsächlich der Richtige sein? Dann würde sich vieles für sie ändern, überlegte sie, ob nur zum Besseren, das war allerdings eine durchaus offene Frage. Trotzdem freute sie sich auf ihre Rückkehr, vielleicht ja noch am Abend. Wenn alles glattlief, sollte das durchaus zu schaffen sein. Stepenbrok musste das ja nicht unbedingt mitkriegen.

Eleni hatte gehofft, so früh am Morgen noch niemanden in den Büros anzutreffen. Sie wollte noch ein bisschen Zeit haben, um sich auf die Vernehmung vorzubereiten. Aber die Verhaftung schien so etwas wie ein Adrenalinstoß für die örtliche Polizei gewesen zu sein. Die Einsatzleiter aus Puttgarden saßen bereits im Besprechungsraum, vor sich ein paar belegte Brötchen und Kaffee. Die örtlichen Kollegen erzählten vom erfolgreichen Einsatz am Vortag. Es wurde gelacht und sich auf die Schulter geklopft, nur der Schampus zum Anstoßen fehlte. »Sind wir hier beim Notruf Hafenkante?«, fragte Eleni etwas strenger als beabsichtigt, als sie die Runde betrat, »wo sind die Fernsehkameras?« Als sie ein süffisantes Grinsen hinterherschob, wich die Erschrockenheit, und es machte sich schnell Erleichterung in den Gesichtern der Anwesenden breit. Eine jüngere Polizistin brach den Bann, als sie auf die Juristin zuging und ihr einen frischen Kaffee anbot. »Etwas Heißes zum Nachschenken?«, fragte sie, »Becher haben Sie ja noch. Wir hatten offen gestanden erst etwas später mit Ihnen gerechnet. Aber wenn Sie schon mal da sind …«

Der Satz hing mit einem halben Fragezeichen in der Luft. Alle Augen richteten sich auf die Staatsanwältin. Sie schnallte sofort, was alle von ihr erwarteten: Führungsstärke. Sie war die Ranghöchste, die Leiterin der Soko, extra persönlich aus Hamburg angereist. Sie bestimmte, wo's lang ging. Und wie. Wie sie bei den Vernehmungen verfahren wollten zum Beispiel. Eleni spürte aber auch, dass hinter dieser Erwartung eine Falle lauerte. Wie kollegial würde sich der Hamburger Großkotz wohl verhalten? Wie gleichberechtigt die Dorfsheriffs tatsächlich behandeln? Unausgesprochen schwebten große Fragezeichen durch den Raum. Eleni musste innerlich schmunzeln. War das dieser klischeehafte weibliche Instinkt, der sie sofort gewarnt hatte? »Sie kennen die beiden am besten«, sagte sie in die Runde, »was meinen Sie, mit wem sollten wir anfangen?« Die Runde entspannte sich. Sie war angekommen und griff sich ein halbes Brötchen mit Schinken.

Eleni ließ als Erstes die Frau antanzen. Hinano kämpfte erkennbar mit sich, als sie vor den Vernehmungsbeamten saß. Das war sofort zu erkennen. Sie war Eleni als die Klügere geschildert worden und zugleich als die Vernünftigere. Deshalb hatten sie sich entschlossen, mit der jungen Chinesin anzufangen. Eleni hatte jeweils einen Kollegen aus Heiligenhafen und einen aus Puttgarden an ihre Seite geholt, das war bei den lokalen Beamten sehr positiv angekommen.

»Hinano Jang Wah? Ist das Ihr richtiger Name?« Eleni versuchte es auf die freundliche Art. »27 Jahre alt, aus Singapur? Aber schon lange in Deutschland? Oder alles nur ein Fake?«

Die junge Chinesin sagt nichts. Sie wirkte aber auch nicht besonders abweisend. Vielleicht hatte sie sich noch nicht für eine Strategie entscheiden können. Vielleicht verstand sie aber auch nicht gut genug? Eleni kannte sie zu wenig, um sich ein Bild machen zu können. »Sie müssten schon mit uns kooperieren, wenn sie Ihre Lage verbessern wollen«, schob sie nach.

Kein Kommentar.

»Ihre Spur zu finden war nicht schwer.« Eleni versuchte es immer noch auf die gutmütige Art. »Um Sie so schnell zu finden, brauchten wir allerdings schon etwas Hilfe, wenn Sie verstehen, was ich meine.« Sie blickte die Chinesin an. »Ist Ihnen das klar?« Zum ersten Mal glaubte Eleni, so etwas wie eine leichte Regung festzustellen. Tief verborgen hinter einer Maske der Gleichgültigkeit. Aber die Augen der jungen Frau glühten anders. Das war der Punkt, dachte Eleni. Die beiden fühlten sich verraten, und zwar zu Recht, das konnte ihre Chance sein. Jetzt nur nicht mit der Tür ins Haus poltern.

»Was glauben Sie, warum meine Kollegen auf Sie gewartet haben und so gezielt zugreifen konnten? Reiner Zufall? Bullenglück? Haben Sie vielleicht doch irgendeinen Fehler gemacht?« Eleni hielt den Ball weiter flach und spielte aus der Deckung. »Oder war es vielleicht ganz anders?«

Wieder keine Antwort. Aber täuschte sie sich? Guckte die Chinesin nicht auf einmal noch etwas wütender? Eleni entschloss sich, eine weitere

Schleife zu drehen. »An Ihrem Pass kann es doch kaum gelegen haben. Sieht wahnsinnig echt aus. Oder ist er das sogar? Ist Hinano Jang Wah Ihr richtiger Name?« Kurzer Blickkontakt, null Reaktion.

Eigenartige Situation, dachte Eleni. Alle starrten sie neugierig an. Jede Mimik, jede Regung, jede Frage wurde sorgfältig registriert, gescannt, auf der Festplatte gesichert. Als ginge es um sie. Als säße sie auf einem Prüfungsstuhl. Die beiden Kollegen beobachteten sie mit ehrlicher Neugier. Machten nicht einmal einen Ansatz, sich einzuschalten. Vielleicht wollten sie was lernen, vielleicht freuten sie sich auch klammheimlich, wenn die Tante aus der Großstadt hier mal gründlich auf Grund lief?

Eleni setzte nach. Immer noch freundlich, jetzt aber etwas grober. »Sie sind am Arsch. Ist Ihnen das klar? Totschlag, vielleicht sogar Mord. Das bringt bis zu zehn Jahre Knast. Da drin wird Ihnen niemand die Füße küssen. Dabei war das Ganze doch nicht einmal Ihre Idee. Und jetzt lässt der große Boss Sie hängen. Einfach so.« Die Staatsanwältin machte eine Pause. Im Kopf der jungen Chinesin arbeitete es, Eleni spürte das. Manchmal konnte man es auch sehen. »Der hat sich doch längst vom Acker gemacht.« Vielleicht hilft ein kleiner Bluff, dachte Eleni. Wenn sie geahnt hätte, wie richtig sie damit lag, wäre von ihrer Gelassenheit nicht mehr viel übrig gewesen. So ließ sie ließ ihren Worten Zeit, sich zu setzen.

Noch immer nichts. Aber die Chinesin war kurz davor einzuknicken. Eleni fühlte das. Jetzt bloß keinen Fehler machen.

»Ihnen muss doch klar sein, spätestens jetzt, dass Sie verraten wurden. Kaltblütig ans Messer geliefert. Ein böses Ablenkungsmanöver, um den eigenen Arsch zu retten. Sie sind nur ein kleines unwichtiges Rad im Getriebe. Entbehrlich. Einfach zu ersetzen.« Elenis Worte trafen wie ein Messer. Zwei chinesische Augen blickten sie jetzt vor Zorn brennend an. Na also, geht doch, dachte sie. Hinano war innerlich zerrissen. Das wurde immer deutlicher. Eleni wartete, ließ sich und vor allem ihr Zeit. Nur nichts überstürzen. Die junge Chinesin war nicht dumm. Sie würde grübeln, welche Optionen sie noch hatte. Und ob es überhaupt noch eine gab. Und sie würde zu einem Ergebnis kommen. Dass sie geopfert wurde, das war ihr bestimmt längst schmerzhaft klar. Die Frage war nur noch, welche Schlussfolgerungen sie daraus ziehen würde. Für sich. Und damit auch für die Ermittlungen. Elenis Handy machte sich bemerkbar. Eine Nachricht. »Wir sind durch. Erst mal«, stand da, daneben zwei rote Herzchen. Eleni tat so, als würde sie aufmerksam eine wichtige und folgenschwere Information studieren.

Gerade als die junge Chinesin sich räusperte, flog ohne Vorwarnung die Tür auf. Ein Beamter in Uniform stand auf der Schwelle. Einer von den Landeiern aus Puttgarden, dachte Eleni verärgert. »Wie wär's mit Anklopfen und …?«, schnauzte sie ihn an, brach aber sofort ab, als sie seinen Gesichtsausdruck sah. Weiß wie eine Wand stand er vor ihr, zitternd, die Augen vor Entsetzen aufgerissen. »Was ist los?« Eleni kapierte sofort, ihr schwante Böses. »Der Gefang… äh Häftling«, stammelte der Polizist, »er ist … er will … er hat … äh … eine Waffe …«

Eleni glaubte, sie hätte was mit den Ohren. »Eine Waffe? Was für eine Waffe?«

»Pistole.« Die Antwort kam so leise, dass sie kaum noch zu verstehen war.

»Wie? Pistole. Woher?« Sie taxierte den Beamten von oben bis unten und sah sofort das leere Pistolenholster an seinem Gürtel. »Wie konnte das passieren?«

»Er musste mal piss… äh zur Toilette, hat er gesagt. Ein Kollege hat die Tür aufgeschlossen, ich bin voraus zum Klo.« Pause. Der Beamte atmete schwer. »Da hat er mir von hinten die Waffe …, aber er hatte doch Handschellen an …«, flüsterte er noch, und es klang verdammt nach Verzweiflung. Damit hatte er im Leben nicht gerechnet. Schon gar nicht in Heiligenhafen.

Eleni und die beiden Vernehmungsbeamten sprangen auf. »Wo …?«, weiter kam die Staatsanwältin nicht, als ein Schuss durch den Flur peitschte. Nicht auch das noch, schoss es ihr durch den Kopf. Vorsichtig spähte sie an dem konsternierten Sündenbock vorbei in den Gang. Nichts zu sehen. Hinter der nächsten Ecke hörte sie Schritte. Der andere Beamte aus Heiligenhafen zog sie zur Seite und betrat mit entsicherter Waffe den Flur. Vom anderen Ende des Gangs hörten sie Schritte. »Sauber«, rief jemand, »nicht schießen, alles sauber und unter Kontrolle.« Ein Polizist trat um die Ecke und stopfte seine Waffe zurück ins Holster.

»Er ist tot«, verkündete der Uniformierte. »Hat sich selbst gerichtet. Wir hatten keine Chance.«

Die Staatsanwältin blickte erschrocken und etwas fassungslos zu der jungen Chinesin, die mit gesenktem Kopf und unbeweglich auf ihrem Stuhl hocken geblieben war. In sich zusammengefallen. »Er hat sein Gesicht verloren«, sagte sie leise. »Häh?«, Eleni verstand nicht. »Sie haben ihn doch gar nicht gesehen.«

»Ling hat versagt. Ist in Händen von Polizei. Hat sein Gesicht verloren vor großem Boss in Singapur. Kann mit Schmach nicht leben.« Hinano sah sie jetzt mit klaren Augen an. »Können wir reden?«

Zwei Stunden später war die Leiche beseitigt und die Aufklärung des Falles ein gutes Stück vorangekommen. Hinano hatte erzählt, was sie wusste. Das war nicht viel, aber es reichte. Die Chinesin fühlte sich verraten, geopfert und im Stich gelassen. Zu guter Letzt auch noch von Ling. Wen sollte sie also noch schützen? Das mit dem Gesichtsverlust, der in Südostasien noch immer von großer Bedeutung war, hatte sie selbst nie so recht verstanden. Wahrscheinlich war sie einfach schon zu lange in Europa. Immerhin lange genug, um zu begreifen, dass sie jetzt vielleicht doch einmal an sich denken sollte.

Die Staatsanwältin hatte ihr versprochen, ein Geständnis im Strafverfahren zu würdigen. Mehr war für die junge Chinesin nicht drin, das musste reichen. Sie hatte das alles nicht gewollt. Nicht das Opfer auf St. Pauli, nicht das Schicksal von Ling. Und erst recht nicht den Verrat von ihrem Boss und Mentor Wang. Sie wollte einfach nur noch ihre Ruhe haben.

HAMBURG | Hafenviertel

In dem portugiesischen Café am Hafenrand war so früh noch nicht viel los. Dabei war der kleine Laden vor allem vormittags bei Einheimischen wie Touristen ziemlich beliebt. Nicht weit entfernt, die Hafentreppe runter, lagen auf der anderen Seite des Stroms die Docks von Blohm + Voss, in denen die Kreuzfahrtriesen ihre Schönheitsoperationen erhielten. Zwei dieser Passagierdampfer lockten in diesen Tagen die Hobbyfotografen auf die Ausguckplätze gegenüber der Werft, die Ausflugsdampfer und Barkassen zogen wie Insekten ihre Kreise um die Docks. Im Rücken der Kaffeestube gähnten sich die Bordelle der Herbertstraße nach der durchzechten Nacht die steifen Glieder wach. In den engen Gassen ruhte jetzt jeglicher Verkehr, als müssten alle ihren Muskelkater auskurieren.

Giannis hatte die Morgenzeitung schon halb durch, als Robin den kleinen Laden betrat. Das Café war seine Idee gewesen, er traf hier öfters mal Leute zum Frühstück, wenn er seine Ruhe haben wollte. Man konnte unbeobachtet mit Freunden reden oder auch mit Journalisten. Die Preise waren überraschend günstig, der Kaffee war gut und der original portugiesische Kuchen lecker. Die jungen Mütter, die das Geschäft als Familienbetrieb am Laufen hielten, waren nett und zuvorkommend, und vor allem überhaupt nicht neugierig.

Giannis hatte einen Tisch in einer ruhigen Ecke ausgesucht. Nachdem Robin sich am Tresen einen Milchkaffee und ein Sandwich mit Käse und Schinken bestellt hatte, frisch aus dem Toaster, nahmen sie sich lange in den Arm. »Mann, Digga, tut gut, dich zu sehen«, sagte Giannis und bekam leicht feuchte Augen. Verstohlen wischte er sich mit dem Ärmel durchs Gesicht. »Danke, du mich auch«, erwiderte Robin. Doch in seiner Stimme lag viel Wärme. Es war cool, sich wieder zu haben. Unausgesprochen hing diese Erkenntnis zwischen ihnen. Männerfreunde. Wie oft gab es das sonst schon? Echte Kerle hatten eher Konkurrenten, Neider, Partner. Aber Freunde? Mit denen man über alles reden konnte? Das war doch eher Weiberkram. Robin hatte grade in den vergangenen Tagen manches Mal an ihre vertrauten Kumpelabende gedacht.

Den eigentlichen Grund ihres Treffens hatten beide für einen Moment ganz weit hinten abgelegt. Unter »U« wie »unwichtig«. Es gab so viel zu bereden. Sie sabbelten ein bisschen über alles Mögliche, nichts wirklich Wichtiges, nichts Ernstes. Es ging um Fußball, Frauen und Fantasien, sie alberten ein bisschen rum, bis Giannis förmlich wurde und sich bei seinem Freund entschuldigte. »Das mit meinem klammheimlichen Abgang aus Hamburg war blöd, tut mir echt leid, Mann.« Es fiel ihm schwer, darüber zu reden, aber dann auch wieder nicht. Denn es war auch befreiend. Irgendwie jedenfalls. Irgendwie, was für eine blöde Floskel. Plötzlich wurde ihm bewusst, wie nichtssagend manche Phrasen in ihrer Alltagssprache doch waren. Irgendwie, nichtssagender oder unpräziser ging es doch eigentlich kaum. »Ich hatte wohl Schiss vor meiner eigenen Entscheidung, echt, habe mir selber nicht über den Weg getraut«, sagte er und verfiel dabei sogar wieder in seinen alten Hamburger Straßenjargon. »Macht aber echt keinen Bock mehr. Tut gut, wieder hier am Start zu sein.« Er war froh, dass es jetzt raus war. Und fast nebenbei hatte er womöglich eine Entscheidung über seine Zukunft getroffen. Der Gedanke daran ließ ihn kurz zögern.

Robin grinste ihn an. »Wegen mir oder ihr?« Giannis klapste ihm mit der flachen Hand auf den Hinterkopf und machte ein gespielt empörtes Gesicht. Dann mussten beide lachen, und sie nahmen sich wieder in den Arm. Die beiden jungen Frauen vom anderen Ende des Tresens guckten neugierig zu ihnen rüber, was da in der Ecke eigentlich abging. »Ich will aber Trauzeuge sein«, fügte Robin ganz ernsthaft hinzu. Dem nächsten Klaps konnte er mit einer geschickten Körpertäuschung ausweichen.

»Wo wir grad beim Aussprechen sind.« Robin wurde ernst und kam zum eigentlichen Grund ihres Treffens. Er erzählte von dem Bestechungsversuch, die ganze Geschichte. Von dem Angebot, den Skrupeln, die er im letzten Moment auf dem Rasen bekommen hatte, und seiner inneren Genugtuung nach dem Ausgleichstreffer praktisch in letzter Minute. Er berichtete von den Telefonaten mit Janko und seinem aktuellen Problem, wie der ihn ganz offen unter Druck setzte. Und nun auf eine Antwort wartete, die natürlich eine Zusage sein sollte. »Die ganze Zeit haben sie dich in Ruhe gelassen?«, fragte Giannis ungläubig nach. Er machte seinem Freund keine Vorwürfe oder Vorhaltungen, dafür war jetzt nicht der Zeitpunkt. »Warum? Und: warum jetzt?« Robin zuckte mit den Schultern. Er hatte keine Antwort darauf. »Und wenn du dich nicht bei Janko gemeldet hättest? Hätte er dich dann in Ruhe gelassen?« Wieder Schulterzucken.

Die ganze Sache war äußerst seltsam. »Vielleicht hast du sie aufgescheucht und erst auf eine Idee gebracht? Oder sie stehen gewaltig unter Druck.« Giannis stierte in seinen Kaffee, der längst kalt geworden war. Als könnte er ihm neues Leben einhauchen. »Vielleicht sind wir ihnen dichter auf den Fersen, als wir selbst glauben?« Er dachte laut vor sich hin und war für einen Moment ziemlich weit weg. »Irre, du und Petrovic, ausgerechnet du, mein bester Freund. Naja, bis vor Kurzem mein bester Ex-Freund«, er blickte kurz auf und grinste. Er war wieder zurück in der Realität. »Und wir versuchen uns die ganze Zeit einen Reim auf den Petrovic-Clan zu machen, wo der alles die Finger drin hat. Ohne dass uns das recht gelingt. Ich fass es nicht.«

Jetzt war Robin überrascht. »Ihr? Ihr seid scharf auf Petrovic? Wie geil ist das denn?« Giannis setzte seinen Kumpel in groben Zügen ins Bild und scherte sich dabei keine Sekunde um seine Verschwiegenheitspflicht in laufenden Verfahren. War er Grieche oder nicht? Er wusste wie's geht. Wo man Vorschriften oder Regeln schon mal flexibel auslegen durfte. Sein Bericht endete damit, dass sie den alten Petrovic, Milan, tot im Hafen gefunden hatten, ohne bislang ein Motiv dafür gefunden zu haben. Geschweige denn einen Täter. Und dass Janko, der Sohn, wohl zusammengeschossen im Krankenhaus von Sarajevo lag. Unter falschem Namen. »Dein Janko! Der hat jetzt echt andere Sorgen. Mach dir deswegen bloß keinen Kopp.«

Die beiden hingen für einen Augenblick wieder jeder ihren eigenen Gedanken nach. Wie von Zauberhand hatte ihnen die Wirtin, eine niedliche Portugiesin, noch zwei Kaffee vor die Nase gestellt. »Alles klar bei euch?«, fragte sie. Die Männer nickten etwas abwesend. »Dir ist klar, dass wir das hier nicht unter Freunden ausmachen können«, sagte Giannis dann und schaute Robin dabei ernst und etwas sorgenvoll an. »Du musst das alles offiziell zu Protokoll geben, am besten noch heute Nachmittag.« So lange deine Reue noch frisch ist, dachte er für sich, und hätte sich für diese Illoyalität gegenüber seinem Freund selbst ohrfeigen können. »Sonst können wir damit nichts anfangen. Nur so können wir deine Teile in unser Puzzle einfügen und auch die Zeitpunkte abgleichen. Ich ruf gleich meinen Kollegen an, damit der alles aufnimmt.«

Robin nickte ergeben. Schon klar. Er hatte damit gerechnet. Aber er hatte seine Entscheidung getroffen. Er musste da durch. »Alles paletti. Sag ihm, ich bin um drei da. Ich muss nur wissen, wo genau und bei wem. Es muss ein Ende haben.«

FRANKFURT AM MAIN | Westend

Es hatte lange gedauert, bis er sich mit den Typen vom Verband auf einen halbwegs gemeinsamen Nenner geeinigt hatte. Schreibtischtäter, dachte er, sitzen hoch und trocken, kassieren bei jeder Gelegenheit ab. Und machen den großen Macker. Aber wehe, es gibt mal ein Problem. Bonde hatte gewusst, worauf er sich einließ, als er trotz seiner Abneigung den Kontakt zu den Fußballfunktionären suchte. Ein erstes Telefongespräch war noch weitgehend ergebnislos verlaufen. »Verhandeln? Was gibt's da zu verhandeln?«, hatte so ein Fuzzi von der Geschäftsstelle, dessen Namen sich niemand merken musste, zunächst getönt, nachdem er sein Anliegen vorgebracht hatte. Immerhin hatte der dann doch versprochen, das Thema weiterzutragen. Anderthalb Stunden später hatte es tatsächlich einen Rückruf und eine Einladung zum persönlichen Gespräch in der Verbandszentrale in Frankfurt gegeben. Sogar die Bahnfahrt 1. Klasse wurde bezahlt. Das Stichwort »Wettbetrug« hatte wohl doch gezogen.

Er saß in der Verbandszentrale, vor sich wuchtige Konferenztische mit größeren Aktenbergen. »Foulspieler« stand auf dem obersten Deckel. Die Verbandsvertreter waren vorbereitet, das musste man ihnen lassen. Sie thronten auf der anderen Seite der Tische wie hinter einem

Grenzwall. Bonde hatte seinen Anwalt mitgebracht. Der war Fachmann in Sport- und Medienrecht und hatte schon häufiger bekannte Spieler aus Problemen herausgehauen. »Ich will betonen, dass mein Mandant aus freien Stücken hier ist. Er erwartet einen großzügigen Vergleich und ist im Gegenzug bereit, alles auf den Tisch zu legen, alles was er weiß.« Die Verbandsvertreter hatten sich offenbar vorher eine klare Marschroute zurechtgelegt, sodass die Sitzung nicht extra für Beratungen unterbrochen werden musste. Sie willigten schnell ein.

»Solange er sich strafrechtlich nichts Nennenswertes hat zuschulden kommen lassen, sollte dem nichts entgegenstehen«, erwiderte der Justitiar des Verbands, die beiden Referatsleiter an seiner Seite nickten zur Bekräftigung. Das Angebot, das folgte, war in Ordnung, einigermaßen jedenfalls. Bonde konnte seine Schiedsrichterlizenz behalten, würde nur kurzzeitig etwas aus dem Rampenlicht genommen, aber in Zukunft weiter hoch bis in die dritte Liga pfeifen. Er käme aber in Pokalspielen mit höherklassigen Klubs erst mal nicht mehr zum Zuge und wäre auf absehbare Zeit von einem Aufstieg in die zweite Liga und den Lehrgängen dazu ausgeschlossen. Bewährungsstrafe nannte man das wohl, dachte Bonde.

Drei Jahre waren dafür zwar ganz schön lang, aber er konnte damit leben. Einigermaßen jedenfalls. Denn immerhin schien garantiert, dass der Verband den Vorgang nicht an die große Glocke hängen wollte. Das Spiel ohne Grenzen funktionierte nämlich nur, wenn alle Beteiligten in ihrem naiven Glauben an Fairness und Objektivität nicht erschüttert würden. Das galt besonders für die zahlenden Massen. Und eine wochenlange Medienkampagne würde niemandem helfen, außer kurzfristig der verkauften Auflage der Massenmedien.

Der Verzicht auf die Pokalspiele wog schwer. Das waren die Partien, die ihm eine größere Bekanntheit beschert und ihm den Glauben an eine große Zukunft im Profifußball gelassen hatten. Aber unter dem Strich konnte er damit leben. »Mehr ist nicht drin«, hatte ihm sein Anwalt in einer kurzen Sitzungsunterbrechung geraten, und er hatte sich schließlich gefügt. Das Thema musste vom Tisch. Er wollte aufräumen, und zwar ein für alle Mal.

Bonde berichtete dann von dem verschobenen Trainingsspiel in der Türkei und den anderen Partien, an denen er beteiligt gewesen war. Er nannte Ross und Reiter bei den Hintermännern, zumindest soweit sie ihm bekannt waren. Petrovic. Immer wieder Petrovic. Dieser Name. Der Clan war wie eine Krake, sagte er. Die Verbandsvertreter schauten ungerührt. Sein unglückliches Aufeinandertreffen mit Petrovic im Hamburger Hafen ließ er sicherheitshalber raus. Das gehörte hier nicht her, das ging den Fußballverband nun wirklich nichts an.

Babette saß wenige Meter vom Haupteingang entfernt in einem Straßencafé in der Sonne und wartete. Babette! Er hätte vorher nie geglaubt, dass sie für ihn so wichtig werden würde. Dass sie vielleicht sogar die Frau fürs Leben sein könnte. Bonde hatten den Glauben an eine feste Beziehung fast schon aufgegeben. Und dann war sie auf der Bildfläche erschienen. Ausgerechnet in seiner schlimmsten Krise. Oder vielleicht gerade deshalb? Er freute sich, sie zu sehen, als er die Zentrale verließ, ein wohliger Schauer lief ihm über den Rücken. Sie hatte ihn in dem Beschluss gestärkt, endlich für saubere Verhältnisse zu sorgen. Klar, es war seine Entscheidung gewesen, er war der Held, der harte Macker, der neue Saubermann. Wie oft hatte er das wie ein Mantra vor sich hergebetet. Bloß nicht vom Kurs abkommen. Aber hätte er das wirklich durchgestanden ohne sie? Egal, sie war da, und er hatte sein Gewissen erleichtert, alles gut.

Er schlang von hinten seine Arme um sie. »Schön, dass es dich gibt«, sagte er, »worauf hast du Lust?« Sie schaute ihn mit fragenden Augen an und sagte kein Wort. »Jaha, alles klahar«, sagt er gedehnt, um sie zu beruhigen. »Alles so gelaufen, wie wir es besprochen haben. Und die Lösung mit dem Verband ist okay. Ich kann weiter pfeifen, zunächst etwas auf Sparflamme, aber immerhin. Und diese Wettpaten können mich mal. Der Spuk hat ein Ende.«

Babette stand auf und küsste ihn auf den Mund. »Mein Held«, sagte sie und stupste ihm mit dem Ellenbogen in die Seite. »Gut gemacht! Ich würde sagen erst mal ins Hotel, dann etwas shoppen und abends feiern wir das Ganze.« Dabei drückte sie sich etwas anzüglich an seine Seite und leckte sich provozierend die Lippen. Warum nicht, dachte er, das habe ich mir verdient. Zu ihr sagte er: »Schöner Plan, du hast es dir verdient.« Sie hakte ihn unter, und eng aneinander geschmiegt schlenderten sie Richtung Grandhotel.

Auf dem Zimmer setzte er sich gleich ans Telefon. »Gib mir fünf Minuten«, sagte er zu Babette, die schon mal duschen wollte. »Der letzte Schritt muss noch getan werden.« Er kramte in seiner Tasche, um die Nummer zu finden. Verdammt, wo war bloß der Zettel mit dem Namen von diesem komischen Griechen geblieben, diesem Kostas Sowieso, der so gut Deutsch sprach? Er fand ihn schließlich in seiner Brieftasche und wählte die Hamburger Büronummer. »Stepenbrok«, brummte jemand am anderen Ende in den Hörer. »Äh, ich wollte gern diesen Griechen sprechen, Kostas oder so«, stotterte Bonde etwas unbeholfen.

»Und wer will den sprechen?«

»'schuldigung, Bernd Bonde ist mein Name, er hatte mich neulich angerufen, und ich wollte einen Termin mit ihm vereinbaren.«

Stepenbrok kapierte sofort. Die Fahrerflucht, dachte er. Oder der korrupte Schiri. Oder beides. »Da müssen Sie sich bitte bis morgen gedulden. Der ist ab neun Uhr wieder im Büro.« Hoffentlich, dachte Stepenbrok, bei dem Griechen wusste man zuletzt ja nie, so launisch wie der war. »Kommen Sie doch am besten um zehn Uhr her, zu uns ins Gericht. Ich merke Sie vor.« Pause. Keine Antwort. »Und übrigens: Giannis Kostapoulos ist sein Name. So schwer ist das doch gar nicht.«

Es dauerte einen kurzen Moment, dann willigte Bonde ein. Augen zu und durch, dachte er, jetzt gibt's kein Zurück mehr. Außerdem wollte er unbedingt den Kopf frei haben. Denn in diesem Moment kam Babette aus dem Badezimmer, nur mit einem Handtuch bekleidet. Ein paar Wassertropfen perlten noch von ihrer Schulter, um die feuchten Haare war ein kleines Handtuch gewickelt. Als sich das zu lösen begann und Babette mit beiden Händen zu ihren Haaren griff, rutschte das Badelaken wie aus Versehen von ihrem Körper und landete zu ihren Füßen. Bonde ließ sie nicht aus den Augen, als er sein T-Shirt über den Kopf streifte und die Hose einfach auf die Knöchel fallen ließ.

Donnerstag, 8. Oktober

HAMBURG | St. Pauli

Was für ein Tag, und erst recht die Nacht! Eleni wusste gar nicht, worüber sie sich mehr freuen sollte. Über den Zwischenstand ihrer Ermittlungen oder über den privaten Nachschlag. Sie saß allein im Büro, vor sich einen frischen Kaffee aus der eigenen Maschine, extra stark diesmal zum Wachwerden, und ließ träumend die vergangenen Stunden an sich vorbeiziehen. Nach dem Ende ihrer Dienstfahrt standen für sie eine erfolgreiche Vernehmung zu Buche und ein Toter. Suizid in einer Verwahrzelle der Polizei hörte sich natürlich nie besonders prickelnd an. Was würde ihr Generalstaatsanwalt wohl dazu sagen? Und was für ein Fressen wäre das für die Medien. Das Blatt mit den Balkenüberschriften, die ebenso groß wie blöd waren, hatte noch am Abend Wind von der Sache bekommen. Da musste doch jemand eine Info durchgesteckt haben. Leserreporter? Was für ein Scheiß, dachte Eleni. Irgendein zu kurz gekommener Beamter, der sein Aufmerksamkeitsdefizit abbauen oder sein Taschengeld aufbessern wollte. Oder beides.

Sogar ein Foto war geleakt worden, auf dem im Zellentrakt die Leiche im Hintergrund verschwommen zu erkennen war. Und dann die Überschrift. »Toter China-Mann nach Szechuan-Art«. Eine Anspielung darauf, wie organisierte kriminelle Banden aus Szechuan in Europa gern ihre Probleme lösten. Indem sie Versager zum Selbstmord drängten. Die naiven Leser assoziierten die Zeile dagegen wohl eher mit ihrem Lieblingsgericht auf der Speisekarte ihres Lieblingschinesen. Zweimal gebratenes Fleisch nach Szechuan-Art. Mein Gott, wie doof und geschmacklos, dachte Eleni.

Andererseits hatte sie ein lückenloses Geständnis von Hinano in der Tasche. Das machte vieles wett. Die Firma Petrovic musste sich jetzt warm anziehen, zumindest galt das für den Teil, der noch übrig war, davon war sie überzeugt: Sie würden die Wettmafia zerschlagen. Der Leichnam und die Verhaftete würden im Laufe des Tages nach Hamburg überführt, er in die Gerichtsmedizin, sie ins Untersuchungsgefängnis gleich hinter ihrem Büro. Eleni selbst hatte wichtige Gründe vorgeschützt und war noch am späten Nachmittag zurück nach Hamburg gedüst. Dass sie das Treffen mit ihrem Chef erst für den nächsten Vormittag angesetzt hatte, brauchte da draußen in der Walachei ja niemand zu wissen. Keine falschen Kompromisse, jetzt war sie mal dran! Um die interne Ermittlung sollten sich die Kollegen vor Ort kümmern, das ging ihr so was von am Arsch vorbei. Gesagt hatte sie allerdings: »Wenn Sie meine Hilfe brauchen oder eine Aussage, melden Sie sich gern. Hier ist meine Karte. Ich bin dann mal wech …« Schließlich wurde sie erwartet.

Sie hatte sich schon früh am Morgen vorsichtig aus dem Bett gewühlt, um Giannis nicht zu wecken. Wie ein glückliches kleines Kind hatte er sich unter der Decke zusammengerollt, die Augen fest geschlossen. Leise wollte sie Richtung Bad schleichen. Komisch, dass sich alles so normal anfühlt, dachte sie dabei, und so richtig. »Wehe, du gehst ohne Kuss!«, kam es von hinten. Giannis hielt die Augen weiterhin geschlossen, grinste aber breit. »Ein wachsamer Polizist merkt alles«, murmelte er, »komm her und küss mich. Bitte.« Sie musste lachen und schlüpfte kurz unter die Decke. Sie drückte ihm einen Kuss auf die Wange. »Guten Morgen.« Pause. »Mein Liebster«, sagte sie und wunderte sich, wie leicht ihr das über die Lippen ging. Als er nach ihr griff, um sie an sich zu ziehen, entwand sie sich geschickt. »Nichts da, wichtige Termine«, sagte sie. Auf dem Weg zur Dusche zog sie sein Oberhemd aus, das sie auf nackter Haut trug, und winkte damit zurück zum Bett. Er stöhnte extra laut, aber sie lachte nur. »Erst die Arbeit, dann das Vergnügen«, rief sie ihm zu, ohne sich umzudrehen und ihm das volle Bild zu gönnen. Dann war sie im Bad verschwunden.

Am Abend hatte sie es mit den Grundsätzen nicht so genau genommen. Als sie an der neuralgischen Baustelle hinter dem

Autobahnkreuz Bargteheide ohne größere Behinderungen vorbei war, hatte sie Giannis eines SMS geschrieben. »Back at home 18.30. Schampus for 2? Is up to U«. Sie hatte extra den hippen Slangsprech der Hip-Hop- und Smartphone-Generation gewählt, um ihn ein bisschen zu provozieren. Eleni hatte schnell mitbekommen, dass er sich gern darüber aufregte, wie die deutsche Sprache als normales Kommunikationsmittel mehr und mehr verhunzt wurde. Und wie sich bestimmte Sprachstile zu einer Art Statussymbol entwickelten. Wer sie draufhatte, gehörte dazu. Wer nicht, war außen vor. Dass sich manche Begriffe dabei in den eigenen Wortschatz einschlichen, wurde gerne übersehen. Aus »Alter« wurde im Alltag schon mal »Digga«, Mitteilungen per Handy wurden mit »LOL« oder »Sry« kommentiert. Moderne Zeiten nannte man das wohl. Aber auch die würden sich wieder ändern, hoffte er. Lieber heute als morgen.

Er war superpünktlich gewesen und hatte Rosen dabei. Aber die blieben erst mal im Papier. Ausgepackt wurde etwas anderes. Sie nahmen sich in den Arm, küssten sich und landeten ohne viele Worte im Bett. Es war so selbstverständlich und fühlte sich auch so an, dass Eleni gar nicht lange darüber nachdachte. Dabei war es ja erst das zweite Mal, aber gefühlt aufregend wie beim ersten Mal. Danach tranken sie ein Glas Champagner und hielten sich eng umschlungen. Als die Rosen endlich ins Wasser kamen, ließen sie bereits ein bisschen die Köpfe hängen.

Über die Arbeit sprachen sie erst später beim Italiener. Irgendwann hatten sie sich schließlich aufgerafft und geduscht. Ihr Hunger forderte seinen Tribut. Giannis erzählte von seinem Treffen mit Robin und von den neuen Details, Eleni steuerte das Geständnis von Hinano bei und berichtete über den peinlichen Vorfall mit deren Komplizen. »Der General wird mich dafür umbringen«, sagte sie, aber allzu große Sorgen waren aus dieser Feststellung nicht herauszuhören. Giannis griff nach ihrer Hand. »Shit happens«, sagte er nur, mehr nicht. »Wir müssen mit Stepenbrok reden«, sagte er nach einer Weile. Eleni schaute erst verwundert, dann nickte sie. »Ist doch klar. Der hat ja auch nicht nur rumgesessen.« Giannis guckte sie ernst an. »Nicht darüber. Wir müssen mit ihm über uns reden.« Er schluckte kurz und verlor kurz den Faden. Oder den Mut. »Über uns. Er muss Bescheid wissen. Er hat unser Versteckspielen und das Getue nicht verdient.«

Giannis hatte Angst vor diesem Vorstoß gehabt. Es war ihm wichtig und ernst damit. Zugleich wusste er aber auch, dass es ein Bekenntnis beinhaltete. Wenn sie sich Stepenbrok gegenüber offenbarten, bekam das Ganze etwas Förmliches, Offizielles. Das Ganze? Er korrigierte sich innerlich, ihr Verhältnis, ihre frische Affäre. Oder konnte man es schon Beziehung nennen? Er selbst hatte noch keine klare Antwort darauf, er war ein bisschen unerfahren in diesen Dingen. Und er hatte ein bisschen Schiss vor Elenis Reaktion. Trotzdem war es nur fair gegenüber Stepenbrok. Und vielleicht ja auch sich selbst gegenüber. Sie waren so weit gegangen, warum sollten sie sich nicht Gedanken darüber machen, wie weit zu gehen sie tatsächlich bereit waren? Wenn er ehrlich in sich reinhorchte, sprach eigentlich nichts dagegen. Nichts mehr, war vielleicht richtiger. Und Eleni? Wie ging es der damit?

Er sah sie an, um eine Reaktion zu erhaschen. Sie spielte mit einem Finger in ihren Haaren, spießte mit der anderen Hand ein paar Penne Arrabiata auf die Gabel und kaute genussvoll. Das wiederholte sich noch zweimal. Dann lachte sie ihn an. »Abgemacht. Wir sagen es ihm gleich morgen früh.« Sie strahlte dabei und täuschte damit darüber hinweg, dass sie sehr wohl gemerkt hatte, wie er auf der Lauer lag. Mit einer Mischung aus Angst und Hoffnung auf ihre Reaktion wartete. Sie hatte nur kurz überlegen müssen, ihn dann aber extra etwas zappeln lassen. Zur Entschädigung beugte sie sich jetzt über den Tisch und küsste ihn. Tomatenmund, dachte er, mit Arrabiata-Aroma. Schmeckte aber gut. »Sehr scharf«, sagte er und grinste, »ich meine die Arrabiata natürlich.« Eleni drohte ihm spielerisch mit dem Finger. Sie tranken ihren Wein aus und machten sich auf den Rückweg. Die Nacht versprach noch einiges.

Unterwegs waren sie noch einmal auf die Ermittlungen zu sprechen gekommen. »Petrovic und die Chinesen«, überlegte Giannis laut, »Balkan goes east, oder was? Was hat das zu bedeuten, wer ist der Kopf der Spinne?« Er schwieg für ein paar Schritte. »Und vor allem: Lebt die Spinne noch?« Eleni nahm den Faden auf. »Das Familienoberhaupt des Balkan-Clans tot, sein geborener Nachfolger liegt schwer verletzt im Krankenhaus, der Bruder steckt irgendwo in Sarajevo oder Albanien. War's das jetzt?« Sie gingen noch ein Stück, bevor Eleni nachsetzte. »Und was bedeutet das für die Chinesen? Bin gespannt, was Wang zu erzählen hat.« Dann waren sie bei ihr angekommen und noch etwas außer Atem von den drei Stockwerken sofort ins Bett gefallen. Kein Gedanke mehr an Wang und Co. Die Nacht war kurz gewesen. Zumindest zum Schlafen.

»Hallo, jemand zu Hause?« Eleni schrak aus ihren Träumereien auf. Sie hatte gar nicht mitbekommen, dass Stepenbrok das Büro betreten und eine Tüte mit frischen Croissants auf den Tisch gepfeffert hatte. »Guten Morgen, Verehrteste, hatten wir eine anstrengende Nacht?«, fragte er leicht ironisch, aber nicht unfreundlich nach. Sie nickte. »Ich muss dir was gestehen«, fing Eleni an. Jetzt oder nie, dachte sie. Immerhin waren sie noch unter sich, und sie musste keine Rücksicht auf den grinsenden Griechen nehmen. »Ich weiß«, sagte Stepenbrok, »du bist verliebt. Ich bin ja auch nicht ganz weg von dieser Welt, das merkt doch ein Blinder mit dem Krückstock.« Sie schaute ihn verdutzt an. Wie konnte das sein? Er wusste bereits alles?

»Wie heißt er denn, der Glückspilz, und was macht er so?«, setzte Stepenbrok nach, »nun pack schon aus.« Elenis Überraschung wich sofort neuer Unruhe. Er hatte also eine Ahnung, aber in Wahrheit keinen blassen Schimmer. Noch schlimmer. »Das ist ja das Problem«, sagte sie zögernd und suchte angestrengt nach den passenden Worten: »Es ist der Grieche!«

Stepenbrok zeigte keine Reaktion. »Welcher Grieche?« Er stand total auf der Leitung. »Na, unser!« Mehr brachte Eleni nicht raus. Stepenbroks Kaffee schwappte über den Tassenrand, das Croissant rutsche ihm aus der Hand, er musste sich setzen. »Nee, näh? Echt, der?« Er pustete tief durch, und Eleni überlegte, was wohl folgen würde. Dann prustete er plötzlich los und lachte schallend. »Was bin ich bloß für ein Hirni! Direkt vor meinen Augen und nichts gemerkt.« Er musste vor lauter Lachen japsend nach Luft ringen. »Und ich denk immer, der Baggerführer kommt nie ans Ziel, dabei hat er dein Herz längst erfolgreich angegraben. Na, das ist doch mal eine News!« Stepenbrok lachte wieder und nahm Eleni in den Arm, die ebenso konsterniert wie erleichtert war, als die Tür aufging.

Giannis erstarrte auf der Schwelle. Was ging denn hier ab? Vor ihm sein alternder Kollege fest umschlungen mit seiner neuen Liebe. Was stimmte denn mit dem nicht? »Was stimmt denn mit dir nicht, ey«, pflaumte er Stepenbrok an, und zu Eleni sagte er wütend: »Hab ich irgendwas verpasst?«

Statt eine Antwort zu bekommen, stürmte Stepenbrok auf ihn zu und nahm ihn ebenso fest in den Arm. Giannis dämmerte langsam was. Eleni hatte nicht auf ihn gewartet, sondern schon alles rausgelassen. Er musste grinsen. »Wehe, du passt nicht gut auf meine Staatsanwältin auf«, rief Stepenbrok, »sonst gibt das Höchststrafe.« Bevor Giannis reagieren konnte, klingelte ein Handy. Es war das von Stepenbrok, er ging ran. Immerhin waren sie im Dienst. Seine Miene verdüsterte sich sofort, die gute Laune war wie weggeblasen. »Wie konnte das passieren?«, bellte er in den Hörer, »Diplomatenpass, ich hör immer Diplomatenpass. So ein Scheiß!« Er war jetzt echt sauer. Auf der anderen Seite wurde aufgeregt gesprochen. Hörte sich ganz nach Verteidigung an.

Eleni und Giannis blickten gespannt auf die Vorstellung. »Natürlich gab es keinen Haftbefehl«, zischte Stepenbrok in den Hörer. »Warum auch? Er war ja geständig. Es gab doch aber extra den Rundvermerk an alle. Besondere Aufmerksamkeit. Und ihr pennt selig vor euch hin.« Dann würgte er das Gespräch ab und knallte das Handy so heftig auf den Tisch, dass man um den kleinen Apparat Angst haben musste.

Die Kollegen sahen ihn gespannt an. »Wang ist weg, dieser Pappchinese.« Stepenbrok fluchte ungehalten vor sich hin, für Political Correctness blieb vor lauter Ärger kein Platz. »Futschikato, abgehauen, peng und weg. Die Anfänger am Flughafen haben sich von einem Diplomatenausweis einwickeln lassen. Manno!«

SARAJEVO | Hospital

Das Krankenzimmer war leer. Da, wo gestern noch das Bett mit den ganzen Armaturen drum rumgestanden hatte, klaffte jetzt eine Lücke. Wie eine große Wunde. Weit und breit war kein Mensch zu sehen. Was war denn jetzt los? Boris Petrovic stand ratlos an der Tür des Zimmers und wusste nicht, wohin mit seinen Blumen. War sowieso eine blöde Idee, seinem Neffen Blumen mit ans Krankenbett zu bringen, dachte er. Was sollte er jetzt mit dem Grünzeug machen? Er ging zurück zum Stationszimmer und knallte den Strauß achtlos auf den Tresen. Dann machte er sich auf den Weg, einen Arzt zu finden. Oder zumindest eine Schwester. Irgendwo musste doch jemand zu finden sein, der Bescheid wusste. Janko konnte doch nicht einfach verschwunden sein. Und an Entlassung war gar nicht zu denken gewesen. So wie er gestern noch ausgesehen hatte. Das hätte er ihm doch auch gesagt, seinem Onkel. Eine Schwester kam um die Ecke in den Flur gebogen, sie schien in ziemlicher Eile. »Wo ist mein Neffe, Janko äh … Borsa Petrovic?« fragte er. Aber sie schob ihn beiseite. »Jetzt nicht. Wir haben ein Problem. Warten Sie hier.« Dann verschwand sie durch eine Schwingtür, auf der in großen Buchstaben stand »STOP. Nur Ärzte und Personal!«

Es dauerte fast eine Stunde. Boris war auf dem Stuhl im Krankenflur eingenickt, als plötzlich ein Arzt vor ihm stand. »Es gab Komplikationen«, sagte der. »Ihr Neffe ist plötzlich zusammengebrochen und hat schwer gekrampft. Offenbar hat sich beim Sturz mit dem Kopf auf das Straßenpflaster ein Blutgerinnsel im Kopf gebildet, das für uns nicht erkennbar war. Es ist offenbar zu Gehirnblutungen gekommen, wie schwer die sind, können wir noch nicht abschließend sagen. Wir haben Ihren Neffen erst einmal in künstliches Koma versetzen müssen.« Boris nahm die Informationen wie durch eine Nebelwand auf. Alles hörte sich dumpf an, als säße er in einem schallisolierten Raum, zu dem alles nur gedämpft durchdrang. Gerinnsel, Krämpfe, Koma? Das konnte doch nicht sein. Gestern war er doch fast schon wieder fit und quicklebendig. »Gestern war er doch noch voll okay«, sagte er schließlich, »wie kann das sein?«

»Spätfolgen, die wir erst aufgrund der Hirnblutungen feststellen konnten. So etwas gibt es. Sehr selten, aber es gibt sie eben, diese Fälle. Vor wenigen Wochen ist eine bekannte Schauspielerin nach einem schweren, aber eigentlich ganz normalen Sturz beim Skifahren an ähnlichen Symptomen plötzlich und unerwartet verstorben.« Unvermittelt wurde dem Arzt die Bedeutung seiner Worte klar. »Nun lassen Sie uns mal nicht vom Schlimmsten ausgehen. Aber niemand kann sagen, was wird. Machen Sie sich lieber auf alles gefasst.« Dann drehte er sich um und verschwand. Die Schwester vertröstete Janko auf den Nachmittag, dann könnte er wohl zu seinem Neffen. Jetzt lag er erst mal auf der Intensiv. Keine Besuche!

In Boris' Kopf wirbelte es durcheinander. Trauer und Entsetzen rotierten mit Hoffnungen und Spekulationen. Würde Janko jemals wieder der Alte sein? War jetzt seine Chance gekommen? Er war schon lange nicht mehr mit dem Kurs seines Bruders und erst recht nicht mit dem von Janko einverstanden gewesen. War das jetzt ein Wink des Schicksals, kam endlich sein großer Moment? Oder musste er alles für seinen Neffen tun? Es arbeitete in ihm, er grübelte, verwarf Überlegungen, hatte neue Ideen, fing wieder von vorne an. Er hatte nicht viel Zeit, das war Boris bewusst. Spätestens wenn der Kleine wieder zu sich kam, musste er für sich eine Lösung parat haben. Und für ihr Geschäft.

Aber was, wenn er überhaupt nicht wieder zu sich kam?

Wie gern hätte Boris jetzt jemanden zum Reden gehabt, eine Vertrauensperson, mit der er sich austauschen konnte. Auf Augenhöhe, ohne falsche Rücksichtnahmen und ohne Risiko. Aber diese Person gab es nicht. Seine Frau konnte er da nicht mit reinziehen. Und die Familie fiel aus. Im wahrsten Sinne des Wortes. Er musste das mit sich selbst ausmachen. Boris tigerte durch den Park des Krankenhauses, während er seine Optionen durchging, als das Telefon klingelte. Anrufer unbekannt!

Sollte er überhaupt rangehen? Man konnte nie wisse, dachte er und meldete sich. »Liebesgrüße aus Tirana«, meldete sich der Anrufer. Boris verstand erst nicht, wie konnte das sein. »Wang? Bist du in Albanien? Was ist los? Was hat das zu bedeuten?«

Der Chinese setzte ihn kurz ins Bild, dass und warum er sich aus Hamburg absetzen musste. Er würde die Fäden jetzt von Tirana aus in der Hand behalten, sicherheitshalber, verkündete Wang, allerdings hätten sie zwei Abgänge zu verzeichnen, und die Polizei sei ihnen ziemlich auf den Pelz gerückt. »Erzähl das mal deinen Kampfhunden hier in Sarajevo«, antwortete Boris, »die machen hier auf dicke Hose und haben keine Ahnung von unseren Problemen an der Front. Stattdessen gehen die lieber den eigenen Leuten an die Wäsche.« Er ließ seine Verärgerung deutlich hören. Wangs Schwierigkeiten in Hamburg kamen ihm ganz gelegen. Das würde die Arroganz der Chinesen sicher etwas dämpfen und ihm mehr Luft verschaffen. Und im Umgang miteinander wären sie wieder auf Augenhöhe. »Wir haben ein ganz anderes Problem«, schob er als Erklärung hinterher, »mein Neffe Janko liegt im Krankenhaus, schwer verletzt, im Koma, nachdem deine Leute ihm hier unbedingt eine Lektion verpassen mussten.«

Er hörte förmlich, wie Wang am anderen Ende nachdachte. »Das tut mir leid, das durfte nicht passieren«, sagte der Chinese schließlich, echtes Mitleid hörte sich allerdings ein bisschen anders an. »Eine Warnung war notwendig, der Kleine war zu aufmüpfig geworden. Er hat gegen die Regeln verstoßen und versucht, uns auszubooten. Wir konnten nicht anders. Das jetzt haben wir aber nicht gewollt.« Er machte eine Pause und überlegte offenbar erneut. Boris sagte nichts, das war manchmal die beste Option. Immerhin konnte er jetzt mit jemandem reden. Dann meldete Wang sich wieder zu Wort. »Sieh es doch mal so: Nun hast du deine große Chance!«

Damit sich die Wirkung der Worte etwas besser setzen konnte, machte er eine bedeutsame Pause. »Wenn Janko nicht mehr ist, übernimmst du! Das vereinfacht manches und erleichtert vieles. Wir nehmen gemeinsam neuen Anlauf und steuern das Geschäft von hier aus.« Boris glaubte erst, nicht richtig verstanden zu haben. Aber dann dämmerte es ihm schnell. Er schloss die Augen und ließ die Worte auf sich wirken. »Du und ich, wir beide! Falls Janko nicht mehr ist …« Wang wiederholte seine Worte noch einmal und schwieg danach. Wang hatte sein Pulver mit dem Nachsatz offenbar verschossen. »Ich melde mich«, sagt er noch und legte auf.

Boris setzte sich auf eine Bank und stützte den Kopf in beide Hände. »Wenn Janko nicht mehr ist …« Der Satz hallte nach und lastete auf ihm wie Blei. Wie oft hatte er darüber schon nachgedacht? War es jetzt soweit?

Er schloss die Augen und versuchte, sich zu konzentrieren. Die Zeit lief ihm davon, er musste eine Entscheidung treffen. Jetzt! Der Wind frischte auf, er fröstelte leicht. Ob wegen der Temperaturen, die tagsüber eigentlich durchaus noch angenehm waren, oder wegen der Tragweite seiner unmoralischen Überlegungen, das interessierte ihn jetzt am allerwenigsten. Wenn er noch rauchen würde, dann hätte er sich jetzt eine angesteckt. Aber die Zeiten waren vorbei. Er hockte noch einen kurzen Moment auf der Bank und stierte vor sich hin. Dann erhob er sich entschlossen und ging zielstrebig zurück zum Hospital. Das Schicksal sollte entscheiden. Auf dem Flur zur Intensivstation lief er einer Schwester über den Weg und blickte sie fragend an. »Sieht nicht gut aus«, sagte die nur, »Sie müssen ihm Zeit geben.« Dann verschwand sie hinter einer der Türen. Boris war allein.

Er zögerte nicht lange und betrat das neue Krankenzimmer seines Neffen, nachdem er sich vorher durchs Fenster vergewissert hatte, dass es das richtige war. Um das Verbotsschild scherte er sich keine Sekunde. Er schloss die Tür hinter sich und zog den Vorhang vor dem Fenster zum Gang zu. Dann trat er ans Bett. Er blickte auf die leblose Gestalt. Hinter dessen Kopf blinkten Geräte, grüne Linien liefen in zackigen Ausschlägen über Bildschirme. Hatte Janko noch eine Chance und, wenn ja, welche? Oder würde sein Neffe für immer ein Pflegefall bleiben? Und ein zusätzliches Problem werden? Die Fragen rasten durch seinen Kopf. Niemand konnte ihm darauf eine Antwort geben. Nicht jetzt. Und niemand konnte ihm die Entscheidung abnehmen. Jetzt. Boris verharrte kurz am Bett des Patienten, der keinerlei Regung zeigte. Auf dem Besucherstuhl lag ein großes Kissen. Ein Ruck ging plötzlich durch Boris, er griff nach dem Kissen und drückte es ohne langes Zögern direkt auf das Gesicht seines Neffen.

Janko reagierte überhaupt nicht. Kein Zucken, kein Röcheln, kein Widerstand. Der Patient schien sich in sein Schicksal zu ergeben. Sein Atem ging immer flacher, die Ausschläge der Kurve auf dem Bildschirm wurden ebenfalls immer kleiner. Es dauerte gefühlt nur wenige Sekunden, dann war die Kurve zur Geraden mutiert, ein grüner Strich lief von links nach rechts über den Bildschirm, dazu ertönte ein hoher klagender Dauerton. Wie eine Anklage.

Boris pfefferte das Kissen zurück auf den Stuhl und verließ eilig das Zimmer. Auf dem Flur war es noch immer leer, aber er hörte schon Schritte und Rufe hinter der nächsten Ecke. Der Alarm schrillte durch das ganze Haus und ging ihm durch Mark und Bein. Als er vom Gang ins Treppenhaus einbog, stürmten auf der anderen Seite des Flures mehrere Weißkittel heran. Aber niemand kümmerte sich um ihn. »Welches Zimmer?«, rief einer, »wo ist der Defi?« Das war jetzt eine Frauenstimme, die nach dem Defibrillator schrie, um Jankos Herz womöglich doch noch mit Stromstößen aus dem Todesschlaf zu reißen. Boris scherte sich nicht darum und sah zu, nur noch aus dem Krankenhaus wegzukommen. Nur keine falsche Hast jetzt, dachte er. Nur nicht auffallen. Aber das Personal hatte mit dem Alarm offenbar alle Hände voll zu tun. Es war für alle das Beste, beruhigte er sich. Boris merkte mit leichter Verwunderung, dass er das leise vor sich hingesprochen hatte. Wie zur eigenen Besänftigung. Er redete mit sich selbst, so weit war es schon.

BREMEN | Polizeipräsidium

Er hatte sich für die Bahn entschieden. Bei den chaotischen Zuständen auf der Autobahn, besonders der A1, schien ihm das die angenehmere Variante, zumal wenn man alleine unterwegs war. »Ihr habt hier genug zu tun«, hatte Stepenbrok zu Eleni und Giannis gesagt und dabei ziemlich unverschämt gegrinst, bevor er sich mittags auf den Weg gemacht hatte. Am Bremer Hauptbahnhof war er abgeholt und ins Präsidium kutschiert worden. Er musste nur eine knappe halbe Stunde überbrücken bis zum Vernehmungstermin. Zeit genug, die Bremer Kollegen, die ihm zur Seite standen, ins Bild zu setzen. Sie einigten sich auf eine defensive Strategie, sie wollten ihren Verdächtigen kommen lassen.

Als Stepenbrok am Abend noch einmal bei Bonde angerufen und eine Terminverlegung nach Bremen angeregt hatte, war der ganz froh gewesen. So ging alles schneller, und er musste nicht extra den Zug nach Hamburg nehmen. Heimspiel, hatte Bonde gewitzelt, das machte es leichter, hoffte er insgeheim.

Bonde war drei Minuten zu früh, stellte Stepenbrok fest, als es schließlich klopfte und sie gemeinsam ins Vernehmungszimmer am Ende des Flures gingen. Der Schiedsrichter war ohne Anwalt gekommen, er hatte ausdrücklich darauf verzichtet, was immer er damit demonstrieren wollte. Vermutlich ein reines Gewissen, was für ein Honk, dachte der Polizist. Nur eine etwa gleichaltrige Frau, vermutlich seine, dachte Stepenbrok, saß etwas verspannt auf einem ungemütlichen Besucherstuhl im Gang und wartete. Sah nett aus, passte eigentlich gar nicht zu dem Loser, dachte er noch, bevor sie das Verhörzimmer betraten. Bonde wirkte erstaunlich selbstsicher und aufgeräumt, stellte Stepenbrok sofort fest. Obwohl er und nicht wie gewünscht der Grieche vor ihm stand. Vielleicht hätten sie sich doch für eine andere Strategie entscheiden sollen, um ihn erst mal etwas zu verunsichern, dachte Stepenbrok bei sich. Aber dazu war es nun zu spät.

Sie waren zu dritt. Die Bremer Kollegin, die schon bei den Vorgesprächen einen guten Eindruck auf ihn gemacht hatte, eröffnete das Gespräch. »Dann erzählen Sie mal«, sagte sie ganz leutselig und lehnte sich entspannt zurück. Hoppla, dachte Stepenbrok, was für eine Eröffnung. Sie wollte den Delinquenten in Sicherheit wiegen und kommen lassen. Gar nicht schlecht. Bondes Fassade bröckelte etwas, so überrascht war er von ihrem Eröffnungszug. Keine konkrete Frage, kein Vorhalt, kein Vorwurf. Was sollte das denn? Er war verwirrt. »Äh, wie, erzählen …?« stotterte er. Stepenbrok war zufrieden. Geht doch, wer hätte das gedacht?

»Na, Sie haben doch angerufen und um das Gespräch gebeten«, sagte die Beamtin immer noch sehr verbindlich im Ton. Sie lächelte ihm zu. »Nun sind Sie da, und wir hören.« Bonde blickte sich um, als wäre von dort Hilfe zu erwarten. Aber da war niemand. Wahrscheinlich bedauert er schon, alleine gekommen zu sein, überlegte Stepenbrok, und hielt sich zusammen mit dem anderen Bremer Kollegen bewusst zurück.

»Ja, also, wegen der Wett… ähm, … der Manipulationen«, fing Bonde an. Das Wort ging ihm nur schwer über die Lippen. Die Beamtin sagte nichts. »Also, ich habe das eigentlich schon alles mit dem Verband besprochen.«

»Und?« Mehr sagte die Polizistin nicht. Lächelte nur freundlich. Sie machte echt einen guten Job, Stepenbrok bewunderte sie dafür.

»Alles geklärt«, sagte Bonde. Seine Hände schwitzten, das war deutlich zu sehen. Von der Selbstsicherheit war nicht viel geblieben.

»Ah ja?« Die Vernehmungsbeamtin war immer noch höflich. »Sie müssen uns das schon noch mal erzählen.« Sie lächelte und machte eine kleine Pause. »Sie wissen schon, dass es sich bei Wettbetrug juristisch nicht nur um eine verbandsinterne Angelegenheit handelt? Sportwettbetrug und Spielmanipulationen sind Offizialdelikte und strafbar. Und werden mit Freiheitsstrafen geahndet. Nur eine aktive Mithilfe bei der Aufklärung kann sich strafmildernd auswirken. Muss ich noch deutlicher werden?« Beim letzten Satz wurde ihr Ton etwas schärfer.

»Aber wir haben doch praktisch alles geklärt. Der Verband weiß Bescheid, und ich darf sogar weiter pfeifen.« Mit fast weinerlicher Stimme versuchte der Schiri zu retten, was nicht mehr zu retten war.

Jetzt polterte Stepenbrok los. Er nutzte eine kurze Pause seiner Kollegin. »Sind Sie so schwer von Begriff, oder wollen Sie es nicht verstehen?« Er stand mit den Armen auf den Tisch gestützt vor Bonde. »Ihr Verband interessiert uns gelinde gesagt einen Dreck. Wir ermitteln von Amts wegen. Und Sie stecken bis hier drin.« Dazu machte er eine

Handbewegung quer zum Hals. Die Bremer Beamtin guckte ihn etwas missbilligend an. Sie war über den Ton nicht besonders glücklich. Aber der hatte seine Wirkung ganz offensichtlich nicht verfehlt. Bonde hockte jetzt wie ein armer Sünder vor ihnen, sein Körper war zusammengesackt, der Blick auf den Tisch geheftet. »Sechs Spiele«, sagte der Schiri mit leiser Stimme, »nur sechs Spiele. Und kein wichtiges dabei. Plus das Trainingsspiel der Hamburger, über das in den Zeitungen berichtete wurde. Das war das lukrativste.«

»Okay, dann erzählen Sie mal.« Die Bremer Polizisten hatte wieder die Gesprächsführung übernommen. Danach gab's bei Bonde kein Halten mehr. Er packte aus, was er wusste. Es gab kein Zurück mehr. Er nannte Summen, Kontaktpartner und Komplizen. Er erzählte, wie alles anfing. Mit einem Spiel der dritten Liga, in dem er einen völlig unberechtigten Elfmeter gepfiffen hatte. Es war so einfach gewesen. Danach war er erpressbar. Aber es hatte ihm auch gefallen, das Geld, die neue Wertschätzung. Er war nicht mehr einfach nur ein Pfeifenmann. Aber das blieb nicht so. Er berichtete von Petrovic, den Druckmitteln und auch von dessen Sohn Janko und wie der ihn zu neuen Manipulationen anstiften wollte. Ihre Gier war unersättlich. Er hätte das wissen müssen. Als er fertig war, sah Bonde erschöpft aus. Doch die Vernehmungsbeamtin kannte keine Rücksicht.

»Und?«, sagte sie nur. »Wie und?«, antwortete er total eingeschüchtert. »Das war's. Mehr is' nicht.«

»Ach ja? Und dass Milan Petrovic tot ist, davon wollen Sie nichts wissen?« Die Vernehmungsbeamtin war jetzt unerbittlich. Bonde sackte noch ein bisschen mehr in sich zusammen. »Ich weiß nicht, was Sie meinen.« Er hauchte die Worte fast vor sich hin. Überzeugend klang das nun wirklich nicht.

»Halten Sie uns nicht zum Narren!« Jetzt setzte die Beamtin zum entscheidenden Dolchstoß an. »Wir haben Bilder von einer Verkehrsüberwachungskamera an der Köhlbrandbrücke. Am Samstag, 26. September, fahren Sie um 17.13 Uhr von der Brücke in Richtung Hafen. Sie sind am Steuer Ihres Autos deutlich zu erkennen. Nachts um 22.17 Uhr fährt Ihr Wagen zurück Richtung Bremen. Am nächsten Morgen um

6.03 Uhr tauchen Sie plötzlich wieder auf in Richtung Binnenhafen. Diesmal dauert es nur 27 Minuten, bis Sie mit überhöhter Geschwindigkeit wieder zurück in Richtung Autobahn brettern. Der Bußgeldbescheid kommt übrigens noch. Also? Wir hören!«

Er war am Ende, das war Bonde jetzt klar. Er hatte gehofft, um diesen Teil der Geschichte herumzukommen. Aber er hatte die Ermittler unterschätzt. Und die modernen Ermittlungsmethoden auch. »Ich wollte das nicht«, sagte er matt. Er erzählte, wie Petrovic ihn offen genötigt und erpresst hatte. Wie er den Clanchef an den Schultern gepackt hatte, um ihn zur Vernunft zu bringen, wie der gestolpert und er selbst förmlich ausgetickt war. Und seinen Quälgeist erst mit Fäusten und Tritten traktiert hatte und danach mit einem herumliegenden Knüppel. »Es war doch Notwehr.«

Dass er nicht mal von ihm abgelassen hatte, als Petrovic bereits am Boden lag, sondern weiter auf ihn eingetreten und geschlagen hatte, wie im Wahn, dieses Detail verschwieg er vorsichtshalber. Er sei wie von Sinnen gewesen, sagte er, ihm fehle die Erinnerung an große Teile der Auseinandersetzung. Er sei erst wieder zu sich gekommen, als er längst auf der Autobahn war. Am nächsten Morgen habe er dann nachschauen wollen, was eigentlich genau passiert war, aber da sei die Polizei bereits vor Ort gewesen. Das Wort »Tatort« vermied er geflissentlich.

Als sie so weit mit der Vernehmung waren, bemerkte er, dass der Hamburger gerade den Raum wieder betrat. Bonde wunderte sich, denn er hatte gar nicht mitbekommen, dass der Beamte das Zimmer verlassen hatte. Aber wie auch. Er war viel zu sehr mit sich selbst beschäftigt. Stepenbrok hielt das Handy noch in der Hand, und sein Gesicht zeigte einen zufriedenen Ausdruck. Was denn jetzt noch? dachte Bonde, es war doch alles raus. Stepenbrok blickte ihn nur an.

»Da wäre doch noch was«, sagte er in fast gutmütigem Ton, »nun machen Sie mal richtig reinen Tisch. Ich sage nur: Kreta.« Bonde schaute ihn konsterniert an. Auch das noch! Sein Gehirn verweigerte längst jeden Dienst. Machte es Sinn zu leugnen? Da konnten sie doch eigentlich nichts gegen ihn in der Hand haben. Oder hatte er was übersehen? Andererseits kam es darauf jetzt eigentlich auch nicht mehr an.

»Wie, Kreta?« Sein lahmer Versuch, Zeit zu gewinnen, war nur noch halbherzig, das merkte er selbst.

»Schauen Sie«, sagte Stepenbrok und machte eine Pause. Er hatte Bondes Verzweiflung registriert und wollte ihn jetzt endgültig zermürben. »Als Sie Ihren Mietwagen abgerechnet haben, zwei Abende vor Ihrer überstürzten Abreise, wurde der Kilometerstand notiert. Danach ist der Wagen exakt noch 81,7 Kilometer bewegt worden. Auf den Meter. 72,3 Kilometer beträgt der Weg von Ihrem Ferienhaus zum Flughafen. Vorher waren Sie noch zu einem letzten Frühstück im Dorf unten am Wasser, Sie wurden da gesehen. Gut vier Kilometer jeder Weg, so in etwa. Was sagt uns das?«

Bonde blickte die Beamten mit fragenden Augen an, ihm war schon alles egal. »Das Fahrzeug wurde mit an Sicherheit grenzender Wahrscheinlichkeit von keinem Dritten mehr bewegt.« Kurze Pause, Stepenbrok wollten seinen Worten damit besonderen Nachdruck verleihen. »Und noch etwas haben mir die griechischen Kollegen am Telefon eben mitgeteilt. An dem beschädigten Kotflügel und Scheinwerfer wurden zwei unterschiedliche DNA festgestellt, nur eine ist von dem verletzten Kind. Was glauben Sie, von wem wohl die andere ist?« Die Bremer Kollegen blickten ihn etwas irritiert an. Es war ein Bluff, aber dass konnte Bonde ja nicht wissen. Der war so schwer angeschlagen. Jetzt musste er alles auf eine Karte setzen, dachte Stepenbrok. Dann musste Bonde zusammenbrechen. Und sie konnten endlich einen Haken dranmachen.

Das Schweigen am Vernehmungstisch hämmerte in Bondes Kopf. Die Beamten machten keinerlei Anstalten, damit aufzuhören. Sie warteten einfach ab. Wortlos. Bonde war ein einziges Häufchen Elend. Seine Schultern zuckten, als weinte er lautlos. »Ich hab mir doch nichts dabei gedacht«, stammelte er schließlich, »die Sonne stand so tief, es war nur ein kurzer Schlag. Ich glaubte, es wäre nur ein Tier. Außerdem war nichts zu sehen. Es tut mir so leid.«

Fast zwei Stunden später saß Stepenbrok wieder im Intercity Richtung Hamburg. Bonde hatten sie festgenommen. Er rechnete nicht damit, dass der Haftrichter einen Haftbefehl ausstellen würde, schließlich bestand keine Fluchtgefahr. Aber die Fahrerflucht war aufgeklärt, er hatte seinen Hamburger Kollegen Giannis sofort angerufen. Die Idee des Griechen mit dem Kilometerstand war Gold wert gewesen, und sein Einfall mit dem Bluff ebenfalls. Bei den Wettmanipulationen waren sie ein gutes Stück vorangekommen. Das Ende des Petrovic-Clans war besiegelt, und zwar in jeder Beziehung. »Gute Arbeit«, hatte Stepenbrok seine Bremer Kollegin gelobt, ihre Gesprächsführung war wirklich aller Ehren wert gewesen. »Ihr Bauerntrick mit der DNA aber auch«, entgegnete die grinsend. Manchmal funktionierte es zwischen Hamburgern und Bremern eben doch ganz gut.

Stepenbrok fuhr 1. Klasse, dafür würde ihn die Zahlstelle bei der Abrechnung der Reisekosten schwer rügen, dessen war er sich bewusst. Aber scheiß drauf, diesen kleinen Luxus hatte er sich redlich verdient, fand er. Der Abend war noch frisch. Gern wäre er auf den Erfolg nach seiner Rückkehr mit den Kollegen einen trinken gegangen, aber Eleni und Giannis hatten sicher anderes vor. Er musste lächeln, als er daran dachte. Und bestellte sich bei der Schaffnerin ein Weizenbier. Das war das Mindeste.

HAMBURG | St. Pauli

Eleni war schon mal alleine vorausgefahren. Giannis wollte im Büro noch ein paar Telefonate mit Athen führen und den aktuellen Stand der Ermittlungen dort abfragen. Stepenbrok war noch nicht zurück von der Vernehmung in Bremen, da blieb für sie nicht mehr viel. Sie hatte sich deshalb schon mal auf den Weg nach Hause gemacht. Etwas früh für ihre Verhältnisse, aber ein bisschen aufräumen konnte nicht schaden. Wer wusste schon, was der Abend noch bringen würde. Insgeheim hoffte sie, dass Giannis nicht zu lange brauchen würde, damit sie noch etwas Zeit füreinander hätten. Wann hatte es das für sie zuletzt gegeben, überlegte sie, dass sie sich so auf ihr Privatleben freute. Sie konnte sich nicht erinnern. Benahm sie sich schon wie ein verliebtes Huhn? Eleni musste leise lachen. Ihr Sitznachbar im Bus schaute sie überrascht von der Seite an.

Die Staatsanwältin überlegte, ob sie Stepenbrok anrufen und nach Details fragen sollte. Sie wollte nicht desinteressiert wirken. Gerade jetzt nicht, nachdem sie ihn in ihr Liebesleben einbezogen hatte. Immerhin war das ja auch Teil ihrer Ermittlungsarbeit. Sie musste grinsen. Andererseits wollte sie gegenüber dem erfahrenen Kollegen auch nicht die Soko-Chefin herauskehren, die alles unter Kontrolle halten musste und nicht loslassen konnte. Dann war sie auch wieder ein bisschen neugierig. Wie es wohl gegangen war mit diesem Schiedsrichtertypen, war er am Ende doch in die Knie gegangen?

Wie konnte man seinen Sport nur so verraten, wie die korrupten Spieler und Schiris das taten, dachte sie. Aber vielleicht war das nur das logische Ergebnis des modernen Fußballgeschäfts, bei dem es nur noch um Geld ging. Identifikation mit dem Sport oder gar einem Verein, Idealismus, sportliche Fairness? Alles war Kohle und Kommerz inzwischen untergeordnet. Kein Wunder, dass die moralischen Hürden immer niedriger wurden, dachte sie. Es fing mit Schwalben an, um ungerechtfertigte Elfmeter zu schinden. Es ging mit Versuchen weiter, Tore notfalls durch Handspiel zu erzielen oder Rote Karten für den Gegner zu provozieren. Sie hatte sich schon oft bei Spielen über diese Trickssereien geärgert. Die Sitten wurden immer verrohter. Taktische Fouls, wenn sie das Wort schon hörte. Manche Vereine trainierten die sogar. Da brauchte sich doch niemand zu wundern, wenn schließlich auch Ergebnisse manipuliert wurden. Gegen reichlich Kohle, versteht sich, und zwar nicht zu knapp. Foulspieler, überall, dachte sie, wie verkommen war der Fußball bloß geworden.

Auf dem Weg nach Hause hatte Eleni schnell ein paar Lebensmittel eingekauft, Pasta, etwas Salat und Gemüse, damit sie notfalls den Abend überstehen würden. Wenn sie die Wohnung nicht verlassen wollten. Komisch, sie dachte bereits in Mehrzahl, fiel ihr auf. Was war bloß los? Es hatte sie offenbar richtig erwischt. Sie schenkte sich ein Glas Wein ein und nahm sich noch einmal ihre Handakte vor. So ganz wollte sie die Arbeit dann doch nicht ihren männlichen Kollegen überlassen. Außerdem lenkte das ab. Sie waren einen ordentlichen Schritt vorangekommen. Sie hatten den Clan der Familie Petrovic aus der Anonymität ans Licht gezerrt, sie kannten Hintermänner und Verzweigungen zur chinesischen Mafia. So weit so gut oder besser: so schlecht. Ihnen war der Kopf der Chinesen durch die Lappen gegangen, durch Dummheit oder Sorglosigkeit. Beides genauso schlimm. Dafür waren die Kollegen in Athen sehr erfolgreich gewesen und dabei, einen wichtigen Ring der griechischen Wettmafia zu zerschlagen. Die Krake hatte viele Arme verloren. Auch in Deutschland. Und das war gut so.

Nun ging es noch darum, Seilschaften und Netzwerke aufzuspüren oder zumindest so gehörig zu verunsichern, dass sich der eine oder andere der Helfershelfer offenbaren würde. Außerdem warf der tote Petrovic noch Fragen auf, der Anschlag auf sein Geschäft sowie der Überfall auf seinen Sohn ebenso. Hing alles mit allem zusammen? War das ein besonders tief gehendes Schiff? Eleni musste ein bisschen schmunzeln über diesen Schnack. Solche Analogien und Sprachbilder gab es nur in Hamburg, sie liebte ihre Stadt dafür. Nur hier konnte man auf Grund laufen, und zwar in jeder Beziehung. Nur hier beendete man Handynachrichten mit »Ahoi« und antwortete »da nich' für«. Sie mochte das. Bevor sie einen Plan machte, wie sie weiter vorangehen konnten, wollte sie die Ergebnisse der anderen abwarten, entschied sie dann und machte sich ans Aufräumen.

Als sie gerade ihre rumliegenden Klamotten zusammengerafft hatte, klingelte das Handy. Der Fall ließ sie einfach nicht los. Aber es war nur ihre beste Freundin am anderen Ende der Leitung, die ja schon längst keine Leitung mehr war. »In der Not bin ich dir gut genug, und dann hört man eine ganze Woche nichts mehr«, maulte Linda. Eleni wusste aber sofort, dass ihre Freundin das nicht so ernst meinte, wie es sich anhörte, sondern das nur die Ouvertüre für ihre Neugier war. »Erzähl, Schätzchen, warst du fällig?« Tatsächlich hielt sich Linda nicht mit langen Vorreden auf. »Zu einem Wein kann ich dich wohl kaum überreden, oder?« Sie lachte dreckig und erklärte schnell, warum. Linda hatte die beiden beobachtet, als sie am Abend zuvor auf dem Weg zum Italiener und so beschäftigt miteinander waren, dass sie nichts und niemanden wahrgenommen hatten. Nicht einmal die Freundin. Die von der anderen Straßenseite rübergerufen hatte. »Was für ein schönes Paar«, neckte sie Eleni, um dann ganz ernsthaft anzufügen: »Ich freu mich für dich, genieß es. Und bitte bloß keine falsche Angst.«

Eleni berichtete kurz über den Stand der Dinge und gab einen kurzen Einblick in ihre Gefühlswelten. Dann versprach sie, sich in den kommenden Tagen auf ein Gläschen zu melden, und entschuldigte sich. Sie wollte ihr Handy nicht zu lange blockieren, falls Giannis sie erreichen wollte. Als sie auflegte, sah sie sofort, dass es einen vergeblichen Anruf gegeben hatte, ohne eine Nummer zu hinterlassen. Bevor sie sich lange darüber wundern oder gar ärgern konnte, klingelte ihr Handy erneut. Die Nummer im Display sagte ihr nichts. Irgendein Major mit unaussprechlichem Namen meldete sich, irgendwas auf »ic«, Kovacic oder Kovacevic, genau verstand sie es nicht. Er melde sich aus Sarajevo, sagte er in etwas ungelenkem Englisch. Und habe eine Nachricht, die sie vielleicht interessieren würde. Es sei aber keine schöne.

Eleni hörte schweigend zu, wie der bosnische Kollege die Nachricht vom Tod Jankos übermittelte. Im Krankenhaus, dachte Eleni, wie konnte das sein? »Gibt es Anzeichen für Fremdeinwirkungen?«, wollte sie fragen, aber das passende englische Wort wollte ihr partout nicht einfallen. Deshalb fragte sie, ob die Polizei ein Verbrechen oder einen natürlichen Tod vermutete. »Wir müssen die Autopsie abwarten«, sagte der bosnische Ermittler. »Der Zustand von Janko Petrovic war kritisch, aber eigentlich stabil. Die Ärzte haben keine Erklärung für den plötzlichen Atemstillstand. Wir haben aber auch keine Indizien für ein Verbrechen. Noch jedenfalls nicht. Allerdings hat ein Krankenbesucher, der gerade aus dem Fahrstuhl kam, einen Mann auffällig schnell die Treppe runterlaufen sehen. Wir prüfen jetzt, ob eine der Kameras etwas aufgezeichnet hat.«

Es war kein glücklicher Stern, der über der Familie Petrovic schwebte, dachte die Staatsanwältin, nachdem sie aufgelegt hatte. Sie waren übereingekommen, das Gespräch am nächsten Vormittag fortzusetzen, wenn neue Erkenntnisse vorlagen. Zuvor hatte sie noch erfahren, dass

Janko offenbar mehrfach Besuch von einem Mann bekommen hatte, der sich als Onkel von ihm ausgegeben hatte. Da gab es doch ein Familienmitglied, das irgendwelche Aktivitäten des Clans in Tirana und Sarajevo steuerte, überlegte die Staatsanwältin. Sie wollte sich gleich am nächsten Morgen die Unterlagen dazu noch einmal durchschauen oder auch noch mal zu Bra Petrovic rausfahren. Zumindest hatte sie jetzt einen guten Grund, die beiden Kollegen anzurufen.

Stepenbrok hörte sich ziemlich beschwingt an, als sie ihn am Ohr hatte. »Hat da jemand zu viel getrunken?«, fragte sie sofort. Er reagierte pikiert. »Man wird seine Erfolge wohl noch mal feiern dürfen, ohne gleich von der Chefin eine Abmahnung zu bekommen. Jeder hat schließlich ein bisschen Privatleben.« Sie hörte die Kränkung sofort heraus und entschuldigte sich in aller Form. Sie ließ sich zunächst von ihm ins Bild setzen über seine Bremer Ergebnisse und lobte die gute Arbeit, dann kam sie zu ihrer Neuigkeit. »Keine so gute Nachricht«, begann sie und erzählte von dem Anruf aus Sarajevo. Sie hörte förmlich, wie Stepenbroks leichter Schwips verflog. »Irgendwie typisch Balkan«, sagte er. Und bevor Eleni darauf mit einem Tadel reagieren konnte, lenkte er ein: »Ich weiß, ich weiß, Vorurteile. Aber trotzdem …« Er ließ seine Meinung ein bisschen auf den Funkwellen zwischen ihren Handys hin und her wehen. Und Eleni fiel kein passendes Widerwort ein. »Wir müssen die Gelegenheit nutzen und uns morgen gleich den Rest der Familie vorknöpfen. Wenn die Rolle des Clans die ist, die wir vermuten, darf es jetzt kein Pardon mehr geben. Auch nicht gegenüber der Mutter und Witwe.«

Dann klang seine Stimme wieder etwas versöhnlicher. »Sprichst du mit Giannis?«, fragte er scheinheilig. Ein süffisanter Unterton war deutlich aus seiner Frage herauszuhören. Eleni musste schmunzeln. Wie lange konnte das eigentlich noch gut gehen, fragte sie sich, dass er sie duzte, in dieser Hamburger Art. Du, Chefin. Sie ihn aber, meistens jedenfalls, siezte?

Sie sagte allerdings nichts. »Wenn ich ihn zufällig sehe«, antwortete sie. Dann legte sie auf.

Freitag, 9. Oktober

SARAJEVO | Zentrum

Die Nacht war eine Katastrophe, er hatte kein Auge zugetan, zu viel war ihm durch den Kopf gegangen. Die Sonne stand noch tief und schaute erst vorsichtig über die kleineren Hügel. Er saß in der kleinen Küche und hatte bestimmt schon seinen dritten Mokka vor sich, extra stark. Die anderen schliefen noch. So langsam machte das schwere Pochen in seinem Schädel Platz für etwas ernsthaftere Gedanken, aber auch für Zweifel und Trauer. Sie ließen ihn nicht los. Die Erinnerungen an den Vortag hingen an ihm wie schwere Zementsäcke. Wie hatte es nur so weit kommen können? Boris versuchte krampfhaft, Ordnung in seinen Kopf zu bekommen, er brauchte einen Plan. Und zwar dringend. Er hatte schon viel Zeit verloren. Aber das schlechte Gewissen ließ ihn einfach nicht los. Vom Krankenhaus war er auf direktem Weg in den Irish Pub am Rande der Altstadt gefahren und hatte dort viel zu viel getrunken.

Was hatte er getan? Er war verzweifelt gewesen. Die eigene Familie war doch tabu. Das war ihr oberstes Gesetz. Nie die eigene Sippe! Nun saß er in der Kneipe und versuchte zu vergessen. Und eine Rechtfertigung zu finden. Er weinte, er stöhnte, manchmal wand er sich wie unter Schmerzen, sodass er die Aufmerksamkeit anderer auf sich zog. »Alles klar, Mann?«, fragte ihn ein Sitznachbar am Tresen. »Kümmer dich um deinen Scheiß«, raunzte er zurück. »Ich mein ja nur«, hörte er noch, dann verdrückte sich der Typ mit beleidigtem Gesicht und gesellte sich zu anderen, die um einen Billardtisch rumlungerten. Der Barkeeper sah Boris prüfend an. Der war hier kein Unbekannter, aber er wollte auch keinen Ärger haben. »Mir geht's nicht so gut«, sagte Boris zum Mann hinter dem Tresen. »Mir egal. Ich will hier keinen Ärger, reiß dich zusammen«, antwortete der.

Boris hatte sich danach mit seinem Cider an einen kleinen, runden Tisch in die Ecke gehockt. War es sein vierter oder schon sein fünfter gewesen? Er hatte den Überblick verloren. Er musste auf sich aufpassen. Das Zeug hatte genügend Umdrehungen, um sich damit zu betrinken. Er war noch mal alle Optionen durchgegangen, die er gehabt und ausgeschlagen hatte. Janko war schwerst verletzt, so viel war eindeutig, womöglich sogar ein Pflegefall. Er würde womöglich nie wieder der Alte werden, darauf hatten ihn die Ärzte vorsichtig, aber sehr eindringlich vorbereitet. Für die Leitung ihrer Geschäfte brauchten sie doch aber jemanden, der es draufhatte, der voll und ganz zurechnungsfähig war. Und berechenbar. Darüber hatte er doch ausführlich mit dem Chinesen gesprochen. Immer wieder hatte er sich die Gesprächsdetails ins Bewusstsein gerufen. Außerdem hatte der Kleine eine Reihe von Alleingängen auf dem Konto und auch Fehler gemacht. So konnte es nicht weitergehen, darüber waren sie sich ebenfalls einig gewesen. So doch nicht! Halblaut sagte er das vor sich hin, wie ein Mantra. »So doch nicht.«

Das Risiko war zu groß geworden, und er, Boris, musste doch die Familie schützen. Wenn nicht er, wer dann? Boris sah die Situation im Krankenhaus vor Augen. Immer wieder. Hatte er wirklich keine andere Möglichkeit gehabt? Hätte er den Blumen frisches Wasser geben, seinem Neffen ein paar Minuten die Hand halten und dann einfach wieder verschwinden sollen? Warten auf …, ja auf wen oder was eigentlich? Auf ein Wunder? Auf den lieben Gott? Und die Familie den Bullen zum Fraß vorwerfen? Und ihr Geschäft den Vietnamesen? Boris rief sich die letzten Tage noch einmal in Erinnerung. Seinen Bruder hatten sie schon gekriegt, wer auch immer dahintersteckte. Seinen Neffen hatten sie niedergeschossen. Die Bullen waren ihnen dicht auf den Fersen, man spürte fast schon deren Atem. Nein, jetzt brauchte es jemanden, der noch alle Sinne beieinanderhatte. Der die Familie und ihre Zukunft schützte. Er musste es tun. Er konnte nicht anders. So und nicht anders! Boris nickte bekräftigend vor sich hin. Er hatte alles richtig gemacht. Es war ihre einzige Chance gewesen. Es war seine Chance! Vielleicht sogar seine letzte.

Er holte sich noch ein Bier, um den klebrigen Geschmack des Ciders runterzuspülen. Selina, eine etwas in die Jahre gekommene, aber immer noch sehr ansehnliche Blondine, mit der er ab und an mal rummachte, wollte sich zu ihm setzen. »Verschwinde!«, knurrte er. »Was stimmt denn mit dir heute nicht?« Selina schmollte.

»Mach einfach die Fliege, muss allein sein, den Überblick behalten.« Er stieß das Glas fast um, als er danach griff. Selina sah ihn besorgt an. »Den Überblick? So wie du drauf bist?« Sie hatte schief gegrinst, war aber lieber aufgestanden und davongestöckelt.

Er hatte noch das eine oder andere Bier getrunken, daran erinnerte er sich dunkel, bevor er nach Hause gewankt war. Wie viel, davon hatte er keinen blassen Schimmer mehr. Zuhause waren die Zweifel zurückgekommen. Um das Schlafzimmer, in dem seine Frau schnarchte, machte er einen großen Bogen. Er ging ins Gästezimmer, das sie vorsorglich für Janko hergerichtet hatten, und fiel angezogen aufs Bett. Das Zimmer kreiste um seinen Kopf, die Gedanken auch. Janko war tot, das war nun nicht mehr zu ändern. Was sollte er tun? Sich nach Tirana absetzen? Vorsichtshalber? Eine Zeit lang unsichtbar machen? Andererseits: Er war niemandem im Krankenhaus begegnet, es gab niemanden, der ihn identifizieren könnte.

Er musste jetzt die Kontrolle über die Geschäfte behalten. Sonst war alles aus. Sonst hätte sich das alles nicht gelohnt. Der arme Janko! Er heulte wie ein Köter. Das hatte er doch nicht gewollt. So doch nicht. Aber es ging nicht anders. Boris fand keine Ruhe. Ob das schlechte Gewissen oder der Alkohol mehr schuld daran waren, würde er nie erfahren. Er lag mit offenen Augen da, der Kopf schmerzte, seine Gedanken peinigten ihn. Irgendwann muss er dann doch in eine Art Suffkoma gefallen sein. Als er wieder zu sich kam, schickte sich jedenfalls zumindest die Sonne an, mühsam auf die Füße zu kommen. Fast so schwerfällig wie er.

Seine Kehle brannte, in seinem Schädel hämmerte es, alle Glieder taten ihm weh. Er schleppte sich unter die Dusche in der Hoffnung, das kalte Wasser würde ihn wieder halbwegs zu Verstand bringen. Aber ein nachhaltiger Effekt blieb aus. Erst nach dem Mokka verzogen sich die Kopfschmerzen wie hinter einen dünnen Schleier. Dort lauerten sie, um ihn jederzeit wieder anfallen zu können. Aber endlich fing sein Kopf wieder an, halbwegs normal zu arbeiten.

Er griff zum Telefon und rief in Hamburg an. Sie waren der deutschen Zeit eine Stunde voraus, deshalb entschied er sich für das Handy. Emir würde schon wach sein, meistens fuhr er die Kinder mit dem Auto in die Schule, darauf baute er auch jetzt. Und hatte Glück. Der Türke, der eine entfernte Cousine geheiratet hatte, ging sofort ran. »Janko ist tot«, meldete sich Boris ohne lange Vorreden, Erklärungen sparte er sich. »Ihr müsst die Füße eine Weile ruhig halten, keine Risikowetten, wir haben die Bullen an der Hacke und müssen jede Auffälligkeit vermeiden.«

Emir ließ ihn ohne Unterbrechung ausreden. »Aber wir haben doch …«, setze er dann an, aber Boris ließ ihn erst gar nicht ausreden. »Kein Aber. Stoppt alles! Zahlt notfalls laufende Wetten aus. Wir dürfen uns jetzt nicht den kleinsten Fehler erlauben, sonst sind wir alle am Arsch. Hast du das verstanden?« Der junge Türke auf der anderen Seite überschlug im Kopf die zu Buche stehenden Umsätze. Das Wochenende mit den attraktiven Spiel- und Renntagen war noch nicht angebrochen, deshalb hielt sich das Geschäft bislang in überschaubarem Rahmen. Aber es würde sie trotzdem einiges kosten, das war klar. Und bei ihren Kunden würde der Rückzieher sicher gar nicht gut ankommen. »Ich versteh das alles nicht«, versuchte er es noch einmal. Aber Boris war unerbittlich. »Musst du auch nicht. Tu einfach, was ich sage. Oder soll ich jemanden vorbeischicken, der dir beim Nachdenken hilft?« Emir lenkte ein. Den Laden von irgendwelchen wild gewordenen Chinesen zusammenschießen zu lassen, darauf hatte er echt keinen Bock. Schlimm genug, dass sie schon so die ganze Kohle abschreiben mussten. »Okay, okay«, sagte er, »komm wieder runter. Ich mach ja, was du sagst. Ich hoffe nur, dieser Winterschlaf dauert nicht zu lange.«

Boris war zufrieden mit sich. Für den Anfang war das ganz gut gelaufen. Das Gespräch hatte seinen Kopf freigepustet. Er hatte das Sagen, und das tat gut. Der erste Schritt war gemacht. Sie müssten sich vorübergehend halt mehr auf ihre Region konzentrieren, dachte er.

Da waren die Einsätze hoch genug, aber die Gewinnmargen geringer. Doch damit ließ sich die Durststrecke überbrücken, und die Chinesen würden das schon akzeptieren. Sie mussten! Das würde er ihnen schon klarmachen. Er machte eine kleine Liste, wen er alles anrufen musste. Ganz oben stand Wang, mit dem er die nächsten Schritte abstimmen musste. Warum hatte der Chinese Hamburg verlassen? Was genau war da eigentlich vorgefallen, und wie verlässlich war der als Partner überhaupt noch? Andererseits war Wang im Gleichgewicht des Schreckens gegen die vietnamesische Konkurrenz ein nahezu unverzichtbarer Faktor. Sie mussten reden. Und zwar schnell.

Er suchte Wangs Anruf und drückte auf die Rückruftaste, weil er dessen neue Nummer noch nicht gespeichert hatte. Der Chinese meldete sich nach dem ersten Klingelzeichen. »Ja?«, sagte er nur. Aber Boris erkannte die Stimme auf Anhieb. »Wir müssen reden, am besten bei mir. Ich kann hier im Moment nicht weg. Am besten noch heute.« Dann legte er auf.

HAMBURG | im Gericht

Für ihre Lagebesprechung brauchten sie nur kurz. Stepenbrok hatte bereits das meiste auf den Weg gebracht, als Eleni und Giannis morgens im Büro ankamen. Zum ersten Mal waren die beiden zusammen von Elenis Wohnung aufgebrochen und gemeinsam zum Gerichtsgebäude gegangen, ohne Rücksicht darauf, ob sie gesehen und beobachtet werden konnten. Ihre Affäre war noch frisch, aber sie hatten nicht das Gefühl, daraus länger ein Geheimnis machen zu müssen. Gut, sie wollten es auch nicht gerade öffentlich annoncieren. War schließlich ihre Privatsache. Aber verstecken wollten sie sich auch nicht länger. Darüber hatte es gar keiner besonderen Absprache bedurft. Er hatte sie einfach nur gefragt: »Kommst du mit?« Und sie hatte sich am Morgen bei ihm untergehakt. So selbstverständlich war ihre dritte Nacht gewesen und so schön, dass sich alles andere wie von selbst ergab. Und das Beste: Alles fühlte sich für Eleni immer noch total richtig an.

Es gab Momente, da war die junge Staatsanwältin selbst ein wenig überrascht von sich, wie selbstverständlich auf einmal alles für sie war. Wurde sie etwa doch stärker hormongesteuert, als sie sich einräumen wollte? Oder hatte sie eine feste Beziehung stärker vermisst, als sie sich einzugestehen traute? Tickte die biologische Uhr schneller als gedacht? Ihre Freundin Linda hatte nur gelacht, als sie mit ihr darüber am Telefon sprach. Man muss nicht alles hinterfragen, hatte die gesagt und sich dann schnell verbessert: »Frau muss nicht alles hinterfragen.« Eleni sollte es doch einfach genießen und mal den Kopf ausschalten, lautete Lindas Empfehlung. Daran erinnerte sie sich jetzt, als sie gemeinsam das Büro betraten und Stepenbrok dort bereits umherwuseln sahen.

»Wünsche eine angenehme Nacht gehabt zu haben«, flötete der ihnen entgegen, und das hörte sich nicht einmal mehrdeutig an. »Ging so«, sagte Giannis und grinste, »konnte aus irgendeinem Grund nicht lange genug schlafen.« Sein Grinsen verzog sich zu einem schmerzgepeinigten Gesicht, als Eleni ihm den Ellenbogen in die Seite rammte. »Häusliche Gewalt ist verboten«, japste er, brachte sich aber vorsichtshalber rechtzeitig in Deckung.

Stepenbrok berichtete kurz den Stand der Dinge. »In den Wohnungen der beiden Biker haben wir nichts Nennenswertes gefunden. Die waren nur Handlanger«, fasste er zusammen. »Die anderen sind heute dran. Ich schlage vor, wir teilen uns auf.« Die beiden akzeptierten. Eleni fuhr mit sechs Beamten raus nach Wellingsbüttel. Mehr Kollegen brauchten sie im Haus von Milan Petrovic sicher nicht. Mit Widerstand seiner Frau Bra war kaum zu rechnen. Die beiden Kommissare fuhren zusammen nach Altona. Da das Wettbüro in der Nähe des Hauptbahnhofs erst um elf Uhr aufmachen und vorher dort wohl auch kaum jemand anzutreffen sein würde, hatten sie sich entschlossen, den ersten Einsatz gemeinsam abzuwickeln.

Auf dem Weg im Auto schwiegen sie, eine gewisse Anspannung war nicht zu leugnen. Hinter ihnen fuhren drei schwarze Neunerbusse mit abgedunkelten Scheiben, in denen die Einsatzkräfte saßen. Sicher war sicher. Ihr erster Besuch war der heikelste. Marjan Stepanovic war der Sohn von Bras Schwester Milena. Deren Mann hatte sie früh sitzen gelassen, wenig später war sie auch noch an Krebs erkrankt und viel zu früh daran gestorben. Bra und Milan hatten sich danach wie richtige Eltern um Marjan gekümmert und ihn bei sich aufgenommen. Der junge Mann war wie eine Art Stiefsohn bei ihnen aufgewachsen, Marjan und Janko liebten sich wie zwei Brüder. Später war er offenbar mehr und mehr auch in die geschäftlichen Aktivitäten eingebunden worden. Das hatte ihnen der Chinese gesteckt, bevor er sich aus dem Staub machen konnte. Marjan hatte sich zunächst vor allem um die Organisation der Ticketmafia gekümmert, dabei war er zum ersten Mal Zivilfahndern aufgefallen. Später war er mehr und mehr in die Wettgeschäfte eingebunden worden, vor allem bei der Anbahnung hatte er eine Rolle gespielt. Auch Robin Goldmann hatte Indizien dazu beisteuern können. Für einen Durchsuchungsbeschluss reichte das in jedem Fall.

Als Marjan die Tür öffnete, wirkte er mehr erstaunt als erschrocken. Alles ging viel zu schnell. Die Polizisten vor seiner Haustür hatten ordentlich geklingelt, er hatte keinerlei Misstrauen geschöpft. Jetzt drängten sie ihn zurück in die Wohnung. Im Wohnzimmer ergab sich ein Kumpel wortlos in sein Schicksal, während Zlatko versuchte, durch das Badezimmer zu entkommen. Er sprang aus dem Fenster im ersten Stock und landete federnd im Hinterhof. Dort lief er allerdings direkt in die Arme der behelmten Polizisten, die den Hintereingang gesichert hatten. »Guter Sprung«, sagte deren Einsatzleiter anerkennend, »nützt aber nichts. Sie sind festgenommen.«

Marjan hockte wie ein Häuflein Elend auf seiner Couch im Wohnzimmer und verstand die Welt nicht mehr. Um ihn herum öffneten geschäftige Beamte Türen und Schränke, wühlten in Schubladen und zwischen seinen Klamotten. Den PC hatten sie bereits eingesackt, sein iPad ebenso. Er kapierte gar nichts mehr. Es war noch keine halbe

Stunde her, da hatte der Wolfsburger Spieler Jens Lohmann bei ihm angerufen. »Ich bin raus«, hatte der ihm zugerufen, »auch wenn ihr mich nicht zum Krüppel getreten haben solltet und alles wieder zusammenwächst. Mit euch Schweinen will ich nichts mehr zu tun haben. Und wehe, ihr lasst mich nicht in Ruhe. Dann gehe ich zu den Bullen, egal, was das für mich bedeutet.« Marjan hatte nur kurz versucht, ihn umzustimmen. »Ich habe gesagt: raus. R-a-u-s. Ohne Wenn und Aber«, hatte ihn Jelo unterbrochen und einen weiteren Kommentar gar nicht mehr abgewartet, sondern das Gespräch beendet.

Das war vor nicht einmal 30 Minuten gewesen, und Marjan hatte gerade angefangen, sich Gedanken zu machen, wie sie Jelo ersetzen sollten, als sein Handy erneut klingelte. Im Display leuchtete eine ausländische Vorwahl auf, die er auf Anhieb gar nicht zuordnen konnte. Boris war dran gewesen. »Janko ist tot«, hatte der nur gesagt, und Marjan hatte das gar nicht glauben können. Sie waren doch wie Geschwister. Er liebte ihn wie seinen leibhaftigen Bruder. Tot? Wie konnte das sein? Er wollte Fragen stellen, mehr wissen, wie und warum. Aber Boris hatte ihn abgewimmelt. »Nicht jetzt«, hatte er gesagt, »dazu ist keine Zeit. Pfeif deine Leute zurück, und schalte alles zwei Gänge runter. Wir müssen etwas in Deckung gehen. Wir haben die Bullen an den Hacken.« Boris hatte kaum aufgelegt, als es an der Tür klingelte. Sie waren bereits da.

Was war passiert? Marjan konnte sich keinen Reim darauf machen. Ewig hatte sich niemand für sie interessiert. Alles war geradezu ein Kinderspiel gewesen. Dann auf einmal gleich zwei Tote und die Bullen im Haus. Alles schien ins Wanken zu geraten. »Hallo, jemand zu Hause?« Wie durch einen Schalldämpfer drang die Stimme zu ihm durch. Offenbar hatte einer der beiden Kommissare etwas zu ihm gesagt. Der, der so aussah, als würde er eher zur Fremdenpolizei als zum Betrugsdezernat oder irgendeiner Sonderkommission gehören. Wie genau hatten die sich noch vorgestellt? Soko »Libero« für Fußballwetten? Marjan überlegte krampfhaft und versuchte Zeit zu gewinnen.

»Sie geben uns Pass und Ausweis und halten sich zu unserer Verfügung. Und verlassen die Stadt besser nicht«, wiederholte der Ältere der beiden Anführer ohne Uniform. Nach nicht einmal 50 Minuten war der ganze Spuk vorbei. Die Beamten waren abgerückt, und Marjan überlegte, ob er einige Kumpel vorwarnen sollte. Und vor allem: wie? Denn sein Handy hatten sie ebenfalls beschlagnahmt. Bullenpack, fluchte er. A. C.A. B.! All Cops Are Bastards. Aber das nützte nun auch nichts mehr.

HAMBURG | Bahnhofsviertel

Emir war guter Dinge, als er sein Wettbüro aufsperrte. Er war ein paar Minuten zu früh dran, aber die ersten Spieler lungerten schon vor dem Laden rum und warteten. Was hatte sich die Gegend hier gegenüber vom Bahnhof in den letzten Jahren verändert, dachte er. Ein bisschen Rotlicht hatte es am Steindamm und in den Seitenstraßen immer gegeben. Dann waren die Drogen gekommen. Und der Kinderstrich. Jetzt aber war alles noch schlimmer. Die Bars waren zu orientalischen Kaschemmen verkommen, die türkischen Gemüsehändler zu Imbissbuden. Es wurde auf offener Straße gedealt und Schutzgeld erpresst. Vor allem der schwule Kinderstrich war nicht totzukriegen. Das Viertel schmuddelte vor sich hin, nachts bewegte man sich besser nur auf den Hauptwegen.

In den Nischen der dunklen Parallelwelt versuchten sich Modernisierungsverlierer des globalisierten Kapitalismus mit dubiosen Geschäften irgendwie über Wasser zu halten, immer öfter auch mit Glücksspiel. Kleine Lichter. Die ihr letztes Hemd verwetteten und auf das große Glück hofften. Oder zumindest auf Brot, um die nächste Mahlzeit zu überstehen. Von ihnen lebte auch das Wettbüro.

Spieler, dachte Emir, auf allen Seiten Spieler. Keiner konnte genug kriegen, niemand den Hals voll genug. Kein Einsatz war hoch genug. Dabei verloren sie doch am Ende alle. Emir wusste das nur zu gut, deshalb hatte er irgendwann die Seite gewechselt und aufgehört, selber zu spielen. Das System frisst seine Kinder, im Glücksspiel galt das ganz besonders, dachte er. Es sei denn, man half dem Schicksal etwas auf die Beine. Davon profitierten aber nur die Großen. Und er als Betreiber seines Zockerladens. Aber er hatte kein Mitleid. Jeder war für sich selbst verantwortlich. Selber schuld, sagte er zu sich selbst und schloss das letzte der drei Schlösser an der gut gesicherten Tür auf.

Sein Laden stank nach kaltem Rauch und abgestandenem Schweiß, als er ihn betrat. Er wollte gerade die Fenster öffnen, als ein Trupp schwarz gekleideter Uniformierter durch die Tür drängte, ihnen folgten einige Polizisten in normaler Uniform und ein Zivilist, der aussah als würde er vom türkischen Restaurant gegenüber vorbeischauen. »Emir Mladic?«, sagte der, »wir haben einen Durchsuchungsbeschluss für alle Ihre Räumlichkeiten. Bitte, händigen Sie uns alle Wettunterlagen und Bücher aus.« Von den Spielern vor der Tür war nichts mehr zu sehen. Siebter Sinn. Die hatten sich schneller verdünnisiert, als man gucken konnte, dachte Emir noch, bevor er anfing, sich zu wundern. Wer hatte ihm die Bullen auf den Hals geschickt? Und warum jetzt? Er hatte noch die Worte von Boris im Ohr, dass ihnen die Ermittler auf den Fersen seien. Dabei klopften sie bereits an den Laden.

Das war's dann wohl, dachte Emir. Vorbei die schöne Zeit. »Warum ich?«, fragte er den Zivilisten, der offenbar das Sagen hatte. Der schaute ihn nur an. »Nicht nur Sie«, sagte der Typ, »es ist aus, das Spiel ist zu Ende.« Er schaute Emir direkt an, es war nicht zu erkennen, was er wohl dachte. »Nur das Ergebnis ist offen. Sie haben es in der Hand, wie hoch die Niederlage ausfällt. Wenn Sie gestehen zum Beispiel.« Emir überlegte fieberhaft. Was hatte das zu bedeuten? Hatten sie Marjan und die anderen auch? Was war mit den Chinesen? Hatte sich jemand absetzen können? Waren sie verpfiffen worden? So viele Fragen. Würde er Antworten darauf bekommen? Sein Handy klingelte. Er sah das Foto seiner Frau auf dem Display aufleuchten. Bei ihm zu Hause waren sie also auch schon. Er konnte nicht rangehen, weil sein Mobiltelefon bereits auf dem Stapel der beschlagnahmten Utensilien lag.

Er brauchte eine Strategie und musste sich entscheiden, das dämmerte Emir immer mehr. Retten, was noch zu retten war, oder sich erst mal ganz doof stellen und abwarten, was die Staatsmacht eigentlich gegen ihn in der Hand hatte? Die Bücher waren einigermaßen sauber, zumindest die offiziellen. Da machte er sich wenig Sorgen. Die Unterlagen, auf die es ankam, hielt er getrennt verwahrt. Die mussten sie erst mal finden. Auf das Schließfach konnte man nicht so ohne Weiteres kommen. Der Inhalt war zugleich seine eigene Lebensversicherung, falls ihm mal jemand dumm kommen sollte. Deshalb hatte er sich für diese Form doppelter Buchführung entschieden. Er grinste, als er an die Formulierung dachte. »Ihnen wird das Lachen schon noch vergehen«, drohte der Ermittler. Eine Entscheidung musste her, dachte Emir, bloß nicht unnötig provozieren.

»Jelo ist ausgestiegen, wir brauchen dringend Ersatz!« Der junge Mann, der arglos den Wettladen betreten hatte, rief den Satz wie zur Begrüßung durch den Saal. Dann erst kapierte er, was dort gerade abging. Emir erschrak. Jorgo, nicht auch noch sein Junior. Warum musste der manchmal nur so ein Trampel sein? Sein Sohn hatte die Botschaft kaum ausgespuckt, als er seinen Fehler bemerkte. »Was ist denn hier los?«, stieß er hervor, als ihm zwei Uniformierte die Arme auf den Rücken drehten, »bin ich im falschen Film?« Kommissar Giannis Kostapoulos, der sich inzwischen förmlich vorgestellt hatte, baute sich vor ihm auf. »Keinesfalls«, sagte er, »Sie sind genau richtig, wir warten schon auf Sie. Und schönen Gruß von Jelo übrigens.« Spieler. Giannis verachtete Leute wie ihn, alles Spieler. Und alle glauben, sie könnten nie verlieren.

Jorgo presste die Lippen zusammen. »Kenn ich nicht«, zischte er, »ich meinte die Musikerin. Für eine private Feier.« Giannis grinste. »Klaro. Und Madonna sitzt irgendwo und wartet auf Ihren Anruf. Mann, für wie bescheuert müsst ihr eigentlich uns Bullen halten.« Jorgo hatte eine passende Antwort auf der Zunge, beherrschte sich aber im letzten Moment, als er seinen Vater ansah. Die Sache lief nicht gut, das wurde ihm jetzt bewusst. Und er war mit seinem Auftritt ganz offenkundig mehr Teil des Problems als einer Lösung. Emir sagt nichts, aber das war ihm deutlich anzusehen. Jorgo musste den Beamten seinen Rucksack aushändigen und die Taschen der Jacke und Hose ausleeren. Einer der Polizisten kehrte das Futter der Taschen von innen nach außen und nahm sich dann seinen Schlüsselbund vor. »Welche sind die Wohnungsschlüssel, und wozu gehören die anderen?« Jorgo schwieg, sollten die doch selbst draufkommen. Sollte er wie im Film nach einem Anwalt fragen, überlegte er krampfhaft.

Der Kommissar, der sich als Verantwortlicher vorgestellt hatte, telefonierte mit irgendjemandem und machte ein zufriedenes Gesicht. »Hört sich gut an«, sagte er in sein Handy und gab sich keine sonderliche Mühe, die Stimme zu senken. »Alle? Prima! Läuft«, sagte er dann, »wir haben auch alles zusammen.« Giannis beendete das Gespräch und ging zu einem seiner Einsatzführer, um sich mit dem zu besprechen, nun deutlich leiser. Die Beamten im Hinterzimmer waren fertig. Er telefonierte noch einmal, diesmal offenbar mit Kollegen, die sich zur Privatwohnung von Emir aufgemacht und dort inzwischen auch das Unterste nach oben gekehrt hatten. »Ich will mit meinem Vater reden«, forderte Jorgo. Aber niemand kümmerte sich darum. Der Polizist mit dem Schlüsselbund hatte sich die einzelnen Schlüssel vorgenommen. »Was haben wir denn hier?«, fragte der plötzlich, »wenn der nicht zu einem Schließfach gehört …« Der Rest des Satzes schwebte vielsagend durch Tür nach draußen.

SARAJEVO | Zentrum

Was war da bloß los? Boris hatte es überall versucht, aber niemanden erreicht. Marjan nahm nicht ab, Emir war nicht zu kriegen. Dessen Junior ging auch nicht an sein Handy. Nicht einmal die Ehefrauen meldeten sich. Überall nur die Mailbox. Was war da los? Gut hörte sich das jedenfalls nicht an. Er lief nervös durchs Haus.

Als seine Frau ihn zum Essen holen wollte, schnauzte er sie ohne Vorwarnung an. »Kann man hier nirgendwo seine Ruhe haben? Ich habe zu tun.« Sie blickte ihn erschrocken an und ratlos. So unbeherrscht kannte sie ihren Mann gar nicht. Außerdem tigerte er doch nur durch das Zimmer, was also hatte er zu tun? Sie beschloss dann aber lieber doch, es auf sich beruhen zu lassen, und drehte wortlos ab in die Küche. Sollte er doch seine Tage haben. Sie wollte damit in Ruhe gelassen werden und würde dann eben allein mit den Kindern essen.

Sein Handy klingelte. »Sie haben uns an den Eiern«, sagte der Chinese am anderen Ende. »Alle sind aufgeflogen, sie haben alles durchsucht. Das war's wohl fürs Erste.« Boris ließ sich berichten, was der Chinese wusste. Dessen Anwalt und Steuerprüfer hatte sich bei ihm gemeldet und von den Durchsuchungen berichtet. Wang war von den Neuigkeiten ziemlich überrumpelt worden. Er hatte seine beiden Biker geopfert und darauf gehofft, damit wieder etwas Ruhe ins Geschäft zu bekommen. Dass die auspacken würden, hatte er nicht befürchtet. Das war gegen die Ehre des Goldenen Drachen, und das würden die wegen der drohenden Konsequenzen in der Heimat nicht riskieren. Da war sich Wang sicher gewesen. Er hatte deshalb vor allem darauf geachtet, selber keine Spuren zu hinterlassen. Aber mit dieser Entwicklung hatte er ganz und gar nicht gerechnet. »Jemand hat uns verpfiffen«, sagte Boris am anderen Ende der Leitung. Er stellte das nüchtern fest. »Eine andere Erklärung gibt es nicht.«

Blitzmerker, dachte Wang. Aber konnte das alles auf dem Mist der beiden Biker gewachsen sein? So viel wussten die doch gar nicht. Aber offenbar doch genug. Sonst machte das alles keinen Sinn. Janko war aus dem Spiel. Er wurde einen faden Beigeschmack nicht los, wenn er daran dachte. Boris hatte sich also entschieden. Gegen den eigenen Neffen. Er traute Boris keinen Meter mehr über den Weg. Andererseits war Janko zuletzt keine große Hilfe gewesen. Und er hatte sehr wohl mitgekriegt, dass der nach dem überraschenden Tod seines Vaters viel zu häufig mit der Konkurrenz aus Vietnam zusammengesessen hatte. Deshalb tat ihm sein Tod nicht besonders weh. Dumm nur, dass Janko der Link zu einigen Kickern gewesen war. Und insbesondere für ihre Pläne im Winter am Arabischen Golf hatte der doch irgendjemanden ganz frisch klargemacht, Namen hatte er nie genannt. Mit dem würde es nun schwer werden, in Kontakt zu kommen. Außerdem war offenbar das gesamte Netzwerk in Hamburg gerissen. Der Anwalt hatte mehrere Ansprechpartner versucht zu erreichen, alles ohne Erfolg.

Sie durften jetzt die Nerven nicht verlieren, dachte Wang, er brauchte den Jugo noch. »Nur nicht die Nerven verlieren und durchdrehen«, sagte er zu Boris. »Wir sind hier sicher, wenn wir keine Fehler machen. Uns kann keiner. Und wir müssen an unsere Partner in Singapur denken.« Boris war nur schwer zu beruhigen. Eben noch hatte er sich als neuer Chef des Familienclans gefühlt. Jetzt saß er auf einmal vor einem Trümmerhaufen. Ohne den Clan? Er konnte sich das nur schwer vorstellen. »Es geht um meine Familie«, stieß Boris hervor, »wie soll ich da einfach zur Tagesordnung übergehen?« Tief in seinem Inneren wusste er ja, dass er nichts machen konnte. Aber der Schock saß tief. Wang spürte das. »Du kannst nichts tun«, sagte der Chinese. »Es hilft uns nicht zurückzublicken, wir müssen nach vorne schau'n.«

»Heißt was?«, fragte Boris. Es hörte sich einigermaßen ungehalten an.

»Wir machen weiter wie gehabt«, antwortete Wang. »Wir verlagern unsere Aktivitäten nur etwas mehr hierher. In die serbische und kroatische Liga. Vielleicht geht in Österreich noch was, mal sehen. Und natürlich am Golf. Alles nur vorübergehend.« Das Netzwerk auf dem Balkan sei noch intakt, ergänzte der Chinese. Er wagte gar nicht, sich auszumalen, dass die europäischen Anstrengungen ihnen womöglich schon bald auch hier Probleme machen könnten. Noch war davon allerdings wenig zu spüren, außer in Griechenland, wo es zahlreiche Festnahmen gegeben hatte. Er musste sich einen Plan B zurechtlegen. Aber davon musste Boris nichts wissen.

»Was ist mit der Kohle?«, fragte der. Er schien langsam anzubeißen.

»Einige Konten sind offenbar eingefroren, sagt unser Anwalt«, antwortete der Chinese. »Aber unsere stillen Reserven sind noch unangetastet. Damit lässt sich arbeiten. Vorerst jedenfalls. Und nach den ersten Spielen fließt dann ja frisches Geld.« Als sie auflegten, war sich Wang nicht sicher, ob er Boris wirklich überzeugen konnte. Immerhin hatten sie sich für das Wochenende in Belgrad verabredet. Am Rande eines Spiels der zweiten Liga, auf das hohe Summen gesetzt werden sollten, wollten sie sich über ihr weiteres Vorgehen abstimmen. Der Chinese überlegte, was zu tun war, und kam zu keinem rechten Ergebnis. Er brauchte Boris und dessen Verbindungen auf dem Balkan. Andererseits war der mit seinem Ehrgeiz und dann auch wieder mit dieser eigenartigen Familienehre immer ein Sicherheitsrisiko. Er wusste einfach nicht, welche Rückschlüsse er daraus für sich ableiten sollte. Erst mal mussten sie zunächst enger zusammenhalten denn je, wenn nicht alles auseinanderbrechen sollte. Er hatte den Bullen diesen Schlag nicht zugetraut. Nun war er eines Besseren belehrt worden. Wang entschloss sich, zunächst einen Tag abzuschalten, bevor er weitere Pläne schmieden wollte.

Der Chinese konnte nicht wissen, wie sehr es in Boris wirklich brodelte. Boris fühlte sich verlassen, verraten, verkauft. Wie konnte das passieren? Er fand keine Antworten auf seine vielen Fragen und niemanden, der ihm dabei behilflich sein konnte. Boris traute Wang nicht mehr über den Weg. Die Festnahme der beiden Biker, während er sich zeitgleich aus Hamburg abgesetzt hatte, war schon ein eigenartiger Zufall gewesen. Andererseits war das Sache der Chinesen. Und Grundlage ihrer Kooperation war immer gewesen, dass sich keine Seite in die Angelegenheiten der anderen einmischte. Er wollte ja schließlich auch nicht, dass sich der Chinese eingehender mit dem Ableben seines Neffen befassen würde.

Trotzdem musste er auf der Hut sein, dieses Gefühl wurde Boris nicht los. Egal, was werden würde, jetzt brauchten sie als Erstes frisches Geld, da hatte Wang recht. Und sie mussten den Beweis erbringen, dass sie noch handlungsfähig waren. First comes first, dachte Boris und nahm sich das Spiel in Belgrad vor. Der kleinere der Hauptstadtklubs würde gegen Novi Sad spielen, der Gast war klarer Favorit. Da musste doch was zu drehen sein. Er griff zu seinem Handy.

HAMBURG | am Hafen

Sie saß vor einer Kneipe oben an der Hafenstraße bei der alten Kirche des Viertels. Zwanzig Meter tiefer unter ihr auf der Hauptstraße staute sich der Feierabendverkehr in die Vororte und Randgebiete, eine ewig stinkende Autoschlange. Hoch auf dem Elbhang und am Pinnasberg war davon glücklicherweise wenig zu riechen. Wenn man mit dem Rücken an der Hauswand lehnte, fiel der Blick praktisch direkt auf die Elbe, auf der das übliche Treiben herrschte. Fähren und Ausflugsdampfer schoben sich durch die Dünung, ab und an bog eines der kleinen Containerschiffe, die sie hier Feeder nannten, in eines der Hafenbecken ab. Hamburg, meine Perle. Die Herbstsonne hatte überraschende Kraft und scheuchte vielleicht ein letztes Mal etliche der Anwohner vor die Tür. Eleni hockte vor ihrem Weizenbier und ließ den Blick schweifen. Ein paar Häuser weiter vor den ehemals besetzten Altbauten hatten ein paar Leute sogar noch einmal den Grill angeworfen. Um einen wackeligen Holztisch wurden Stühle gestellt, drei kleine Jungs lungerten erwartungsvoll um die qualmende Kohle rum.

Wie sich die Zeiten doch ändern, dachte sie. Vor 30 Jahren waren diese Häuser die umkämpftesten Plätze der Stadt. Die Straßenschlachten waren in die Geschichte Hamburgs gemeißelt wie die Sturmflut oder die Bombennächte. Sie kannte das alles nur aus Büchern oder Erzählungen ihrer Eltern. Und doch war es aus den Erinnerungen nicht zu löschen. Inzwischen waren aus träumenden Hausbesetzern und linken Revoluzzern von einst längst angepasste Eltern und Besitzer von Eigentumswohnungen geworden, Genossenschafter. Auch 'ne Art von Genossen, überlegte sie. Der Protest beschränkte sich auf provozierende Slogans an den Häuserwänden. »Kein Mensch ist illegal.« Na ja, dachte sie, gut gemeint ist auch nicht immer gut.

Der Hamburger Fußball hatte damals seine beste Zeit. Auf der Straße kämpften Linke und Studenten gegen Spekulanten, in den Stadien räumten Hrubesch und Co die Titel ab. In Athen sprachen sie bis heute vom Sieg der Hamburger gegen die schier übermächtigen Turiner im Europapokal der Landesmeister. Eine Sensation, aber niemand hegte damals Zweifel am Zustandekommen des Überraschungssieges. Wäre das heute so wohl noch möglich?

Gutes Stichwort, dachte sie und griff zum Handy. »Erfolg auf ganzer Linie.« Giannis hörte sich triumphierend an, als er sich ohne lange Vorreden meldete. »Praktisch ein Auswärtssieg.« Sie hatte sein Bild vor Augen, wie er wohl grinste. Und es gefiel ihr. »Wir haben alle einkassiert, die wir auf der Liste hatten«, berichtete er, »und viele Unterlagen und Papiere dazu.« Sie erzählte kurz von ihrem Besuch bei der Petrovic und erkundigte sich, wie lange sie noch brauchen würden. »Wir müssen noch ein Schließfach ausräumen, dann wär's das fürs Erste. Reicht aber auch. Daran wird die Szene erst mal eine Weile zu knabbern haben.«

Ein bisschen Wehmut überkam Eleni. War damit die Arbeit der Sonderkommission erledigt? Und ihre persönliche auch? Sie blickte ziellos die Elbe runter, ihre Gedanken wanderten zu den Kollegen im Wettbüro. Was es wohl mit dem Schließfach auf sich hatte? Saubermänner unterwegs, dachte sie. Sie waren gut gewesen. Und überraschend erfolgreich. Was wohl ihr Chef dazu sagen würde? Aber wie nachhaltig waren ihre gemeinsamen Anstrengungen letzten Endes wirklich? Eleni kam ins Grübeln. Hatte der Sport nicht endgültig seine Unschuld verloren? Dopingschlagzeilen waren zur Gewohnheit geworden. Zuletzt waren es die russischen Olympiasieger von Sotschi, die reihenweise ihre Medaillen wieder abliefern mussten. Und auch den Fußball hatte Doping längst erreicht. Funktionäre der Fifa ebneten gut geschmiert den Weg zu Weltmeisterschaften und Turnieren. In Länder, die noch nicht einmal ihr Verhältnis zu den universalen Menschenrechten geklärt hatten. Deren skrupelloseste Oligarchen kaperten stattdessen die europäischen Fußballvereine und verstießen gegen Lizenzen, Auflagen und so ziemlich alles, was den Sport eigentlich ausmachte. Nicht nur gegen sportliche Regeln. Wettmanipulationen schienen da schon fast wie die logische Konsequenz dieser Abwärtsspirale. Ermittler und Fahnder als Saubermänner des Sports, konnte das auf Dauer funktionieren? Und die Lösung sein?

Ein Verkäufer der Obdachlosenzeitung holte Eleni in die Gegenwart zurück. Sie gab ihm drei Euro und nahm das Blatt. Sogar bis auf deren Titelseite hatten es die Betrügereien im Fußball geschafft, diesmal waren es die Machenschaften um die WM in Deutschland. Sogar das größte Fußballidol der Nation war darin verstrickt und musste nun die Hosen runterlassen. Ein Kaiser ohne Kleider. Sie fröstelte bei dem Gedanken daran. Unten am Elbufer zog eine grölende Meute rot-weiß gekleideter Jugendlicher vorbei in Richtung Davidstraße. Am Abend waren die Kölner zu Gast im Volkspark. Es reichte für deren Fans gerade noch für ein paar schnelle Bier auf dem Kiez. Immerhin noch besser als Kölsch. Eleni schmunzelte bei dem Gedanken. »Auswärtssieg«, skandierte die Truppe, »hier siegt nur einer und sonst keiner.« Merkten die denn gar nichts?

Zwei Zwölfjährige flitzten auf ihren Skateboards an Eleni vorbei, einer von ihnen im abgewetzten HSV-Hemd. »Keegan« stand hinten drauf, der Schriftzug war nur noch für Kenner zu entziffern. Das waren noch Zeiten. Der erste Millionentransfer der Hamburger, und er hatte mächtig zurückgezahlt. Mighty Mouse hatten sie ihn anerkennend getauft, und als er zurück nach England ging, waren Tränen geflossen. Eleni legte fünf Euro auf den Tisch und marschierte zu den Palmen mit grünen Plastikblättern. Park Fiction hieß der Platz. Irgendwie passend, dachte sie. Die Staatsanwältin griff erneut zum Handy. Nicht resignieren, ermahnte sie sich. Immerhin waren sie ein gutes Stück vorangekommen. Und ihre beiden Kollegen waren gerade dabei, mit dem Rest aufzuräumen. Bei Giannis meldete sich jetzt nur der Anrufbeantworter. Offenbar waren sie immer noch nicht fertig. Das konnte nur ein gutes Zeichen sein.

Sie war gespannt, was er später zu berichten hatte, und machte sich auf den Weg nach Hause. Der Abend versprach, interessant zu werden. In jeder Beziehung. Ein letzter Blick auf die Containerkräne auf der anderen Seite, hinter denen sich tiefrot der Himmel färbte. Wenn Giannis das sehen könnte, dachte sie, und wie lange überhaupt noch. Wie sollte das mit ihnen bloß weitergehen? Sie mussten sich dieser Frage stellen. Noch ein Problem? Aber besser so eins als gar keins. Sie spürte ein Kribbeln bei dem Gedanken an ihn. Fühlte sich doch gar nicht so schlecht an. Probleme sind dazu da, gelöst zu werden, sagte sie sich. Am besten noch heute Abend damit beginnen. Sie tippte eine Nachricht ins Handy und bog an der Schule ab in Richtung Reeperbahn.

Sonnabend, 10. Oktober

HAMBURG | im Gericht

Der Generalstaatsanwalt höchstpersönlich entkorkte die Flasche. Es war bereits die zweite. Er hatte sich trotz Wochenende extra freigemacht und war ins Büro gekommen. Das sollte schon was bedeuten. Sieh mal an, Champagner, dachte Eleni, wenn das keine Ansage war. Ihr Chef schenkte höchstpersönlich nach, sie prosteten sich erneut zu. »Gute Arbeit«, lobte der General.

Er blickte in die Runde und trank einen tiefen Schluck. »Schon komisch: Wir haben das Netzwerk praktisch zerschlagen, und der Einzige, der nicht besonders glücklich zu sein scheint, ist der Fußballverband.« Er schüttelte leicht verwundert den Kopf und berichtete von seinem Telefonat mit dem Präsidenten. »Ich hoffe, Sie haben nicht vorschnell gehandelt«, hatte der gejammert, »und musste das denn alles so öffentlich passieren?« Als wenn das etwas geändert hätte. »Brot und Spiele«, sagte Giannis, »schlechte Nachrichten sind nicht gut fürs Geschäft. Die Fans sollen einfach weiter an den unbefleckten Sport glauben. Keine Fragen stellen. Und die Kassen füllen. Und nicht das Gefühl haben, Sport ist Mord.«

Für einen Moment hingen alle eigenen Gedanken nach. Es war schon komisch, dachte Eleni, beim Schwimmen, Radfahren, in der Leichtathletik wurde gedopt auf Teufel komm raus. Und das Fernsehen berichtete trotzdem live. Und zahlte dafür viel Geld. Im Fußball wurde während der Spiele getrickst, geschoben und hinter den Kulissen immer öfters manipuliert. Und mit den zwei- und dreistelligen Millionensummen, die trotzdem im Profifußball für Transfers und Spielerwechsel über den Tisch gingen, verlor der Sport nicht nur immer mehr seine Unschuld. Sondern auch den Bezug zu den Massen, die ihn mit ihrem Besuch im Stadion finanzieren sollten. Und trotzdem strömten die weiter in die Arenen. Noch jedenfalls. Und zahlten 90 Euro für einen Tribünenplatz. Ein Euro pro Spielminute. So lange es keine attraktiveren Alternativen gab. »Vielleicht trifft es das wirklich am besten: Brot und Spiele!« Sie sagte das laut und überlegte still für sich, ob sie wohl jemals wieder unbefangen ans Millerntor gehen könnte.

Am Abend vorher hatte sie noch schnell Finn Holgerson angerufen, bevor Giannis dazwischenkommen konnte. Versprochen war versprochen. Und alles musste ihr Grieche nun wirklich nicht wissen. Sie hatte Holgerson ein paar Details erzählt, das Netzwerk skizziert und das Schicksal der Familie Petrovic beschrieben. Die Einzelheiten zum Tod von Milan Petrovic hatte sie verschwiegen. So lange das Urteil über Bonde und seine Affekttat noch nicht gesprochen war, wollte sie ihn nicht öffentlich ans Messer liefern. Aber von den Hausdurchsuchungen hatte sie berichtet, damit er einen aktuellen Aufhänger hatte.

Nils hatte die Infos vergleichsweise emotionslos zur Kenntnis genommen und die meiste Zeit schweigend mitgeschrieben, das hatte Eleni gewundert. »Ach, Süße«, hatte der auf ihre Frage nur geantwortet, »ich habe den Glauben schon lange verloren.« Die Einschläge kämen immer näher, sagte er, es seien ja längst nicht mehr nur die Operettenligen auf dem Balkan oder im Kaukasus. »Man kann ja nur froh sein, dass es noch keinen wasserdichten Beleg für Manipulationen in der Bundesliga gibt. Alles andere haben wir ja schon, bis hin zu WM-Quali und Champions League.«

Am Morgen hatte sein Hamburger Blatt dann in einem großen Aufmacher auf Seite eins über Ermittlungen und Hintergründe der Soko berichtet. Und mit einem kleinen Seitenhieb darauf hingewiesen, dass die Leiterin der Untersuchungen, eine Staatsanwältin Eleni Kamenis, die keiner kannte oder einzuordnen wusste, sich strikt weigerte, den Stand der Ermittlungen zu kommentieren. Das sollte wohl von der Quelle ablenken.

Der Generalstaatsanwalt war zunächst leicht angesäuert gewesen. »Möchte wissen, wer da schon wieder nicht die Fresse halten konnte«, schimpfte er, »wenn ich den erwische …« Dann war er aber doch den

Champagner holen gegangen. Er wollte sich den Erfolg nicht vermiesen lassen. Giannis hatte es dabei vermieden, Eleni anzuschauen. »Spieler«, sagte er. Mehr aber lieber nicht.

Er hatte am Abend noch kurz mit Robin gesprochen. Es tat ihm gut zu hören, wie erleichtert sein alter Kumpel war. Natürlich über die Genesung seiner kleinen Tochter. Aber auch deswegen, dass sein Fußballkapitel nun endgültig geschlossen war. »Perfekt, ein gutes Gefühl, dass nun endlich alles vorbei ist«, hatte er sehr ernst gesagt. Dann war er in ihren alten Kumpelmodus zurückgefallen. »Dass es dafür allerdings einen Griechen brauchte«, fügte er hinzu und kam der Entgegnung seines Freundes schnell zuvor. »Apropos Griechenland«, sagte Robin, »bleibst du, oder gehst du wieder?« Gespannt wartete er auf eine Antwort.

Giannis wusste, dass er sich dieser Frage stellen musste, und zwar schon sehr bald. Er dachte an Eleni, die auf ihn wartete. »Kopf oder Bauch?«, drängte Robin, als wenn das die Frage gewesen wäre. »Herz«, antwortete Giannis, »wenn es nach mir geht.« Er machte eine Pause. »Glaub ich zumindest.« Sein Schweigen dröhnte durch die Leitung. Er war zwar immer noch dran und hatte nicht aufgelegt, war aber gefühlt ganz weit weg gewesen. »Komm, Alter, geh zu ihr«, hatte Robin ihn ermuntert. »Klär dein Gefühlsleben, wir können noch oft genug schnacken.« Dann hatte er aufgelegt.

Stepenbrok stieß ihn an. Schon wieder war Giannis in Gedanken versunken und weit weg. Sein Kollege hob das Glas und sagte: »Wo auch immer du im Geiste grad bist: Jamas, hat Spaß gemacht mit dir und euch.« Dann trank er sein Glas mit einem Zug aus. »Ich muss dann mal. Man sieht sich. Spätestens zum Berichte schreiben.« Dazu grinste er breit. Als er nach seiner Jacke griff, stoppte ihn der General. »Moment bitte, da ist noch was.« Die drei sahen ihren Chef erschrocken an. Hatten sie etwas verpasst? Kam jetzt doch noch die Sache mit dem Selbstmord des Chinesen auf den Tisch, überlegte Eleni etwas irritiert. Oder ging es nur um die bevorstehende Pressekonferenz, auf der ihr General seinen persönlichen Lohn einsammeln wollte?

»Die Soko wird bis auf Weiteres bestehen bleiben, wenn auch nur auf Sparflamme. Die europäischen Anstrengungen werden fortgesetzt. Dort spielt wohl jetzt die Musik.« Der Generalstaatsanwalt machte eine Pause, um die Wirkung seiner Ankündigung abzuschätzen. Doch die drei schauten ihn nur fragend an. »Natürlich können wir eine talentierte junge Staatsanwältin dann nicht mehr an solche banalen Ermittlungen verschwenden. Die brauchen wir woanders. Aber ich hätte da eine zusätzliche Planstelle frei, und das Okay aus Griechenland hätte ich auch im Sack. Das kommt vielleicht etwas plötzlich, aber wie wär's, Herr Giannis? Lief doch wohl ganz gut zwischen Ihnen, oder?« Dabei schaute der Generalstaatsanwalt Eleni an, die vor Verlegenheit errötete. Dann gab sie sich einen Ruck und küsste Giannis auf die Wange. Jetzt war es der General, der fragend guckte.

SARAJEVO | Altstadt

Der Winter hatte seine ersten Vorboten geschickt. Ein kalter Wind pfiff durch die Straßen, die Berge herunter direkt in die Altstadt hinein. Die Temperaturen waren jetzt am Abend deutlich gesunken. Slobodan knöpfte die Jacke enger und schlug den Kragen hoch. Es half nichts, er musste los. Er durfte seine Auftraggeber nicht enttäuschen. Nicht gleich beim ersten Mal. Er lief in großen Schritten die Hügel runter, an der ehemaligen amerikanischen Botschaft vorbei in Richtung Kathedrale. Kurz vor dem Gotteshaus bog er rechts ab in eine kleine Gasse, die für Autos verboten war.

Hinter einer angelehnten Holztür, von der schon der Lack abplatzte, verbarg sich das erste Wettlokal, das er auf dem Zettel hatte. Drinnen standen drei dunkle Gestalten und rauchten. Sie nahmen von ihm keine Notiz, denn sie waren viel zu sehr damit beschäftigt, den Teletext auf den Bildschirmen zu verfolgen, die unter der Decke hingen. Auf einem

Fernseher lief ein Fußballspiel ohne Ton. Slobodan schenkte dem keine Beachtung. Er holte ein Bündel Geldscheine aus der Tasche und zählte 500 Euro in Fünfzigern ab. »Auswärtssieg für Nybergsund in Oslo, zweite Division Norwegen, zwei Tore vor«, sagte er am Schalter zu einer gesichtslosen Person hinter dem blinden Glas und schob das Geld durch den Schlitz. Er blickte auf seine Uhr. Das Spiel musste in Oslo gerade begonnen haben.

Er hatte von beiden Teams noch nie gehört, geschweige denn von einer zweiten Liga da oben im Norden. Da lebte doch praktisch niemand mehr, dachte er, deshalb hatte er sich die Partien zur Sicherheit sorgfältig aufgeschrieben. »Quote 1 : 4,5«, kam es von drinnen. Oha, dachte er, klingt nach Favoritenschreck. Er musste grinsen. Dann zählte er noch einmal 500 ab und setzte in der Live-Wette auf zwei Tore für die Gastmannschaft in den letzten 15 Minuten. »Gleiches Spiel«, sagte er gegen die Scheibe. »1 : 9,5« kam die Antwort. Er nickte zufrieden und steckt die Quittungen ein. Geht doch.

Dann trat er vor die Tür und ging ein paar Schritte zur Seite. Er wählte eine Nummer in seinem Handy und sagte leise: »Keine langen Fragen: alles auf Auswärtssieg in Oslo, zweite norwegische Division. Das Spiel läuft schon.« Dann beendete er das Gespräch, er schaute sich um. Niemand da.

Mein Gott, war das einfach, dachte er.

NACHSPIEL

Fußball ist meine Welt und Hamburg meine Stadt. Ich habe viel durchgemacht mit meinem Verein, erst nur die sportlichen Höhen und Tiefen. Danach auch manches mehr, was den aktuellen Fußball neuerdings ausmacht, aber vielen Fans auf den Magen schlägt. Ich bin viel rumgekommen mit meinem Verein, in Europa und in der Welt, und habe einiges gelernt über die sogenannten Mechanismen des Fußballs. Nicht alles davon möchte man so genau wissen, wie ich es erfahren konnte.

Mein Dank gilt meinen Freunden für die gemeinsame Zeit, die wir hatten, die gute und die weniger gute. Es sind zu viele, als dass man sie an dieser Stelle alle aufzählen könnte. Aber ohne sie hätte ich wohl nie so tiefe Einblicke in die Szene erhalten. Und ohne sie hätte es mich auch nie auf die offizielle Bank des Fußballs gespült, die mich auch dunklere Seiten dieses Mordsgeschäfts kennenlernen ließ. Selbst wenn ich auf viele dieser Erfahrungen im Nachhinein gut hätte verzichten können, für meinen Krimi waren die von unermesslichem Wert.

Manches von dem findet sich im Roman wieder, als realer Hintergrund des modernen Fußballgeschäfts, so wie wir es heute erleben. Handelnde Personen, kriminelle Taten und Vorfälle sind allerdings frei erfunden. Ähnlichkeiten sind gewollt und dennoch zufällig.

Dank gilt auch einigen Freunden, die mir Einblick in die Ermittlungsarbeit der Polizei gegeben und mit manchem Tipp zur Seite gestanden haben. Oder mich in die Wettszene reinschnuppern ließen. Michael und Christian gehörten dazu, andere Namen will ich an dieser Stelle lieber nicht nennen. Das gilt auch für meine Erfahrungen mit dem Wettgeschäft in Sarajevo. Dank gilt auch den (wenigen) Journalisten und Autoren, die – um etwas zu verändern – in unermüdlicher Kleinarbeit immer wieder Abgründe des schönsten Sports aufdecken und darüber berichten. Und mich mit zu meinem Roman bewegt haben.

Ein besonderer Dank allerdings gilt meiner Liebsten, auch wenn sie zum falschen Verein hält. Ohne ihren Zuspruch, ihre Toleranz und ihre Unterstützung hätte ich das Projekt wohl nie zu Ende bringen können. Und ohne ihre Meinung manchmal auch nicht. Und Dank gilt auch meinen Söhnen, die mir immer gute Gesprächspartner sind und waren.

Mein Fußball befindet sich an einem Scheideweg. Grundwerte unseres gesellschaftlichen Miteinanders wie Recht, Moral und Anstand spielen dort eine immer geringere Rolle. Wenn ein junger Nationalspieler nach einer Niederlage mit einem Kind im Publikum für ein Selfie posiert, löst das einen Shitstorm in den sozialen Medien aus. Wenn Fußballstars oder Klubmanager Recht brechen, heiligt dagegen Erfolg offenbar jedes Mittel. Sie werden am Ende sogar wiedergewählt, oder ihre Verträge werden verlängert. Und die Empörung darüber hält sich in bemerkenswerten Grenzen. Was wundert es also, wenn für diejenigen Kicker, denen der Sprung auf die ganz große Fußballbühne nicht gelingen will, die finanziellen Versuchungen am Wegesrand immer verlockender sind. Zum Beispiel durch die Wettmafia.

Wer den modernen Fußball retten will, darf traditionelle Werte und Tradition nicht verteufeln oder verkaufen, sondern muss stattdessen danach handeln. Und Sonderkommissionen gegen Matchfixing nicht einstellen, sondern ausbauen und unterstützen. Zum Beispiel durch eine Schwerpunktstaatsanwaltschaft oder ein eigenes Referat für Organisierte Kriminalität beim Bundeskriminalamt. Und vor allem durch erkennbaren Willen zur Aufklärung bei FIFA, UEFA und DFB. Daran mangelt es. Und zwar kräftig. Es ist an der Zeit, dass die Fußballfunktionäre mehr auf die Fans hören. Endlich mal.

Hamburg, im Sommer 2018